HET KAÏNSTEKEN

Van Patricia Cornwell zijn verschenen:

1 Fataal weekend*
2 Corpus delicti*
3 Al wat overblijft*
4 Rigor mortis*
5 Modus operandi*
6 Het kaïnsteken*
7 Doodsoorzaak*
8 Onnatuurlijke dood*
9 De brandhaard*
10 Zwarte hoek*
11 Het eindstation*
12 Aasvlieg
13 Sporen
(1 t/m 13: met *Kay Scarpetta*)

Wespennest*
Zuiderkruis*
Hondeneiland

Portret van een moordenaar

*In Poema-pocket verschenen

PATRICIA CORNWELL

HET KAÏNSTEKEN

POEMA POCKET

Veertiende druk

Oorspronkelijke titel: *From Potter's Field*
Vertaling: Annette Zeelenberg
Omslagontwerp: Pete Teboskins
Omslagfotografie: TCS/Corbis

ISBN 90 245 5267 2

www.boekenwereld.com

Dit boek is voor dr. Erika Blanton
(Kay Scarpetta zou je als haar vriendin beschouwen).

En Hij zeide: 'Wat hebt gij gedaan? Hoor, het bloed van uw broeder roept tot Mij van de aardbodem.'

GENESIS 4:10

't Was op de avond voor kerst

Hij liep met zelfverzekerde pas door de diepe sneeuw in Central Park, en het was al laat, maar hij wist niet precies hoe laat. Naar de Ramble toe zagen de stenen zwart onder het licht van de sterren en hij kon zijn adem horen en zien omdat hij anders was dan anderen. Temple Gault was altijd al magisch geweest, een god met een menselijk lichaam. Hij gleed bijvoorbeeld niet uit terwijl hij zo voortliep en hij was er vrij zeker van dat dat andere mensen wel zou gebeuren, en hij kende geen angst. Van onder de klep van een honkbalpet speurden zijn ogen in het rond.

Op de plek – hij wist precies waar die was – ging hij op zijn hurken zitten, de onderkant van zijn lange, zwarte jas opzij duwend. Hij zette een oude legerrugzak in de sneeuw en stak zijn blote, bebloede handen voor zich uit, en hoewel ze wel koud aanvoelden, waren ze niet ijzig koud. Gault hield niet van handschoenen, behalve van handschoenen van latex, maar die waren ook niet warm. Hij waste zijn handen en gezicht met de zachte, verse sneeuw en maakte een bloederige bal van de sneeuw die hij had gebruikt. Die legde hij naast de rugzak omdat hij ze geen van beide achter kon laten.

Hij glimlachte zijn flauwe glimlach. Hij was net een blije hond die op het strand aan het graven was, zoals hij daar de sneeuw in het park wegveegde, voetsporen uitwissend en naar de nooduitgang zoekend. Ja, die was waar hij dacht, en hij veegde nog meer sneeuw opzij, totdat hij het opgevouwen stuk aluminiumfolie vond dat hij tussen de deur en de deurpost had gestoken. Hij pakte de ring van de handgreep en trok het deksel van de grond omhoog. Daaronder waren de donkere ingewanden van de ondergrondse en het geratel van een metrotrein. Hij gooide de rugzak en de sneeuwbal naar binnen. Zijn laarzen bonkten tegen een metalen ladder terwijl hij naar beneden klom.

I

De avond voor Kerstmis was koud en gevaarlijk door de ijzel, en over de scanner werden krakend allerlei misdrijven gemeld. Het kwam maar zelden voor dat ik 's avonds door de sociale-woningbouwwijken van Richmond werd gereden. Meestal reed ik zelf. Meestal was ik de eenzame bestuurder van het blauwe busje waarmee ik naar de plaatsen ging waar mensen op gewelddadige en onverklaarbare wijze de dood hadden gevonden. Maar vanavond zat ik op de voorbank van een Crown Victoria, terwijl op de radio flarden kerstmuziek en politiecodes elkaar afwisselden.

'Sheriff Kerstman is zonet rechtsaf gegaan,' wees ik. 'Ik denk dat hij de weg kwijt is.'

'Ja, en ik denk dat hij high is,' zei hoofdinspecteur Pete Marino, die verantwoordelijk was voor het gewelddadige district waar we doorheen reden. 'Als we stoppen moet je maar eens naar zijn ogen kijken.'

Dat verbaasde me niets. Sheriff Lamont Brown reed privé in een Cadillac, droeg zware, gouden sieraden en was geliefd in de stad vanwege de rol die hij op dat moment speelde. Diegenen van ons die de waarheid kenden, durfden niets te zeggen. Het is tenslotte heiligschennis om te verklaren dat de kerstman niet bestaat, maar in dit geval bestond hij echt niet. Sheriff Brown snoof cocaïne en pikte waarschijnlijk de helft in van de giften die hij elk jaar voor de armen kreeg. Hij was een schoft, en omdat hij net zo'n hekel had aan mij als ik aan hem, had hij er pas nog voor gezorgd dat ik werd opgeroepen om zitting te nemen in een jury.

De ruitewissers tikten tegen de voorruit. Sneeuwvlokken dwarrelden en tolden tegen Marino's auto, als een dans van verlegen, in het wit geklede meisjes. Het ene moment lichtten ze op in het schijnsel van de lantaarnpalen en dan werden ze weer net zo zwart als het ijs dat op de straten lag. Het was heel koud. De meeste mensen in de stad waren thuis, bij hun familie, met een verlichte kerstboom voor het raam en een brandende open haard. Karen Carpenter droomde van een witte kerst totdat Marino abrupt de radio op een ander station zette.

'Ik kan geen respect opbrengen voor een vrouw die drumt.' Hij klikte zijn aansteker aan.

'Karen Carpenter is dood,' zei ik, alsof dat haar immuun maakte voor verdere hatèlijkheden. 'En in dat nummer drumt ze niet.'

'O, ja.' Hij pakte een sigaret. 'Dat is waar ook. Ze had zo'n eetprobleem. Hoe heet zoiets ook al weer?'

Het Mormon Tabernacle Choir barstte los in Händels Halleluja. Ik zou de volgende ochtend het vliegtuig nemen naar Miami, naar mijn moeder, mijn zus en mijn nichtje Lucy. Mijn moeder lag al weken in het ziekenhuis. Vroeger had ze net zo veel gerookt als Marino. Ik zette mijn raampje een stukje open.

Hij zei: 'En toen begaf haar hart het – daardoor is ze er uiteindelijk aangegaan.'

'Daardoor gaat iedereen er uiteindelijk aan,' zei ik.

'Hier niet. In deze klotebuurt is dat loodvergiftiging.'

We reden tussen twee politiewagens met rode en blauwe zwaailichten in een hele colonne auto's met agenten, journalisten en tv-ploegen. Elke keer als we stopten, toonden de vertegenwoordigers van de media hun kerststemming door elkaar met notitieblokken, microfoons en camera's in de hand opzij te duwen. Als bezetenen vochten ze om de sentimentele uitspraken van Sheriff Kerstman die stralend cadeautjes en eten stond uit te delen aan de vergeten kinderen uit die buurt en hun verbijsterde moeders. Marino en ik waren verantwoordelijk voor de dekens, mijn gift voor dat jaar.

Om de hoek, op Magnolia Street in Whitcomb Court, gingen autoportieren open. Ik zag een glimp vuurrood toen de kerstman langs de koplampen liep, terwijl de hoofdcommissaris en andere hoge pieten hem op de hielen volgden. De lampjes op de televisiecamera's zweefden als UFO's in de lucht en de fotocamera's flitsten.

Marino zei klagend boven zijn stapel dekens: 'Die dingen rui-

ken goedkoop. Waar heb je ze vandaan, uit een dierenwinkel?'
'Ze zijn warm, kunnen worden gewassen en er komen geen giftige gassen zoals cyanide vanaf als er brand is,' zei ik.
'Jezus. Daar kom je pas goed van in feeststemming.'
Ik vroeg me af waar we waren en keek uit het raam.
'Ik zou zo'n ding nog niet voor het hondehok gebruiken,' zeurde hij door.
'Je hebt geen hond en ook geen hondehok en ik zou jou er nooit een geven. Waarom gaan we dit appartement in? Het staat niet op de lijst.'
'Dat is een verdomd goeie vraag.'
Journalisten en mensen van de reclassering en de sociale dienst stonden voor de voordeur van een appartement dat er precies hetzelfde uitzag als alle andere huizen in het complex, dat aan een betonnen kazerne deed denken. Marino en ik wrongen ons door de mensenmassa heen. De lichtjes op de camera's gloeiden in het donker, de koplampen brandden en Sheriff Kerstman brulde 'HO! HO! HO!'.
We baanden ons een weg naar binnen. De kerstman nam een klein, zwart jongetje op zijn knie en gaf hem een paar pakjes met speelgoed erin. Ik hoorde iemand zeggen dat het jongetje Trevi heette. Hij droeg een blauwe pet met een marihuanablad op de klep. Hij keek met grote ogen om zich heen en leek verbijsterd, zoals hij daar op de rood fluwelen knie van die man zat, naast een zilveren boom vol lichtjes. Het was benauwd in de veel te warme, kleine kamer die naar oud bakvet rook.
'Ik moet er even langs, mevrouw.' Een cameraman duwde me opzij.
'Zet u dat hier maar neer.'
'Wie heeft de rest van het speelgoed?'
'Luister eens, mevrouw, u zult toch echt een stapje naar achteren moeten.' De cameraman duwde me bijna omver. Ik voelde mijn bloeddruk stijgen.
'We hebben nog een doos nodig...'
'Nee, niet waar. Daar staat er een.'
'... met eten? O, juist. Hebbes.'

‘Als u van de sociale dienst bent,’ zei de cameraman, ‘kunt u dan misschien daar gaan staan?’
‘Als je ogen in je kop had zou je zien dat ze niet van de sociale dienst is.’ Marino wierp hem een woeste blik toe.
Een oude vrouw in een te wijde jurk zat op de bank te huilen en een brigadier in een wit overhemd met onderscheidingen was naast haar gaan zitten om haar te troosten. Marino kwam dichter bij me staan om iets tegen me te fluisteren.
‘Haar dochter is verleden maand gemold. De achternaam was King. Herinner je je die zaak nog?’ zei hij in mijn oor.
Ik schudde mijn hoofd. Ik herinnerde het me niet meer. Er waren zo veel zaken.
‘Die zak die haar volgens ons heeft gemold is een kwaaie drugdealer genaamd Jones,’ probeerde hij mijn geheugen op te frissen.
Ik schudde opnieuw mijn hoofd. Er waren zo veel kwaaie drugdealers en Jones was niet bepaald een weinig voorkomende naam.
De cameraman was aan het filmen en ik wendde mijn hoofd af toen Sheriff Kerstman me een minachtende, glazige blik toewierp. De cameraman botste weer hard tegen me aan.
‘Dat zou ik niet nog eens doen,’ waarschuwde ik hem op een toon die hem duidelijk moest maken dat ik het meende.
De persmensen hadden nu hun aandacht op de grootmoeder gericht omdat dat hèt verhaal van de avond was. Er was iemand vermoord, de moeder van het slachtoffer zat te huilen en Trevi was een wees. Sheriff Kerstman zette de jongen op de grond nu hij niet meer in het middelpunt van de belangstelling stond.
‘Hoofdinspecteur Marino, geeft u mij maar een van die dekens,’ zei een maatschappelijk werkster.
‘Ik weet echt niet waarom we in dit hok zijn,’ zei hij, haar de hele stapel overhandigend. ‘Ik zou willen dat iemand me dat eens vertelde.’
‘Er is hier maar één kind,’ zei de maatschappelijk werkster. ‘Dus die hebben we niet allemaal nodig.’ Ze nam een opgevouwen deken van de stapel en gaf hem de rest terug, zichtbaar ge-

pikeerd dat Marino haar aanwijzingen had genegeerd.
'Er zouden hier toch vier kinderen zijn. Ik zeg je, dit hok staat niet op de lijst,' gromde Marino.
Er kwam een journalist naar me toe. 'Pardon, dr. Scarpetta, waarom bent u hier vanavond? Wacht u soms tot er iemand doodgaat?'
Hij werkte bij de lokale krant, die me nooit erg vriendelijk had behandeld. Ik deed net alsof ik hem niet kende. Sheriff Kerstman verdween in de keuken en dat vond ik vreemd, aangezien hij hier niet woonde en niet had gevraagd of dat mocht. Maar de grootmoeder op de bank was niet bepaald in de stemming om op te merken waar hij naartoe was gegaan en waarschijnlijk kon het haar ook niet schelen.
Ik knielde bij Trevi die, helemaal in beslag genomen door zijn nieuwe speelgoed, alleen op de grond zat. 'Dat is een mooie brandweerauto,' zei ik.
'Het lichtje gaat aan.' Hij liet me een rood lampje op het dak van de speelgoedauto zien dat ging flitsen als hij een knopje omdraaide.
Marino kwam ook naast hem zitten. 'Hebben ze je extra batterijen voor dat ding gegeven?' Hij probeerde bars te klinken, maar kon de glimlach in zijn stem niet verbergen. 'Je moet wel de goede maat nemen. Zie je dit kleine vakje? Daar gaan ze in, snap je? En je moet penlight-batterijen gebruiken.'
Het eerste schot klonk alsof de motor van een auto terugsloeg en kwam uit de keuken. Marino's blik verstarde terwijl hij zijn pistool uit zijn holster griste en Trevi zich als een rupsje op de grond ineenrolde. Ik boog mijn lichaam over de jongen heen. De knallen kwamen snel achter elkaar. Blijkbaar schoot iemand in de buurt van de achterdeur het magazijn van een semi-automatisch pistool leeg.
'Op de grònd! Op de grònd!'
'O, god!'
'Jezus!'
Camera's en microfoons kletterden op de grond en mensen schreeuwden en vochten om bij de deur te komen of lieten zich plat neervallen.

'Iedereen op de grònd!'
Marino sloop met getrokken 9-mm-pistool naar de keuken. De schoten hielden op en het werd volkomen stil in de kamer.
Met bonkend hart tilde ik Trevi op. Ik begon te beven. De grootmoeder zat nog steeds op de bank. Ze had zich voorover gebogen en hield haar armen over haar hoofd alsof ze in een vliegtuig zat dat elk moment kon neerstorten. Ik ging naast haar zitten, de jongen dicht tegen me aan houdend. Hij was helemaal verstijfd en zijn grootmoeder huilde van angst.
'O, Jezus. Alsjeblieft. Jezus.' Kreunend wiegde ze heen en weer.
'Het komt wel goed,' zei ik flink.
'Niet nog meer! Ik kan niet nog meer verdragen. Lieve Héér!'
Ik pakte haar hand. 'Het komt wel weer goed. Luister naar me! Het is nu stil. Het is opgehouden.'
Ze bleef heen en weer wiegen en huilen. Trevi had zijn armen om haar hals geslagen.
Marino verscheen weer in de deuropening naar de keuken. Zijn gezicht stond gespannen en zijn ogen zochten de kamer af. 'Doc.' Hij wenkte me.
Ik liep achter hem aan naar een mistroostig buitenplaatsje vol slappe waslijnen waar de sneeuw rond een donkere vorm op het bevroren gras wolkte. Het slachtoffer was jong, zwart en lag op zijn rug. Zijn ogen, die niets ziend naar de bewolkte lucht staarden, waren halfopen. Er zaten kleine scheurtjes in zijn blauwe, met dons gevulde bodywarmer. Een van de kogels was door zijn rechterwang gegaan en toen ik zijn borstkas naar beneden drukte en lucht in zijn mond blies, kwamen mijn handen en gezicht onder het bloed, dat onmiddellijk afkoelde. Ik kon hem niet meer redden. Sirenes jankten en klaagden in de nacht als een bende wilde geesten die tegen de zoveelste dood protesteerden.
Ik ging hijgend rechtop zitten. Marino hielp me omhoog. In mijn ooghoek zag ik iets bewegen. Ik draaide me om en zag hoe drie agenten Sheriff Kerstman geboeid wegvoerden. Hij was zijn muts verloren, die ik niet ver van mij vandaan op het binnenplaatsje zag liggen, naast de in het licht van Marino's zaklantaarn glanzende patroonhulzen.

'Wat is er in godsnaam gebeurd?' vroeg ik geschokt.

'Het lijkt erop dat die ouwe Sinte Nick de ouwe Sinte Crack belazerde en dat ze hier op de binnenplaats een klein meningsverschil hadden,' zei Marino. Hij was geagiteerd en buiten adem. 'Daarom werd de optocht naar dit huis omgeleid. Dat stond op geen enkele lijst, alleen op de lijst van de sheriff.'

Ik voelde me als verdoofd. Ik proefde bloed en dacht aan aids.

De hoofdcommissaris verscheen en stelde een aantal vragen.

Marino begon de situatie uit te leggen. 'Het lijkt erop dat de sheriff van plan was in deze buurt meer dan alleen kerstcadeaus af te leveren.'

'Drugs?'

'Dat nemen we wel aan.'

'Ik vroeg me al af waarom we hier stopten,' zei de hoofdcommissaris. 'Dit adres stond niet op de lijst.'

'Nou, dat is de reden.' Marino staarde met een uitdrukkingsloze blik naar het lichaam.

'Weten we wie hij is?'

'Anthony Jones, van de beroemde gebroeders Jones. Zeventien, heeft al vaker in de gevangenis gezeten dan Doc hier naar de opera is geweest. Zijn oudere broer is verleden jaar door een bende gemold. Dat was in Fairfield Court, in Phaup Street. En we denken dat Anthony verleden maand Trevi's moeder heeft vermoord, maar u weet hoe het hier gaat. Niemand heeft iets gezien. We hebben geen bewijs. Misschien dat we die moord nu kunnen oplossen.'

'Trevi? Bedoelt u dat jongetje in de andere kamer?' De gezichtsuitdrukking van de hoofdcommissaris veranderde niet.

'Ja. Anthony is waarschijnlijk de vader van het kind. Wàs de vader.'

'En het wapen?'

'In welke zaak?'

'In deze zaak.'

'Een Smith & Wesson, 38-mm-kaliber, alle vijf de patronen afgevuurd. Jones had zijn schietijzer nog vast en we hebben een snellader in het gras gevonden.'

‘Hij heeft vijf schoten afgevuurd en heeft elke keer gemist?’ vroeg de hoofdcommissaris, die er indrukwekkend uitzag in zijn uitgaanstenue met een dun laagje sneeuw op zijn pet.
‘Dat is moeilijk te zeggen. Sheriff Brown had een vest aan.’
‘Hij draagt een kogelvrij vest onder zijn kerstmanpak.’ De hoofdcommissaris herhaalde steeds de feiten alsof hij aantekeningen stond te maken.
‘Hé.’ Marino boog zich over een gedeukte vuilnisbak die uitpuilde van de lege pizzadozen. Het licht van zijn zaklantaarn scheen over het roestende metaal. Met zijn duim wreef hij over een door een kogel veroorzaakte deuk. ‘Kijk eens aan,’ zei hij, ‘het lijkt erop dat er vanavond een zwarte en een pizzavreter zijn neergeschoten.’
De hoofdcommissaris zweeg even en zei toen: ‘Mijn vrouw is Italiaans, hoofdinspecteur.’
Marino keek verbijsterd en ik kromp innerlijk in elkaar. ‘Uw achternaam is niet Italiaans,’ zei hij.
‘Ze heeft mijn naam aangenomen en ik ben niet Italiaans,’ zei de hoofdcommissaris, die zwart was. ‘Ik stel voor dat u zich onthoudt van grappen over nationaliteiten en rassen, hoofdinspecteur,’ zei hij waarschuwend. Zijn kaakspieren spanden zich.
De ambulance arriveerde. Ik begon te huiveren.
‘Luister eens, ik bedoelde er niets...’ begon Marino.
De hoofdcommissaris onderbrak hem. ‘Ik denk dat u de perfecte kandidaat bent voor een cursus multiculturele samenleving.’
‘Die heb ik al gevolgd.’
‘Die hebt u al gevolgd, hoofdcommissáris, en u gaat er nog een volgen, hoofdinspectéur.’
‘Ik ben al drie keer geweest. Het is niet nodig me er nog eens heen te sturen,’ zei Marino, die nog liever naar de uroloog zou gaan dan naar nog een cursus over de multiculturele samenleving.
Portieren werden opengegooid en ik hoorde het rammelen van een metalen brancard.
‘Marino, ik kan hier verder niets meer doen.’ Ik wilde hem zijn mond laten houden voordat hij zichzelf nog verder in de nesten werkte. ‘En ik moet naar kantoor.’

‘Wat? Doe je die sectie dan vanavond?’ Marino zag er verslagen uit.
‘Ja, dat lijkt me het beste, gezien de omstandigheden,’ zei ik ernstig. ‘En ik ga morgen de stad uit.’
‘Kerst bij de familie?’ vroeg hoofdcommissaris Tucker, die nog jong was om al zo’n hoge rang te hebben.
‘Ja.’
‘Dat is leuk,’ zei hij zonder glimlach. ‘Komt u maar met mij mee, dr. Scarpetta, ik geef u een lift naar het mortuarium.’
Marino wierp me een blik toe terwijl hij een sigaret opstak. ‘Ik kom zodra ik hier de boel klaar heb,’ zei hij.

2

Paul Tucker was een paar maanden daarvoor tot hoofdcommissaris van Richmond benoemd, maar we hadden elkaar alleen nog maar kort op een receptie gesproken. Vanavond was de eerste keer dat we elkaar op de plek van een misdrijf ontmoetten en wat ik van hem wist, was zo weinig dat het op een systeemkaartje paste.

Hij was een top-basketbalspeler op de universiteit van Maryland geweest en had bijna een Rhodes-beurs gekregen. Hij had een uitstekende lichamelijke conditie, was bijzonder intelligent en was opgeleid aan de nationale academie van de FBI. Ik had het idee dat ik hem wel mocht, maar was daar nog niet helemaal zeker van.

‘Marino bedoelt het niet kwaad,’ zei ik terwijl we op East Broad Street door een oranje licht reden.

Ik voelde Tuckers donkere ogen op mijn gezicht en was me van zijn nieuwsgierigheid bewust. ‘De wereld is vol mensen die het niet kwaad bedoelen en die toch veel schade aanrichten.’ Hij had een warme, diepe stem, die me aan brons en glanzend hout deed denken.

‘Daar kan ik niets tegen inbrengen, hoofdcommissaris Tucker.’

‘Zeg maar Paul.’

Ik zei niet dat hij mij Kay mocht noemen, omdat ik mijn lesje wel had geleerd in al die jaren dat ik als vrouw in dit wereldje werkte.

‘Het helpt niets als u hem naar nog zo’n cursus over de multiculturele samenleving stuurt,’ vervolgde ik.

‘Marino moet discipline en respect leren.’ Hij staarde weer voor zich uit.

‘Op zijn eigen manier heeft hij dat allebei al.’

‘Hij moet ze op de juiste manier betonen.’

‘U kunt hem toch niet veranderen, hoofdcommissaris,’ zei ik. ‘Hij is moeilijk, irritant, slecht gemanierd en de beste rechercheur met wie ik ooit heb samengewerkt.’

Tucker zweeg totdat we bij de medische faculteit van Virginia waren en rechtsaf Fourteenth Street opreden.
'Vertelt u me eens, dr. Scarpetta,' zei hij. 'Denkt u dat uw vriend Marino een goede politieman is?'
Die vraag kwam onverwacht. Ik was verbaasd geweest toen Marino tot inspecteur was bevorderd en verbijsterd toen hij hoofdinspecteur was geworden. Hij had de hoge pieten altijd gehaat, en hij haatte ze nog steeds, alsof hij zelf nu niet een van hen was geworden.
'Ik denk dat Marino een uitstekend politieman is. Hij is onkreukbaar en eerlijk, en heeft een goed hart,' zei ik.
'Bent u van plan mijn vraag te beantwoorden of niet?' Er klonk een geamuseerde toon in Tuckers stem door.
'Hij is geen politicus.'
'Dat is wel duidelijk.'
De klokketoren van Main Street Station gaf vanaf zijn verheven positie, hoog boven het oude treinstation met het terracotta dak en het netwerk van spoorlijnen, de tijd aan. We parkeerden achter het gebouw van de Gemeenschappelijke Laboratoria op een plek die voor de hoofd-patholoog-anatoom was gereserveerd. Het was een weinig indrukwekkend stuk asfalt, waar mijn auto het grootste deel van zijn bestaan doorbracht.
'Hij is te veel tijd kwijt aan de FBI,' zei Tucker toen.
'Zijn hulp is bijzonder belangrijk voor ze,' zei ik.
'Ja, ja, dat weet ik, en datzelfde geldt voor u. Maar in zijn geval levert dat een ernstig probleem op. Hij wordt verondersteld leiding te geven over het eerste district en niet misdaden in andere steden op te lossen, en ik probeer een politiebureau te leiden.'
'Als er ergens een misdaad gebeurt, gaat dat iedereen aan,' zei ik. 'Waar je eigen district of bureau ook is.'
Tucker staarde bedachtzaam naar de gesloten stalen deuren. Hij zei: 'Ik zou uw werk absoluut niet kunnen doen als het zo laat was als nu en er niemand anders in het gebouw was dan de mensen in de koelcel.'
'Van hen ben ik niet bang,' zei ik nuchter.
'Hoe irrationeel het ook is, ik zou heel bang van ze zijn.'

De koplampen verlichtten het sjofele stucwerk en staal dat allemaal in dezelfde saaie beige kleur was geverfd. Een rood bord op een van de zijdeuren waarschuwde bezoekers dat wat zich binnen bevond besmettingsgevaar op kon leveren en gaf ook instructies over het vervoeren van lijken.

'Ik wil u iets vragen,' zei hoofdcommissaris Tucker.

De wollen stof van zijn uniform schoof langs zijn stoel toen hij ging verzitten om wat dichter naar me toe te leunen. Ik rook aftershave van Hermès. Hij was knap, met zijn hoge jukbeenderen, zijn sterke witte tanden en zijn krachtige lichaam, waarvan de donkere huid op het vel van een luipaard of tijger leek.

'Waarom doet u het?' vroeg hij.

'Waarom doe ik wat, hoofdcommissaris?'

Hij leunde naar achteren. 'Luister,' zei hij terwijl de lampjes op zijn scanner opflitsten, 'u bent meester in de rechten. U bent arts. U heeft een leidinggevende positie en ìk heb een leidinggevende positie. Daarom stel ik u die vraag. Ik bedoel het niet beledigend.'

Ik zag dat dat inderdaad zo was. 'Ik weet niet waarom,' erkende ik.

Eerst reageerde hij niet en zei toen: 'Mijn vader was tuinman en mijn moeder maakte huizen van rijke families in Baltimore schoon.' Hij zweeg even. 'Als ik nu naar Baltimore ga, logeer ik in goede hotels en eet ik in de restaurants in de haven. De mensen groeten me. Een deel van mijn post is geadresseerd aan de Weledelgestrenge heer. Ik heb een huis in Windsor Farms.

Ik heb de leiding over meer dan zeshonderd gewapende mensen in die gewelddadige stad van u. Ik weet waarom ik doe wat ik doe, dr. Scarpetta. Ik doe het omdat ik geen enkele macht had toen ik nog een jongen was. Ik woonde bij mensen die geen macht hadden en ik leerde dat al het kwaad waarover in de kerk werd gepreekt ontstond door het misbruik van iets wat ik niet bezat.'

De sneeuw viel nu in een ander tempo en een ander patroon. Ik keek toe hoe de vlokken langzaam de motorkap van zijn auto bedekten.

'Hoofdcommissaris Tucker,' zei ik, 'het is de avond voor kerst en het lijkt erop dat Sheriff Kerstman zojuist iemand in Whitcomb Court heeft doodgeschoten. De pers slaat waarschijnlijk helemaal op hol. Wat is uw advies?'
'Ik ben de hele avond op het hoofdbureau. Ik zal ervoor zorgen dat uw kantoor wordt bewaakt. Wilt u een escorte als u naar huis gaat?'
'Waarschijnlijk geeft Marino me wel een lift, maar ik zal u zeker bellen als ik denk dat een extra escorte noodzakelijk is. Ik wil dat u weet dat deze situatie nog verder wordt gecompliceerd door het feit dat Brown een vreselijke hekel aan me heeft en dat ik nu getuige-deskundige ben in deze zaak.'
'Hadden we allemaal maar zoveel geluk.'
'Ik heb niet het gevoel dat ik geluk heb.'
'U heeft gelijk.' Hij zuchtte. 'U moet ook niet het gevoel hebben dat u geluk heeft, want dit heeft niets met geluk te maken.'
'Daar komt mijn werk,' zei ik toen de ambulance zonder zwaailichten en sirenes – want er is geen haast nodig bij het vervoer van doden – de parkeerplaats opreed.
'Gelukkig kerstfeest, dr. Scarpetta,' zei Tucker toen ik uitstapte.
Ik ging door een van de zijdeuren naar binnen en drukte op een knop in de muur. De grote deuren gingen langzaam, krakend open en de ambulance reed naar binnen. Het ambulancepersoneel gooide de achterklep open. Ze tilden de brancard eruit en duwden het lichaam over het talud omhoog terwijl ik de deur openmaakte die naar het mortuarium voerde.
De tl-verlichting en de grijze muren en vloeren gaven de gang een bedrieglijke, antiseptische uitstraling. Maar niets was steriel. Volgens de gebruikelijke medische normen was er zelfs niets wat schoon was.
'Wilt u hem in de koelcel?' vroeg een van de verplegers.
'Nee. Zet hem maar in de röntgenkamer.' Ik maakte nog een aantal deuren open terwijl de brancard rinkelend achter me aan rolde, een spoor van bloed op de tegels achterlatend.
'Doet u het vanavond in uw eentje?' vroeg een Latijnsamerikaans uitziende verpleger.

'Ik ben bang van wel.'
Ik maakte een pakje met een plastic schort open en trok het over mijn hoofd, hopend dat Marino gauw zou komen. In de kleedkamer nam ik een groene operatiejas van een plank. Ik bedekte mijn schoenen met plastic hoezen en trok twee paar handschoenen aan.
'Kunnen we u helpen hem op de tafel te leggen?' vroeg een van de ambulanceverplegers.
'Dat zou fantastisch zijn.'
'Hé, jongens, we leggen hem even op de tafel voor Doc.'
'Geen probleem.'
'Verdorie, deze zak lekt ook al. We moeten nieuwe halen.'
'Waar moet zijn hoofd?'
'Zijn hoofd komt hier.'
'Op zijn rug?'
'Ja,' zei ik. 'Dank je wel.'
'Oké. Een-twee-drie-omhóóg.'
We tilden Anthony Jones van de brancard op de tafel en een van de verplegers begon de rits van de lijkzak open te trekken.
'Nee, nee, laat maar,' zei ik. 'Ik maak de foto's er wel doorheen.'
'Hoe lang duurt dat?'
'Niet lang.'
'U heeft straks ook hulp nodig als u hem moet verleggen.'
'Ik ben blij met alle hulp die ik kan krijgen,' zei ik tegen hen.
'We kunnen nog een paar minuten blijven. Was u echt van plan dit allemaal alleen te doen?'
'Ik verwacht nog iemand.'
Even later brachten we het lichaam naar de sectieruimte en ik trok de kleren uit toen het op de eerste stalen tafel lag. De ambulanceverplegers gingen weg en de vertrouwde mortuariumgeluiden klonken op, van stromend water in wasbakken en van stalen instrumenten tegen staal. Ik bevestigde de röntgenfoto's tegen de lichtbakken waar de schaduwen en vormen van zijn organen en botten me hun geheimen toonden. De kogels, met een grote hoeveelheid losse stukken, vormden een dodelijke

sneeuwstorm in zijn lever, longen, hart en hersens. Hij had een oude kogel in zijn linkerbil en zijn rechter opperarmbeen was gebroken geweest. Zoals zoveel van mijn patiënten was meneer Jones gestorven zoals hij had geleefd.

Ik was net bezig de Y-vormige incisie te maken toen de bel in de hal ging. Ik stopte niet. De beveiligingsbeambte zou degene die aanbelde wel te woord staan. Even later hoorde ik zware voetstappen in de gang en kwam Marino binnen.

'Ik had hier al eerder kunnen zijn als niet alle buren naar buiten waren gekomen om vooral niets te missen.'

'Welke buren?' Ik keek hem vragend aan, mijn scalpel omhoog geheven.

'De buren van deze zak, in Whitcomb Court. We waren verdomme bang dat het op een rel zou uitlopen. Er werd verteld dat hij door een agent was doodgeschoten, en toen was het de kerstman die hem had gemold, en voor we het wisten kropen de mensen uit de spleten in de stoep omhoog.'

Marino, die nog steeds in gala-uniform was, deed zijn jas uit en legde die over een stoel. 'Ze kwamen er allemaal gezellig bij staan met hun twee-literflessen Pepsi, en maar naar de tv-camera's glimlachen. Verdomde ongelooflijk.' Hij haalde een pakje Marlboro uit zijn borstzakje.

'Ik dacht dat het beter ging met roken,' zei ik.

'Dat gaat het ook. Het gaat steeds beter.'

'Marino, dat is niet iets om grapjes over te maken.' Ik dacht aan mijn moeder en haar tracheotomie. Zelfs haar longemfyseem had haar niet van haar verslaving afgeholpen en ze was pas gestopt toen ze helemaal geen adem meer kreeg.

'Oké.' Hij kwam dichter bij de tafel staan. 'Ik zal je de waarheid vertellen. Ik rook een half pakje per dag minder, Doc.'

Ik zaagde de ribben door en verwijderde het borstbeen.

'Van Molly mag ik niet in haar auto of haar huis roken.'

'Mooi zo,' zei ik. Molly was de vrouw met wie Marino sinds Thanksgiving omging. 'Hoe gaat het met jullie tweeën?'

'Hartstikke goed.'

'Vieren jullie samen kerst?'

‘Ja. We gaan naar haar familie in Urbana. Die maken een grote kalkoen klaar, met de hele toestand eromheen.’ Hij tikte de as van zijn sigaret af en zei verder niets meer.
‘Dit gaat even duren,’ zei ik. ‘De kogels zijn uit elkaar gespat, zoals je op de foto’s kunt zien.’
Marino keek naar het morbide *clair-obscur* op de lichtbakken aan de muren.
‘Wat heeft hij gebruikt? Hydra-Shok?’ vroeg ik.
‘Alle agenten hier gebruiken tegenwoordig Hydra-Shok. Je ziet zeker wel waarom. Het werkt.’
‘Zijn nieren zijn al erg verschrompeld. Daar is hij nog wel erg jong voor.’
‘Wat wil dat zeggen?’ Marino keek nieuwsgierig toe.
‘Waarschijnlijk een teken van hypertensie.’
Hij zweeg, zich waarschijnlijk afvragend of zijn nieren er ook zo uitzagen, en ik vermoedde dat dat inderdaad het geval was.
‘Het zou fijn zijn als jij aantekeningen maakt,’ zei ik.
‘Geen probleem, zo lang je tenminste alles spelt.’
Hij ging naar een van de werkbanken en pakte een klembord en een pen, en trok vervolgens een paar handschoenen aan. Ik was net begonnen maten en gewichten te dicteren toen zijn pieper ging.
Hij haalde hem van zijn riem en keek wat er op de display stond. Zijn gezicht betrok.
Marino liep naar de telefoon aan de andere kant van de sectieruimte en draaide een nummer. Hij stond met zijn rug naar me toe te praten en ik ving slechts nu en dan wat woorden op. Die klonken boven het lawaai bij mijn tafel uit en ik wist dat hij slecht nieuws te horen kreeg.
Toen hij ophing, was ik bezig stukjes lood uit de hersenen te verwijderen en krabbelde ondertussen met een potlood aantekeningen op een lege, bebloede verpakking waar operatiehandschoenen in hadden gezeten. Ik stopte met mijn werk en keek hem aan.
‘Wat is er?’ vroeg ik, aannemend dat het telefoontje met deze zaak te maken had, want wat er vanavond was gebeurd was tenslotte al erg genoeg.

Marino zweette en zijn gezicht was vuurrood. 'Benton heeft een negen-elf op mijn pieper doorgegeven.'
'Wat heeft hij doorgegeven?' vroeg ik.
'Dat is de code die we hebben afgesproken voor als Gault weer toeslaat.'
'O, god,' kon ik met moeite uitbrengen.
'Ik heb tegen Benton gezegd dat hij je niet hoefde te bellen aangezien ik je persoonlijk het nieuws kon vertellen.'
Ik leunde met mijn handen op de rand van de tafel. 'Waar?' vroeg ik gespannen.
'Ze hebben een lichaam gevonden in Central Park. Een vrouw, blank, waarschijnlijk rond de dertig. Het ziet ernaar uit dat Gault heeft besloten in New York kerst te vieren.'

Ik had deze dag gevreesd. Ik had gehoopt en gebeden dat Gaults stilzwijgen eeuwig zou duren, dat hij misschien ziek of gestorven was in het een of andere afgelegen dorp waar niemand zijn naam kende.
'Het Bureau stuurt een helikopter,' zei Marino. 'Zodra je klaar bent met deze zaak, Doc. We moeten hier snel weg. Godverdomme, de klootzak!' Hij begon woedend heen en weer te ijsberen. 'En natuurlijk heeft hij het op de avond voor kerst gedaan!' Hij had een furieuze uitdrukking op zijn gezicht. 'Het is opzet. Zijn timing heeft hij met opzet zo gekozen.'
'Ga Molly maar bellen,' zei ik. Ik probeerde kalm te blijven en sneller te werken.
'En je zult net zien dat ik dit pakkie aan heb.' Hij wees op zijn gala-uniform.
'Heb je andere kleren bij je?'
'Ik moet even snel langs huis. Ik laat mijn pistool hier. Wat ga jij doen?'
'Ik heb altijd wat spullen hier. Zou je als je weggaat het huis van mijn zus in Miami even kunnen bellen? Lucy is daar als het goed is gisteren aangekomen. Vertel haar maar wat er is gebeurd, dat ik niet kan komen, tenminste niet nu.' Ik gaf hem het telefoonnummer en hij ging weg.

Rond middernacht was het opgehouden met sneeuwen en was Marino weer terug. Anthony Jones was in de koelcel opgeborgen en ik had al zijn verwondingen, de oude en de nieuwe, genoteerd voor als ik in de rechtszaal moest verschijnen.
We reden naar de terminal van Aero Services International, waar we van achter dik glas zagen hoe Benton Wesley in een veel kabaal makende Belljet Ranger arriveerde. De helikopter landde netjes op een klein houten platform en een tankauto met brandstof gleed uit de duisternis naar voren. Wolken schoven als sluiers langs de volle maan.
Ik zag Wesley uitstappen en onder de draaiende wieken door rennen. Ik herkende de woede die uit zijn houding sprak en de irritatie in de grote passen die hij nam. Hij was lang en zijn rug was kaarsrecht, en hij had een rustige, krachtige uitstraling die maakte dat mensen bang voor hem waren.
'Het bijtanken duurt ongeveer tien minuten,' zei hij toen hij bij ons was. 'Is er hier koffie?'
'Dat lijkt me een goed idee,' zei ik. 'Marino, zullen we voor jou ook koffie meenemen?'
'Nee.'
We liepen samen naar een kleine lounge die tussen twee toiletten was verstopt.
'Ik vind dit heel vervelend,' zei Wesley zachtjes.
'We hebben geen keus.'
'Dat weet hij ook. Zijn timing is geen toeval.' Hij schonk twee kartonnen bekers vol. 'Dit is behoorlijk sterk.'
'Hoe sterker hoe beter. Je ziet er uitgeput uit.'
'Zo zie ik er altijd uit.'
'Zijn je kinderen thuis voor de kerst?'
'Ja. Iedereen is thuis, behalve ik natuurlijk.' Hij staarde even voor zich uit. 'Zijn spelletjes zijn aan het escaleren.'
'Als Gault het inderdaad weer was, ben ik dat met je eens.'
'Ik weet dat hij het was,' zei hij met een ijzige kalmte die zijn woede maskeerde. Wesley haatte Temple Brooks Gault. Hij was furieus en verbijsterd over Gaults kwaadaardige genialiteit.
De koffie was niet erg warm en we dronken onze bekers snel

leeg. Uit Wesley's gedrag bleek niet hoe goed wij elkaar kenden, behalve uit zijn blik, die ik zo langzamerhand goed kon interpreteren. Hij was een man van weinig woorden en ik had geleerd naar zijn stilzwijgen te luisteren.
'Kom mee,' zei hij, zijn hand even op mijn elleboog leggend. We voegden ons weer bij Marino, die al op weg naar buiten was met onze tassen.
Onze piloot behoorde tot de anti-terreureenheid van het Bureau. Hij droeg een zwart vliegenierspak en lette goed op wat er om hem heen gebeurde. Hij keek ons kort aan om ons te laten weten dat hij zich van ons bestaan bewust was, maar hij zwaaide, glimlachte, of sprak niet toen hij de deur van de helikopter opende. Voorovergebogen liepen we onder de wieken door. Het bijbehorende geluid en de wind zou ik altijd met moordzaken associëren. Het leek wel of de FBI steeds als Gault toesloeg in een draaikolk van rukwinden en glanzend metaal arriveerde om mij op te halen.
We zaten nu al een aantal jaren achter hem aan en het was onmogelijk een volledig overzicht op te stellen van alle schade die hij had aangericht. We wisten niet hoeveel mensen hij had vermoord, maar het waren er minstens vijf, onder wie een zwangere vrouw die vroeger voor mij had gewerkt en een dertienjarige jongen genaamd Eddie Heath. We wisten niet hoeveel levens hij met zijn listen had vergiftigd, maar het mijne was daar zeker een van.
Wesley zat achter me met zijn koptelefoon op, en de rugleuning van mijn stoel was zo hoog dat ik hem niet kon zien als ik me omdraaide. Het licht in de helikopter ging uit en we stegen langzaam op, eerst opzij vliegend en vervolgens een noordoostelijke richting kiezend. Wolken joegen langs de hemel en beneden ons glansden watermassa's als spiegels in de winternacht.
'In wat voor toestand is ze?' klonk Marino's stem plotseling in mijn koptelefoon.
Wesley antwoordde: 'Ze is bevroren.'
'Wat betekent dat ze daar al dagen kan hebben gelegen en toch nog niet tot ontbinding is overgegaan, nietwaar, Doc?'
'Als ze daar dagenlang heeft gelegen,' zei ik, 'zou je toch ver-

wachten dat iemand haar al eerder zou hebben gevonden.'
Wesley zei: 'We denken dat ze gisteravond is vermoord. Ze zat rechtop, neergezet tegen...'
'Ja, dat vindt die zak leuk. Daar kickt hij op.'
'Hij zet ze rechtop of doodt ze terwijl ze zitten,' ging Wesley verder. 'Dat gold voor iedereen dusver.'
'Voor iedereen die we kennen,' merkte ik op.
'De slachtoffers van wie we op de hoogte zijn.'
'Juist. Hij zet ze rechtop in auto's, een stoel, tegen een vuilniscontainer.'
'Die jongen in Londen.'
'Ja, hij zat niet rechtop.'
'Het lijkt erop dat hij gewoon bij de spoorbaan is neergegooid.'
'We weten niet wie dat heeft gedaan.' Wesley leek zeker van zijn zaak. 'Ik geloof niet dat Gault dat is geweest.'
'Waarom denk je dat hij het belangrijk vindt dat de lijken zitten?' vroeg ik.
'Dat is zijn manier om ons te laten zien dat we de pot op kunnen,' zei Marino.
'Verachting, hoon,' zei Wesley. 'Het is zijn handtekening. Ik vermoed dat er een diepere betekenis achter zit.'
Dat vermoedde ik ook. Al Gaults slachtoffers zaten, met gebogen hoofd en hun handen in hun schoot of slap langs hun zij hangend, alsof ze poppen waren. De enige uitzondering was een gevangenbewaarster genaamd Helen geweest. Hoewel haar lichaam, gekleed in haar uniform, wel rechtop op een stoel was neergezet, had ze geen hoofd meer gehad.
'Het neerzetten...' begon ik. De door stemgeluid geactiveerde microfoontjes werkten nooit precies gelijk met het tempo van het gesprek. Dat maakte het lastig om met elkaar te praten.
'Die smeerlap wil het onder onze neus wrijven.'
'Ik geloof niet dat dat zijn enige...'
'Op dit moment wìl hij gewoon dat we weten dat hij in New York is...'
'Marino, laat me even uitpraten. Benton? Wat is de symbolische betekenis?'

'Hij kan de lichamen op talloze manieren neerzetten. Maar tot dusver heeft hij steeds dezelfde houding gekozen. *Hij zet ze zittend neer.* Dat is een deel van zijn fantasieën.'
'Welke fantasieën?'
'Pete, als ik dat wist, zouden we hier misschien nu niet zitten.'
Even later kwam de stem van onze piloot over onze koptelefoons: 'De luchtvaartdienst heeft een waarschuwing voor remous uit doen gaan.'
'Wat is dat in vredesnaam?' vroeg Marino.
'Een waarschuwing voor turbulentie. Het waait hard in New York, vijfentwintig knopen, in kracht toenemend tot zevenendertig.'
'Betekent dat dat we dan niet kunnen landen?' Marino, die vliegen haatte, klonk enigszins in paniek.
'Wij vliegen straks laag en de wind is veel hoger.'
'Wat bedoel je láág? Heb je ooit gezien hoe hóóg de gebouwen in New York zijn?'
Ik strekte mijn hand naar achteren tussen mijn stoel en de deur en klopte Marino op zijn knie. We waren nog veertig nautische mijlen van Manhattan verwijderd en ik zag in de verte een knipperlicht boven op het Empire State Building. De maan was vol, de vliegtuigen die vanaf La Guardia opstegen en daar landden waren net zwevende sterren en de stoom kringelde in dikke, witte pluimen uit de schoorstenen omhoog. Door het vloervenster bij mijn voeten zag ik twaalf rijbanen met verkeer op de New Jersey Turnpike en overal glitterden lichten als juwelen, alsof de stad en zijn bruggen door Fabergé waren gemaakt.
We vlogen achter de rug van het Vrijheidsbeeld langs en passeerden vervolgens Ellis Island, waar mijn grootouders in een overvol immigratiekantoor op een ijskoude winterdag hun eerste kennismaking met Amerika hadden gehad. Ze waren weggegaan uit Verona, waar mijn grootvader als de vierde zoon van een spoorwegbeambte geen toekomst had gehad.
Mijn voorouders waren joviale, hard werkende mensen die aan het begin van de negentiende eeuw uit Oostenrijk en Zwitserland waren geëmigreerd, wat mijn blonde haar en blauwe ogen

verklaarde. Ondanks mijn moeders bewering dat toen Napoleon I Verona aan Oostenrijk had afgestaan, onze voorouders hun Italiaanse bloed zuiver hadden gehouden, geloofde ik dat niet. Ik vermoedde dat er een genetische verklaring was voor een aantal van mijn meer Pruisische trekjes.

Macy's, aanplakborden en de gele bogen van McDonald's kwamen in zicht terwijl het centrum van New York langzaam de vorm aannam van asfalt en parkeerplaatsen en stoepen met dikke lagen sneeuw erop die er zelfs vanuit de lucht vuil uitzag. We cirkelden rond de VIP-Heliport aan West Thirtieth Street, terwijl onze helikopter het troebele water van de Hudson verlichtte en deed golven. Een felgekleurde windvaan stond strak. We zakten neer op een plek naast een glanzende Sikorsky S-76, waarnaast alle andere helikopters er alledaags uitzagen.

'Kijk uit voor de staartrotor,' zei onze piloot.

In een klein, nauwelijks verwarmd gebouw werden we verwelkomd door een vrouw van in de vijftig met donker haar, een wijs gezicht en vermoeide ogen. Ze was warm aangekleed in een dikke wollen jas, een broek, rijglaarsjes en leren handschoenen, en stelde zichzelf voor als overste Frances Penn van de Transit Police.

'Fijn dat u bent gekomen,' zei ze, terwijl ze ons een voor een de hand schudde. 'Als u zover bent, heb ik auto's klaar staan.'

'We zijn zover,' zei Wesley.

Ze ging ons voor de bittere kou in, waar twee politieauto's stonden te wachten, beide met twee agenten erin, een draaiende motor en de verwarming op de hoogste stand. Er was even een lastig moment toen we de portieren openden en overlegden wie er bij elkaar zouden gaan zitten. Zoals zo vaak gebeurt, werd de verdeling per sekse bepaald, en overste Penn en ik deelden een auto. Ik vroeg haar eerst naar haar bevoegdheid, want bij een zaak die zo de aandacht trok als deze, zouden er vast veel mensen zijn die het gevoel hadden dat ze de leiding zouden moeten hebben.

'De Transit Police is hierbij betrokken omdat we geloven dat het slachtoffer haar moordenaar in de metro heeft ontmoet,' leg-

de Frances Penn uit, die een van de drie commissarissen van de op zes na grootste politiemacht van Amerika was. 'Dat is waarschijnlijk gistermiddag gebeurd.'
'Hoe weet u dat?'
'Het is echt heel interessant. Een van onze agenten surveilleerde in burger op het metrostation bij Eighty-first en Central Park West, en rond halfzes in de middag – gisteren dus – zag hij een eigenaardig stel uit de uitgang van het Museum of Natural History komen die direct naar de metro voert.'
De auto bonkte over ijs en gaten in de weg en de botten in mijn benen schudden heen en weer.
'De man stak onmiddellijk een sigaret op terwijl de vrouw een pijp had.'
'Dat is interessant,' zei ik.
'Het is verboden in de metro te roken, wat een van de redenen is waarom de agent zich hen herinnerde.'
'Heeft hij ze een waarschuwing gegeven?'
'Aan die man wel. Maar niet aan de vrouw omdat haar pijp niet brandde. De man liet de agent zijn rijbewijs zien, waarvan we nu denken dat het vals was.'
'U zei dat die twee er vreemd uitzagen,' zei ik. 'In wat voor opzicht?'
'Zij droeg een herenoverjas en had een honkbalpet van de Atlanta Braves op. Haar hoofd was kaal geschoren. De agent was er zelfs niet eens zeker van dat ze inderdaad een vrouw was. Eerst nam hij aan dat ze een homoseksueel stel waren.'
'Beschrijft u de man met wie ze was eens,' zei ik.
'Gemiddelde lengte, dun, met vreemde, scherpe gelaatstrekken en heel eigenaardige, blauwe ogen. Zijn haar was oranjerood.'
'Toen ik Gault voor het eerst zag, was zijn haar platinablond. En toen ik hem vorig jaar oktober zag, was het pikzwart.'
'Gisteren was het absoluut oranjerood.'
'En vandaag heeft het waarschijnlijk weer een andere kleur. Hij heeft inderdaad vreemde ogen. Ze zijn heel indringend.'
'Hij is heel slim.'
'Hij tart elke beschrijving.'

'Ik moet denken aan Het Kwaad, dr. Scarpetta,' zei ze.
'Noem me alstublieft Kay.'
'Als jij me Frances noemt.'
'Het lijkt er dus op dat ze gistermiddag naar het Museum of Natural History zijn geweest,' zei ik. 'Wat is er daar voor tentoonstelling?'
'Over haaien.'
Ik keek haar aan, en haar gezicht stond serieus terwijl de jonge agent de auto behendig door het verkeer in de straten van New York manoeuvreerde.
'Ze hebben op het moment een tentoonstelling over haaien. Waarschijnlijk over elke soort die je je voor kunt stellen, vanaf het begin der tijden,' zei ze.
Ik zweeg.
'Voor zover we kunnen reconstrueren wat er met die vrouw is gebeurd,' zei overste Penn, 'heeft Gault – we kunnen hem net zo goed zo noemen, want we geloven toch dat hij inderdaad degene is met wie we te maken hebben – haar meegenomen naar Central Park nadat ze uit de metro kwamen. Hij bracht haar naar een gedeelte van het park dat Cherry Hill heet, schoot haar dood en liet haar naakte lichaam zittend tegen een fontein achter.'
'Waarom zou ze in het donker met hem zijn meegegaan naar Central Park? En dan in dit weer?'
'We denken dat hij haar misschien heeft overgehaald met hem mee te gaan naar de Ramble.'
'Waar veel homofielen komen.'
'Ja. Het is hun ontmoetingsplaats, een verwilderde, rotsachtige plek met kronkelende paadjes die nergens naartoe lijken te voeren. Zelfs de agenten van het Central Park-district gaan daar niet graag heen. Hoe vaak je er ook bent geweest, je verdwaalt toch. Een hoog percentage misdaden. Waarschijnlijk gebeurt daar vijfentwintig procent van alle misdrijven die in het park worden gepleegd. Voornamelijk berovingen.'
'Dan moet Gault Central Park goed kennen als hij haar in het donker mee heeft genomen naar de Ramble.'
'Dat moet wel.'

Dat maakte het aannemelijk dat Gault zich al een tijd in New York verborgen had gehouden en dat vond ik een vreselijk frustrerende gedachte. Hij had zich zowat vlak voor onze neus bevonden, zonder dat we dat hadden geweten.

Overste Penn zei tegen me: 'Alle sporen op de plaats van het misdrijf worden vanavond gecontroleerd. Ik neem aan dat je er wel even wilt gaan kijken voor we je naar het hotel brengen.'

'Natuurlijk,' zei ik. 'Hoe zit het met het bewijsmateriaal?'

'We hebben een patroonhuls in de fontein gevonden met daarop een duidelijke afdruk van een slagpin die overeenkomt met die van een 9-mm-Glock. En we hebben haren gevonden.'

'Waar lag dat haar?'

'Dicht bij het lichaam, in een smeedijzeren decoratie in de fontein. Misschien is zijn haar daarin vastgeraakt toen hij het lichaam rechtop zette.'

'Welke kleur?'

'Vuurrood.'

'Gault is veel te voorzichtig om een patroonhuls of haren achter te laten,' zei ik.

'Hij heeft waarschijnlijk niet kunnen zien waar de huls neerviel,' zei overste Penn. 'Het was donker. De huls moet erg heet zijn geweest toen hij in de sneeuw viel. Dus je kunt je voorstellen wat er moet zijn gebeurd.'

'Ja,' zei ik. 'Dat kan ik me voorstellen.'

3

Marino, Wesley en ik arriveerden een paar minuten na elkaar bij Cherry Hill, waar lampen waren neergezet om het licht van de oude lantaarnpalen rondom een cirkelvormig pleintje te versterken. De plek, die vroeger werd gebruikt om rijtuigen te keren en paarden te drenken, lag nu onder een dikke laag sneeuw en was afgezet met geel politietape.

Dit onheilspellende schouwspel werd gedomineerd door een vergulde, smeedijzeren, met ijs bedekte fontein, die, zoals we te horen kregen, in geen enkel jaargetijde werkte. Dat was de plek waar het naakte lichaam van een jonge vrouw was gevonden. Ze was verminkt en ik had het idee dat Gault daar deze keer niet zijn tandafdrukken mee had willen verwijderen, maar de bedoeling had gehad zo zijn handtekening achter te laten, zodat we zouden weten dat hij de kunstenaar was.

Het leek erop dat Gault zijn meest recente slachtoffer had gedwongen zich te ontkleden en op blote voeten naar de fontein te lopen, waar haar bevroren lichaam die ochtend was gevonden. Hij had haar van dichtbij in haar rechterslaap geschoten en had stukken huid weggesneden bij haar dijen en haar linkerschouder. Twee paar voetsporen voerden naar de fontein toe en slechts een paar ging er ook weer vandaan. Het bloed van de vrouw, wier naam we niet kenden, had de sneeuw felrood gekleurd, en voorbij het toneel van haar gruwelijke dood ging Central Park op in donkere, dreigende schaduwen.

Ik stond vlak naast Wesley, met mijn arm tegen de zijne, alsof we elkaar nodig hadden om warm te blijven. Hij zei niets, geconcentreerd de voetsporen, de fontein, en de donkere Ramble in de verte bekijkend. Ik voelde zijn schouder omhooggaan toen hij diep zuchtte, om vervolgens dichter tegen me aan te leunen.

'Jee,' mompelde Marino.

'Hebben jullie haar kleren gevonden?' vroeg ik overste Penn, hoewel ik het antwoord al wist.

'Daar is geen spoor van te zien.' Ze keek om zich heen. 'Haar voetstappen geven aan dat ze tot daar, tot de rand van dit pleintje, nog schoenen aan had.' Ze wees naar een plek ongeveer vijf meter ten westen van de fontein. 'Je kunt duidelijk zien waar ze op blote voeten is gaan lopen. Daarvoor had ze een soort laarzen aan, lijkt me. Iets zonder profiel en met een hak, zoals cowboylaarzen.'

'En hij?'

'We hebben zijn voetsporen tot de Ramble gevonden, redelijk ver in westelijke richting, maar het is moeilijk daar iets over te zeggen. Er zijn daar zoveel voetsporen en de sneeuw is er behoorlijk omgewoeld.'

'Dus ze zijn samen via de metro uit het Museum of Natural History gekomen, gingen het park aan de westelijke kant in, liepen misschien eerst naar de Ramble, en zijn vervolgens hierheen gekomen,' probeerde ik het gebeurde te reconstrueren. 'Op het plein heeft hij haar blijkbaar gedwongen zich uit te kleden en haar schoenen uit te doen. Ze liep op blote voeten naar de fontein, waar hij haar in haar hoofd heeft geschoten.'

'Zo ziet het er op dit moment uit,' zei een gedrongen rechercheur die zichzelf voorstelde als T.L. O'Donnell.

'Hoe koud is het?' vroeg Wesley. 'Of liever gezegd, hoe koud was het gisteravond laat?'

'Het was vannacht min-tien,' zei O'Donnell, die er jong en opstandig uitzag en dik zwart haar had. 'De gevoelstemperatuur was ongeveer minus-zeventien.'

'En ze trok haar kleren en schoenen uit,' leek Wesley voor zichzelf uit te zeggen. 'Dat is bizar.'

'Niet als iemand een pistool tegen je hoofd houdt.' O'Donnell stampte even met zijn voeten. Hij had zijn handen diep in de zakken van zijn donkerblauwe politiejack gestoken, dat niet warm genoeg was voor zulke lage temperaturen, zelfs met een kogelvrij vest eronder.

'Als je wordt gedwongen je in deze kou uit te kleden,' zei Wesley nadenkend, 'weet je dat je gaat sterven.'

Niemand zei iets.

'Anders zou je niet worden gedwongen je kleren en schoenen uit te trekken. Je uitkleden gaat tegen elk overlevingsinstinct in, omdat het duidelijk is dat je hier niet lang in leven kunt blijven als je naakt bent.'

Iedereen zweeg nog steeds terwijl we naar het gruwelijke toneel bij de fontein keken. De fontein lag vol rood bevlekte sneeuw, en ik zag de afdruk die haar billen hadden gemaakt toen haar lichaam rechtop was neergezet. Omdat het bevroren was, zag haar bloed er nog net zo felgekleurd uit als toen ze stierf.

Toen zei Marino: 'Waarom is ze in vredesnaam niet weggerend?'

Wesley liep plotseling bij me vandaan en ging op zijn hurken zitten om de voetsporen te bekijken waarvan we aannamen dat ze van Gault afkomstig waren. 'Dat is de hamvraag,' zei hij. 'Waarom niet?'

Ik ging naast hem zitten om ook de voetsporen te bestuderen. Het patroon van het profiel, dat duidelijk zichtbaar was in de sneeuw, zag er vreemd uit. Gault had schoeisel aan gehad met een ingewikkeld, verhoogd, ruitvormig en kronkelend profiel, het vignet van de fabrikant op de voorvoet, en een logo op de hak.

'Hoe ga je dit vastleggen?' vroeg ik aan overste Penn.

Rechercheur O'Connell antwoordde: 'We hebben de afdrukken van de schoenen gefotografeerd, en daarginds' – hij wees naar een groepje agenten die een stukje verderop aan de andere kant van de fontein stonden – 'zijn nog betere afdrukken. We proberen een afgietsel te maken.'

Het is bijzonder lastig een afgietsel van een schoenafdruk in de sneeuw te maken. Als het vloeibare gips niet koud genoeg was en de sneeuw niet hard genoeg bevroren, kon het gebeuren dat het bewijsmateriaal smolt. Wesley en ik stonden op. We liepen zwijgend naar de plek die de rechercheur had aangewezen, en toen ik omkeek zag ik Gaults voetstappen.

Het kon hem niets schelen dat hij heel duidelijke voetsporen had achtergelaten. Het kon hem niets schelen dat hij een spoor in het park had achtergelaten dat we minutieus tot aan het einde zou-

den volgen. We waren vastbesloten om elke plek waar hij was geweest te vinden, en toch maakte hem dat niets uit. Hij geloofde niet dat we hem zouden vangen.
De agenten aan de andere kant van de fontein spoten was over twee afdrukken. Ze hielden hun spuitbussen op een veilige afstand en in zo'n hoek dat de kracht van de onder druk staande rode was de fijne details van het profiel niet zou vernietigen. Een andere agent stond in een plastic emmer met vloeibaar gips te roeren. Tegen de tijd dat er een aantal lagen was op de schoenafdrukken zou zijn aangebracht, zou het gips genoeg zijn afgekoeld om erover uit te storten en afgietsels te maken. De omstandigheden waren goed voor wat normaal gesproken een riskante onderneming was. Er was geen zon en geen wind, en blijkbaar had de technische recherche hier de was zoals het hoorde op kamertemperatuur bewaard, want er stond nog voldoende druk op de spuitbussen. Er kwamen geen ongelijke hoeveelheden was uit en ze waren ook niet verstopt, zoals ik in het verleden zo vaak had meegemaakt.
'Misschien hebben we deze keer geluk,' zei ik tegen Wesley terwijl we achter Marino aan liepen.
'We hebben al het geluk nodig dat we kunnen krijgen,' zei hij, naar het donkere bos starend.
Ten oosten van ons begon het vijftien hectare grote gebied dat de Ramble werd genoemd, een afgelegen deel van Central Park, bekend om zijn vogelleven en kronkelende paadjes die over een dichtbegroeid, rotsachtig terrein voerden. Iedere toeristische gids die ik ooit onder ogen had gehad waarschuwde dat je maar beter niet in de Ramble kon gaan wandelen, in welk seizoen of op welk tijdstip dan ook. Ik vroeg me af hoe Gault zijn slachtoffer het park in had gelokt. Ik vroeg me af waar hij haar had ontmoet en waardoor hij tot actie was overgegaan. Misschien was het gewoon zo geweest dat hij in haar zijn kans waar had gezien en dat hij in de stemming was geweest.
'Hoe kom je vanaf de Ramble hier?' vroeg ik aan wie maar wilde luisteren.
De agent die in het gips stond te roeren keek me aan. Hij was

ongeveer net zo oud als Marino en had vlezige wangen die rood waren van de kou.

'Er loopt een pad langs het meer,' zei hij. Ik zag de rookwolkjes van zijn adem.

'Welk meer?'

'Je kunt het niet goed zien. Het is bevroren en er ligt sneeuw op.'

'Weet u of ze over dat pad zijn gekomen?'

'Dit is een groot park, mevrouw. De sneeuw is op de meeste andere plaatsen, zoals in de Ramble, helemaal kapot gelopen. Daarginds houdt niets – zelfs geen dertig centimeter sneeuw – de mensen tegen die op drugs of een seksuele ontmoeting uit zijn. Maar hier in Cherry Hill is het een ander verhaal. Er mogen hier geen auto's rijden en de paarden komen hier natuurlijk niet in zulk weer. Dus we hebben geluk. De plaats van het misdrijf is nog intact.'

'Waarom denkt u dat de moordenaar en het slachtoffer vanuit de Ramble kwamen?' vroeg Wesley. Hij was altijd direct en vaak kortaf als zijn geest allerlei gecompliceerde wegen bewandelde en hij zijn macabere, persoonlijke database met gegevens afzocht om een profiel van een misdadiger op te stellen.

'Een van de jongens denkt dat hij haar schoenafdrukken ook daarginds heeft gezien,' zei de agent, die graag praatte. 'Maar het probleem is, zoals jullie kunnen zien, dat haar afdrukken niet erg opvallend zijn.'

We keken naar de sneeuw om ons heen, die steeds verder werd vertrapt door de voeten van politiemensen. De schoenen van het slachtoffer hadden geen profiel.

'Bovendien,' vervolgde hij, 'denken we dat ze gezien het feit dat er mogelijk een homoseksueel aspect is, eerst naar de Ramble zijn gegaan.'

'Welk homoseksueel aspect?' vroeg Wesley minzaam.

'Te oordelen naar eerdere beschrijvingen van hen beiden, leken ze net een homoseksueel stel.'

'We hebben het hier niet over twee mannen,' merkte Wesley op.

'Op het eerste gezicht zag het slachtoffer er niet uit als een vrouw.'

'Op het eerste gezicht van wie?'
'Van de Transit Police. U moet eigenlijk echt even met ze praten.'
'Hé, Mossberg, ben je al klaar met dat gips?'
'Ik zou er nog een laagje op spuiten.'
'We hebben er vier gedaan. We hebben een heel goede vorm, ik bedoel, je spul is nu toch wel genoeg afgekoeld?'
De agent die Mossberg heette hurkte neer en begon voorzichtig het stroperige gips in een met rode was bedekte afdruk te gieten. De voetafdrukken van het slachtoffer stonden naast de afdrukken die we wilden vastleggen. Haar voet was ongeveer net zo groot als die van Gault. Ik vroeg me af of we haar laarzen ooit zouden vinden en volgde met mijn ogen haar spoor naar een plek op zo'n viereneenhalve meter bij de fontein vandaan, waar de schoenafdrukken in afdrukken van blote voeten overgingen. In vijftien stappen voerden haar voetafdrukken regelrecht naar de fontein, waar Gault haar in haar hoofd had geschoten.
Toen ik om me heen keek naar de schaduwen die door het licht op een afstand van het pleintje werden gehouden, en terwijl ik de felle kou voelde, begreep ik niet hoe de geest van die vrouw had gewerkt. Ik begreep niet hoe ze die avond daarvoor zo meegaand kon zijn geweest.
'Waarom heeft ze zich niet verzet?' zei ik.
'Omdat Gault haar doodsbang had gemaakt,' zei Marino, die naast me was komen staan.
'Zou jij om wat voor reden dan ook hier je kleren uittrekken?' vroeg ik.
'Ik ben haar niet.' Er klonk woede in zijn woorden door.
'We weten helemaal niets van haar af,' zei Wesley op rationele toon.
'Behalve dat ze om de een of andere idiote reden haar hoofd kaal had geschoren,' zei Marino.
'We weten niet voldoende om haar gedrag te kunnen begrijpen,' zei Wesley. 'We weten zelfs niet wie ze is.'
'Wat denk je dat hij met haar kleren heeft gedaan?' vroeg Marino terwijl hij om zich heen keek, met zijn handen diep in de

zakken van de lange camel jas gestoken die hij na een paar afspraakjes met Molly was gaan dragen.
'Waarschijnlijk hetzelfde als hij met de kleren van Eddie Heath heeft gedaan,' zei Wesley. Hij kon de verleiding niet langer weerstaan om het bos in te lopen, een klein stukje maar.
Marino keek me aan. 'We wéten wat Gault met de kleren van Eddie Heath heeft gedaan. Dat is hier niet het geval.'
'Dat is juist de bedoeling, denk ik.' Ik keek Wesley met een bezwaard gemoed na. 'Gault doet waar hij zin in heeft.'
'Ik denk persoonlijk niet dat die vent die rotzooi als aandenken houdt. Hij kan geen troep met zich meeslepen als hij op de vlucht is.'
'Hij ontdoet zich soms op de een of andere manier van die kleren,' zei ik.
Er kwam een paar keer alleen maar een vonkje uit Marino's Bic-aansteker voordat hij er met moeite een klein vlammetje uit kreeg.
'Ze was helemaal in zijn macht,' dacht ik verder hardop. 'Hij bracht haar hierheen en zei dat ze zich uit moest kleden, en dat deed ze ook. Je kunt zien waar de afdrukken van haar schoenen ophouden en de afdrukken van haar blote voeten beginnen. Er is geen worsteling geweest, zelfs niet de gedachte aan een vlucht. Ze bood geen weerstand.'
Hij stak zijn sigaret op. Wesley kwam met voorzichtige passen weer het bos uit. Ik voelde dat hij naar me keek.
'Ze hadden een relatie,' zei ik.
'Gault heeft geen relaties,' zei Marino.
'Hij heeft zijn eigen vorm van relaties. Hoe excentriek en afwijkend die ook zijn. Hij had een relatie met de directeur van de gevangenis in Richmond en met Helen de gevangenbewaarster.'
'Ja, en hij heeft ze allebei gemold. Hij heeft Helens hoofd afgehakt en het verdomme in een bowlingtas op een akker neergelegd. De boer die dat cadeautje heeft gevonden is nog steeds niet in orde. Ik heb gehoord dat hij tegenwoordig zuipt als een beest en niets meer op die akker wil planten. Hij laat er zelfs z'n koeien niet meer grazen.'

'Ik zei niet dat hij de mensen met wie hij relaties heeft niet doodt,' antwoordde ik. 'Ik zei alleen maar dat hij relaties heeft.'
Ik staarde naar haar voetsporen, vlak naast ons. Ze had maat veertig of eenenveertig gehad.
'Ik hoop dat ze van haar afdrukken ook een afgietsel maken,' zei ik.
De agent die Mossberg heette gebruikte heel handig een verfspatel om het gips te verspreiden in elk deel van de schoenafdruk waarvan hij een afgietsel aan het maken was. Het was weer begonnen te sneeuwen, met kleine harde vlokjes die tegen je huid prikten.
'Van die van haar maken ze geen afgietsel,' zei Marino. 'Ze maken er foto's van en verder niet, aangezien ze in deze wereld toch niet meer in een getuigenbank verschijnt.'
Ik was gewend aan getuigen die tegen niemand meer spraken behalve tegen mij. 'Ik wil graag een afgietsel van haar schoenafdruk,' zei ik. 'We moeten haar identificeren. Haar schoenen kunnen ons daarbij van dienst zijn.'
Marino ging naar Mossberg en zijn kameraden en praatte met ze terwijl ze af en toe een blik in mijn richting wierpen. Wesley keek naar de bewolkte hemel waaruit het nu harder begon te sneeuwen.
'Jezus,' zei hij. 'Ik hoop dat het ophoudt.'

De sneeuw kwam in nog dichtere vlokken naar beneden toen Frances Penn ons naar de New York City Athletic Club op Central Park South bracht. Voor de zon weer op was, kon er niets meer worden gedaan en ik was bang dat Gaults moordzuchtige sporen tegen die tijd verdwenen zouden zijn.
Overste Penn zweeg nadenkend terwijl ze ons door uitgestorven straten reed. Het was bijna halfdrie. Haar agenten waren niet bij ons. Ik zat voorin, Marino en Wesley achterin.
'Ik moet eerlijk zeggen dat ik niet gek ben op onderzoeken waarbij verschillende jurisdicties zijn betrokken,' zei ik tegen haar.
'Dan heb je daar vast veel ervaring mee, Kay. Iedereen die wel

eens zo'n onderzoek heeft meegemaakt is er niet gek op.'
'Ik heb er een teringhekel aan,' merkte Marino op, terwijl Wesley, zoals zo vaak, alleen maar luisterde.
'Wat kunnen we verwachten?' vroeg ik zo diplomatiek mogelijk, maar ze wist wat ik bedoelde.
'Officieel heeft de politie van New York, de NYPD, de leiding over deze zaak, maar het zijn mijn agenten die gaan spitten, die de meeste uren maken, die al het zware werk doen. Zo gaat het altijd als we samen aan een zaak werken die veel aandacht krijgt in de media.'
'Mijn eerste baan was bij de NYPD,' zei Marino.
Overste Penn keek hem in haar achteruitkijkspiegeltje aan.
'Ik ben uit dit riool vertrokken omdat ik dat zelf wilde,' zei hij met zijn gebruikelijke tact.
'Kent u hier nog mensen?' vroeg ze.
'De meeste kerels met wie ik hier heb gewerkt zijn waarschijnlijk met pensioen, zijn afgekeurd, of hebben promotie gemaakt en zijn nu vet geworden en zitten aan hun bureau vastgeplakt.'
Ik vroeg me af of Marino zich ervan bewust was dat zijn collega's dat laatste misschien ook over hem zeiden.
Wesley zei: 'Het is misschien geen slecht idee om te kijken wie er nog zijn, Pete. Vrienden, bedoel ik.'
'Nou, verwacht er maar niet te veel van.'
'We moeten hier geen problemen krijgen.'
'Dat kun je toch niet helemaal vermijden,' zei Marino. 'Politiemensen gaan hier nu eenmaal ruzie over maken en houden zo veel mogelijk vast van wat ze weten. Iedereen wil de held zijn.'
'Dat kunnen we ons niet veroorloven,' zei Wesley, zonder zijn stem ook maar enigszins te verheffen of van toon te veranderen.
'Nee, dat is waar,' stemde ik in.
'Jullie kunnen altijd bij mij terecht,' zei overste Penn. 'Ik doe wat ik kan.'
'Als ze dat tenminste toelaten,' zei Marino.
Er waren drie afdelingen binnen de Transit Police en de hare was de afdeling Ontwikkeling Managementsupport. Ze was verantwoordelijk voor opleidingen en misdaadanalyse. De gede-

centraliseerde rechercheurs vielen onder de afdeling Veldwerk en waren daarom geen verantwoording aan haar schuldig.

'Ik ga over de computers, en zoals u weet heeft ons bureau een van de meest geavanceerde computersystemen in de VS. Door het feit dat wij op CAIN zijn aangesloten was ik in staat jullie zo snel op de hoogte te brengen. Ik ben bij dit onderzoek betrokken. Er is geen reden voor bezorgdheid,' zei overste Penn kalm.

'Vertelt u eens hoe CAIN in deze zaak behulpzaam is gebleken?' vroeg Wesley.

'Zodra ik de feiten over de moord binnenkreeg, had ik het idee dat daar iets bekends aan was. Ik voerde de info die we hadden in op de POGC-terminal en het was gelijk raak. Dus ik belde u letterlijk op hetzelfde moment dat CAIN mij belde.'

'Had u al eens van Gault gehoord?' vroeg Wesley.

'Ik kan niet zeggen dat ik goed op de hoogte ben van zijn werkwijze.'

'Maar nu wel,' zei Wesley.

Overste Penn parkeerde voor de Athletic Club en schakelde de vergrendeling van de portieren uit.

'Ja,' zei ze grimmig. 'Nu wel.'

We checkten in bij een verlaten receptie in een mooie foyer vol antieke meubelen en oud hout, en Marino liep naar de lift. Hij wachtte niet op ons en ik wist waarom. Hij wilde Molly bellen, op wie hij nog steeds meer verliefd was dan verstandig was, en wat Wesley en ik wellicht gingen doen was iets waar hij niets over wilde weten.

'Ik betwijfel of de bar nog zo laat open is,' zei Wesley toen de koperen deuren dichtgingen en Marino voor ons onzichtbaar naar zijn verdieping ging.

'Ik weet wel zeker dat die niet meer open is.'

We keken even om ons heen, alsof er, als we maar lang genoeg bleven staan, op wonderbaarlijke wijze iemand zou verschijnen met glazen en een fles.

'Kom mee.' Hij raakte mijn elleboog even aan en we gingen naar boven.

Op de elfde verdieping liep hij met me mee naar mijn kamer en

ik was zenuwachtig toen ik mijn plastic kaartje in het slot probeerde te duwen en hield het eerst ondersteboven. Vervolgens kreeg ik de magneetstrip er niet op de juiste manier in en het lampje op de koperen deurknop bleef rood.
'Laat mij maar,' zei Wesley.
'Ik geloof dat het al gaat.'
'Zullen we een slaapmutsje drinken?' vroeg hij toen ik mijn deur opendeed en een lamp aandeed.
'Op dit tijdstip zouden we waarschijnlijk beter een slaappil kunnen nemen.'
'Dat is eigenlijk ook wat een slaapmutsje is.'
Mijn kamer was van bescheiden formaat, maar luxe ingericht en ik liet mijn tas op het grote bed vallen.
'Ben je hier lid vanwege je vader?' vroeg ik.
Wesley en ik waren nog nooit eerder samen in New York geweest en ik vond het vervelend dat ik weer een aspect van hem ontdekte dat ik niet kende.
'Hij werkte in New York. Dat is de reden. In mijn jeugd kwam ik hier veel.'
'De minibar is onder de tv,' zei ik.
'Ik heb de sleutel nodig.'
'Dat snap ik.'
In zijn ogen blonk een geamuseerde blik toen hij de kleine stalen sleutel van mijn hand pakte, en zijn vingers mijn huid aanraakten met een tederheid die me aan andere gelegenheden deed denken. Wesley had zijn eigen manier van doen, en hij was zoals niemand anders.
'Zal ik proberen ergens wat ijs te halen?' Hij draaide de dop van een klein flesje Dewars af.
'Puur is prima voor mij.'
'Je drinkt als een man.' Hij overhandigde me mijn glas.
Ik keek toe hoe hij zijn donkere, wollen overjas en zijn scherp gesneden colbert uittrok. Zijn gesteven witte overhemd was gekreukeld tijdens het werk van die lange dag en hij deed zijn schouderholster met pistool af en legde die op een ladenkast.
Het is raar om geen wapen bij me te hebben, want ik had vaak

mijn .38, of bij meer zenuwslopende gebeurtenissen, mijn Browning High Power bij me. Maar agenten of mensen zoals ik die in New York op bezoek waren, kregen niet vaak ontheffing voor de wapenwetten van de staat.
'We zijn de afgelopen paar maanden niet vaak samen geweest,' zei ik.
Hij knikte.
'Ik denk dat we erover moeten praten,' vervolgde ik.
'Oké.' Hij wendde zijn blik niet van me af. 'Ga je gang.'
'Ah. Dus ik moet beginnen.'
'Ik zou ook kunnen beginnen, maar je vindt wat ik wil zeggen misschien niet leuk.'
'Wat je ook te zeggen hebt, ik wil het graag horen.'
Hij zei: 'Ik denk eraan dat het kerstochtend is en dat ik in jouw hotelkamer ben. Connie ligt thuis alleen in ons bed te slapen en is ongelukkig omdat ik er niet ben. De kinderen zijn ongelukkig omdat ik er niet ben.'
'Ik zou eigenlijk in Miami moeten zijn. Mijn moeder is heel erg ziek,' zei ik.
Hij staarde zwijgend voor zich uit. Ik hield van de scherpe hoeken en schaduwen van zijn gezicht.
'Lucy is daar nu, en zoals gewoonlijk ben ik er weer niet bij. Heb je er enig idee van hoeveel feestdagen met mijn familie ik heb gemist?'
'Ja, daar heb ik een heel goed idee van,' zei hij.
'Ik weet zelfs niet of er ooit een feestdag is geweest waar de een of andere vreselijke zaak geen schaduw over wierp. Dus het maakt eigenlijk weinig uit of ik bij mijn familie ben of niet.'
'Je moet leren het van je af te zetten, Kay.'
'Dat heb ik al zo goed mogelijk geleerd.'
'Je moet het buiten de deur laten liggen, als stinkende kleren die je bij je werk hebt gedragen.'
Maar dat kon ik niet. Er ging geen dag voorbij zonder dat er een herinnering bij me opkwam, zonder dat ik weer een bepaald beeld voor ogen kreeg. Ik zag dan een gezicht dat was opgezwollen door verwondingen en de dood, of een vastgebonden li-

chaam. Ik zag pijn en dood in ondraaglijke details voor me, want er bleef niets voor mij verborgen. Ik kende de slachtoffers te goed. Ik sloot mijn ogen en zag de sporen van blote voeten in de sneeuw. Ik zag bloed dat net zo felrood was als Kerstmis.

'Benton, ik wil de kerst hier niet doorbrengen,' zei ik, totaal gedeprimeerd.

Ik voelde hem naast me. Hij trok me tegen zich aan en we bleven een tijdje in elkaars armen zitten. We konden niet dicht bij elkaar zijn zonder elkaar aan te raken.

'We zouden dit eigenlijk niet moeten doen,' zei ik terwijl we gewoon bleven zitten.

'Ik weet het.'

'En het is heel moeilijk om erover te praten.'

'Ik weet het.' Hij stak zijn hand uit naar de lamp en deed het licht uit.

'Dat vind ik ironisch,' zei ik. 'Als je bedenkt wat we delen, wat we samen hebben gezien. Het zou niet moeilijk moeten zijn om met elkaar te praten.'

'Dat donkere terrein heeft niets met intimiteit te maken,' zei hij.

'Dat heeft het wel.'

'Waarom ben je dan niet intiem met Marino? Of met Fielding, je plaatsvervangend patholoog-anatoom?'

'Als je in je werk samen dezelfde gruwelen ziet, betekent dat nog niet dat het bed de volgende logische stap is. Maar ik geloof niet dat ik intiem zou kunnen zijn met iemand die niet begrijpt waar ik mee bezig ben.'

'Dat weet ik niet.' Zijn handen bewogen plotseling niet meer.

'Vertel je Connie erover?' Connie was zijn vrouw, die niet wist dat Wesley en ik vorig jaar in de herfst minnaars waren geworden.

'Ik vertel haar niet alles.'

'Hoeveel weet ze?'

'Over sommige dingen weet ze niets.' Hij zweeg even. 'Ze weet eigenlijk maar heel weinig over mijn werk. Ik wil niet dat ze erover weet.'

Ik antwoordde niet.

'Ik wil niet dat ze erover weet vanwege wat het met ons doet. We veranderen van kleur, net zoals steden roetzwart worden, zoals motten van kleur veranderen.'

'Ik wil de groezelige tint van onze werkplek niet aannemen. Dat weiger ik.'

'Het helpt niet veel om dat te weigeren.'

'Denk je dat het eerlijk is om zoveel voor je vrouw achter te houden?' zei ik zachtjes. Ik vond het heel moeilijk om te denken, omdat mijn huid gloeide als hij me aanraakte.

'Het is niet eerlijk tegenover haar en het is niet eerlijk tegenover mij.'

'Maar je hebt het gevoel dat je geen keus hebt.'

'Ik weet dat ik geen keus heb. Ze begrijpt dat er delen van mij zijn waar zij niet bij kan.'

'Wil ze het zelf ook zo?'

'Ja.' Ik voelde dat hij zijn glas whisky pakte. 'Wil je nog een glas?'

'Ja,' zei ik.

Hij stond op en ik hoorde de klik van metaal toen hij de zegel op het flesje verbrak. Hij schonk de whisky onvermengd in onze glazen en kwam weer naast me zitten.

'Dat is alles wat er is, tenzij je op iets anders wilt overstappen,' zei hij.

'Ik hoef niet zo veel.'

'Als je me vraagt te zeggen dat het goed is wat we hebben gedaan, dan kan ik dat niet,' zei hij. 'Dat kan ik niet zeggen.'

'Ik weet dat het niet goed is wat we hebben gedaan.'

Ik nam een slok van mijn whisky en toen ik het glas op het nachtkastje wilde zetten, voelde ik zijn handen. We kusten elkaar opnieuw, maar nu heftiger, en hij verdeed geen tijd met knoopjes terwijl zijn handen onder en langs kledingstukken gleden die in de weg zaten. We waren als bezeten, alsof onze kleren in brand stonden en we ze moesten zien uit te krijgen.

Later kwam de gloed van het ochtendlicht door de gordijnen heen terwijl we tussen passie en slaap dreven en onze monden naar verschaalde whisky smaakten. Ik ging rechtop zitten, de lakens om me heen trekkend.

'Benton, het is halfzeven.'
Hij bedekte kreunend zijn ogen met een arm, alsof het heel onbeleefd was van de zon dat die hem wakker maakte. Hij lag op zijn rug tussen de verkreukelde lakens terwijl ik een douche nam en me aankleedde. Het warme water maakte mijn hoofd helder. Dit was de eerste kerstochtend sinds jaren waarop er iemand anders bij me in mijn bed had gelegen. Ik voelde me alsof ik iets had gestolen.
'Je kunt niet weggaan,' zei Wesley, nog half slapend.
Ik knoopte mijn jas dicht. 'Ik moet wel,' zei ik, met een droevige blik op hem neer kijkend.
'Het is Kerstmis.'
'Ze wachten op me in het mortuarium.'
'Dat vind ik naar voor je,' mompelde hij in zijn kussen. 'Ik wist niet dat je je zo rot voelde.'

4

De Pathologisch-Anatomische Dienst van New York was op First Avenue, tegenover het neogotische, in rode baksteen opgetrokken Bellevue-ziekenhuis, waar vroeger de secties plaatsvonden. De muren en het hekwerk werden ontsierd door bruine, kale wingerd en graffiti, en in de vuile sneeuw stonden volle, zwarte vuilniszakken op de vuilnisman te wachten. In de aftandse, gele taxi die piepend tot stilstand kwam in een straat waar het bijna nooit zo stil was als nu, klonk non-stop kerstmuziek.
'Ik wil graag een bon,' zei ik tegen de Russische chauffeur, die me de afgelopen tien minuten had onderhouden over wat er allemaal mis was in de wereld.
'Voor hoeveel?'
'Acht.' Ik was gul. Het was tenslotte kerstochtend.
Hij knikte en krabbelde een bon. Ik zag dat een man op de stoep bij het hek van het Bellevue naar me stond te kijken. Hij was ongeschoren en had lang, wild haar, droeg een spijkerjack met fleece-voering en de pijpen van zijn vuile legerbroek zaten in afgetrapte cowboylaarzen. Toen ik uitstapte, begon hij te zingen en een denkbeeldige gitaar te bespelen.
'Jingle bells, jingle bells, jingle all the day. Ohhh what fun it is to ride to Galveston today - Aaaayyy...'
'U heeft een bewonderaar,' zei de chauffeur geamuseerd terwijl ik de bon door het open raampje aanpakte.
Hij reed weg in een wolk van uitlaatgassen. Er was geen andere voetganger of auto te bekennen en de afschuwelijke serenade klonk nu nog harder. Toen kwam mijn geestelijk gestoorde bewonderaar achter me aan. Ik was ontzet toen hij 'Galveston!' begon te schreeuwen, alsof dat mijn naam, of een beschuldiging was. Ik vluchtte de hal van de Pathologisch-Anatomische Dienst in.
'Er loopt iemand achter me aan,' zei ik tegen een beveiligingsbeambte achter een bureau bij wie de kerststemming beslist ontbrak.

De gestoorde musicus duwde zijn gezicht tegen de deur, zodat zijn neus plat werd gedrukt en zijn wangen bloedeloos werden, en staarde naar binnen. Hij sperde zijn mond wijd open, likte obsceen met zijn tong over het glas en schudde zijn bekken heen en weer alsof hij de liefde bedreef met het gebouw. De beveiligingsbeambte, een stevige vrouw met een rasta-kapsel, beende naar de deur en bonkte er met haar vuist tegenaan.
'Benny, hou op,' riep ze luid. 'Hou daar onmiddellijk mee op.'
Ze bonkte nog harder op het glas. '*Laat me nou niet naar buiten hoeven komen.*'
Benny liep bij het glas vandaan en was plotseling Noerejev die pirouetten draaide in de lege straat.
'Ik ben dr. Kay Scarpetta,' zei ik tegen de vrouw. 'Dr. Horowitz verwacht me.'
'De chef verwacht u helemaal niet. Het is kerst.' Ze keek me aan met donkere ogen die alles al hadden gezien. 'Dr. Pinto heeft dienst. Ik kan proberen hem op te roepen als u wilt.' Ze ging terug naar de receptie.
'Ik weet dat het Kerstmis is.' - Ik liep achter haar aan - 'Maar ik had hier afgesproken met dr. Horowitz.' Ik pakte mijn portefeuille en liet haar het gouden schildje zien dat aangaf dat ik hoofd patholoog-anatoom was.
Ze was niet onder de indruk. 'Bent u hier al eerder geweest?'
'Heel vaak.'
'Hmmm. Nou, ik heb de chef vandaag echt nog niet gezien. Maar dat hoeft niet te betekenen dat hij niet door de achteringang is binnengekomen zonder mij te waarschuwen. Soms zijn ze een halve dag hier en dan weet ik het nog niet. Hmmm. Maar zo is het, níemand hoeft de moeite te nemen mij in te lichten.'
Ze pakte de telefoon. 'Hmmm. Nee, menéér, ìk hoef niks te weten.' Ze draaide een nummer. 'Ik hoef helemaal nìks te weten, ik niet. Dr. Horowitz? Met Bonita van de beveiliging. Ik heb hier een dr. Scarlett.' Ze zweeg even. 'Dat weet ik niet.'
Ze keek me aan. 'Hoe spel je dat?'
'S-c-a-r-p-e-t-t-a,' zei ik geduldig.
Ze had het nog steeds niet goed, maar het kwam dicht genoeg in

de buurt. 'Ja, meneer, dat doe ik.' Ze hing op en zei: 'Gaat u daar maar even zitten.'
De wachtruimte had een grijs tapijt en grijze meubels, er lagen tijdschriften op zwarte tafeltjes en midden in de kamer stond een bescheiden plastic kerstboom. Op een marmeren muur stond de inscriptie TACEANT COLLOQUIA EFFUGIAT RISUS HIC LOCUS EST UBI MORS GAUDET SUCCURRERE VITAE, wat betekende dat je niet veel conversatie of gelach op deze plek waar de dood met veel genoegen de levenden een handje hielp, zou vinden. Tegenover me zat een Aziatisch stel op een bank. Ze hielden elkaars hand stevig vast, spraken niet en keken niet op. Kerst zou voor hen voortaan altijd met pijn geassocieerd blijven.
Ik vroeg me af waarom ze hier waren en wie ze hadden verloren en ik dacht aan alle mensen die ik had meegemaakt. Ik wilde maar dat ik op de een of andere manier troost kon schenken, maar dat was een gave die ik niet scheen te bezitten. Na al die jaren was het beste wat ik de nabestaanden kon bieden dat de dood snel was gekomen en dat hun geliefde niet had geleden. Als ik dat zei, was het meestal niet helemaal waar, want hoe meet je de doodsangst van een vrouw die in een afgelegen park, in een bitterkoude nacht wordt gedwongen zich uit te kleden? Hoe kan iemand van ons zich voorstellen wat ze voelde toen Gault haar naar die met ijs gevulde fontein voerde en de trekker van zijn pistool spande?
Dat hij haar had gedwongen zich te ontkleden gaf opnieuw aan hoe ongelooflijk ver zijn wreedheid ging, en hoe onverzadigbaar hij was in de spelletjes die hij speelde. Het was niet nodig geweest dat ze naakt was. Hij had het niet voor haar hoeven uitspellen dat ze met kerst alleen zou sterven, met niemand bij haar die haar naam kende. Gault had haar gewoon zonder omwegen kunnen doodschieten. Hij had zijn Glock te voorschijn kunnen halen en haar onverwachts kunnen doden. *De smeerlap*.
'Meneer en mevrouw Li?' Een vrouw met grijs haar liep naar het Aziatische echtpaar toe.
'Ja.'
'U kunt nu binnenkomen als u wilt.'

'Ja, ja,' zei de man terwijl zijn vrouw begon te huilen.
Ze gingen in de richting van de identificatieruimte, waar het lichaam van iemand van wie ze hielden met een speciale lift uit het mortuarium naar boven zou worden gehaald. Veel mensen konden de dood niet accepteren als ze niet eerst konden zien, konden aanraken. Ondanks de vele identificaties die ik door de jaren heen had georganiseerd en had bijgewoond, kon ik me echt niet voorstellen dat ik zelf zo'n ritueel zou moeten meemaken. Het leek me dat ik die laatste vluchtige blik van achter een glazen wand niet zou kunnen verdragen. Ik voelde hoofdpijn opkomen, sloot mijn ogen en masseerde mijn slapen. Ik bleef lang zo zitten, totdat ik voelde dat er iemand in de kamer was.
'Dr. Scarpetta?' De secretaresse van dr. Horowitz stond naast me, met een bezorgde uitdrukking op haar gezicht. 'Voelt u zich wel goed?'
'Emily,' zei ik verbaasd. 'Ja, het gaat best, maar ik had niet verwacht jou vandaag hier te zien.' Ik stond op.
'Wilt u een aspirine?'
'Dat is heel aardig van je, maar het gaat heus wel,' zei ik.
'Ik had u hier ook vandaag niet verwacht. Maar het is op het moment nou niet bepaald een normale situatie. Ik ben verbaasd dat u binnen hebt kunnen komen zonder door verslaggevers te worden lastiggevallen.'
'Ik heb helemaal geen verslaggevers gezien,' zei ik.
'Gisteravond waren ze overal. Ik neem aan dat u de ochtendeditie van de *Times* heeft gezien?'
'Ik ben bang dat ik daar de kans nog niet voor heb gehad,' zei ik ongemakkelijk. Ik vroeg me af of Wesley nog in bed lag.
'Het is een chaos,' zei Emily, een jonge vrouw met lang, donker haar die altijd zo ingetogen en eenvoudig was gekleed dat ze wel uit een andere eeuw leek te komen. 'Zelfs de burgemeester heeft gebeld. Dit is niet het soort publiciteit dat de stad nodig heeft. Ik kan nog steeds niet geloven dat het lichaam nou net door een journalist is gevonden.'
Ik keek haar met een scherpe blik aan terwijl we door de gang liepen. 'Een journalist?'

'Nou, hij is eigenlijk bureauredacteur of zoiets bij de *Times* – zo'n gek die altijd gaat joggen, wat voor weer het ook is. Hij was dus toevallig gisterochtend in het park en rende een stukje door Cherry Hill. Het was heel koud en uitgestorven en er lag heel veel sneeuw. Hij kwam bij de fontein en daar zat die arme vrouw. U begrijpt wel dat er een heel gedetailleerde beschrijving in de ochtendkrant staat en dat de mensen doodsbang zijn.'

We gingen een aantal deuren door en toen stak ze haar hoofd om de hoek van het kantoor van haar baas, om onze aanwezigheid voorzichtig aan te kondigen, zodat hij niet van ons zou schrikken. Dr. Horowitz was al op leeftijd en werd een beetje doof. In zijn kantoor hing de lichte bloemengeur van talloze bloeiende planten, want hij hield van orchideeën, kaapse viooltjes en gardenia's, en onder zijn zorgzame handen deden ze het fantastisch.

'Goedemorgen, Kay.' Hij kwam achter zijn bureau vandaan. 'Heb je iemand meegebracht?'

'Hoofdinspecteur Marino zou ook komen.'

'Emily zorgt er wel voor dat hij weet waar we zijn. Tenzij je liever wilt wachten.'

Ik wist dat Horowitz niet wilde wachten. Daar was geen tijd voor. Hij had de leiding over de grootste pathologisch-anatomische dienst van het land, waar op zijn stalen tafels jaarlijks op achtduizend mensen – de bevolking van een heel kleine stad – sectie werd gepleegd. Een kwart van de slachtoffers was vermoord en veel van hen zouden nooit een naam krijgen. New York had zoveel doden te identificeren, dat de recherche zelfs een onderafdeling Vermiste Personen in Horowitz' kantoor had.

De patholoog-anatoom nam de telefoon van de haak en sprak met iemand wiens naam hij niet noemde.

'Dr. Scarpetta is hier. We komen nu naar beneden,' zei hij.

'Ik vang hoofdinspecteur Marino wel op,' zei Emily. 'Ik geloof dat zijn naam me bekend voorkomt.'

'We werken al jaren samen,' zei ik. 'En hij houdt zich ook al met de Ondersteunende Onderzoeksafdeling van de FBI op Quantico bezig sinds die is opgericht.'

'Ik dacht dat dat de Afdeling Gedragswetenschappen heette, net als in de film.'
'Het Bureau heeft de naam veranderd, maar het werk is nog hetzelfde,' zei ik. De afdeling bestond uit een kleine groep agenten die beroemd waren geworden door de psychologische profielen die ze van misdadigers opstelden en hun onderzoek van gewelddadige seksuele misdrijven. Voordat ik nog niet zo lang geleden adviserend patholoog bij die afdeling was geworden, had ik geloofd dat er niet veel meer was wat ik nog niet had gezien. Dat had ik mis gehad.
Het zonlicht stroomde door de ramen van Horowitz' kantoor naar binnen en werd weerspiegeld tegen de glazen planken vol bloemen en miniatuurboompjes. Ik wist dat in de badkamer orchideeën in de warme vochtige duisternis rond de wasbak en het bad groeiden en dat hij thuis een kas had. Toen ik Horowitz voor het eerst zag, deed hij me aan Lincoln denken. Beide mannen hadden magere, vriendelijke gezichten die werden overschaduwd door de zorgen over een oorlog die het land verscheurde. Ze droegen hun tragedie allebei alsof ze daartoe waren uitverkozen, en ze hadden grote, geduldige handen.
We gingen naar beneden, naar wat de dienst hier de *morgue* noemde, een vreemd deftige term voor een mortuarium dat zich in een van de meest gewelddadige steden van Amerika bevond. De lucht die door de erker naar binnen kwam was heel koud en rook naar verschaalde sigaretten en de dood. Bordjes op de felblauwe muren verzochten mensen geen bebloede lakens, hoezen, losse lappen of verpakkingen in de vuilniscontainers te gooien. Het was verplicht plastic hoezen over je schoenen te dragen en het was verboden daar te eten, en op veel van de deuren stonden rode waarschuwingen voor infectiegevaar. Horowitz vertelde dat een van zijn dertig assistenten de sectie zou uitvoeren op de onbekende vrouw van wie we dachten dat ze Gaults meest recente slachtoffer was.
We liepen een kleedkamer in waar dr. Lewis Rader, die al een operatie-overall aan had, een grote staafbatterij om zijn middel bevestigde.

'Dr. Scarpetta,' zei Horowitz, 'kent u dr. Rader?'
'We kennen elkaar al eeuwen,' zei Rader met een glimlach.
'Ja, dat is waar,' zei ik op warme toon. 'Maar de laatste keer dat we elkaar zagen was in San Antonio, geloof ik.'
'Jee. Is het al zo lang geleden?'
Dat was op een bijeenkomst van de Amerikaanse Academie van Forensische Wetenschappen geweest die eens per jaar werd gehouden. Daar kwamen mensen zoals wij bij elkaar om over onze zaken te vertellen. Rader had een presentatie gehouden over een bizar geval waarbij een jonge vrouw was overleden nadat ze door de bliksem was getroffen. Omdat de kleren van het slachtoffer door de kracht van de inslag waren weggerukt, en ze haar hoofd had gewond toen ze was gevallen en tegen beton was geslagen, was ze als het slachtoffer van een seksuele moord bij de pathologisch-anatomische dienst binnengekomen. De politie was overtuigd geweest totdat Rader ze liet zien dat de gesp aan de riem van de vrouw magnetisch was geworden en ze een kleine brandwond aan de onderkant van haar voet had.
Ik wist nog dat Rader na zijn presentatie een pure scheut Jack Daniels in een papieren beker voor me had ingeschonken en we herinneringen hadden opgehaald aan de goede oude tijd toen er nog maar weinig forensisch pathologen waren en ik de enige vrouw was geweest. Rader liep nu tegen de zestig en had een zeer goede naam onder zijn collega's. Maar hij zou geen goed hoofd zijn geweest. Hij had geen zin met het papierwerk en met de politiek te vechten.
We zagen eruit alsof we ons kleedden voor een tripje in de ruimte terwijl we luchtflessen, gezichtsmaskers en capuchons bevestigden. Aids was een reden voor bezorgdheid als je je met een injectienaald prikte of jezelf sneed als je met een lichaam bezig was dat met het virus was besmet, maar de infecties die via de lucht werden overgedragen, zoals tuberculose, hepatitis en meningitis, vormden een veel grotere bedreiging. Tegenwoordig droegen we twee paar handschoenen, ademden gezuiverde lucht in en hulden onszelf in operatiepakken en schorten die na gebruik konden worden weggegooid. Sommige patholo-

gen-anatomen, zoals Rader, droegen roestvrij stalen, geweven handschoenen, zoals een maliënkolder.
Ik trok de capuchon over mijn hoofd toen O'Donnell, de rechercheur die ik de avond daarvoor had ontmoet, samen met Marino binnenkwam. Marino zag er gemelijk uit en leek een kater te hebben. Ze deden maskers voor en trokken handschoenen aan, terwijl niemand elkaar aankeek of iets zei. Ons naamloze lichaam bevond zich in lade nummer 121 en toen we de kleedkamer uit liepen, haalden mortuariumassistenten het te voorschijn en legden het op een wagentje. De naakte, dode vrouw zag er meelijwekkend uit op haar koude, stalen bed.
De plekken op haar schouder en dijen waar het vlees was weggesneden zagen er met al het geronnen bloed gruwelijk uit. Haar huid was dieproze van de *livores mortis*, wat typerend was voor bevroren lichamen of voor mensen die aan de kou waren bezweken. De schietwond aan haar rechterslaap was afkomstig van een pistool met groot kaliber en ik zag onmiddellijk de duidelijke afdruk die de mond van het pistool op haar huid had achtergelaten toen Gault de loop tegen haar hoofd had gedrukt en de trekker had overgehaald.
Mannen in overalls en met maskers op rolden haar de röntgenruimte in, waar onze wapenrusting werd aangevuld met een oranje plastic bril. Rader stelde de Luma-Lite op, een lichtbron die uit een eenvoudige zwarte kast met een versterkte kabel voor ultraviolet licht bestond. Dit apparaat vormde een extra paar ogen, die zagen wat onze ogen niet konden zien. Het zachte, witte licht deed vingerafdrukken oplichten en liet haren, vezels en vlekken van drugs of sperma opgloeien als vuur.
'Wil iemand het licht uitdoen?' vroeg Rader.
Hij ging in het donker met de Luma-Lite over het lichaam heen, en talloze vezels lichtten als heel fijn gloeidraad op. Met zijn forceps haalde Rader bewijsmateriaal uit haar schaamhaar, van haar voeten, handen en tussen de stoppeltjes op haar hoofd. Kleine gele stukken huid gloeiden net zo fel op als de zon toen hij met de lamp over de vingertoppen van haar rechterhand ging.

‘Ze heeft hier een soort chemisch spul,’ zei Rader.
‘Soms licht sperma zo op.’
‘Ik denk niet dat het dat is.’
‘Het kunnen drugs zijn,’ gaf ik mijn mening.
‘Laten we er een monster van nemen,’ zei Rader. ‘Waar is het zoutzuur?’
‘Komt eraan.’
Het bewijsmateriaal werd vastgelegd en Rader ging verder. De kleine lamp volgde het landschap van het lichaam van de vrouw, naar de donkere, diepe gedeeltes waar het vlees was weggehaald, over de platte vlakte van haar buik en over de zachte glooiing van haar borsten. Er zaten vrijwel geen vezels op haar wonden. Dat onderschreef onze theorie dat Gault haar had gedood en verminkt op de plek waar ze was gevonden, omdat er vuildeeltjes aan haar opdrogende bloed moesten zijn gekleefd als ze na de moord was vervoerd. Haar verwondingen waren zelfs het schoonste deel van haar lichaam.
We waren meer dan een uur in het donker bezig en haar lichaam openbaarde centimeter voor centimeter zijn geheimen. Haar huid was licht en leek slechts zelden zon te hebben gezien. Haar spieren waren weinig ontwikkeld, ze was dun en mat één negenenzestig. Er zaten drie gaatjes in haar linkeroor en twee in haar rechteroor, waar ze knopjes en kleine ringetjes in droeg, allemaal van goud. Ze was donkerblond en had blauwe ogen en regelmatige gelaatstrekken die misschien niet zo weinig opvallend zouden zijn geweest als ze haar hoofd niet had kaalgeschoren en ze niet dood was geweest. Haar ongelakte vingernagels waren tot op het bot toe afgebeten.
Het enige teken van oude verwondingen waren de littekens boven op haar hoofd boven het linker wandbeen. De littekens waren recht en zo’n vier à vijf centimeter lang. Het enige zichtbare kruitspoor op haar handen was een plek die was veroorzaakt door de uitwerper van het wapen op haar rechter handpalm, tussen haar wijsvinger en haar duim. Het leek me dat ze die hand had gebruikt om zich te verdedigen toen het pistool werd afgevuurd.

Het kruitspoor sloot zelfmoord uit, zelfs als al het andere bewijsmateriaal daar wel op had gewezen, wat natuurlijk niet het geval was.
'We weten zeker niet of ze links of rechts was,' klonk Horowitz' stem uit het duister achter me.
'Haar rechterarm is iets meer ontwikkeld dan haar linkerarm,' merkte ik op.
'Dan denk ik dat ze rechtshandig was. Ze verzorgde en voedde zichzelf slecht,' zei Horowitz.
'Iemand die op straat woonde, een prostituée. Dat denk ik,' merkte O'Donnell op.
'De hoertjes die ik ken zouden nooit hun hoofd kaal scheren,' klonk Marino's norse stem in het donker van de andere kant van de tafel.
'Het hangt ervan af op wat voor soort klandizie ze uit was,' zei O'Donnell. 'De agent die haar in de metro zag, dacht eerst dat ze een man was.'
'Dat was toen ze daar met Gault liep,' zei Marino.
'Toen ze daar met de vent liep van wie jij denkt dat het Gault was.'
'Dat denk ik niet,' zei Marino. 'Hij was degene die bij haar was. Ik kan die klootzak bijna ruiken, alsof hij overal waar hij is geweest een stinklucht achterlaat.'
'Ik denk dat je haar ruikt,' zei O'Donnell.
'Ga eens met de lamp naar beneden. Ja, daar, dank je.' Rader verzamelde nog meer vezels terwijl stemmen zonder bijbehorende gezichten in een duisternis die zo dik was als fluweel door bleven praten.
Eindelijk zei ik: 'Ik vind dit heel ongebruikelijk. Meestal associeer ik zoveel sporen met iemand die in een vuile deken is gewikkeld of die in de achterbak van een auto is vervoerd.'
'Het is duidelijk dat ze zichzelf recentelijk niet heeft gebaad, en het is winter,' zei Rader terwijl hij de Luma-Lite boven het lichaam bewoog, een vaag litteken van een pokkenvaccinatie uit haar jeugd verlichtend. 'Ze had misschien dagenlang dezelfde kleren aan, en als ze met de metro of de bus reisde, kan ze daar veel vuil hebben opgepikt.'

Het leek erop dat ze een berooide vrouw was, die voor zover wij wisten niet als vermist was opgegeven omdat ze geen huis had, omdat er niemand was wie het iets kon schelen, of die überhaupt wist dat ze was verdwenen. Ze was een typische dakloze, namen we aan, totdat ze op tafel zes in de sectieruimte werd gelegd, waar de forensisch tandarts dr. Graham stond te wachten om haar tanden in kaart te brengen.

Hij was een jonge man met brede schouders en een verstrooide manier van doen die ik associeerde met professors op de medische faculteit. Hij verdiende de kost als kaakchirurg op Staten Island. Maar vandaag was de dag dat hij met de mensen werkte die woordeloos klaagden, en dat deed hij voor een vergoeding die waarschijnlijk niet eens zijn taxi en zijn lunch dekte.

De *rigor mortis* had ingezet en de dode vrouw wilde niet meewerken, als een koppig kind dat een hekel heeft aan de tandarts. Hij wrong haar kaken uiteindelijk van elkaar met een dunne vijl.

'Nou, gelukkig kerstfeest,' zei hij, een felle lamp dichterbij houdend. 'Ze heeft een mond vol goud.'

'Wat eigenaardig,' zei Horowitz als een wiskundige die over een probleem nadenkt.

'Dat zijn goudcohesievullingen.' Graham wees naar het niervormige goud dat bij de rand van het tandvlees op alle voortanden zat. 'Hier en hier en hier.' Hij wees alles aan. 'Zes in totaal. Dat komt heel weinig voor. Ik heb zoiets zelfs nog nooit gezien. Niet in een mortuarium.'

'Wat is dat in vredesnaam?' vroeg Marino.

'Pure ellende, dat is het,' zei Graham. 'Een heel moeilijke, lelijke vulling.'

'Ik geloof dat je dat vroeger moest kunnen doen bij je tandartsexamens,' zei ik.

'Dat klopt.' Graham werkte verder. 'De studenten vonden het verschrikkelijk.'

Hij legde uit dat de tandarts dan balletjes goud in een tand moest kloppen, waarbij de vulling er al uit viel als er zelfs maar het minste beetje vocht bij kwam. Hoewel de vullingen een heel goede kwaliteit hadden, waren ze arbeidsintensief, pijnlijk en duur.

'En niet veel patiënten,' vervolgde hij, 'willen dat je goud in hun mond ziet, vooral niet op hun voortanden.'
Hij ging verder en onderzocht de verschillende reparaties die hadden plaatsgevonden, de kiezen die waren getrokken, de vorm en de gebreken van het gebit die deze vrouw maakten tot wie zij was. Ze had enigszins vooruitstekende tanden, en een halfrond slijtagepatroon dat mogelijk kon zijn veroorzaakt doordat ze gewoon was op een pijp te bijten, aangezien ze met een pijp was gezien.
'Als ze een chronisch pijprookster was, zou u dan niet verwachten dat haar tanden nicotinevlekken vertoonden?' vroeg ik, want daar zag ik geen teken van.
'Dat is mogelijk. Maar kijk eens hoe uitgesleten de buitenkant van haar tanden is... Die beschadigde delen langs de rand van haar tandvlees waar het goud zit,' wees hij. 'De belangrijkste schade aan haar gebit is aangericht door buitensporig veel poetsen.'
'Dus als ze tien keer per dag als een idioot haar tanden poetste, heeft ze geen nicotinevlekken,' zei Marino.
'Het past niet bij haar slechte lichamelijke hygiëne dat ze als een idioot haar tanden poetste,' merkte ik op. 'Haar mond lijkt eigenlijk verder bij alles uit de toon te vallen.'
'Kun je zien wanneer die vullingen zijn aangebracht?' vroeg Rader.
'Niet echt,' zei Graham, terwijl hij verder zocht. 'Maar het ziet er allemaal goed uit. Ik zou zeggen dat het waarschijnlijk allemaal door dezelfde tandarts is gedaan, en de enige plek in het land waar ze nog steeds met goudcohesievullingen werken is aan de westkust.'
'Hoe weet u dat eigenlijk?' vroeg rechercheur O'Donnell.
'Je kunt alleen maar zulke vullingen krijgen als er tandartsen zijn die dat nog doen. Ik doe het bijvoorbeeld niet. Ik persoonlijk ken geen mensen die er nog mee werken. Maar er is een organisatie genaamd de ''Amerikaanse Academie voor Tandheelkundig Gebruik van Goud'' die een paar honderd leden heeft. Tandartsen die er trots op zijn dat ze dit soort vullingen nog

steeds doen. En de grootste groep daarvan bevindt zich in de staat Washington.'

'Waarom zou iemand zo'n vulling willen?' vroeg O'Donnell.

'Goud blijft lang goed.' Graham keek hem aan. 'Er zijn mensen die zich zorgen maken over wat er in hun mond wordt gestopt. Er wordt gezegd dat de chemicaliën in witte vullingen het zenuwstelsel kunnen beschadigen. Sommige mensen geloven dat zilver van alles kan veroorzaken, van cystic fibrosis tot haaruitval.'

Marino zei: 'Ja, sommige lui vinden goud misschien gewoon mooi.'

'Sommige mensen vinden dat inderdaad,' stemde Graham in. 'Misschien zij dus ook wel.'

Maar dat leek mij niet. Ik had beslist niet het idee dat deze vrouw veel om haar uiterlijk had gegeven. Ik vermoedde dat ze haar hoofd niet had kaalgeschoren om op te vallen of omdat ze dat trendy vond. Toen we met het inwendig onderzoek begonnen, begreep ik meer van haar, terwijl ze tegelijkertijd mysterieuzer werd.

Ze had een operatie gehad waarbij haar baarmoeder via de vagina was verwijderd en haar eierstokken intact waren gelaten, en ze had platvoeten. Ze had ook oude intracerebrale hematomen in de frontaalkwab, die waren veroorzaakt door een klap die haar onder de littekens die we al hadden gezien, een schedelfractuur had bezorgd.

'Ze is het slachtoffer geweest van geweld, misschien al heel lang geleden,' zei ik. 'En het is het soort hoofdwond dat wordt geassocieerd met een verandering van de persoonlijkheid.' Ik bedacht hoe ze misschien door de wereld had gezworven zonder dat iemand haar had gemist. 'Waarschijnlijk is ze van haar familie vervreemd en had ze last van epileptische aanvallen.'

Horowitz wendde zich tot Rader. 'Kijk eens of we Toxicologie onder druk kunnen zetten om snel te zijn. Laten we haar op difenylhydantoïne onderzoeken.'

5

We konden de rest van de dag verder maar weinig doen. De stad was met zijn gedachten bij het kerstfeest, en de laboratoria en de meeste kantoren waren gesloten. Marino en ik liepen een paar blokken in de richting van Central Park en gingen daar een Griekse koffieshop binnen, waar ik een kop koffie dronk omdat ik niets kon eten. Daarna namen we een taxi.

Wesley was niet in zijn kamer. Ik ging naar mijn eigen kamer en bleef lang voor het raam naar het donker staan kijken, naar de wirwar van takken en de zwarte rotsen tussen de sneeuw in het uitgestrekte park. De lucht was grijs en zwaar. Ik kon de ijsbaan niet zien en de fontein waar de vermoorde vrouw was gevonden ook niet. Hoewel ik niet op de plaats van het misdrijf was geweest toen haar lichaam daar nog lag, had ik de foto's uitgebreid bestudeerd. Wat Gault had gedaan was afschuwelijk. Ik vroeg me af waar hij nu zou zijn.

Ik kon de mensen die op een gewelddadige manier de dood hadden gevonden en op wie ik sinds het begin van mijn loopbaan sectie had gepleegd niet eens meer tellen, en toch begreep ik veel van de moordenaars beter dan ik in de getuigenbank liet merken. Het is niet moeilijk begrip te hebben voor mensen die zo woedend, bang of gek zijn, of die zo onder de drugs zitten dat ze gaan moorden. Zelfs psychopaten hebben hun eigen soort verwrongen logica. Maar Temple Brooks Gault leek buiten elke beschrijving of verklaring te vallen.

Vijf jaar daarvoor was hij voor het eerst met justitie in aanraking gekomen, toen hij White Russians zat te drinken in een bar in Abingdon, Virginia. Een dronken vrachtwagenchauffeur die niet van verwijfde mannen hield, viel hem lastig. Gault, die een zwarte band in karate had, zei niets en glimlachte zijn vreemde glimlach. Hij stond op, draaide zich razendsnel om en trapte de man tegen zijn hoofd. Toevallig zaten er een stuk of zes agenten van de regionale politie die op dat moment geen dienst hadden aan een tafeltje daar vlakbij. Dat was misschien wel de enige reden waarom Gault werd opgepakt en van doodslag werd beschuldigd.

Zijn carrière in de gevangenis van Virginia was kort en bizar geweest. Gault werd de favoriet van een corrupte gevangenbewaarster, die hem van een andere identiteit voorzag, waardoor hij kon ontsnappen. Gault was pas heel kort weer op vrije voeten geweest toen hij een jongen genaamd Eddie Heath tegenkwam en hem op ongeveer dezelfde manier vermoordde als hij de vrouw in Central Park had afgeslacht. Vervolgens vermoordde hij mijn mortuarium-assistente, de gevangenisdirecteur en de gevangenbewaarster, die Helen heette. Gault was toen eenendertig geweest.

Er dwarrelden sneeuwvlokken langs mijn raam en in de verte zweefde sneeuw als mist tussen de bomen. Het geluid van hoeven op het plaveisel klonk op toen er een koetsje langskwam met twee warm ingepakte passagiers erin. De witte merrie was oud en niet meer zo vast ter been en toen ze struikelde gaf de koetsier haar er ongenadig van langs. De andere paarden, die er onverzorgd uitzagen en maar weinig bescherming tegen de kou hadden, keken toe, hun hoofden naar beneden houdend. Ik voelde de woede als gal in mijn keel naar boven komen. Mijn hart ging tekeer. Ik draaide me wild om toen er iemand aanklopte.

'Wie is daar?' vroeg ik op dwingende toon.

Wesley zei na een ogenblik stilte: 'Kay?'

Ik liet hem binnen. Zijn honkbalpet en de schouders van zijn overjas waren nat van de sneeuw. Hij trok zijn leren handschoenen uit en stopte ze in zijn zakken, om vervolgens zonder zijn ogen van me af te wenden zijn jas uit te doen.

'Wat is er?' vroeg hij.

'Ik zal je precies vertellen wat er is.' Mijn stem trilde. 'Kom hier maar eens kijken.' Ik pakte zijn hand vast en trok hem naar het raam. 'Kijk toch eens! Denk je dat die arme, zielige paarden ooit een dag vrij krijgen? Denk je dat ze goed worden verzorgd? Denk je dat ze ooit worden geborsteld of dat hun hoeven goed

worden schoongemaakt? Weet je wat er gebeurt als ze struikelen… als het glad is en ze stokoud zijn en bijna vallen?'
'Kay…'
'*Dan worden ze alleen maar nog harder geslagen*.'
'Kay…'
'Dus waarom doe je niets?' tierde ik door.
'Wat wil je dan dat ik doe?'
'Doe gewoon iets. De wereld is vol mensen die niets doen en dat ben ik verdomde zat.'
'Wil je dat ik een klacht indien bij de Dierenbescherming?' vroeg hij.
'Ja, dat wil ik,' zei ik, 'en dat ga ik zelf ook doen.'
'Is het goed als we dat morgen doen, want vandaag is er denk ik niets open.'
Ik stond weer uit het raam te kijken toen de koetsier zijn paard opnieuw sloeg. 'Zo is het genoeg,' snauwde ik.
'Waar ga je heen?' Hij kwam achter me aan toen ik de kamer uit liep en me naar de lift haastte. Ik beende door de foyer en stormde zonder jas het hotel uit. De sneeuw kwam nu in dichte vlokken naar beneden en bedekte de gladde straat. Een oude man met een hoed op die voorovergebogen op de bok zat, was het doel van mijn woede. Hij ging rechter zitten toen hij een dame van middelbare leeftijd met een lange man op haar hielen naar hem toe zag komen.
'U wilt fijn ritje?' vroeg hij met een zwaar accent.
De merrie strekte haar hals in mijn richting en spitste haar oren alsof ze wist wat er ging gebeuren. Ze zat onder de littekens en was vel over been en haar hoeven waren vergroeid. Haar ogen stonden dof en hadden rode randen.
'Hoe heet uw paard?' informeerde ik.
'Snow White.' Hij zag er net zo ellendig uit als zijn zielige merrie terwijl hij zijn prijzen opnoemde.
'Ik ben niet in uw prijzen geïnteresseerd,' zei ik. Hij keek me vermoeid aan en haalde zijn schouders op.
'Hoe lang wilt u rondrijden?'
'Dat weet ik niet,' zei ik kortaf. 'Hoe lang moet ik rondrijden

voordat u Snow White weer slaat? En tuigt u haar minder of juist méér af omdat het kerst is?'
'Ik zorg goed voor mijn paard,' zei hij op domme toon.
'U bent wreed tegen dit paard en waarschijnlijk tegen alles wat ademt en leeft,' zei ik.
'Ik doe gewoon mijn werk,' zei hij. Hij kneep zijn ogen half dicht.
'Ik ben een dokter en ik geef u aan,' zei ik gespannen.
'Wat?' snoof hij. 'Bent u een paardendokter?'
Ik ging dichter bij de bok staan, totdat ik nog maar een paar centimeter bij zijn met een deken bedekte benen vandaan was. 'Als u deze merrie nog een keer met de zweep geeft, dan zie ik dat,' zei ik met de ijzige kalmte die ik bewaarde voor de mensen die ik haatte. 'En deze man hier achter me ziet het ook. Vanuit dat raam daar,' wees ik. 'En dan komt er een dag waarop u wakker wordt en u hoort dat ik uw bedrijf heb gekocht en u heb ontslagen.'
'U koopt niks.' Hij keek nieuwsgierig naar de New York City Athletic Club.
'U snapt niet hoe de werkelijkheid in elkaar zit.'
Hij duwde zijn kin diep in zijn kraag en negeerde me.
Ik zei niets toen ik naar mijn kamer terugliep en Wesley sprak ook niet. Ik slaakte een diepe zucht en mijn handen hielden maar niet op met trillen. Hij ging naar de minibar en schonk voor ons allebei een glas whisky in, installeerde me op het bed, duwde een paar kussens tegen mijn rug, trok zijn jas uit en legde die over mijn benen.
Hij deed het licht uit en kwam naast me zitten. Een tijd lang masseerde hij alleen maar mijn nek terwijl ik uit het raam staarde. De sneeuwlucht zag er grijs en nat uit, maar leek niet zo somber als wanneer het regende. Ik vroeg me af waarom dat was, waarom sneeuw zacht leek, terwijl regen harder en op de een of andere manier ook kouder aanvoelde.
De kerst toen de politie in Richmond het tengere naakte lichaam van Eddie Heath had ontdekt, was het bitter koud geweest en had het geregend. Hij zat tegen een vuilniscontainer achter een

leeg gebouw met dichtgespijkerde ramen en hoewel hij nooit meer bij bewustzijn zou komen, was hij nog niet dood. Gault had hem ontvoerd uit een supermarkt waar Eddie een blik soep voor zijn moeder was gaan kopen.
Ik zou nooit de naargeestigheid van de smerige plek waar de jongen was gevonden en de zinloosheid van Gaults wreedheid vergeten. Hij had het tasje met het blikje soep en de reep chocola die Eddie voor zijn dood had gekocht naast het lichaam gelegd. Die kleine details hadden het geval zo schrijnend gemaakt dat zelfs de rechercheur van Henrico County had gehuild. Ik zag Eddies verwondingen weer voor me en herinnerde me weer de warme druk van zijn hand toen ik hem op de intensive care van de kinderafdeling had onderzocht voordat de apparatuur die hem in leven hield werd uitgeschakeld.
'O, god,' fluisterde ik in de schemerige kamer. 'O, god, ik heb hier zo genoeg van.'
Wesley antwoordde niet. Hij was opgestaan en stond nu met zijn glas in zijn hand voor het raam.
'Ik ben al die wreedheid zat. Ik ben het zat dat mensen paarden slaan en kleine jongens en vrouwen bij wie er iets mis is met hun hoofd vermoorden.'
Wesley draaide zich niet om. Hij zei: 'Het is Kerstmis. Je zou je familie moeten bellen.'
'Je hebt gelijk. Dat heb ik net nodig om me op te vrolijken.' Ik snoot mijn neus en pakte de telefoon.
In het huis van mijn zus nam niemand op. Ik haalde een adresboekje uit mijn tas en belde het ziekenhuis waar mijn moeder nu al weken lag. Een verpleegster op de intensive care zei dat Dorothy bij mijn moeder was en dat ze haar wel even zou gaan halen.
'Hallo?'
'Vrolijk kerstfeest,' zei ik tegen mijn enige zuster.
'Dat komt nogal cynisch over als je bedenkt waar ik op dit ogenblik ben. Er is absoluut niets vrolijks aan deze tent, hoewel jij dat natuurlijk niet kan weten, aangezien je niet hier bent.'
'Ik weet vrij goed hoe het is op een intensive care,' zei ik. 'Waar is Lucy en hoe gaat het met haar?'

'Ze is wat boodschappen doen met haar vriendin. Ze hebben me hier afgezet en komen over ongeveer een uur terug. En dan gaan we naar de mis. Hoewel, ik weet niet of haar vriendin meegaat, want ze is niet katholiek.'
'Lucy's vriendin heeft een naam. Ze heet Janet, en ze is heel aardig.'
'Daar wil ik het nu niet over hebben.'
'Hoe gaat het met moeder?'
'Hetzelfde.'
'Hetzelfde als wanneer, Dorothy,' zei ik. Ze begon me te irriteren.
'Ze hebben vandaag veel sucties moeten doen. Ik weet niet wat er precies aan de hand is, maar je kunt je niet voorstellen hoe het is om toe te kijken terwijl zij probeert te hoesten en geen enkel geluid voortbrengt vanwege die vreselijke slang in haar keel. Ze kon vandaag maar vijf minuten van de beademingsapparatuur af.'
'Weet ze wat voor dag het vandaag is?'
'O, ja,' zei Dorothy op onheilspellende toon. 'O, ja, dat weet ze. Ik heb een boompje op haar tafel gezet. Ze huilt veel.'
Er welde een doffe pijn in mijn borst op.
'Wanneer kom je hierheen?' vroeg ze.
'Dat weet ik niet. We kunnen nu niet uit New York weg.'
'Is het je wel eens opgevallen, Katie, dat je je het grootste deel van je leven alleen maar om dode mensen hebt bekommerd?' Ze sprak op steeds scherpere toon. 'Ik geloof dat je alleen maar relaties met doden hebt...'
'Dorothy, zeg maar tegen moeder dat ik van haar hou en dat ik heb gebeld. En wil je tegen Lucy en Janet zeggen dat ik ze vanavond of morgen nog probeer te bereiken.'
Ik hing op.
Wesley stond nog steeds met zijn rug naar me toe voor het raam. Hij was op de hoogte van de problemen die ik met mijn familie had.
'Ik vind het heel naar voor je,' zei hij op vriendelijke toon.
'Ze zou ook zo zijn als ik er wel bij was.'

'Dat weet ik. Maar het punt is dat jij daar en ik thuis zou moeten zijn.'

Als hij het over *thuis* had, voelde ik me altijd ongemakkelijk omdat hij en ik niet hetzelfde thuis hadden. Ik dacht weer aan de moordzaak, en als ik mijn ogen sloot, zag ik de vrouw voor me die eruitzag als een paspop zonder kleren en zonder pruik. Ik zag haar gruwelijke wonden voor mijn ogen.

Ik zei: 'Benton, wie doodt hij in werkelijkheid als hij die mensen doodt?'

'Zichzelf,' zei hij. 'Gault doodt zichzelf.'

'Dat kan toch niet het hele verhaal zijn.'

'Nee, maar wel een deel.'

'Het is een sport voor hem,' zei ik.

'Dat is ook waar.'

'En zijn familie? Weten we al iets meer?'

'Nee.' Hij draaide zich niet om. 'Zijn moeder en vader verkeren in goede gezondheid en wonen in Beaufort in South Carolina.'

'Zijn ze dan uit Albany weggegaan?'

'Je herinnert je de overstromingen toch nog wel?'

'O, ja. De storm.'

'Het zuiden van Georgia is bijna weggespoeld. Blijkbaar zijn de Gaults toen naar Beaufort verhuisd. Ik denk dat ze ook wat meer privacy wilden.'

'Dat kan ik me voorstellen.'

'Precies. Er reden bussen vol toeristen langs hun huis in Georgia. Er stonden journalisten voor de deur. Ze willen niet meewerken. Zoals je weet, heb ik hun herhaaldelijk om een gesprek gevraagd, wat ze echter steeds hebben geweigerd.'

'Ik wilde dat we wat meer over zijn jeugd wisten,' zei ik.

'Hij is opgegroeid op de plantage van zijn familie die feitelijk uit een groot, wit, houten huis en tientallen hectaren met pecanbomen bestond. Daar vlakbij stond de fabriek die notenrepen maakte en ander snoepgoed dat je voornamelijk in het zuiden, in chauffeurscafés en restaurants kunt kopen. En wat er in dat huis is gebeurd toen Gault daar woonde, dat weten we niet.'

'En zijn zus?'

'Die zit nog steeds ergens aan de westkust, geloof ik. We kunnen haar niet vinden. Vermoedelijk zou ze toch niet met ons willen praten.'
'Hoe waarschijnlijk is het dat Gault contact met haar opneemt?'
'Dat is moeilijk te zeggen. Maar we zijn niets tegengekomen dat erop wijst dat zij tweeën ooit heel vertrouwelijk met elkaar zijn geweest. Het lijkt er niet op dat Gault ooit in zijn leven met wie dan ook intiem – in de normale betekenis van het woord – is geweest.'
'Waar ben je vandaag geweest?' Mijn stem was nu kalmer en ik voelde me ook rustiger.
'Ik heb met een aantal rechercheurs gepraat en ik heb veel rondgelopen.'
'Was dat lopen als lichaamsbeweging of als werk bedoeld?'
'Voornamelijk het laatste, maar eigenlijk allebei. Trouwens, Snow White is weg. De koetsier is net met een leeg rijtuig weggegaan. En hij heeft haar niet geslagen.'
Ik opende mijn ogen. 'Vertel me eens wat meer over je wandeling.'
'Ik ben door het gebied gelopen waar Gault in het metrostation met zijn slachtoffer is gezien, bij Central Park West en Eighty-first. Afhankelijk van wat voor weer het is en wat voor route je neemt, is dat metrostation zo'n vijf à tien minuten bij de Ramble vandaan.'
'Maar we weten niet of ze daar het park in zijn gegaan.'
'We weten verdomme helemaal niks,' zei hij met een lange, vermoeide zucht. 'We hebben natuurlijk de schoenafdrukken. Maar er zijn zoveel andere afdrukken van voeten, van hoeven, van hondepoten en god weet wat nog meer. Of tenminste, die waren er.' Hij zweeg even en keek naar de sneeuw die langs het raam neerkwam.
'Jij denkt dat hij hier ergens in de buurt heeft gewoond.'
'Dat metrostation is geen overstapstation, het is een eindstation. Mensen die daar uitstappen, wonen op de Upper West Side of gaan naar een van de restaurants, het museum of naar manifestaties in het park.'

'En daarom denk ik niet dat Gault in die buurt woont,' zei ik. 'In een station zoals op Eighty-first of bij de andere haltes daar in de buurt zie je waarschijnlijk steeds dezelfde mensen. Het lijkt me dat de kaartjesverkoper die Gault heeft geholpen hem wel zou hebben herkend als Gault daar vlakbij woonde en vaak met de metro ging.'

'Dat is een goed punt,' zei Wesley. 'Het lijkt erop dat Gault het gebied waar hij zijn misdaad heeft gepleegd goed kende. En toch zijn er geen aanwijzingen dat hij daar ooit eerder was geweest. Hoe kan hij die buurt dan goed kennen?' Hij draaide zich naar me om.

Het licht in de kamer was uit, en hij stond in de schaduw, voor een gemarmerde achtergrond van grijze lucht en sneeuw. Wesley zag er mager uit. Zijn donkere broek hing op zijn heupen en zijn riem zat op een nieuw gaatje.

'Je bent afgevallen,' zei ik.

'Ik voel me gevleid dat je dat ziet,' zei hij op wrange toon.

'Ik ken je lichaam alleen goed als je geen kleren aan hebt,' zei ik nuchter. 'En dan ben je mooi.'

'Dat is het enige moment wanneer het ertoe doet, lijkt me.'

'Nee, dat is niet waar. Hoeveel ben je afgevallen en waarom?'

'Ik weet niet hoeveel. Ik weeg mezelf nooit. Soms vergeet ik te eten.'

'Heb je vandaag al gegeten?' vroeg ik, alsof ik zijn huisdokter was.

'Nee.'

'Trek je jas aan,' zei ik.

We liepen hand in hand langs het hek bij het park, en ik kon me niet herinneren of we ooit eerder in het openbaar onze genegenheid voor elkaar hadden getoond. Maar de paar mensen die nu op straat waren konden onze gezichten niet goed zien, als het ze al iets had kunnen schelen. Mijn hart voelde weer even licht aan, en de sneeuw die op de harde sneeuw op straat viel, klonk alsof hij op glas tinkelde.

We liepen zwijgend een flink aantal blokken en ik dacht aan

mijn familie in Miami. Ik zou ze waarschijnlijk voor het einde van de dag nog een keer bellen en als beloning zou ik nog meer klachten krijgen. Ze waren boos op me omdat ik niet deed wat zij wilden, en telkens als dat gebeurde, wilde ik ze dolgraag van me afzetten, alsof ze een slecht uitgevoerde klus of een ondeugd waren. Het was zo dat ik me de meeste zorgen maakte over Lucy, van wie ik altijd had gehouden alsof ze mijn dochter was. Ik kon niets goeds doen bij moeder, en aan Dorothy had ik een hekel.

Ik ging dichter naast Benton lopen en nam zijn arm. Hij hield mijn hand in zijn andere hand en ik drukte mijn lichaam tegen hem aan. We hadden allebei een pet op, wat het moeilijk maakte elkaar te zoenen. Dus stonden we in de vallende duisternis stil op het trottoir, draaiden de klep van onze petten als bendeleden naar achteren en losten het probleem op. We barstten in lachen uit om hoe we eruitzagen.

'Verdomme, ik wilde dat ik een fototoestel bij me had,' lachte Wesley.

'Nee, dat wil je niet.'

Ik zette mijn pet weer goed terwijl ik erover dacht wat er zou gebeuren als iemand een foto van ons tweeën nam. Zo werd ik er weer aan herinnerd dat we vogelvrij waren en het gelukkige ogenblik verdween weer. We liepen door.

'Benton, dit kan zo niet eindeloos doorgaan,' zei ik.

Hij antwoordde niet.

Ik vervolgde: 'In je echte wereld ben je een toegewijd echtgenoot en vader, maar dat is anders als wij samen op pad zijn.'

'Hoe voel jij je eronder?' zei hij. De gespannen klank was weer terug in zijn stem.

'Ik denk dat ik me net zo voel als de meeste mensen die een affaire hebben. Schuldig, beschaamd, angstig, droevig. Ik heb hoofdpijn en jij valt af.' Ik zweeg. 'En dan werken we elkaar op de zenuwen.'

'En ben je jaloers?' vroeg hij.

Ik aarzelde. 'Ik dwing mezelf dat niet te voelen.'

'Je kunt jezelf niet dwingen niet te voelen.'

'Jazeker, dat kun je wel. We doen het allebei voortdurend als we met zaken als deze bezig zijn.'
'Ben je jaloers op Connie?' drong hij aan terwijl we doorliepen.
'Ik heb je vrouw altijd graag gemogen en ik vind haar een aardig iemand.'
'Maar ben je jaloers op haar relatie met mij? Dat zou begrijpelijk zijn...'
Ik onderbrak hem. 'Waarom dram je daar zo over door, Benton?'
'Omdat ik wil dat we de feiten onder ogen zien en er op de een of andere manier mee om leren gaan.'
'Goed dan, vertel jij me dan ook maar eens iets,' zei ik. 'Toen ik een relatie had met Mark toen hij jouw partner en beste vriend was, ben je toen ooit jaloers geweest?'
'Op wie?' probeerde hij grappig te zijn.
'Ben je ooit jaloers geweest op mijn relatie met Mark?' vroeg ik.
Hij antwoordde niet gelijk.
'Ik zou liegen als ik niet toegaf dat ik me altijd al tot je aangetrokken heb gevoeld. Sterk aangetrokken,' zei hij uiteindelijk.
Ik dacht aan de keren dat Mark, Wesley en ik samen waren geweest. Ik zocht naar zelfs maar de meest vage aanwijzing voor wat hij zojuist had gezegd. Ik kon me niets herinneren. Maar als ik bij Mark was, had ik me altijd helemaal op hem gericht.
'Ik ben eerlijk geweest,' zei Wesley. 'Laten we het nu nog eens over jou en Connie hebben. Ik moet het weten.'
'Waarom?'
'Ik moet weten of we ooit met ons drieën samen kunnen zijn,' zei hij. 'Zoals vroeger, toen je bij ons kwam eten, toen je bij ons op bezoek kwam. Mijn vrouw begint al te vragen waarom je nooit meer komt.'
'Je bedoelt dat je bang bent dat ze argwaan krijgt.' Ik voelde me paranoïde.
'Ik bedoel dat het wel eens ter sprake komt. Ze vindt je aardig. Nu jij en ik samen werken, vraagt ze zich af wat het te betekenen heeft dat ze je niet meer, maar eerder minder ziet.'

'Ik snap best dat ze dat raar vindt,' zei ik.
'Wat gaan we daaraan doen?'
Ik was bij Benton thuis geweest en had hem met zijn kinderen en zijn vrouw gezien. Ik herinnerde me nog hoe ze op die momenten, waarop ze vrienden even in hun wereld hadden toegelaten, elkaar aanraakten, en ik herinnerde me de glimlachjes en de toespelingen op zaken waar ik niets van afwist. Maar toen was het anders geweest omdat ik verliefd was geweest op Mark, die nu dood was.
Ik liet Wesley's hand los. Gele taxi's jachtten in wolken opspattende sneeuw voorbij en de verlichte ramen van de flatgebouwen gloeiden warm op. Onder de hoge ijzeren lantaarnpalen glansde het wit van het park als een geestverschijning.
'Ik kan het niet,' zei ik.
We sloegen de hoek om naar Central Park West.
'Het spijt me, maar ik geloof niet dat ik met jou en Connie samen kan zijn,' vervolgde ik.
'Ik dacht dat je zei dat je jezelf kon dwingen niet te voelen.'
'Dat kun jij makkelijk zeggen omdat ik niemand anders in mijn leven heb.'
'Je zult op een gegeven moment wel moeten. Zelfs als we hiermee uitscheiden, moet je toch een houding vinden tegenover mijn gezin. Als we tenminste willen blijven samenwerken, als we vrienden willen blijven.'
'Dus nu stel je me een ultimatum.'
'Je weet dat ik dat niet doe.'
Ik ging sneller lopen. Toen we voor het eerst met elkaar naar bed waren geweest, had dat mijn leven wel honderd keer gecompliceerder gemaakt dan daarvoor. Natuurlijk had ik wel beter geweten. Ik had meer dan één arme ziel op mijn snijtafel gehad die had besloten een relatie te beginnen met een getrouwd iemand. Mensen richtten zichzelf en anderen te gronde. Ze werden geestesziek en werden voor de rechter gedaagd.
We liepen over Green en kwamen langs Tavern. Ik staarde omhoog naar het Dakota-gebouw aan mijn linkerhand, waar John Lennon jaren geleden op een hoek was vermoord. Het metrostation was erg dicht bij Cherry Hill, en ik vroeg me af of Gault

toen hij uit het park kwam hier misschien was geweest. Ik bleef staan en staarde. Op die avond, 8 december, was ik van een rechtszaak onderweg naar huis geweest, toen ik op de radio had gehoord dat Lennon was doodgeschoten door iemand die het boek *The Catcher in the Rye* bij zich had.

'Benton,' zei ik. 'Lennon woonde hier vroeger.'

'Ja,' zei hij. 'Hij is daar vlak bij die ingang vermoord.'

'Is er een mogelijkheid dat dat belangrijk is voor Gault?'

Hij zweeg even. 'Daar heb ik nog niet over nagedacht.'

'Moeten we erover nadenken?'

Hij zei niets en keek naar het Dakota-gebouw, met zijn gezandstraalde bakstenen, smeedijzer en koperen randen.

'We moeten waarschijnlijk over alles nadenken,' zei hij.

'Gault was nog een tiener toen Lennon werd vermoord. Ik meen me van zijn appartement in Richmond te herinneren dat hij meer van klassieke muziek en van jazz hield. Ik weet niet meer of hij ook albums van Lennon of van de Beatles had.'

'Als hij door Lennon is geïntrigeerd,' zei Wesley, 'is dat niet om een muzikale reden. Gault is vast gefascineerd door zo'n sensationele misdaad.'

We liepen verder. 'Er zijn gewoon niet genoeg mensen om al de vragen te stellen waar we de antwoorden op moeten vinden,' zei ik.

'We hebben eigenlijk een hele politiemacht nodig. Misschien wel de hele FBI.'

'Zullen we nagaan of er soms iemand die aan zijn beschrijving beantwoordt bij het Dakota-gebouw is gesignaleerd?' vroeg ik.

'Jezus, misschien woont hij daar wel,' zei Wesley op bittere toon. 'Tot dusver schijnt geld geen probleem voor hem te zijn.'

Om de hoek bij het Museum of Natural History zagen we de roze luifel van een restaurant genaamd Scaletta, dat tot mijn verbazing verlicht en druk was. Een in bontjassen gehuld stel ging er naar beneden en ik vroeg me af of wij dat niet ook moesten doen. Ik kreeg zo langzamerhand zelfs honger en Wesley hoefde echt niet nog meer af te vallen.

'Heb je zin om hier te gaan eten?' vroeg ik hem.

'Absoluut. Is Scaletta familie van je?' vroeg hij plagend.
'Ik geloof het niet.'
We kwamen tot aan de deur, waar de gerant ons vertelde dat het restaurant gesloten was.
'Het ziet er toch niet gesloten uit,' zei ik. Ik was plotseling uitgeput en had geen zin om nog verder te lopen.
'Maar we zijn echt gesloten, signora.' Hij was kort, had een kalend hoofd en droeg een smoking met een felrode cummerband. 'Dit is een besloten bijeenkomst.'
'Wie is Scaletta?' vroeg Wesley hem.
'Waarom wilt u dat weten?'
'Het is een interessante naam, die erg op de mijne lijkt,' zei ik.
'En wat is uw naam dan?'
'Scarpetta.'
Hij keek Wesley aandachtig aan en leek in de war gebracht. 'Maar natuurlijk. Maar is hij vanavond niet bij u?'
Ik staarde hem niet-begrijpend aan. 'Wie is niet bij me?'
'Signor Scarpetta. Hij is uitgenodigd. Het spijt me echt, ik besefte niet dat u bij hem hoorde...'
'Uitgenodigd waarvoor?' Ik had geen idee waar hij het over had. Mijn naam kwam maar weinig voor. Ik was nog nooit een andere Scarpetta tegengekomen, zelfs niet in Italië.
De gerant aarzelde. 'U bent geen familie van de Scarpetta die hier regelmatig komt?'
'Welke Scarpetta?' Ik begon me onbehaaglijk te voelen.
'Een man. Hij is hier de laatste tijd vaak geweest. Een heel goede klant. We hebben hem uitgenodigd voor ons kerstdiner. Dus u bent niet zijn gasten?'
'Vertelt u eens wat meer over hem,' zei ik.
'Een jonge man. Hij geeft veel geld uit.' De gerant glimlachte.
Ik merkte dat Wesley's nieuwsgierigheid werd geprikkeld. Hij vroeg: 'Kunt u hem beschrijven?'
'Ik heb veel mensen binnen. Morgen zijn we weer open...'
Wesley liet discreet zijn insigne zien. De man bekeek het kalm. 'Natuurlijk.' Hij was beleefd maar niet bang. 'Ik zoek wel een tafeltje voor u.'

'Nee, nee,' zei Wesley. 'Dat hoeft u niet te doen. Maar we moeten meer weten over die man die zegt dat zijn achternaam Scarpetta is.'
'Komt u binnen,' gebaarde hij. 'Als we toch praten, kunnen we net zo goed gaan zitten. En als u gaat zitten, kunt u net zo goed eten. Ik heet Eugenio.'
Hij leidde ons naar een met een roze tafelkleed gedekte tafel in een hoekje ver bij de in feestkledij gestoken gasten vandaan die het grootste deel van het restaurant vulden. Ze toostten, praatten en lachten met de gebaren en de tongval van Italianen.
'We hebben vanavond niet het hele menu,' verontschuldigde Eugenio zich. 'Maar ik kan u *costoletta di vitello all griglia* of *pollo al limone* met misschien een beetje *capellini primavera* of *rigatoni con broccoli* aanbieden.'
We bestelden dat allemaal en ook nog een fles Dolcetto D'Alba, die ik erg lekker vond maar die niet vaak te krijgen was.
Eugenio ging onze wijn halen. Mijn hoofd tolde en mijn hart was in de greep van een ziekmakende angst.
'Probeer het maar niet eens te suggereren,' zei ik tegen Wesley.
'Ik suggereer nog helemaal niets.'
Dat hoefde hij ook niet. Het restaurant was dicht bij het metrostation waar Gault was gezien. Scaletta moest hem vanwege de naam zijn opgevallen. Het restaurant had hem natuurlijk aan mij doen denken, en ik was waarschijnlijk iemand aan wie hij veel dacht.
Eugenio kwam bijna direct weer met onze fles terug. Hij trok het lood eraf en draaide de kurketrekker in de kurk. 'Ziet u, 1979, heel licht. Bijna een beaujolais.' Hij trok de kurk eruit en schonk een bodempje wijn in zodat ik kon proeven.
Ik knikte, en hij vulde onze glazen.
'Ga zitten, Eugenio,' zei Wesley. 'Neem ook wat wijn en vertel ons eens over Scarpetta.'
Hij haalde zijn schouders op. 'Ik kan u alleen maar vertellen dat hij hier een paar weken geleden voor het eerst is geweest. Ik weet dat hij hier niet eerder had gegeten. Om u de waarheid te vertellen, hij was een beetje eigenaardig.'

'In wat voor opzicht?' vroeg Wesley.
'Hij zag er eigenaardig uit. Heel fel, rood haar, mager, met ongebruikelijke kleding. U weet wel, een lange, zwarte, leren jas en een Italiaanse broek met een T-shirt of zo.' Hij keek naar het plafond en haalde zijn schouders weer op. 'Als u zich voor kunt stellen dat iemand een mooie broek en schoenen draagt van bijvoorbeeld Armani en er dan een T-shirt bij aan heeft. Het was ook niet gestreken.'
'Was hij Italiaans?'
'O, nee. Hij kon sommige mensen dat misschien wel wijsmaken, maar mij niet.' Eugenio schudde zijn hoofd en schonk zichzelf een glas wijn in. 'Hij was Amerikaans. Maar misschien sprak hij Italiaans, want hij gebruikte het Italiaanse deel van het menu. Zo bestelde hij, snapt u? Hij bestelde niet in het Engels. Hij was trouwens best goed.'
'Hoe betaalde hij?' vroeg Wesley.
'Altijd met zijn creditcard.'
'En de naam op die creditcard was Scarpetta?' vroeg ik.
'Ja, daar ben ik zeker van. Geen voornaam, alleen maar het initiaal K. Hij zei dat hij Kirk heette. Niet echt Italiaans.' Hij glimlachte en haalde zijn schouders weer op.
'Hij was dus vriendelijk tegen u,' zei Wesley, terwijl mijn geest steeds opnieuw de informatie die we net hadden gekregen herhaalde.
'Soms was hij erg vriendelijk en soms was hij niet zo vriendelijk. Hij had altijd iets te lezen bij zich. Kranten.'
'Was hij alleen?' vroeg Wesley.
'Altijd.'
'Wat voor soort creditcard?' vroeg ik.
Hij dacht even na. 'American Express. Een *gold*, geloof ik.'
Ik keek Wesley aan.
'Heb je de jouwe bij je?' vroeg hij me.
'Ik neem aan van wel.'
Ik haalde mijn portefeuille te voorschijn. De kaart was er niet.
'Dat begrijp ik niet.' Ik voelde het bloed tot aan mijn haarwortels omhoogkomen.

'Wanneer heb je hem voor het laatst gebruikt?' vroeg Wesley.
'Dat weet ik niet.' Ik was verbijsterd. 'Ik gebruik hem niet veel. Er zijn zoveel zaken die die kaart niet accepteren.'
We zwegen. Wesley dronk van zijn wijn en keek het restaurant rond. Ik was bang en verward. Ik begreep niet wat dit te betekenen had. Waarom zou Gault hier komen en dan net doen of hij mij was? Als hij mijn creditcard had, hoe had hij die dan in handen gekregen? En terwijl ik mezelf die laatste vraag stelde, kwam er een donker vermoeden bij me op. Quantico.
Eugenio was opgestaan om ons eten te gaan halen.
'Benton,' zei ik. Het bloed kolkte in mijn aderen. 'Ik heb Lucy in de herfst van vorig jaar die kaart laten gebruiken.'
'Toen ze bij ons stage kwam lopen?' Hij fronste zijn wenkbrauwen.
'Ja. Ik heb hem aan haar gegeven toen ze van de universiteit kwam en naar de Academie ging. Ik wist dat ze me regelmatig zou komen opzoeken. Dat ze in de vakanties naar Miami zou vliegen en zo. Ik heb haar toen mijn American Express-kaart gegeven voornamelijk om voor het vliegtuig en de Amtrak-kaartjes te gebruiken.'
'En je hebt hem sindsdien niet meer gezien?' Hij leek sceptisch.
'Om je de waarheid te zeggen, ik heb er helemaal niet meer aan gedacht. Ik gebruik meestal mijn Mastercard of de Visa, en ik geloof dat de Amex-kaart in februari verloopt. Ik moet dus hebben gedacht dat Lucy hem tot die tijd wel kon blijven gebruiken.'
'Je kunt haar maar beter even bellen.'
'Dat zal ik zeker doen.'
'Want als zij hem niet heeft, Kay, dan krijg ik zo langzamerhand het vermoeden dat Gault de kaart heeft gestolen toen er vorig jaar oktober op Technische Research werd ingebroken.'
Daar was ik ook bang voor.
'En je afrekeningen?' vroeg hij. 'Heb je de afgelopen maanden gemerkt dat er vreemde aankopen bij stonden?'
'Nee,' zei ik. 'Ik kan me helemaal geen afrekeningen herinneren in oktober of november.' Ik zweeg even. 'Moeten we de kaart blokkeren of gebruiken om hem op te sporen?'

'Het kan lastig worden als we hem ermee op willen sporen.'
'Vanwege het geld.'
Wesley aarzelde. 'Ik zal kijken wat ik kan doen.'
Eugenio kwam terug met onze pasta. Hij zei dat hij zich probeerde te herinneren of er nog iets anders was.
'Ik geloof dat hij hier donderdagavond voor het laatst is geweest.' Hij telde op zijn vingers. 'Vier dagen geleden. Hij vindt de *bistecca* lekker, en de *carpaccio*. Ehhh, even denken. Hij heeft een keer *fungi e carciofi* gegeten en *capellini* zonder garnituur. Geen saus. Alleen een beetje boter. We hebben hem voor het diner uitgenodigd. Dat doen we elk jaar om vrienden en speciale klanten onze waardering te tonen.'
'Rookte hij?' vroeg Wesley.
'Ja.'
'Herinnert u zich nog wat hij rookte?'
'Ja, bruine sigaretten. Nat Sherman.'
'En wat dronk hij?'
'Hij houdt van dure whisky en goede wijn. Alleen was hij' – hij trok zijn neus op – 'een snob. Hij denkt dat alleen de Fransen wijn kunnen maken.' Eugenio lachte. 'Dus hij nam meestal de Château Carbonnieux of de Château Olivier, en die mochten niet uit een eerder jaar komen dan 1989.'
'Dronk hij alleen maar witte wijn?' vroeg ik.
'Geen rode wijn, nee. Hij moest niets van rode wijn hebben. Ik heb hem eens een glas van het huis aangeboden en dat stuurde hij terug.'
Eugenio en Wesley wisselden hun kaartjes en nog meer informatie uit en toen richtte onze gerant zijn aandacht weer op zijn diner, dat nu in volle gang was.
'Kay,' zei Wesley, 'kun je een andere verklaring verzinnen voor wat we net hebben gehoord?'
'Nee,' zei ik. 'De beschrijving van die man lijkt op Gault te wijzen. Alles lijkt op Gault te wijzen. Waarom doet hij me dit aan?' Mijn angst veranderde in woede.
Wesley keek me met vaste blik aan. 'Denk na. Zijn er de laatste tijd nog andere dingen gebeurd die ik moet weten? Vreemde te-

lefoontjes, vreemde post, iemand die zonder iets te zeggen ophangt?'
'Geen vreemde telefoontjes en ook niemand die steeds ophangt. Ik krijg wel wat vreemde post, maar dat is eigenlijk gebruikelijk in mijn vak.'
'Niets anders? Hoe zit het met je alarminstallatie? Gaat die vaker af dan gewoon?'
Ik schudde langzaam mijn hoofd. 'Het alarm is deze maand een paar keer afgegaan, maar er was niets wat erop wees dat er iets niet in orde was. En ik denk echt niet dat Gault in Richmond is geweest.'
'Je moet heel voorzichtig zijn,' zei hij op bijna prikkelbare toon, alsof ik niet voorzichtig was geweest.
'Ik ben altijd voorzichtig,' zei ik.

6

De volgende dag was de stad weer aan het werk, en ik nam Marino mee uit lunchen bij Tatou, omdat ik het idee had dat we allebei best een oppepper konden gebruiken voordat we naar Brooklyn Heights gingen voor ons gesprek met overste Penn.

Een jonge man speelde harp en aan de meeste tafeltjes zaten aantrekkelijke, goedgeklede mannen en vrouwen die buiten hun werk voor de uitgeverijen en de snelgroeiende bedrijven in de wolkenkrabbers, dat al hun tijd opslokte, waarschijnlijk maar weinig van het leven afwisten.

Ik stond versteld van mijn eigen gevoel van vervreemding. Ik voelde me eenzaam terwijl ik naar Marino's goedkope das en groene ribfluwelen jasje en naar de nicotinevlekken op zijn brede, gegroefde nagels keek. Hoewel ik blij was met zijn gezelschap, kon ik mijn diepere gedachten niet met hem delen. Hij zou me niet begrijpen.

'Je ziet eruit alsof je wel een glas wijn bij de lunch kunt gebruiken, Doc,' zei Marino, me oplettend aankijkend. 'Doe maar, ik rij wel.'

'Nee, jij rijdt niet. We nemen een taxi.'

'Het punt is dat jij niet rijdt en dat je je dus net zo goed kunt ontspannen.'

'Wat je eigenlijk bedoelt is dat jij wel een glas wijn zou lusten.'

'Daar zou ik geen nee tegen zeggen,' zei hij toen de serveerster bij ons tafeltje kwam. 'Wat verkoopt u per glas dat de moeite waard is om te drinken?' vroeg hij haar.

Ze slaagde erin er niet beledigd uit te zien terwijl ze een indrukwekkende lijst opsomde. Marino was het spoor bijster en dus stelde ik hem voor een Beringer Reserve Cabernet te nemen waarvan ik wist dat die goed was, en vervolgens bestelden we linzensoep en spaghetti bolognese.

'Ik word gek van die dode vrouw,' zei Marino toen de serveerster weg was.

Ik leunde dichter naar de tafelrand toe en zei dat hij wat zachter moest praten.

Hij leunde ook wat meer naar voren en vervolgde: 'Er is een reden waarom hij haar heeft uitgekozen.'

'Waarschijnlijk heeft hij haar uitgekozen omdat ze gewoon in de buurt was,' zei ik, met een steek van woede. 'Zijn slachtoffers betekenen niets voor hem.'

'Ja, maar ik denk dat er meer aan de hand was. En ik zou ook graag weten waarom die zak naar New York is gekomen. Denk je dat hij haar in het museum heeft ontmoet?'

'Dat zou kunnen,' zei ik. 'Misschien komen we wel wat meer te weten als we daar zelf rond gaan kijken.'

'Kost het geen geld als je erin wilt?'

'Alleen als je naar de echte expositieruimtes gaat.'

'Ze had dan wel een hoop goud in haar mond, maar het lijkt me niet dat ze veel geld had toen ze stierf.'

'Het zou me verbazen als dat wel zo was. Maar zij en Gault zijn op de een of andere manier het museum in gekomen. Ze zijn gesignaleerd toen ze er weggingen.'

'Dus misschien had hij haar al eerder ontmoet, heeft haar daar mee naartoe genomen en heeft haar kaartje betaald.'

'Ik hoop dat het ons iets verder brengt als we de tentoonstelling waar hij naartoe is geweest zelf gaan bekijken,' zei ik.

'Ik weet waar die vent naar heeft gekeken. Naar haaien.'

Het eten was heerlijk en we hadden gemakkelijk uren in het restaurant kunnen blijven. Ik was onverklaarbaar moe, zoals soms gebeurde. Mijn karakter was uit vele lagen met pijn en verdriet opgebouwd. Het was begonnen met de pijn en het verdriet die ik in mijn jeugd had opgelopen en door de jaren heen waren er vervolgens steeds meer lagen bij gekomen. Af en toe raakte ik in een sombere stemming, en dat was nu ook het geval.

Ik betaalde de rekening omdat als Marino en ik ergens gingen eten en ik het restaurant uitkoos, ik altijd trakteerde. Marino kon zich Tatou eigenlijk niet veroorloven. Hij kon zich New York eigenlijk niet veroorloven. Toen ik naar mijn Mastercard keek,

moest ik aan mijn American Express-kaart denken, wat mijn stemming alleen nog maar slechter maakte.
Om toegang te krijgen tot de haaientent oonstelling in het Museum of Natural History moesten we elk vijf dollar betalen en naar de tweede verdieping gaan. Marino liep de trap langzamer op dan ik en probeerde zijn moeizame ademhaling te verbergen.
'Verdomme, je zou toch denken dat ze wel een lift hadden in deze tent,' klaagde hij.
'Die hebben ze ook,' zei ik. 'Maar traplopen is goed voor je. Dat is vandaag misschien wel de enige lichaamsbeweging die we krijgen.'
We gingen de ruimte binnen waar reptielen en amfibieën stonden opgesteld en kwamen langs een vier meter lange Amerikaanse krokodil die honderd jaar geleden in Biscayne Bay was gedood. Marino moest bij elke uitstalling wel even blijven staan kijken, en zo kreeg ik een goede blik op hagedissen, slangen, leguanen en gilamonsters.
'Kom mee,' fluisterde ik.
'Kijk eens hoe groot dit beest is,' verbaasde Marino zich over de zeseneenhalve meter lange resten van een gevlekte python. 'Kun je je voorstellen dat je daar in de jungle bovenop stapt?'
Ik kreeg het altijd koud in musea, hoe graag ik er ook kwam. Dat kwam volgens mij door de harde, marmeren vloeren en de hoge plafonds. Maar ik haatte slangen en hun onderontwikkelde organen. Ik verafschuwde spuwende cobra's, gerimpelde hagedissen en alligators met ontblote tanden. Een gids leidde een groep jonge mensen rond die gefascineerd voor een glazen kast stonden met komodovaranen uit Indonesië en lederschildpadden die zich nooit meer over zand of door water zouden bewegen.
'Ik vraag jullie dringend om als jullie op het strand zijn en plastic bij je hebben, dat in de vuilnisbakken te stoppen, want deze lui hier hebben geen doctorstitel,' zei de gids met de hartstocht van een dominee. 'Ze denken dat het kwallen zijn...'
'Marino, laten we doorlopen.' Ik trok aan zijn mouw.
'Weet je, ik ben sinds mijn jeugd niet meer in een museum geweest. Wacht eens even.' Hij keek verbaasd. 'Dat is niet waar.

Wel heb ik ooit. Doris heeft me hier een keer mee naartoe genomen. Ik vond het er hier al zo bekend uitzien.'
Doris was zijn ex-vrouw.
'Ik was net bij de politie hier in New York gaan werken en zij was zwanger van Rocky. Ik weet nog dat we naar al die opgevulde apen en gorilla's stonden te kijken en dat ik toen tegen haar zei dat dat ongeluk bracht. Ik zei dat het kind nog eens al bananen etend door de bomen zou gaan slingeren.'
'Alsjeblieft. Ze komen steeds minder vaak voor. Steeds minder vaak!' De gids bleef maar doorpreken over de ellendige situatie van de zeeschildpadden.
'Dus misschien komt het daardoor,' vervolgde Marino. 'Doordat we hier in deze tent zijn geweest.'
Ik had hem maar zelden zelfs maar op zijn enige kind horen zinspelen. Hoe goed ik Marino ook kende, ik wist eigenlijk niets van zijn zoon af.
'Ik wist niet dat je zoon Rocky heette,' zei ik stilletjes toen we weer verder liepen.
'Hij heet eigenlijk Richard. Toen hij klein was noemden we hem Ricky en dat is op de een of andere manier Rocky geworden. Sommige mensen noemen hem Rocco. Hij heeft veel verschillende namen.'
'Heb je nog veel contact met hem?'
'Daar is een cadeauwinkel. Misschien zou ik een sleutelhanger met een haai eraan of zoiets voor Molly moeten kopen.'
'Dat kunnen we wel even doen.'
Hij veranderde van gedachten. 'Misschien neem ik gewoon een paar *bagels* voor haar mee.'
Ik wilde hem niet dwingen over zijn zoon te praten, maar het gespreksonderwerp lag nu op tafel en ik geloofde dat de verwijdering tussen hen de oorzaak was van veel van Marino's problemen.
'Waar is Rocky nu?' vroeg ik voorzichtig.
'In een gehucht genaamd Darien.'
'In Connecticut? Dat is geen gehucht.'
'Dit Darien is in Georgia.'

'Ik ben verbaasd dat ik dat niet wist.'
'Hij is nergens mee bezig waar je iets van af hoeft te weten.'
Marino boog zich voorover en drukte zijn gezicht tegen het glas, naar twee jonge kathaaien starend die op de bodem van een voor de ingang van de tentoonstellingsruimte opgesteld aquarium zwommen.
'Ze zien eruit als grote meervallen,' zei hij. De haaien staarden met hun dode ogen voor zich uit en brachten geluidloos met hun staarten het water in beweging.
We wandelden de tentoonstellingsruimte in zonder in de rij te hoeven wachten, aangezien er midden op deze werkdag maar weinig bezoekers waren. We slenterden langs Kiribati-krijgers in pakken van geweven kokosnootvezels, en langs het schilderij dat Winslow Homer van de Golfstroom had gemaakt. Er waren afbeeldingen van haaien op vliegtuigen geschilderd en er werd uitgelegd dat haaien geuren kunnen ruiken over een afstand die zo groot is als een heel football-veld, en elektrische schokken kunnen voelen van maar een miljoenste volt. Ze hebben wel vijftien rijen extra tanden en zijn erop gebouwd om zo efficiënt mogelijk door het water te kunnen scheren.
In een korte film kregen we een grote witte haai te zien die een kooi kapot ramde en een aanval deed op een tonijn aan een touw. De verteller legde uit dat de haaien de legendarische jagers van de diepe wateren, de perfecte moordmachines, de kaken van de dood, de meesters van de zee waren. Ze kunnen een druppel bloed in vijfentachtig liter water ruiken en voelen de golven die andere dieren maken als ze langs zwemmen. Ze zijn sneller dan hun prooi en niemand weet eigenlijk precies waarom haaien mensen aanvallen.
'Laten we hier weggaan,' zei ik tegen Marino toen de film was afgelopen.
Ik knoopte mijn jas dicht en trok mijn handschoenen aan, me voorstellend hoe Gault naar monsters had gekeken die vlees verscheurden terwijl het bloed zich in donkere wolken door het water verspreidde. Ik zag zijn koude blik en de verwrongen ziel achter zijn schrale glimlach. In de meest angstaanjagende uit-

hoeken van mijn geest wist ik dat hij glimlachte als hij doodde. Hij toonde zijn wreedheid in die vreemde glimlach die ik de paar keer dat ik bij hem in de buurt was geweest had gezien.
Ik geloofde dat hij in dit donkere theater had gezeten met de vrouw wier naam we niet kenden en dat zij nietsvermoedend haar eigen dood op het scherm had gezien. Ze had haar eigen bloed zien vloeien, haar eigen vlees kapot gereten zien worden. Gault had haar een voorproefje gegeven van wat hij voor haar in petto had. De tentoonstelling was zijn voorspel geweest.
We liepen terug naar de hal, waar schoolkinderen om het geraamte van een barosaurus heen stonden. De botten van de lange nek strekten zich naar het hoge plafond uit terwijl ze voor eeuwig haar kleintje tegen de aanval van een allosaurus probeerde te beschermen. De ruimte weerkaatste stemmen en het geluid van voetstappen echode tegen het marmer terwijl ik om me heen keek. Mensen in uniformen zaten rustig achter hun loketten de ingang van de speciale tentoonstellingen te bewaken tegen mensen die niet hadden betaald. Ik keek door de glazen voordeur naar buiten, waar de vuile sneeuw langs de koude, drukke straat lag opgehoopt.
'Ze is hier gekomen voor de warmte,' zei ik tegen Marino.
'Wat?' Hij werd in beslag genomen door de botten van de dinosaurussen.
'Misschien is ze hier gekomen om even uit de kou te zijn,' zei ik. 'Je kunt hier de hele dag naar die geraamtes staan kijken. Zo lang je maar niet naar de speciale tentoonstellingen gaat, kost dat je helemaal niets.'
'Dus jij denkt dat Gault haar hier voor het eerst heeft ontmoet?' Hij keek sceptisch.
'Ik weet niet of het de eerste keer was,' zei ik.

De bakstenen fabrieksschoorstenen waren werkloos en achter de rails van de Queens Expressway stonden sombere gebouwen van beton en staal.
Onze taxi reed langs deprimerende flats en langs winkels die gerookte en gezouten vis, marmer en tegels verkochten. Op ijzeren

hekken waren rollen prikkeldraad bevestigd en ik zag allerlei vuil langs de kant van de weg en in de bomen. We waren op weg naar Brooklyn Heights, naar de Transit Police in Jay Street. Een agent in een donkerblauwe uniformbroek en een legertrui ging ons voor naar de eerste verdieping, waar we het kantoor binnengingen van waaruit Frances Penn leiding gaf aan haar mensen. Ze was zo attent geweest om koffie en kerstkoekjes klaar te zetten op de kleine tafel waaraan we over een van de meest gruwelijke moorden uit de geschiedenis van Central Park zouden spreken.

'Goedemorgen,' zei ze, ons stevig de hand drukkend. 'Ga alsjeblieft zitten. We hebben de calorieën uit die koekjes gehaald. Dat doen we altijd. Hoofdinspecteur, gebruikt u melk en suiker?'

'Ja.'

Ze glimlachte een beetje. 'Ik neem aan dat dat betekent dat u allebei wilt. Kay, ik heb het idee dat je je koffie zwart drinkt.'

'Dat is inderdaad zo,' zei ik, haar met een groeiend gevoel van nieuwsgierigheid aankijkend.

'En je eet waarschijnlijk geen koekjes.'

'Dat zal ik waarschijnlijk inderdaad niet doen.' Ik trok mijn jas uit en nam een stoel.

Overste Penn droeg een donkerblauw pakje met tinnen knopen en een witte zijden blouse met een hoge boord. Ze had geen uniform nodig om er imponerend uit te zien en toch maakte ze geen strenge of koude indruk. Ik zou haar houding niet als militaristisch, maar eerder als statig hebben omschreven, en ik dacht dat ik een ongeruste blik in haar bruine ogen zag.

'Het lijkt erop dat meneer Gault het slachtoffer in het museum heeft ontmoet, en niet daarvoor al,' begon ze.

'Interessant dat je dat zegt,' zei ik. 'We zijn net in het museum geweest.'

'Volgens een van de beveiligingsbeambten daar is er een vrouw die beantwoordt aan de beschrijving van het slachtoffer in de ronde hal gesignaleerd. Ze hing daar gewoon wat rond en op een gegeven moment heeft die beambte opgemerkt dat ze met een man stond te praten die twee kaartjes voor de tentoonstelling kocht. Ze zijn zelfs door een aantal medewerkers van het museum opgemerkt omdat ze er zo eigenaardig uitzagen.'

'Waarom was ze volgens jou in het museum?' vroeg ik.

'De mensen die zich haar herinneren hadden de indruk dat ze dakloos was. Ik denk dat ze naar binnen is gegaan voor de warmte.'

'Sturen ze daklozen niet weg?' vroeg Marino.

'Als ze kunnen.' Ze zweeg even. 'En zeker als ze problemen veroorzaken.'

'Wat bij haar niet het geval was, neem ik aan,' zei ik.

Overste Penn pakte haar koffie. 'Ze gedroeg zich blijkbaar rustig en onopvallend. Ze leek in de dinosaurusbotten te zijn geïnteresseerd, ze liep er steeds omheen.'

'Heeft ze met iemand gesproken?' vroeg ik.

'Ze vroeg waar het damestoilet was.'

'Het lijkt mij dat dat erop wijst dat ze niet eerder in het museum was geweest,' zei ik. 'Had ze een accent?'

'Als dat zo was, heeft niemand daar iets over gezegd.'

'Dan is het onwaarschijnlijk dat ze uit het buitenland komt,' zei ik.

'Is er een beschrijving van wat ze aan had?' vroeg Marino.

'Een korte jas, bruin of zwart misschien. Een Atlanta Braves-honkbalpet, donkerblauw of zwart. Het kan zijn dat ze een spijkerbroek en laarzen aan had. Dat is alles wat mensen zich nog lijken te herinneren.'

We dachten zwijgend na.

Ik schraapte mijn keel. 'En verder?' vroeg ik.

'Verder heeft men gezien dat ze met een man stond te praten en het is interessant hoe zijn kleding wordt beschreven. Hij droeg blijkbaar een nogal theatrale overjas. Die was zwart, met de snit van een lange trenchcoat, het soort jas dat je associeert met de kleding van de Gestapo tijdens de Tweede Wereldoorlog. Medewerkers van het museum geloven ook dat hij laarzen droeg.'

Ik dacht aan de ongebruikelijke schoenafdrukken op de plaats van de moord en aan de zwarte leren jas waar Eugenio bij Scaletta het over had gehad.

'Ze zijn ook nog in verschillende andere delen van het museum gezien, en ze zijn inderdaad naar de haaiententoonstelling geweest,' vervolgde overste Penn. 'De man heeft zelfs een aantal boeken in de cadeauwinkel gekocht.'
'Weet u wat voor boeken?' vroeg Marino.
'Boeken over haaien, waarvan een met nogal aanschouwelijke foto's van mensen die door haaien zijn aangevallen.'
'Heeft hij die boeken contant betaald?'
'Helaas wel.'
'En vervolgens verliet hij het museum en werd in het metrostation aangehouden,' zei Marino.
Ze knikte. 'U bent vast geïnteresseerd in de legitimatie die hij toen heeft laten zien.'
'Ja, laat maar horen.'
'De naam op zijn rijbewijs was Frank Benelli, een drieëndertigjarige Italiaan uit Verona.'
'Verona?' vroeg ik. 'Dat is interessant, daar kwamen mijn voorouders vandaan.'
Marino en de commissaris keken me even aan.
'Bedoelt u dat die vent een Italiaans accent had?' vroeg Marino.
'De agent herinnerde zich dat hij gebroken Engels sprak. Hij had een zwaar Italiaans accent, en ik neem aan dat Gault dat niet heeft,' zei overste Penn.
Ik vertelde haar wat Wesley en ik de avond daarvoor bij Scaletta hadden ontdekt.
'Heeft je nichtje bevestigd dat je creditcard is gestolen?' vroeg ze.
'Ik ben er nog niet in geslaagd Lucy te spreken te krijgen.'
Ze brak een klein stukje van een koekje af en stopte dat in haar mond, en zei vervolgens: 'De agent die die waarschuwing aan Gault gaf is hier in New York opgegroeid in een Italiaanse familie. Het leek hem dat het accent van de man authentiek klonk. Gault moet heel goed zijn.'
'Ik weet wel zeker dat hij dat is.'
'Heeft hij Italiaans gehad op de middelbare school of op de universiteit?'

'Dat weet ik niet,' zei ik. 'Maar hij heeft de universiteit niet afgemaakt.'

'Waar heeft hij gestudeerd?'

'Aan Davidson, een privé-universiteit in North Carolina.'

'Die is heel duur en het is heel moeilijk er aangenomen te worden,' zei ze.

'Ja. Zijn familie heeft geld en Gault is bijzonder intelligent. Ik heb begrepen dat hij het er ongeveer een jaar heeft uitgehouden.'

'Is hij weggestuurd?' Ik merkte dat ze door hem was gefascineerd.

'Voor zover ik weet wel.'

'Waarom?'

'Hij had de erecode overtreden.'

'Dat is moeilijk te geloven,' zei Marino sarcastisch.

'En toen? Een andere universiteit?' vroeg overste Penn.

'Dat geloof ik niet,' zei ik.

'Is er iemand naar Davidson gegaan om navraag naar hem te doen?' Ze had een sceptische blik op haar gezicht, alsof de mensen die zich met deze zaak bezighielden niet voldoende hadden gedaan.

'Dat weet ik niet, maar om het u eerlijk te zeggen betwijfel ik dat.'

'Hij is pas begin dertig. Het is nog niet zo lang geleden. De mensen daar moeten zich hem nog herinneren.'

Marino zat zijn kartonnen beker uit elkaar te plukken. Hij keek naar de commissaris. 'Heeft u nagetrokken of die Benelli echt bestaat?'

'Daar zijn we nog mee bezig. Tot dusver hebben we nog geen bevestiging,' antwoordde ze. 'Zoiets kan heel langzaam gaan, vooral in deze tijd van het jaar.'

'Het Bureau heeft een juridisch adviseur bij de Amerikaanse ambassade in Rome,' zei ik. 'Dat zou de zaak kunnen bespoedigen.'

We bleven nog een tijdje praten en toen begeleidde overste Penn ons naar de deur.

‘Kay, kan ik je nog even spreken voordat je weggaat?’
Marino keek ons aan en antwoordde, alsof de vraag aan hem was gericht: ‘Ja hoor. Gaat uw gang, ik wacht buiten wel.’
Overste Penn sloot de deur.
‘Heb je misschien zin om iets af te spreken?’ vroeg ze.
Ik aarzelde. ‘Dat zal wel gaan, denk ik. Wat had je in gedachten?’
‘Heb je tijd om vanavond samen te eten, rond zeven uur? Misschien kunnen we dan rustig nog wat praten.’ Ze glimlachte.
Ik had gehoopt dat Wesley en ik samen zouden kunnen eten, maar zei: ‘Dat is heel aardig van je. Natuurlijk kom ik.’
Ze haalde een kaartje uit haar zak en gaf het aan mij. ‘Mijn adres,’ zei ze. ‘Tot straks.’
Marino vroeg niet wat overste Penn tegen me had gezegd, maar het was duidelijk dat hij zich dat wel afvroeg en dat het hem dwars zat dat hij was buitengesloten.
‘Is alles in orde?’ vroeg hij terwijl we naar de lift werden begeleid.
‘Nee,’ zei ik. ‘Alles is niet in orde. Als dat wel zo was, zou ik nu niet in New York zijn.’
‘Jezus,’ zei hij op zure toon, ‘ik heb de feestdagen maar opgegeven toen ik bij de politie ging. Feestdagen zijn niet voor mensen zoals wij.’
‘Nou, dat zou wel zo moeten zijn,’ zei ik, mijn hand omhoog stekend naar een taxi die al vol was.
‘Dat is onzin. Hoeveel keer ben je ergens bij gehaald op de avond voor kerst, met Kerstmis zelf, met Thanksgiving, in het Labor Day-weekend?’
Er raasde nog een taxi voorbij.
‘Met de feestdagen kunnen kerels zoals Gault nergens heen en hebben ze niemand om mee te praten, en dus vermaken ze zichzelf op de manier zoals hij die avond heeft gedaan. En de andere helft van de wereld raakt in een depressie en gaat weg bij hun man of hun vrouw, schiet zich voor de kop of wordt dronken en komt om bij een auto-ongeluk.’
‘Verdorie,’ mompelde ik, de drukke straat afzoekend. ‘Ik zou

het fijn vinden als je me even kon helpen. Tenzij je over Brooklyn Bridge wilt lopen.'
Hij stapte de straat op en zwaaide met zijn armen heen en weer. Onmiddellijk kwam er een taxi onze richting uit en stopte. We stapten in. De chauffeur was een Iraniër en Marino was niet aardig tegen hem. Toen ik in mijn kamer was, nam ik een lang, heet bad en probeerde Lucy weer te bellen. Helaas nam Dorothy de telefoon aan.
'Hoe gaat het met moeder?' vroeg ik onmiddellijk.
'Lucy en ik zijn de hele ochtend bij haar in het ziekenhuis geweest. Ze is erg depressief en ziet er vreselijk uit. Ik moet steeds denken aan al die jaren dat ik tegen haar heb gezegd dat ze niet moest roken, en moet je haar nu zien. Ze ademt via een machine. Ze heeft een gat in haar hals. En gisteren betrapte ik Lucy toen ze in de achtertuin een sigaret stond te roken.'
'Wanneer is ze met roken begonnen?' vroeg ik ontsteld.
'Ik heb geen idee. Jij ziet haar vaker dan ik.'
'Is ze er nu?'
'Wacht even.'
De hoorn bonkte hard ergens tegenaan toen Dorothy hem neerlegde.
'Vrolijk kerstfeest, tante Kay.' Lucy's stem klonk niet vrolijk.
'Ik voel me ook niet erg vrolijk,' zei ik. 'Hoe was het bij oma?'
'Ze begon te huilen en we begrepen niet wat ze tegen ons probeerde te zeggen. En toen wilde moeder snel weg omdat ze een tenniswedstrijd had.'
'Tennis?' zei ik. 'Sinds wanneer?'
'Ze heeft weer zo'n sportieve bui.'
'Ze zegt dat je rookt.'
'Ik rook niet veel,' weerlegde Lucy mijn opmerking alsof het niets was.
'Lucy, we moeten hierover praten. Je kunt niet nòg een verslaving gebruiken.'
'Ik raak niet verslaafd.'
'Dat dacht ik ook toen ik zo oud was als jij en met roken begon. En ermee stoppen was het moeilijkste wat ik ooit heb gedaan.

Het was echt afschuwelijk.'
'Ik weet heus wel hoe moeilijk het is ergens mee te stoppen. Ik ben niet van plan mezelf in een situatie te brengen die ik niet onder controle heb.'
'Mooi.'
Ze vervolgde: 'Morgen vlieg ik weer naar Washington.'
'Ik dacht dat je minstens een week in Miami zou blijven.'
'Ik moet terug naar Quantico. Er is iets met CAIN aan de hand. De TRA heeft me aan het begin van de middag opgeroepen.'
De Technische Researchafdeling van de FBI hield zich bezig met research- en ontwerpactiviteiten voor zeer geheime technologische projecten, van surveillance-apparatuur tot robots. Lucy werkte daar aan het Crime Artificial Intelligence Network, het CAIN.
CAIN was een centraal computersysteem dat politiebureaus en andere organisaties die zich met misdaadonderzoek bezighielden met een gigantische database verbond. Deze werd beheerd door het Programma voor de Opsporing van Gewelddadige Criminelen van de FBI, oftewel de POGC. Het systeem had de bedoeling de politie erop attent te maken dat ze wellicht met een gewelddadig misdadiger te maken hadden, die bij een eerdere gelegenheid had verkracht of gemoord. Ze konden dan vervolgens de hulp inroepen van Wesley's eenheid, zoals ook in New York was gebeurd.
'Is er een probleem?' vroeg ik ongerust, want er was nog niet zo lang geleden een ernstig probleem geweest.
'Niet volgens het audit-log. Daarop is niets te zien dat aangeeft dat er iemand in het systeem is geweest die daar niet had mogen zijn. Maar CAIN schijnt berichten te versturen waarvoor hij geen opdracht heeft. Er is al een tijdje iets vreemds aan de gang, maar ik heb het tot dusver niet kunnen oplossen. Het is alsof hij zelf denkt.'
'Ik dacht dat dat juist het punt was van kunstmatige intelligentie,' zei ik.
'Niet helemaal,' zei mijn nichtje, die het I.Q. van een genie had. 'Dit zijn geen normale boodschappen.'

'Kun je me een voorbeeld geven?'

'Oké. Gisteren voerde de Britse Transit Police een zaak in hun POGC-terminal in. Het ging om een verkrachting in een van de metrostations in het centrum van Londen. CAIN verwerkte de informatie, vergeleek de feiten met de database en belde de terminal terug waarop de zaak was ingevoerd. De met het onderzoek belaste rechercheur in Londen kreeg een verzoek om meer informatie over de aanvaller. CAIN wilde vooral weten wat de kleur van zijn schaamhaar was en of het slachtoffer een orgasme had gehad.'

'Dat meen je niet,' zei ik.

'CAIN is nooit geprogrammeerd om iets te vragen wat daar zelfs maar op lijkt. Zoiets is uiteraard geen onderdeel van de werkwijze van het POGC. De rechercheur in Londen was geschokt en meldde het gebeurde aan een assistent-commissaris, die de directeur op Quantico heeft gebeld, die vervolgens Benton Wesley belde.'

'Heeft Benton jou gebeld?' vroeg ik.

'Dat wil zeggen, hij heeft iemand van de TRA laten bellen. Hij komt morgen ook naar Quantico.'

'Ik snap het.' Mijn stem was kalm en ik liet niet merken dat het me iets kon schelen dat Wesley morgen of wanneer dan ook terugging zonder mij dat eerst te hebben verteld. 'Weten we zeker dat die rechercheur in Londen de waarheid sprak? Dat hij dit niet bij wijze van grap heeft verzonnen?'

'Ze hebben een uitdraai naar ons toe gefaxt, en volgens de TRA ziet de boodschap er authentiek uit. Alleen een programmeur die CAIN heel goed kent zou zo'n vals bericht in het systeem in kunnen brengen. En ik heb dus gehoord dat er geen aanwijzingen in de audit-log te vinden zijn dat iemand ergens mee heeft geknoeid.'

Lucy legde verder uit dat CAIN op een UNIX-platform draaide waar local-area-networks met greater-area-networks waren verbonden. Ze sprak over gateways en poorten, en over wachtwoorden die elke zestig dagen automatisch werden veranderd. Alleen de drie super-users, van wie zij er een was, zouden met de hersens van het systeem kunnen knoeien. Gebruikers op ver verwijderde locaties, zoals de rechercheur in Londen, konden alleen maar hun gegevens in een terminal of een PC invoeren die was aangesloten op de twintig gigabyte grote server in Quantico.

'CAIN is waarschijnlijk het meest veilige systeem dat ik ken,' zei Lucy. 'En het is onze hoogste prioriteit om het ook goed beveiligd te houden.'

Maar het systeem was niet altijd veilig geweest. Er was in de herfst van het jaar daarvoor op de TRA ingebroken, en we hadden reden te geloven dat Gault daarbij betrokken was geweest. Ik hoefde Lucy daar niet aan te herinneren. Ze had toen op Quantico stage gelopen en was er nu mee belast de ontstane schade ongedaan te maken.

'Luister eens, tante Kay,' zei ze, mijn gedachten lezend. 'Ik heb CAIN helemaal binnenstebuiten gekeerd. Ik heb elk programma doorgenomen en heb grote delen van een aantal programma's herschreven om er zeker van te zijn dat er geen nieuwe dreiging is.'

'Dreiging van wie?' vroeg ik. 'Van CAIN of van Gault?'

'Niemand komt erin,' zei ze op effen toon. 'Niemand. Dat kan gewoon niet.'

Toen vertelde ik haar over mijn American Express-kaart, en bij haar stilzwijgen sloeg de schrik me om het hart.

'O, nee,' zei ze. 'Daar heb ik helemaal niet meer aan gedacht.'

'Weet je nog dat ik je die kaart vorig jaar in de herfst heb gegeven toen je stage ging lopen bij de TRA,' bracht ik haar in herinnering. 'Ik zei dat je hem mocht gebruiken als je kaartjes voor de trein of het vliegtuig moest kopen.'

'Maar ik heb hem nooit nodig gehad omdat jij me je auto liet gebruiken. En toen kreeg ik dat ongeluk en ben ik een tijdje helemaal niet weg geweest.'

'Waar bewaarde je die kaart? In je portefeuille?'

'Nee.' Ze bevestigde mijn angstige vermoedens. 'Op de TRA, in een la van mijn bureau, met een brief van jou eromheen. Het leek me dat hij daar wel veilig was.'

‘En daar lag hij ook toen die inbraak gebeurde?’
‘Ja. Hij is weg, tante Kay. Hoe meer ik erover nadenk, hoe zekerder ik daarvan ben. Ik zou hem anders sindsdien wel hebben gezien,’ stamelde ze. ‘Dan zou ik hem wel tegen zijn gekomen als ik in mijn la zocht. Ik ga kijken zodra ik terugkom, maar ik weet eigenlijk wel dat hij er niet meer is.’
‘Dat dacht ik al,’ zei ik.
‘Het spijt me echt. Heeft iemand er veel aankopen mee gedaan?’
‘Ik geloof van niet.’ Ik vertelde haar niet wie die persoon was.
‘Je hebt hem nu toch wel laten blokkeren?’
‘Daar wordt aan gewerkt,’ zei ik. ‘Zeg tegen je moeder dat ik zo snel ik kan naar oma kom.’
‘Zo snel je kunt is nooit snel,’ zei mijn nichtje.
‘Ik weet het. Ik ben een vreselijke dochter en een rot-tante.’
‘Je bent niet altijd een rot-tante.’
‘Dank je wel,’ zei ik.

7

De privé-woning van Frances Penn was in het westelijk deel van Manhattan, waar ik de lichtjes van New Jersey aan de andere kant van de Hudson-rivier kon zien. Ze woonde op de veertiende verdieping van een groezelig gebouw in een vuile stadsbuurt, die ik onmiddellijk vergat toen ze haar witte voordeur opendeed.

Haar appartement was vol licht en kunstvoorwerpen en geurde naar hout. Aan de wit geverfde muren hingen pentekeningen en abstracte aquarel- en pastel-schilderijen. Een vluchtige blik op de boeken die op de planken en tafels in de kamer lagen vertelde me dat ze van Ayn Rand en van Annie Leibovitz hield, en dat ze talloze biografieën en geschiedkundige boeken las, waaronder het fantastische werk van Shelby Foote over die vreselijke, tragische oorlog.

'Geef me je jas maar,' zei ze.

Ik overhandigde haar mijn jas, handschoenen en de zwarte, kasjmier sjaal die me erg dierbaar was omdat ik hem van Lucy had gekregen.

'Weet je, ik heb niet gevraagd of er iets is wat je niet eet,' zei ze toen ze bij de kast vlak bij de voordeur stond. 'Lust je schelpdieren? Want als je die niet eet, heb ik ook kip.'

'Schelpdieren, dat is lekker,' zei ik.

'Mooi zo.' Ze leidde me naar de woonkamer, die een prachtig uitzicht had op de George Washington-brug die als een ketting van schitterende edelstenen over de rivier lag. 'Ik heb gehoord dat je whisky drinkt.'

'Iets lichters is misschien beter,' zei ik terwijl ik op een zachte, leren, honingkleurige bank ging zitten.

'Wijn?'

Ik zei dat dat prima was en ze verdween in de keuken om twee glazen met een frisse chardonnay te halen. Overste Penn droeg een zwarte spijkerbroek en een grijze, wollen trui met opge-

stroopte mouwen. Ik merkte op dat haar onderarmen onder de vreselijke littekens zaten.
‘Van mijn jongere, meer roekeloze dagen.’ Ze had me zien kijken. ‘Ik zat achter op een motor en liet uiteindelijk een behoorlijk deel van mijn huid op de weg achter.’
‘Donormotors, zo noemen wij ze,’ zei ik.
‘Hij was van mijn vriendje. Ik was zeventien en hij was twintig.’
‘Wat is er met hem gebeurd?’
‘Hij schoot tussen het aankomende verkeer en kwam om,’ zei ze met de nuchterheid van iemand die al sinds lang vrijuit over haar verlies heeft kunnen praten. ‘En toen ben ik me voor het politiewerk gaan interesseren.’ Ze nam een slokje van haar wijn. ‘Vraag me niet naar het verband, want dat weet ik eigenlijk niet.’
‘Soms gebeurt het dat mensen die met een tragedie in aanraking zijn gekomen, de tragiek van het leven gaan bestuderen.’
‘Is dat jouw verklaring?’ Ze keek me oplettend aan met ogen die weinig misten en nog minder van haarzelf lieten zien.
‘Mijn vader is gestorven toen ik twaalf was,’ zei ik alleen maar.
‘Waar was dat?’
‘In Miami. Hij had een kleine kruidenierswinkel, die mijn moeder uiteindelijk overnam omdat hij jarenlang ziek was geweest voordat hij stierf.’
‘Als je moeder de winkel deed, om het maar zo te zeggen, wie deed dan het huishouden toen je vader zo ziek was?’
‘Je zou kunnen zeggen dat ik dat deed.’
‘Dat dacht ik al. Dat had ik je waarschijnlijk al kunnen vertellen voordat je ook maar iets had gezegd. En ik heb het idee dat jij de oudste bent, dat je geen broers hebt en dat je altijd bijzonder ambitieus bent geweest en geen mislukkingen kunt accepteren.’
Ik luisterde.
‘Daarom zijn privé-relaties je zwakke plek, omdat je die niet door middel van je ambities tot stand kunt brengen. Je kunt een gelukkige liefdesrelatie niet verdienen en je kunt ook niet tot een gelukkig huwelijk worden bevorderd. En als iemand om wie

je geeft met een probleem zit, denk jij dat je dat had moeten voorkomen en dat je het in ieder geval moet oplossen.'

'Waarom leg je me op de snijtafel?' vroeg ik haar rechtstreeks, maar zonder in de verdediging te schieten. Ik was eigenlijk voornamelijk gefascineerd.

'Jouw verhaal is mijn verhaal. Er zijn zoveel vrouwen zoals wij. En toch lijken we elkaar nooit tegen te komen, is dat je ooit opgevallen?'

'Het valt me voortdurend op,' zei ik.

'Nou,' ze zette haar glas neer, 'ik heb je echt niet uitgenodigd om je te ondervragen. Maar ik zou niet helemaal eerlijk zijn als ik niet toegaf dat ik een mogelijkheid wilde scheppen waarbij wij elkaar beter konden leren kennen.'

'Dank je, Frances,' zei ik. 'Daar ben ik blij om.'

'Wil je me even excuseren?'

Ze stond op en liep weer naar de keuken. Ik hoorde de deur van een ijskast, stromend water en het doffe gerammel van potten en pannen. Een ogenblik later was ze weer terug met een koeler met daarin de fles chardonnay, die ze op de glazen salontafel zette.

'Het brood staat in de oven, de asperge zit in de stoompan, en ik hoef alleen nog maar de garnalen te sauteren,' zei ze.

'Frances,' zei ik, 'hoe lang is jouw eenheid al aangesloten op CAIN?'

'Een paar maanden pas,' antwoordde ze. 'Wij waren een van de eerste afdelingen in het land die aansluiting kregen.'

'En de NYPD?'

'Die zijn er nog mee bezig. De Transit Police heeft een geavanceerder computersysteem en een fantastisch team programmeurs en systeemanalisten. Daarom waren we al heel snel on-line.'

'Dank zij jou.'

Ze glimlachte.

Ik vervolgde: 'Ik weet dat de politie in Richmond op CAIN is aangesloten. En de politie in Chicago, Dallas, Charlotte, de staat Virginia en de Britse Transit Police ook. En een flink aantal af-

delingen hier en in het buitenland zijn er momenteel mee bezig.'
'Waar denk je aan?' vroeg ze me.
'Vertel me eens wat er gebeurde toen op de dag voor kerst het lichaam van die onbekende vrouw werd gevonden die waarschijnlijk door Gault is vermoord? Wat was de rol die CAIN daarbij speelde?'
'Het lichaam werd vroeg in de ochtend in Central Park aangetroffen en natuurlijk werd ik er onmiddellijk van op de hoogte gesteld. Zoals ik al eerder heb verteld, klonk de werkwijze me bekend in de oren en heb ik dus de feiten in CAIN ingevoerd om te zien wat er terug zou komen. Dat moet aan het einde van de middag zijn geweest.'
'En wat kwam er terug?'
'CAIN belde al heel snel onze POGC-terminal met het verzoek om meer informatie.'
'Herinner je je nog om wat voor informatie het precies ging?'
Ze dacht even na. 'Laat me eens zien. Het systeem wilde meer weten over de verminkingen, van welke lichaamsdelen de huid was weggesneden en wat voor soort snij-instrument er was gebruikt. Het wilde ook weten of er sprake was van een seksueel aspect, en als dat zo was, of de penetratie oraal, vaginaal, anaal of anders was geweest. Sommige dingen wisten we nog niet aangezien er nog geen sectie was gepleegd. We slaagden er echter wel in via het mortuarium meer informatie te krijgen.'
'En waren er nog andere vragen?' vroeg ik. 'Vroeg CAIN iets dat je eigenaardig of misplaatst vond?'
'Niet dat ik weet.' Ze keek me onderzoekend aan.
'Heeft CAIN ooit boodschappen naar de terminal van de Transit Police gestuurd die jou opvielen als eigenaardig of verwarrend?'
Ze dacht opnieuw even na. 'We hebben sinds we in november zijn aangesloten hoogstens twintig zaken ingevoerd. Verkrachtingen, gevallen van geweldpleging, moorden waarvan ik dacht dat ze van belang konden zijn voor het POGC omdat ze ongebruikelijk waren of omdat de slachtoffers niet waren geïdentificeerd. En de enige boodschappen van CAIN die ik heb gezien waren routinematige verzoeken om meer informatie. Er is geen sprake

geweest van enige urgentie, tot de Central Park-zaak gebeurde. Toen meldde CAIN in knipperende vette letters dat er een *dringende boodschap* was, omdat het systeem beet had.'

'Als je ongebruikelijke boodschappen krijgt, neem dan onmiddellijk contact op met Benton Wesley.'

'Zou je me alsjeblieft willen vertellen waar je naar op zoek bent?'

'In oktober is het beveiligingssysteem van de TRA geschonden. Iemand heeft er om drie uur 's ochtends ingebroken, en de omstandigheden van die inbraak wijzen erop dat Gault erachter kan hebben gezeten.'

'Gault?' Overste Penn was verbijsterd. 'Hoe heeft dat kunnen gebeuren?'

'Het bleek dat een van de systeemanalisten van de TRA banden had met een spionagewinkel in Noord-Virginia waar Gault vaak kwam. We weten dat deze analist – een vrouw – bij de inbraak was betrokken, en we zijn bang dat Gault haar daartoe heeft aangespoord.'

'Waarom?'

'Er is toch niets mooiers voor hem dan toegang te hebben tot CAIN en een database tot zijn beschikking te hebben met daarin de details van de meest afschrikwekkende misdaden ter wereld?'

'Is er geen manier om hem de toegang te ontzeggen?' vroeg ze. 'Om de beveiliging zo op te voeren dat hij of wie dan ook onmogelijk in het systeem kan binnendringen?'

'We dachten dat dat was geregeld,' antwoordde ik. 'Mijn nichtje, die hun top-programmeur is, was er zelfs zeker van dat het systeem voldoende beveiligd was.'

'O, ja. Ik geloof dat ik over je nichtje heb gehoord. Zij is eigenlijk degene die CAIN heeft ontworpen.'

'Ze heeft altijd een talent gehad voor het werken met computers. Daar houdt ze zich liever mee bezig dan met mensen.'

'Dat kan ik haar niet kwalijk nemen, geloof ik. Hoe heet ze?'

'Lucy.'

'En hoe oud is ze?'

'Eenentwintig.'
Ze stond van de bank op. 'Nou, misschien is er gewoon de een of andere storing die die vreemde boodschappen veroorzaakt waar je het over had. Een virus. En Lucy lost dat dan wel op.'
'Laten we dat maar hopen.'
'Als je je wijn meeneemt, kun je me gezelschap houden in de keuken,' zei ze.
Maar zover kwamen we niet eens voordat de telefoon ging. Overste Penn nam op en ik zag hoe haar plezier over de prettige avond uit haar gezicht wegtrok.
'Waar?' zei ze kalm, en ik kende de toon van haar stem heel goed. Ik herkende die starre blik.
Ik deed de deur van de kast in de hal al open om mijn jas te pakken toen ze zei: 'Ik kom er aan.'

De sneeuwvlokken kwamen als asdeeltjes naar beneden toen we bij het metrostation op Second Avenue aankwamen, in het verlopen deel van Lower Manhattan dat bekend stond als de Bowery.
De wind loeide en blauwe en rode lichten flitsten aan en uit alsof de nacht zelf gewond was, en de trap die naar dat donkere hol voerde was afgezet. De daklozen waren weggejaagd, forenzen werden omgeleid en busjes en auto's van de pers kwamen in drommen aanrijden omdat een agent van de eenheid daklozen van de Transit Police dood was.
Zijn naam was Jimmy Davila. Hij was zevenentwintig. Hij werkte sinds een jaar bij de politie.
'Trekt u dit maar aan.' Een agent met een kwaad, bleek gezicht gaf me een reflecterend vest, een operatiemasker en handschoenen.
Politiemensen haalden zaklantaarns en nog meer vesten uit een busje, en een aantal agenten met geweren en een wilde blik in hun ogen holde langs mij heen de trap af. De spanning was tastbaar en pulseerde in de lucht als een donker, kloppend hart. De stemmen van de mannen die hun neergeschoten kameraad waren komen helpen, vermengden zich met het geluid van schuife-

lende voeten en de vreemde codetaal die over hun radio's werd gesproken. Ergens in de verte krijste een sirene.

Overste Penn gaf me een sterke zaklantaarn en we werden naar beneden begeleid door vier agenten die eruitzagen als echte mannetjesputters in hun kogelvrije uitrusting, jassen en reflecterende vesten. Een metrotrein flitste langs als een stroom vloeibaar staal, en we liepen voetje voor voetje over een smal pad dat ons de donkere catacomben in voerde die vol lagen met lege flesjes crack, naalden, vuil en andere troep. Lichtstralen speelden over door zwervers gebruikte bivakplaatsen die zich op platforms en richels op maar een paar centimeter afstand van de rails bevonden, en de lucht stonk naar menselijke uitwerpselen.

Onder de straten van Manhattan bevond zich een twintig hectare groot gebied met tunnels waar aan het einde van de jaren tachtig wel vijfduizend daklozen hadden gewoond. Nu ging het weliswaar om veel minder mensen, maar de vuile dekens met daarop schoenen, kleren en allerlei troep wezen nog op die vroegere periode.

Gore opgezette beesten en pluizige namaak-insekten hingen als trofeeën aan de muren. De illegale bewoners, die de mensen van de daklozen-eenheid veelal bij naam kenden, waren als schimmen uit hun onderaardse wereld verdwenen, behalve Freddie, die uit zijn drugroes was wakker geschud. Hij zat onder een legerdeken verdwaasd om zich heen te kijken.

'Hé, Freddie, sta eens op.' Het licht van een zaklantaarn scheen op zijn gezicht.

Hij hield een hand met een verband erom boven zijn ogen, die hij samenkneep toen lichten als kleine zonnen in zijn donkere tunnel doordrongen.

'Vooruit, sta op. Wat heb je met je hand gedaan?'

'Bevroren,' mompelde hij terwijl hij wankelend opstond.

'Je moet goed op jezelf passen. Je weet dat je hier niet kunt blijven. We brengen je even naar buiten. Wil je naar een opvanghuis?'

'Nee, man.'

'Freddie,' vervolgde de agent op luide toon, 'weet je wat hier

beneden is gebeurd? Heb je het gehoord van agent Davila?'
'Kwee niks.' Freddie zwaaide heen en weer en hervond zijn evenwicht, nog steeds zijn ogen tegen het licht dichtknijpend.
'Ik weet dat je Davila kent. Jij noemt hem Jimbo.'
'Ja, Jimbo. Hij is oké.'
'Nee, ik ben bang dat hij niet oké is, Freddie. Hij is hier vannacht doodgeschoten. Iemand heeft Jimbo neergeschoten en nu is hij dood.'
Freddie sperde zijn gele ogen wijd open. 'O, nee, man.' Hij keek speurend om zich heen alsof de moordenaar ergens stond toe te kijken, alsof iemand hèm hier de schuld van zou gaan geven.
'Freddie, heb je hier vanavond iemand gezien die je niet kende? Heb je hier iemand gezien die het gedaan zou kunnen hebben?'
'Nee, 'k heb niks gesien.' Freddie verloor bijna zijn evenwicht en zocht steun tegen een betonnen pilaar. 'Niemand en niks nie, da' zweer ik.'
Er kwam weer een trein uit het donker aandenderen die vervolgens over het zuidelijke spoor langs schoot. Freddie werd meegenomen en we liepen verder, over rails en knaagdieren stappend die onder vuilnis rond scharrelden. Godzijdank had ik laarzen aan. Na zo'n tien minuten voelde ik het zweet op mijn gezicht onder het masker en raakte ik steeds meer gedesoriënteerd. Ik kon niet zien of de ronde, felle lichten verderop bij de rails zaklantaarns van agenten waren of naderende metrotreinen.
'Oké, we moeten over de derde rail heen,' zei overste Penn. Ze was steeds dicht bij me gebleven.
'Hoe ver is het nog?' vroeg ik.
'Daar waar je die lichten ziet. Hier stappen we over de rails heen. Doe het maar zijdelings, langzaam aan, een voet tegelijk, en zorg dat je niets aanraakt.'
'Tenzij je de schok van je leven wilt krijgen,' zei een agent.
'Ja, zeshonderd volt die je niet meer loslaat,' zei een ander op dezelfde harde toon.
We volgden de rails verder de tunnel in en het plafond werd steeds lager. Sommige van de mannen moesten zich bukken

toen we onder een boog door liepen. Aan de andere kant waren forensisch technici het gebied aan het afzoeken terwijl een patholoog-anatoom met een kap over het hoofd en handschoenen aan het lichaam onderzocht. Er waren lampen neergezet, en naalden, flesjes en bloed glinsterden in het licht.

Agent Davila lag op zijn rug. Zijn winterjack was losgeritst, zodat de stijve contouren van een kogelvrij vest onder een donkerblauwe legertrui zichtbaar waren. Hij was tussen zijn ogen geschoten met de .38-revolver die boven op zijn borst lag.

'Ligt hij nu precies zoals hij is gevonden?' vroeg ik en ging wat dichterbij staan.

'Precies zo,' zei een rechercheur.

'Zijn jack was losgeritst en de revolver lag precies zo?'

'Precies zo.' Het gezicht van de rechercheur was rood aangelopen en bezweet en hij ontweek mijn blik.

De patholoog-anatoom keek op. Ik kon het gezicht onder de plastic kap niet zien. 'We kunnen zelfmoord niet uitsluiten,' zei ze.

Ik leunde verder naar het lichaam toe en scheen met mijn zaklantaarn op het gezicht van de dode man. Zijn ogen waren open, zijn hoofd was enigszins naar rechts gedraaid. Het bloed dat in plassen onder hem lag was felrood en stolde al. Hij was kort en had de gespierde nek en het magere gezicht van iemand die in bijzonder goede conditie was. Ik scheen met mijn lantaarn over zijn handen, waaraan hij geen handschoenen droeg, en hurkte neer om hem beter te kunnen bekijken.

'Ik zie hier geen kruit,' zei ik.

'Dat is niet altijd aanwezig,' zei de patholoog-anatoom.

'De wond op zijn voorhoofd is geen contactwond en ik heb het idee dat die enigszins schuin zit.'

'Ik zou ook verwachten dat de wond enigszins schuin zat als hij zichzelf inderdaad heeft doodgeschoten,' antwoordde de patholoog-anatoom.

'De wond heeft een neerwaartse richting. Dat zou ik niet verwachten,' zei ik. 'En hoe komt het dat zijn revolver zo netjes op zijn borst ligt?'

‘Misschien heeft een van de daklozen hier die verplaatst.’
Ik begon geïrriteerd te raken. ‘Waarom?’
‘Misschien heeft iemand hem opgeraapt en bij nader inzien besloten het wapen toch maar níet mee te nemen. En dus legde hij het neer waar het nu ligt.’
‘We moeten zijn handen echt in plastic verpakken,’ zei ik.
‘Eén ding tegelijk.’
‘Had hij geen handschoenen aan?’ Ik keek omhoog, mijn ogen dichtknijpend tegen de cirkel van felle lichten. ‘Het is hier heel koud.’
‘We zijn nog niet klaar met het doorzoeken van zijn zakken, mevrouw,’ zei de patholoog-anatoom, die tot het jonge, starre type behoorde dat ik associeerde met pijnlijk lange secties die wel een halve dag duurden.
‘Hoe heet u?’ vroeg ik haar.
‘Ik ben dr. Jonas. En ik moet u vragen opzij te gaan, mevrouw. We proberen hier het bewijsmateriaal te conserveren, en het is het beste als u niets aanraakt of op enige manier verandert.’ Ze hield een thermometer omhoog.
‘Dr. Jonas,’ zei overste Penn, ‘dit is dr. Kay Scarpetta, de hoofd-patholoog-anatoom van Virginia en adviserend forensisch patholoog bij de FBI. Zij weet heel goed wat er komt kijken bij het conserveren van bewijsmateriaal.’
Dr. Jonas keek op en ik zag een glimp van verbazing achter haar gezichtsmasker. Ik bespeurde gêne gedurende het lange ogenblik waarop ze haar chemische thermometer aflas.
Ik leunde dichter over het lichaam heen, me concentrerend op de linkerkant van zijn hoofd.
‘Zijn linkeroor vertoont een rijtwond,’ zei ik.
‘Dat is waarschijnlijk gebeurd toen hij viel,’ zei dr. Jonas.
Ik nam de omgeving in me op. We bevonden ons op een vlak, betonnen platform. Er was geen rails waar hij zich aan had kunnen stoten. Ik scheen met mijn zaklantaarn over de betonnen pilaren en de muren, op zoek naar bloed of uitsteeksels waar Davila tegenaan gevallen kon zijn.
Ik hurkte naast het lichaam en bekeek het gewonde oor en een

rood stuk huid daaronder nu wat beter. Ik begon de kenmerken van een golfpatroon met kleine gaatjes erin te onderscheiden. Onder zijn oor zat de ronding van de rand van de hak. Ik ging weer staan, terwijl het zweet van mijn gezicht af droop. Iedereen keek naar me toen ik even naar een licht bleef staan staren dat steeds dichterbij kwam door de donkere gang.

'Hij is tegen de zijkant van zijn hoofd getrapt,' zei ik.

'U weet niet of hij zijn hoofd niet heeft gestoten,' zei dr. Jónas op verdedigende toon.

Ik staarde haar aan. 'Dat weet ik wel,' zei ik zelfverzekerd.

'Hoe weten we dat hij niet met een vuist is geslagen?' vroeg een agent.

'Zijn verwondingen komen daar niet mee overeen,' antwoordde ik. 'Mensen slaan meestal meer dan één keer en richten daarbij op andere delen van het lichaam. Ik zou dan verwachten dat de andere kant van zijn gezicht ook verwondingen vertoonde, omdat die het beton moet hebben geraakt als hij geslagen zou zijn.'

Er bulderde een trein voorbij in een vlaag warme lucht. In de verte zweefden lichtjes door het donker en de figuren die erbij hoorden waren schaduwen met nauwelijks hoorbare stemmen.

'Hij is uitgeschakeld door middel van een trap en is vervolgens met zijn eigen revolver gedood,' zei ik.

'We moeten hem naar het mortuarium brengen,' zei de patholoog-anatoom.

Overste Penns ogen waren heel groot en ze had een geschokte en boze uitdrukking op haar gezicht.

'Hij is het, nietwaar?' zei ze tegen me toen we terugliepen.

'Hij heeft al eerder mensen geschopt,' zei ik.

'Maar waarom? Hij heeft zelf een pistool, een Glock. Waarom heeft hij dan zijn eigen wapen niet gebruikt?'

'Het ergste dat een politieman kan overkomen is met zijn eigen revolver te worden doodgeschoten,' zei ik.

'Dus misschien heeft Gault dat met opzet gedaan omdat hij wist hoe de politie... hoe wij dat zouden vinden?'

'Hij vond het vast grappig,' zei ik.

We liepen terug over rails en door vuilnis dat krioelde van de

ratten. Ik merkte dat overste Penn huilde. Er gingen minuten voorbij.
Ze zei: 'Davila was een goede politieman. Hij was zo behulpzaam, klaagde nooit, en dan zijn glimlach. Daarmee vrolijkte hij de hele kamer op.' Haar stem klonk nu gespannen van woede. 'Hij was godverdomme nog maar een jongen.'
Haar mensen waren wel in de buurt, maar niet echt vlakbij en terwijl ik door de tunnel de rails af tuurde, dacht ik aan het onderaardse, kilometers grote gebied waar de metrorails zich doorheen slingerden en kronkelden. De daklozen hadden geen zaklantaarns en ik begreep niet hoe ze iets konden zien. We kwamen langs de zoveelste smerige kampeerplaats, waar een blanke man die me vagelijk bekend voorkwam crack op een stuk autoantenne zat te roken alsof orde en wet niet bestonden in dit land. Toen ik zijn honkbalpet zag, realiseerde ik me eerst niet wat dat betekende. Toen staarde ik hem aan.
'Benny, Benny, Benny. Je moest je schamen,' zei een van de agenten ongeduldig. 'Kom nou toch. Je weet dat dit niet mag, man. Hoe vaak moeten we dat nou nog zeggen, man?'
Benny had me de ochtend daarvoor achtervolgd toen ik naar de pathologisch-anatomische dienst ging. Ik herkende zijn vieze legerbroek, cowboylaarzen en spijkerjack.
'Ga je gang en sluit me maar op,' zei hij, zijn crack opnieuw aanstekend.
'O, ja, we gaan je inderdaad achter de tralies zetten. Ik heb het helemaal met jou gehad.'
Ik zei zachtjes tegen overste Penn: 'Zijn pet.'
Het was een donkerblauwe of zwarte pet van de Atlanta Braves.
'Wacht eens,' zei ze tegen haar mensen. Ze vroeg Benny: 'Waar heb je je pet vandaan?'
'Ik weet helemaal niks,' zei hij, het hoofddeksel van een bos vies, grijs haar halend. Zijn neus zag eruit alsof erop gekauwd was.
'Natuurlijk weet je dat wel,' zei de overste.
Hij staarde haar met een idiote blik in zijn ogen aan.
'Benny, waar heb je je pet vandaan?' vroeg ze opnieuw.

Twee agenten trokken hem omhoog en boeiden hem. Onder een deken lagen pockets, tijdschriften, aanstekers en kleine plastic tasjes met een ritssluiting erin. Er waren ook een aantal mueslirepen, pakjes suikervrije kauwgom, een tinnen fluitje, en een doos saxofoonrietjes. Overste Penn en ik keken elkaar aan.

'Neem alles mee,' zei ze tegen haar mensen.

'Jullie mogen mijn spullen niet stelen.' Benny probeerde zich aan de greep van de agenten te ontworstelen. 'Jullie kunnen verdomme mijn spullen niet stelen.' Hij stampte met zijn voeten op de grond. 'Godverdomme, klootzakken...'

'Je maakt het ons alleen maar moeilijker, Benny.' Ze maakten zijn handboeien strakker. Hij werd aan elk van zijn beide armen door een agent vastgehouden.

'Raak niets zonder handschoenen aan,' zei overste Penn.

'Maak u maar geen zorgen.'

Ze deden al Benny's wereldse bezittingen in vuilniszakken, die we samen met hun eigenaar naar buiten brachten. Ik liep er met mijn zaklantaarn achteraan. De oneindige duisternis leek een zwijgend vacuüm met ogen. Ik draaide me telkens om en zag dan alleen maar een licht, waarvan ik dacht dat het een trein was, totdat het plotseling naar opzij ging. Toen zag ik dat het een zaklantaarn was die een betonnen boog verlichtte waar Temple Gault onderdoor liep. Hij was een scherp afgetekend silhouet in een lange, donkere jas en zijn gezicht was niet meer dan een witte flits. Ik greep de mouw van de overste en schreeuwde.

8

Meer dan dertig politiemensen doorzochten die hele, bewolkte nacht de Bowery en het metrostelsel eronder. Niemand wist hoe Gault in de tunnels was gekomen, tenzij hij er helemaal niet uit was weggegaan nadat hij Jim Davila had vermoord. We snapten niet hoe hij was ontkomen nadat ik hem had gezien, maar hij was toch echt weg.

De volgende ochtend vertrok Wesley naar La Guardia en Marino en ik gingen weer naar het mortuarium. Dr. Jonas, die die nacht had gewerkt, zag ik niet, en ook dr. Horowitz was er niet, maar ik kreeg te horen dat overste Penn met een van haar rechercheurs aanwezig was en dat we ze in de röntgenkamer konden vinden.

Marino en ik glipten stilletjes naar binnen, als een echtpaar dat te laat is voor een film, en vervolgens raakten we elkaar in het donker kwijt. Ik vermoedde dat hij een muur had gezocht om tegen te steunen, aangezien hij in zulke situaties moeite had zijn evenwicht te bewaren. Je raakte gemakkelijk enigszins gehypnotiseerd en dan ging je al snel heen en weer slingeren. Ik liep dichter naar de stalen tafel toe, waar donkere schaduwen rondom Davila's lichaam stonden te kijken hoe een straaltje licht zijn kapotte hoofd verkende.

'Ik wil graag ter vergelijking een van de afgietsels zien,' zei iemand.

'We hebben foto's van de schoenafdrukken. Ik heb er een paar bij me.' Ik herkende de stem van overste Penn.

'Dat is mooi.'

'Het lab heeft de afgietsels.'

'Uw lab?'

'Nee, niet het onze,' zei overste Penn. 'Het lab van de NYPD.'

'Dit geschaafde deel en die blauwe plek met het patroon erin zijn door de hak veroorzaakt.' Het licht stopte onder het linkeroor. 'Die golflijnen hier zijn vrij duidelijk en ik zie geen sporen

in de schaafwond. En dan dit patroon hier. Daar kan ik niet wijs uit worden. Deze blauwe plek, eh, een soort vlek met een staartje eraan. Ik weet niet wat dat is.'
'We kunnen de gecomputeriseerde beeldversterker proberen.'
'Oké, oké.'
'En het oor zelf? Is daar een patroon aanwezig?'
'Dat is moeilijk te zien, maar er zit een scheur in en geen snee. De scheurranden vertonen geen schaafplekken en zitten nog met weefsel aan elkaar. En te zien aan deze gebogen scheur hier' – de met latex bedekte vinger wees de plek aan – 'zou ik zeggen dat het oor door de hak kapot is getrapt.'
'En daarom is het gescheurd.'
'Eén enkele, zeer harde trap.'
'Hard genoeg om hem te doden?'
'Misschien. We zullen zien. Ik denk dat hij een fractuur heeft in het linker temporale, pariëtale deel van de schedel en dat er een grote epidurale bloeding is.'
'Dat denk ik ook.'
De gehandschoende handen hielden een forceps en een lamp vast. Een ongeveer vijftien centimeter lange zwarte haar zat tegen het bebloede boord van Davila's legertrui geplakt. De haar werd opgepakt en in een envelop gedaan. Ik baande me door het diepe duister een weg naar de deur. Ik legde mijn getinte bril weer op een wagentje en ging naar buiten. Marino kwam achter me aan.
'Als dat een haar van hem is,' zei hij toen we in de gang stonden, 'dan heeft hij zijn haar weer geverfd.'
'Dat had ik ook wel verwacht,' zei ik, me het silhouet voor de geest halend dat ik de avond daarvoor had gezien. Gaults gezicht was heel wit geweest, maar zijn haar had ik niet gezien.
'Hij is dus geen rooie meer.'
'Hij zou nu best paars haar kunnen hebben, dat weten we gewoon niet.'
'Als hij zijn haar steeds in een andere kleur verft, gaat het misschien wel uitvallen.'
'Dat is niet waarschijnlijk,' zei ik. 'Maar deze haar is misschien

niet van hem. Dr. Jonas heeft donker haar van ongeveer die lengte, en zij is gisteravond een tijdje met het lichaam bezig geweest.'

We droegen schorten, handschoenen en maskers, en zagen eruit als chirurgen die op het punt stonden een bijzondere klus op te knappen, zoals een harttransplantatie. Een stel mannen bracht een serie meelijwekkende vurehouten kisten naar binnen die waren bestemd voor Potter's Field, de begraafplaats voor de armen, en aan de andere kant van de glazen wand waren de secties van die ochtend begonnen. Er waren tot dusver maar vijf gevallen, waaronder een kind dat duidelijk een gewelddadige dood was gestorven. Marino wendde zijn blik af.

'Shit,' mompelde hij. Zijn gezicht was donkerrood. 'Wat een manier om de dag te beginnen.'

Ik antwoordde niet.

'Davila was pas twee maanden getrouwd.'

Er was niets wat ik kon zeggen.

'Ik heb met een paar kerels gepraat die hem kenden.'

De persoonlijke bezittingen van de crack-verslaafde die Benny heette waren zonder omwegen op tafel vier gegooid, en ik besloot ze verder bij het dode kind vandaan te leggen.

'Hij wilde altijd al agent worden. Dat hoor ik verdomme altijd.'

De vuilniszakken waren zwaar en er kwam een vieze stank uit. Ik droeg ze een voor een naar tafel acht.

'Kun je me vertellen waarom iemand dit werk zou willen doen?' Marino werd steeds bozer. Hij greep een zak en kwam achter me aan.

'We willen ons steentje bijdragen,' zei ik. 'We willen er op de een of andere manier voor zorgen dat het beter wordt.'

'Ja, hoor,' zei hij sarcastisch. 'Davila heeft echt zijn steentje bijgedragen. Hij heeft er echt voor gezorgd dat het beter werd.'

'Dat mag je hem niet afnemen,' zei ik. 'De goede dingen die hij heeft gedaan en die hij nog had kunnen doen zijn alles wat hij nu nog over heeft.'

In dit theater met zijn zwijgende publiek en zijn dode acteurs werd een Stryker-zaag aangezet, kletterde water in een wasbak

en toonden röntgenfoto's kogels en botten. Even later kwam overste Penn binnen. Boven haar masker stonden haar ogen uitgeput. Ze werd vergezeld door een donkere, jonge man die ze voorstelde als rechercheur Maier. Hij liet ons de foto's van de profielpatronen in de sneeuw van Central Park zien.
'Ze zijn redelijk goed op schaal,' legde hij uit. 'Maar ik moet toegeven dat de afgietsels zelf beter zouden zijn, als we die konden krijgen.'
Maar die had de NYPD, en ik durfde erom te wedden dat de Transit Police ze nooit te zien zou krijgen. Frances Penn leek nauwelijks nog op de vrouw bij wie ik de vorige avond op bezoek was geweest en ik vroeg me af waarom ze me eigenlijk in haar appartement had uitgenodigd. Wat zou ze me hebben toevertrouwd als we niet naar de Bowery waren geroepen?
We maakten de zakken los en legden de spullen op de tafel, behalve de stinkende wollen dekens die Benny's huis waren geweest. Die vouwden we op om ze vervolgens op de grond te leggen. Het was een vreemde inboedel, die maar op twee manieren te verklaren was. Of Benny had samengewoond met iemand die een paar mannenlaarzen in maat negenendertig bezat. Of hij had op de een of andere manier de bezittingen te pakken gekregen van iemand die een paar mannenlaarzen in maat negenendertig bezat. We hoorden dat Benny schoenmaat vierenveertig had.
'Wat heeft Benny vanochtend te zeggen?' vroeg Marino.
Rechercheur Maier antwoordde: 'Hij beweert dat die hoop spullen zomaar opeens op zijn deken lagen. Hij ging naar boven, naar de straat, kwam terug, en toen lagen ze daar, in die rugzak.'
Hij wees naar een smerige, groene canvas rugzak die vast heel wat verhalen kon vertellen.
'En wanneer is dat gebeurd?' vroeg ik.
'Nou, daar is Benny niet erg duidelijk over. Hij is eigenlijk nergens echt duidelijk over. Maar hij denkt dat het in de afgelopen paar dagen is geweest.'
'Heeft hij gezien wie die rugzak daar heeft neergelegd?' vroeg Marino.

'Hij zegt van niet.'
Ik hield een foto bij de onderkant van een van de laarzen om de zool daarmee te vergelijken. De maat en het stiksel waren hetzelfde. Benny was op de een of andere manier aan de eigendommen gekomen van de vrouw die waarschijnlijk door Gault in Central Park was vermoord. We zwegen alle vier toen we een voor een de spullen begonnen te bekijken waarvan we dachten dat die van haar waren geweest. Ik voelde me vermoeid en licht in mijn hoofd toen we een begin maakten met het reconstrueren van een heel leven aan de hand van een tinnen fluitje en wat lappen.
'Kunnen we haar niet een naam geven?' zei Marino. 'Het zit me dwars dat ze geen naam heeft.'
'Hoe zou u haar willen noemen?' vroeg overste Penn.
'Jane.'
Rechercheur Maier keek Marino aan. 'Dat is heel origineel. Wat is haar achternaam, Fonda?'
'Is er een mogelijkheid dat de saxofoonrietjes van Benny zijn?' vroeg ik.
'Dat denk ik niet,' zei Maier. 'Hij zei dat al deze spullen in de rugzak zaten. En ik heb niet het idee dat Benny een muzikale aanleg heeft.'
'Hij speelt soms op een onzichtbare gitaar,' zei ik.
'Dat zou u ook doen als u crack rookte. En dat is het enige wat hij doet. Hij bedelt en hij rookt crack.'
'Voordat hij daarmee begon deed hij toch zeker wel iets anders,' zei ik.
'Hij was elektricien en zijn vrouw ging bij hem weg.'
'Dat is nog geen reden om in de goot te gaan leven,' zei Marino, wiens vrouw hem ook had verlaten. 'Er moet nog iets anders zijn.'
'Drugs. Hij kwam steeds aan de overkant, in het Bellevue, terecht. En daar brachten ze hem dan weer bij zijn positieven en stuurden hem weer weg. Steeds weer hetzelfde, steeds opnieuw.'
'Is er misschien een saxofoon geweest die bij de rietjes hoorde, die Benny wellicht heeft gegapt?' vroeg ik.

'Dat weet ik niet,' antwoordde Maier. 'Benny zei dat dit alles was.'
Ik dacht aan de mond van de vrouw die we nu Jane noemden, en aan haar afgesleten voortanden, wat volgens de forensisch tandarts door het pijproken kwam.
'Als ze lang klarinet of saxofoon heeft gespeeld,' zei ik, 'zou dat de schade aan haar voortanden kunnen verklaren.'
'En het blikken fluitje?' vroeg overste Penn.
Ze boog zich dichter over het goudkleurige metalen fluitje heen, dat een rood mondstuk had. Het was van het merk Generation, kwam uit Engeland en zag er niet nieuw uit.
'Als ze dat veel gebruikte, dan heeft dat waarschijnlijk ook tot de beschadiging van haar voortanden bijgedragen,' zei ik. 'Het is ook interessant dat het een alt-fluitje is en dat de rietjes voor een altsaxofoon zijn. Misschien heeft ze op een gegeven moment dus altsax gespeeld.'
'Misschien voor ze die wond aan haar hoofd opliep,' zei Marino.
'Misschien,' zei ik.
We gingen verder met het doorzoeken van haar spullen en lazen ze alsof het theeblaadjes waren. Ze hield van suikervrije kauwgom en Sensodyne-tandpasta, wat logisch leek, gezien de problemen die ze met haar tanden had. Ze had één zwarte spijkerbroek in een mannenmodel, maat tweeëndertig in het middel en vierendertig in de lengte. Het was een oude broek, waarvan ze de pijpen een stukje had opgerold, wat erop wees dat ze hem van iemand anders had gekregen of in een tweedehandswinkel had gekocht. Op het moment dat ze was gestorven, was die broek vast veel te groot voor haar geweest.
'Weten we zeker dat deze broek niet van Benny is?' vroeg ik.
'Hij zegt dat dat niet het geval is,' antwoordde Maier. 'De spullen die volgens hem zijn eigendom zijn, zitten in die zak.' Hij wees naar een uitpuilende zak op de grond.
Toen ik mijn hand in een achterzak van de spijkerbroek stak, vond ik een rood-wit kartonnen kaartje dat identiek was aan de kaartjes die Marino en ik hadden gekregen toen we in het Muse-

um of Natural History waren. Het was rond, ongeveer zo groot als een zilveren dollar, en er zat een stukje touw aan. Op de ene kant stond BEGUNSTIGER en het logo van het museum stond op de andere kant.

'Dit moet op vingerafdrukken worden onderzocht,' zei ik terwijl ik het kaartje in een zakje stopte. 'Ze heeft het natuurlijk aangeraakt. Of misschien heeft Gault het aangeraakt als hij inderdaad de toegang tot de tentoonstelling heeft betaald.'

'Waarom zou ze zoiets hebben bewaard?' zei Marino. 'Meestal haal je zo'n ding van je jas af en gooi je het in de vuilnisbak als je weer weggaat.'

'Misschien heeft ze het in haar zak gestopt en is ze het vervolgens vergeten,' zei overste Penn.

'Het zou een souvenir kunnen zijn,' suggereerde Maier.

'Het lijkt er niet op dat ze souvenirs verzamelde,' zei ik. 'Ze lijkt heel goed te hebben geweten wat ze wel en wat ze niet wilde bewaren.'

'Bedoelt u te zeggen dat ze het kaartje misschien heeft gehouden opdat iemand het uiteindelijk zou vinden?'

'Ik weet het niet,' zei ik.

Marino stak een sigaret op.

'Dan vraag ik me af of ze Gault soms kende,' zei Maier.

Ik antwoordde: 'Als dat zo was, en als ze wist dat ze in gevaar was, waarom is ze dan 's avonds met hem het park ingegaan?'

'Zie je, dat klopt nou niet.' Marino blies een grote wolk rook uit. Zijn masker had hij naar beneden getrokken.

'Het klopt niet als hij een volkomen vreemde voor haar was,' zei ik.

'Dus misschien kende ze hem,' zei Maier.

'Misschien wel,' stemde ik in.

Ik voelde in de andere zakken van de zwarte broek en vond tweeëntachtig cent, een saxofoonrietje waarop was gekauwd en verschillende netjes opgevouwen Kleenex-tissues. Een binnenstebuiten gekeerd sweatshirt had maat medium en de opdruk op de voorkant was te veel vervaagd om nog te kunnen lezen.

Ze had ook twee grijze joggingbroeken en drie paar sportsokken met verschillend gekleurde strepen bezeten. In een vakje in de rugzak zat een ingelijste foto van een gevlekte hond die in de schaduw onder een paar bomen zat. De hond leek te glimlachen tegen degene die de foto nam, terwijl ver in de achtergrond iemand stond toe te kijken.

'Dit moet op vingerafdrukken worden onderzocht,' zei ik. 'Als je de foto schuin houdt kun je zelfs latente afdrukken op het glas zien.'

'Ik durf erom te wedden dat dat haar hond is,' zei Maier.

Overste Penn zei: 'Kunnen we zien in welk deel van de wereld die foto is genomen?'

Ik bestudeerde de afbeelding wat grondiger. 'Het ziet er vlak uit. Het is zonnig. Ik zie geen tropische plantengroei. Het lijkt niet op een woestijn.'

'Met andere woorden, het zou vrijwel overal kunnen zijn,' zei Marino.

'Eigenlijk wel,' zei ik. 'Over die persoon in de achtergrond kan ik niet veel zeggen.'

Overste Penn bekeek de foto. 'Een man misschien?'

'Het zou ook een vrouw kunnen zijn,' zei ik.

'Ja, ik geloof dat het een vrouw is,' zei Maier. 'Een heel magere vrouw.'

'Dus misschien is het Jane wel,' zei Marino. 'Ze hield van honkbalpetten, en deze persoon heeft ook een soort pet op.'

Ik keek naar overste Penn. 'Ik zou het fijn vinden als ik kopieën krijg van alle foto's die we vinden, ook van deze.'

'Ik zorg dat je ze zo snel mogelijk hebt.'

We gingen door met het blootleggen van het leven van deze vrouw, die bij ons in de kamer leek te zijn. Ik voelde haar persoonlijkheid in haar schamele bezittingen en had het idee dat ze aanwijzingen voor ons had achtergelaten. Blijkbaar had ze mannenhemden in plaats van bh's gedragen en we vonden drie damesonderbroekjes en een aantal bandana's.

Al haar spullen waren versleten en vuil, maar de zorgvuldig verstelde scheuren, en de naalden, draad en extra knopen die ze in een plastic doosje had bewaard, wekten de suggestie van netheid en zorg. Alleen de zwarte spijkerbroek en het verschoten sweatshirt waren ruw in elkaar gefrommeld en zaten binnenstebuiten, en we vermoedden dat dat zo was omdat ze die kledingstukken had aan gehad toen Gault haar had gedwongen zich in het donker uit te kleden.

Aan het einde van de morgen hadden we al haar spullen een voor een bekeken en waren niets opgeschoten met het identificeren van het slachtoffer dat we Jane waren gaan noemen. We konden alleen maar aannemen dat Gault alles wat haar zou kunnen identificeren had verwijderd, of dat Benny misschien het weinige geld had gestolen dat ze had gehad en dat hij had weggegooid waar ze het in had bewaard. Ik snapte niet wanneer Gault de rugzak op Benny's deken had gegooid, als hij dat inderdaad had gedaan.

'Hoeveel van deze spullen kijken we na op vingerafdrukken?' vroeg Marino.

'Naast de voorwerpen die we al hebben,' stelde ik voor, 'heeft het blikken fluitje een goed oppervlak voor afdrukken. We kunnen speciaal licht op de rugzak uitproberen. Vooral op de binnenkant van de flap, aangezien die van leer is.'

'Zijzelf is nog steeds het grootste probleem,' zei Marino. 'Niets van wat we hier hebben, vertelt ons wie ze is.'

'Nou, dan heb ik goed nieuws,' zei Maier. 'Ik geloof niet dat het feit of we Jane kunnen identificeren ons zal helpen de man te pakken die haar heeft vermoord.'

Ik keek hem aan en zag zijn belangstelling in haar verminderen. Het licht in zijn ogen doofde, iets wat ik al eerder had gezien bij gevallen waar het slachtoffer niets te betekenen had in de wereld. De tijd die er voor Jane was uitgetrokken, was om. Ironisch genoeg zou ze nog minder tijd hebben gekregen als haar moordenaar niet zo berucht was geweest.

'Denkt u dat Gault haar in het park heeft neergeschoten, en vervolgens naar de tunnel is gegaan waar haar rugzak is gevonden?' vroeg ik.

'Misschien,' zei Maier. 'Hij hoefde alleen maar uit Cherry Hill weg te gaan en de metro te nemen naar bijvoorbeeld Eighty-sixth of Seventy-seventh Street. Daar zou hij dan regelrecht de Bowery zijn ingelopen.'

'Of hij heeft misschien ook wel een taxi genomen,' zei overste Penn. 'Maar hij heeft vast niet gelopen. Het is behoorlijk ver.'

'Wat als hij de rugzak op de plaats van het misdrijf achter heeft gelaten, bij de fontein?' vroeg Marino vervolgens. 'Is het mogelijk dat Benny die heeft gevonden?'

'Waarom zou hij op dat tijdstip in Cherry Hill zijn? U moet niet vergeten wat voor weer het was,' zei overste Penn.

Er ging een deur open en een paar assistenten rolden een wagentje naar binnen met daarop Davila's lichaam.

'Ik zou niet weten waarom,' zei Maier. 'Had ze haar rugzak bij zich toen ze in het museum was?' vroeg hij overste Penn.

'Ik geloof dat ik iemand heb horen zeggen dat ze een soort tas over haar schouder had hangen.'

'Dat zou de rugzak geweest kunnen zijn.'

'Dat kan.'

'Verkoopt Benny drugs?' vroeg ik.

'Na een tijdje moet je wel, als je zelf nog wilt kunnen kopen,' zei Maier.

'Er is misschien een verband tussen Davila en de vermoorde vrouw,' zei ik.

Overste Penn keek me geïnteresseerd aan.

'Die mogelijkheid kunnen we niet uitsluiten,' vervolgde ik. 'Op het eerste gezicht lijkt het onwaarschijnlijk. Maar Gault en Davila waren wel allebei op dezelfde tijd in die tunnel. Waarom?'

'Pech.' Maier staarde in de verte.

Marino reageerde niet. Hij was met zijn aandacht bij sectietafel nummer vijf, waar twee pathologen-anatomen de dode politieman vanuit verschillende hoeken fotografeerden. Een assistent veegde met een natte doek het bloed van zijn gezicht op een manier die ruw zou zijn geweest als Davila het had kunnen voelen. Marino was zich er niet van bewust dat hij werd gadegeslagen en heel even was zijn kwetsbaarheid zichtbaar. Ik zag de schade van vele turbulente jaren, en de druk die op zijn schouders rustte.

'En Benny was ook in die tunnel,' zei ik. 'Hij heeft de rugzak òf van de plek waar de moord was gepleegd meegenomen, òf hij heeft hem van iemand gekregen, òf het ding is zoals hij beweert op zijn deken gegooid.'

'Eerlijk gezegd denk ik niet dat die rugzak zomaar opeens op zijn deken lag,' zei Maier.

'Waarom niet?' vroeg overste Penn.

'Waarom zou Gault hem dan uit Cherry Hill hebben meegenomen? Waarom heeft hij hem daar dan niet gewoon laten liggen en heeft hij vervolgens gemaakt dat hij weg kwam?' zei hij.

'Misschien zat er iets in,' zei ik.

'Zoals?' vroeg Marino.

'Iets waardoor ze zou kunnen worden geïdentificeerd,' zei ik. 'Misschien wilde hij niet dat ze geïdentificeerd zou worden en had hij tijd nodig om haar spullen te doorzoeken.'

'Dat is mogelijk,' zei overste Penn. 'We hebben in ieder geval niets bij haar bezittingen gevonden waarmee we haar kunnen identificeren.'

'Maar in het verleden leek Gault er nooit om te geven of we zijn slachtoffers konden identificeren,' zei ik. 'Waarom dan nu wel? Waarom zou deze dakloze vrouw met haar hoofdwond hem iets kunnen schelen?'

Overste Penn leek me niet te horen, en niemand anders gaf antwoord. De pathologen-anatomen waren begonnen Davila uit te kleden, maar hij wees hun bemoeienissen af. Hij hield zijn armen stijf voor zijn bovenlichaam gevouwen, alsof hij in een football-wedstrijd een aanvaller afweerde. De artsen waren net met zeer veel moeite bezig zijn armen uit zijn legertrui te krijgen en het kledingstuk vervolgens over zijn hoofd te trekken toen er een pieper afging. We reikten onwillekeurig allemaal naar onze broekband, en staarden, toen het gepiep gewoon doorging, naar de tafel waar Davila lag.

'Het is niet de mijne,' zei een van de artsen.

'Verdomme,' zei de andere arts. 'Het is die van hem.'

Er liep een koude rilling over mijn rug toen hij een pieper van Davila's riem afhaalde. Iedereen was stil. We staarden naar tafel vijf en naar overste Penn, die op het lichaam toeliep omdat hij

een van haar mensen was geweest en iemand hem zojuist had geprobeerd op te roepen. De dokter overhandigde haar de pieper en ze hield hem omhoog om te lezen wat er op de display stond. Haar gezicht werd rood. Ik zag dat ze moest slikken.
'Het is een code,' zei ze.
Noch zij noch de dokter had eraan gedacht dat ze de pieper niet aan mochten raken. Ze wisten niet dat dat belangrijk kon zijn.
'Een code?' vroeg Maier verward.
'Een politiecode.' De woede klonk in haar stem door. 'Tien-streep-zeven.'
Tien-streep-zeven betekende *Einde dienst.*
'Verdomme,' zei Maier.
Marino deed onwillekeurig een stap naar voren, alsof hij op het punt stond de achtervolging in te zetten. Maar er was niemand die hij achterna kon gaan.
'Gault,' zei hij ongelovig, en vervolgde toen op luidere toon: 'Die klootzak moet zijn piepernummer hebben genoteerd nadat hij hem in de metro voor zijn kop had geknald. Begrijpen jullie wat dat betekent?' Hij keek ons woedend aan. 'Het betekent dat hij ons in de gaten houdt! Hij weet dat we hiermee bezig zijn.'
Maier keek om zich heen.
'We weten niet wie deze boodschap heeft gestuurd,' zei een van de artsen, die helemaal ontdaan was.
Maar ik wist het wel. Voor mij was er geen twijfel mogelijk.
'Zelfs als Gault het heeft gedaan, hoeft hij ons niet te zien om te weten wat er hier vanochtend gebeurt,' zei Maier. 'Hij weet vast dat het lichaam hier is, dat wij hier zijn.'
Gault wist vast dat ik hier zou zijn, dacht ik. Hij hoefde niet noodzakelijkerwijs te weten dat de anderen er ook waren.
'Hij is ergens waar hij kan bellen.' Marino keek woest om zich heen. Hij kon niet stil blijven staan.
Overste Penn zei tegen Maier: 'Laat het over de radio omroepen, een mededeling voor alle eenheden. En stuur ook een bericht over de telex.'
Maier trok zijn handschoenen uit en gooide ze boos in een vuilnisbak terwijl hij de ruimte uit beende.

'Doe de pieper in een zakje. Die moet op vingerafdrukken worden onderzocht,' zei ik. 'Ik weet dat we hem hebben aangeraakt, maar we kunnen het toch proberen. Daarom was zijn jack opengeritst.'

'Wat?' Marino keek verbaasd.

'Davila's jack was opengeritst en daar was geen reden voor.'

'Ja, er was wel een reden. Gault wilde Davila's revolver.'

'Het was niet nodig zijn jack open te ritsen om zijn revolver te pakken,' zei ik. 'Er zit een opening in de zijkant van het jack, bij het holster. Ik denk dat Gault Davila's jack heeft opengemaakt om de pieper te zoeken. En daar heeft hij ook het nummer gezien.'

De dokters gingen verder met het lichaam. Ze trokken zijn laarzen en sokken uit en maakte een enkelholster met een Walther .380 los die Davila eigenlijk niet bij zich had mogen dragen, en waarvoor hij geen kans had gehad die te gebruiken. Ze trokken zijn kogelvrije vest en een donkerblauw politie T-shirt uit, en maakten een lange ketting met een zilveren kruis eraan los. Op zijn rechterschouder had hij een kleine tatoeage van een om een kruis heen kronkelende roos. In zijn portefeuille zat een dollar.

9

Ik vertrok die middag met een US AIR-lijndienst uit New York en kwam om drie uur op Washington National aan. Lucy kon me niet ophalen omdat ze sinds haar ongeluk geen auto meer had gereden, en er was geen goede reden waarom Wesley me bij de uitgang op zou staan wachten.
Terwijl ik voor de aankomsthal alleen met mijn attachékoffertje en mijn tas liep te zeulen, kreeg ik opeens medelijden met mezelf. Ik was moe en mijn kleren waren vies. Ik voelde me vreselijk verloren en schaamde me dat aan mezelf toe te moeten geven. Ik kon zelfs geen taxi krijgen.
Uiteindelijk arriveerde ik bij Quantico in een gedeukte lichtblauwe taxi met paars glas. Het raampje bij de achterbank, waar ik zat, kon niet naar beneden en mijn Vietnamese chauffeur slaagde er niet in de bewaker bij de ingang van de FBI-academie duidelijk te maken wie ik was.
'Een dokteres,' zei de chauffeur opnieuw, en ik zag dat hij zenuwachtig werd van de bewakers, de veiligheidsapparatuur en de vele antennes boven op de gebouwen. 'Zij oké.'
'Nee,' zei ik tegen zijn achterhoofd. 'Ik héét Kay. Kay Scarpetta.'
Ik probeerde uit te stappen, maar de portieren zaten op slot en de knopjes waren eraf gehaald. De bewaker pakte zijn mobilofoon.
'Mag ik er even uit,' zei ik tegen de chauffeur, die naar het 9-mm-pistool aan de riem van de bewaker staarde. 'Ik wil eruit.'
Hij draaide zich angstig om. 'Hier?'
'Nee,' zei ik toen de bewaker uit zijn hokje kwam.
De ogen van de chauffeur werden groter.
'Ik bedoel, ik wil er hier wel uit, maar niet lang. Zodat ik het de bewaker uit kan leggen,' zei ik heel langzaam. 'Hij weet niet wie ik ben omdat ik het raampje niet open kan doen en hij niet door het glas heen kan kijken.'
De taxichauffeur knikte weer.

'Ik moet eruit,' zei ik op vastberaden, nadrukkelijke toon. 'U moet de portieren opendoen.'

De sloten gingen open.
Ik stapte uit en kneep mijn ogen dicht tegen het zonlicht. Ik liet mijn legitimatie aan de bewaker zien, die jong en militaristisch was.
'Het glas is gekleurd en ik kon u niet zien,' zei hij. 'De volgende keer moet u gewoon het raampje opendoen.'
De chauffeur was begonnen mijn bagage uit de achterbak te laden en op de weg neer te zetten. Hij keek panisch om zich heen terwijl op de schietbanen van het korps mariniers en de FBI artillerievuur en geweerschoten klonken.
'Nee, nee, nee.' Ik gebaarde dat hij de bagage weer in de achterbak moest zetten. 'Wilt u me alstublieft daarheen rijden.' Ik wees naar Jefferson, een hoog bakstenen gebouw tegenover een parkeerterrein.
Het was duidelijk dat hij me eigenlijk nergens heen wilde brengen, maar ik ging weer in de auto zitten voordat hij weg kon rijden. De klep van de achterbak werd dichtgegooid en de bewaker gebaarde dat we door mochten. De lucht was koud en de hemel was felblauw.
In de foyer van Jefferson verwelkomde een videofilmpje boven de receptiebalie me op Quantico en wenste me gelukkige en veilige feestdagen. Een jonge vrouw met sproeten registreerde me en gaf me een magnetische kaart waarmee ik de deuren op de Academie open kon maken.
'Heeft de kerstman u verwend, dr. Scarpetta?' vroeg ze vrolijk terwijl ze mijn kamersleutels opzocht.
'Ik heb me dit jaar vast slecht gedragen,' zei ik. 'Ik heb voornamelijk met de zweep gekregen.'
'Dat kan ik me niet voorstellen. U bent altijd zo aardig,' zei ze. 'We hebben u zoals gewoonlijk op de beveiligde afdeling geplaatst.'
'Dank je wel.' Ik kon me haar naam niet meer herinneren en had het gevoel dat ze dat wist.

'Hoeveel nachten blijft u hier?'
'Eén maar.' Ik dacht dat ze misschien Sarah heette, en om de een of andere reden vond ik het heel belangrijk dat ik me haar naam herinnerde.
Ze overhandigde me twee sleutels, een van plastic en een van metaal.
'Jij bent toch Sarah?' Ik nam het risico en vroeg het haar gewoon.
'Nee, ik ben Sally.' Ze leek gekwetst.
'Ik bedoelde ook Sally,' zei ik ontdaan. 'Natuurlijk. Het spijt me. Je zorgt altijd zo goed voor me, en dat waardeer ik echt.'
Ze keek me onzeker aan. 'O ja. Uw nichtje is hier zo'n dertig minuten geleden langs gekomen.'
'Welke kant ging ze uit?'
Ze wees naar de glazen deuren die van de foyer naar het hart van het gebouw voerden en klikte het slot open voor ik de kans had gehad mijn kaart erin te steken. Lucy kon onderweg zijn geweest naar de winkel, naar het postkantoor, naar de kantine of naar de TRA. Of ze kon naar haar kamer zijn gegaan, die in een andere vleugel van dit gebouw was.
Ik probeerde te bedenken waar mijn nichtje op dit uur van de middag kon zijn, maar ik vond haar op de laatste plek waar ik haar zou hebben gezocht. Ze was in mijn suite.
'Lucy!' riep ik toen ik de deur opendeed en zij aan de andere kant stond. 'Hoe ben je hier binnen gekomen?'
'Op dezelfde manier als jij,' zei ze op niet erg vriendelijke toon. 'Ik heb een sleutel.'
Ik bracht mijn tassen naar de woonkamer en zette ze daar neer. 'Waarom?' Ik nam haar gezicht in me op.
'Mijn kamer is aan deze kant, de jouwe aan de andere kant.'
De beveiligde verdieping was bedoeld voor beschermde getuigen, spionnen of voor andere mensen die volgens justitie extra bescherming nodig hadden. Om in de kamers te komen, moest je door twee deuren heen. Bij de eerste moest je een code invoeren op een digitaal paneel dat elke keer nadat het was gebruikt opnieuw werd ingesteld. Bij de tweede deur had je een magneti-

sche kaart nodig die regelmatig werd veranderd. Ik had altijd het idee dat de telefoons werden afgeluisterd.
Ik had meer dan een jaar daarvoor een kamer op deze verdieping toegewezen gekregen omdat Gault niet het enige was waar ik me in mijn leven zorgen over moest maken. Ik was verbijsterd dat Lucy hier nu ook was ondergebracht.
'Ik dacht dat je een kamer in het Washington-gebouw had,' zei ik.
Ze liep de woonkamer in en ging zitten. 'Dat had ik ook,' zei ze. 'Maar vanaf vanmiddag woon ik hier.'
Ik ging op de bank tegenover haar zitten. Er stond een bos zijden bloemen en de gordijnen voor een raam met uitzicht op de lucht waren opengeschoven. Mijn nichtje droeg een trainingsbroek, sportschoenen en een donker FBI-sweatshirt met een capuchon. Haar kastanjebruine haar was kort, en afgezien van het rode litteken op haar voorhoofd waren haar gelaatstrekken perfect. Lucy zat in het laatste jaar van de universiteit van Virginia. Ze was mooi en briljant en onze relatie was er een van extremen.
'Hebben ze je hier gezet omdat ik hier ook ben?' Ik probeerde nog steeds te begrijpen wat de reden was.
'Nee.'
'Je hebt me geen kus gegeven toen ik binnenkwam,' bedacht ik.
Ik stond op en kuste haar op haar wang. Ze verstijfde en maakte zich uit mijn armen los. 'Je hebt gerookt.' Ik ging weer zitten.
'Wie heeft dat tegen je gezegd?'
'Niemand hoeft dat tegen me te zeggen. Ik ruik het in je haar.'
'Je gaf me een kus omdat je wilde weten of ik naar sigaretten rook.'
'En jij gaf me geen kus omdat je weet dat je naar sigaretten ruikt.'
'Je zeurt.'
'Ik zeur helemaal niet,' zei ik.
'Jawel. Je bent nog erger dan oma,' zei ze.
'En die ligt nu in het ziekenhuis omdat ze rookte,' zei ik, haar in haar felgroene ogen kijkend.

'Aangezien je mijn geheim nu toch kent, kan ik er net zo goed eentje opsteken.'
'In deze kamer mag niet worden gerookt. Eigenlijk is alles verboden in deze kamer,' zei ik.
'Alles?' Ze vertrok geen spier.
'Ja, alles.'
'Je drinkt hier koffie. Dat weet ik. Ik heb je je beker koffie in de magnetron horen zetten als we over de telefoon met elkaar praatten.'
'Koffie mag wel.'
'Je zei dat àlles verboden was. Voor veel mensen op deze planeet is koffie drinken een heel slechte gewoonte. Ik durf te wedden dat je hier ook alcohol drinkt.'
'Lucy, rook alsjeblieft niet.'
Ze haalde een pakje Virginia Slim-mentholsigaretten uit haar zak. 'Ik ga wel naar buiten,' zei ze.
Ik deed de ramen open zodat ze kon roken. Ik kon haast niet geloven dat ze met iets was begonnen wat mij bloed, zweet en tranen had gekost om ermee te stoppen. Lucy was sportief en in bijzonder goede lichamelijke conditie. Ik zei dat ik het niet begreep.
'Ik flirt er alleen maar mee. Ik rook niet veel.'
'Wie heeft je in mijn suite gezet? Laten we daar even op terugkomen,' vroeg ik terwijl ze een trek van haar sigaret nam.
'Ze hebben me verplaatst.'
'Wie zijn "ze"?'
'Blijkbaar is er een opdracht van bovenaf gekomen.'
'Burgess?' Dat was de adjunct-directeur van de Academie.
Ze knikte. 'Ja.'
'Met wat voor doel?' Ik fronste mijn voorhoofd.
Ze tikte de as van haar sigaret in de palm van haar hand. 'Niemand heeft me de reden verteld. Ik kan alleen maar veronderstellen dat het met de TRA, met CAIN te maken heeft.' Ze zweeg even. 'Je weet wel, vreemde boodschappen en zo.'
'Lucy,' zei ik, 'wat is er precies aan de hand?'
'Dat weten we niet,' zei ze op effen toon. 'Maar er is in ieder geval íets aan de hand.'

‘Gault?’

‘Er is geen bewijs dat er iemand in het systeem is geweest – iemand die daar niet in had mogen komen.’

‘Maar jij denkt dat dat wel is gebeurd.’

Ze inhaleerde diep, alsof ze een geroutineerd roker was. ‘CAIN doet niet wat we hem opdragen. Hij doet iets anders, hij krijgt zijn instructies ergens anders vandaan.’

‘Er moet toch een manier zijn om dat uit te zoeken,’ zei ik.

Haar ogen vonkten. ‘Ik doe heus mijn best.’

‘Ik zeg niet dat jij niet genoeg doet of niet capabel bent.’

‘Er zijn geen aanwijzingen,’ vervolgde ze. ‘Als er iemand in het systeem zit, laat hij geen sporen achter. En dat is niet mogelijk. Je kunt niet in het systeem komen en het opdracht geven boodschappen te versturen of iets anders te doen zonder dat dat op de audit-log te zien is. En we hebben ’s ochtends, ’s middags en ’s nachts een printer aanstaan die een uitdraai maakt van elke toets die iemand om wat voor reden dan ook op een toetsenbord aanslaat.’

‘Waarom ben je boos?’ vroeg ik.

‘Omdat ik er genoeg van heb de schuld te krijgen van de problemen daar. Ik kon niets aan die inbraak doen. Ik had er geen idee van dat iemand met wie ik nauw samenwerkte…’ Ze nam weer een trekje van haar sigaret. ‘Nou, ik heb alleen maar gezegd dat ik het zou uitzoeken omdat dat me was gevraagd. Omdat de senator me vroeg dat te doen. Of liever gezegd, omdat hij het jou vroeg…’

‘Lucy, ik geloof niet dat iemand jou de schuld geeft van de problemen met CAIN,’ zei ik vriendelijk.

De woede vlamde in haar ogen op. ‘Als niemand mij de schuld geeft, zou ik niet hier een kamer hebben gekregen. Dit komt neer op huisarrest.’

‘Nonsens. Ik krijg elke keer als ik op Quantico ben hier een kamer, en ik sta echt niet onder huisarrest.’

‘Ze zetten je hier voor je veiligheid en je privacy,’ zei ze. ‘Maar dat is niet waarom ìk hier ben. Ik krijg de schuld weer. Ik word in de gaten gehouden. Dat merk ik aan de manier waarop bepaalde mensen me daar behandelen.' Ze maakte een hoofdbeweging naar de TRA, die tegenover de Academie lag.

'Wat is er vandaag gebeurd?' vroeg ik.

Ze ging naar de keuken, hield haar sigarettepeuk onder de kraan en gooide hem in de vuilnisbak. Ze ging weer zitten en zei niets. Ik keek haar onderzoekend aan en raakte nog meer van streek. Ik wist niet waarom ze zo boos was, en telkens als ze zich op een onverklaarbare manier gedroeg, werd ik bang.

Lucy's auto-ongeluk had fataal kunnen zijn. Haar hoofdwond had haar meest opmerkelijke talent kunnen vernietigen, en beelden van hematomen en een schedel die was gebroken als de schaal van een hard gekookt ei vlogen me aan. Ik dacht aan de vrouw die we Jane noemden, met haar kaalgeschoren hoofd en haar littekens en ik stelde me voor dat Lucy ergens was waar niemand haar naam kende.

'Voel je je de laatste tijd wel goed?' vroeg ik.

Ze haalde haar schouders op.

'Hoe gaat het met je hoofdpijn?'

'Daar heb ik nog steeds last van.' De argwaan wierp een schaduw over haar ogen. 'De Midrine helpt soms. Soms ga ik er alleen maar van overgeven. Het enige wat echt werkt is Fiorinal. Maar dat heb ik niet.'

'Dat heb je ook niet nodig.'

'Jij bent niet degene die last heeft van hoofdpijn.'

'Ik heb vaak genoeg hoofdpijn. Je hebt geen barbituraten nodig,' antwoordde ik. 'Krijg je wel genoeg slaap en eet je wel goed, en doe je wel genoeg aan sport?'

'Wat is dit, een afspraak bij de dokter?'

'Eigenlijk wel, aangezien ik dokter ben. Alleen heb je geen afspraak gemaakt, maar ik ben zo aardig je toch te ontvangen.'

Er verscheen een glimlachje bij haar mondhoeken. 'Het gaat prima met me,' zei ze, nu iets minder afwerend.

'Er is vandaag iets gebeurd,' zei ik weer.

'Je hebt zeker nog niet met overste Penn gesproken.'

'Niet sinds vanochtend. Ik wist niet dat jij haar kende.'

'Haar afdeling heeft een verbinding met ons, met CAIN. Om

twaalf uur vanmiddag belde CAIN de terminal van de Transit Police. Ik denk dat jij toen al op weg was naar het vliegveld.'

Ik knikte. Mijn maag kromp ineen toen ik eraan dacht hoe Davila's pieper in het mortuarium was afgegaan. 'Wat was het bericht deze keer?' vroeg ik.

'Ik heb het hier als je het wilt zien.'

'Graag,' zei ik.

Lucy ging haar kamer in en kwam terug met een aktentas, maakte die open en haalde er een stapel papieren uit. Ze overhandigde mij een uitdraai van de POGC-terminal op de Sectie Communicatie, die onder Frances Penn viel. De boodschap was:

- - -BEGIN BERICHT PQ21 96701 001145- - -
VAN: – CAIN
AAN: – ALLE EENHEDEN EN LEIDINGGEVENDEN
ONDERWERP: – DODE AGENTEN
AAN ALLE BETROKKEN LEIDINGGEVENDEN:
ONDERGESCHIKTEN MOETEN ALS ZE WORDEN OPGEROEPEN OF OP PATROUILLE ZIJN IN DE TUNNELS VAN DE METRO OM VEILIGHEIDSREDENEN HELMEN DRAGEN.
- - -EINDE BERICHT PQ21 96701 001145- - -

Ik staarde een tijdje ontdaan en boos naar de uitdraai, en vroeg toen: 'Is er een gebruikersnaam van degene die heeft ingelogd om dit in te typen?'

'Nee.'

'En er is absoluut geen manier om dat na te trekken?'

'Niet op de conventionele manier.'

'Wat denk jij ervan?'

'Ik denk dat toen er in de TRA is ingebroken, degene die in CAIN is binnengedrongen, daar iets heeft ingebracht.'

'Een soort virus?' vroeg ik.

'Het is een virus, en het zit in een bestand waar we gewoon nog niet aan gedacht hebben. Daardoor kan iemand in ons systeem komen zonder daar sporen van achter te laten.'

Ik dacht aan Gault zoals ik hem de avond daarvoor in het licht van zijn zaklantaarn had gezien, aan de eindeloze rails die

steeds verder het duister en de smerigheid in liepen. Gault bewoog zich vrijelijk door ruimtes die de meeste mensen niet konden zien. Híj stapte behendig over vettig staal, naalden en de vieze holen van mensen en ratten. Híj was een virus. Hij had zich op de een of andere manier in onze lichamen en onze gebouwen en onze technologie binnengedrongen.
'CAIN is met een virus besmet,' zei ik. 'Daar komt het dus op neer.'
'Een ongebruikelijk virus. Dit is geen virus dat tot doel heeft de harde schijf te vernietigen of gegevens weg te gooien. Dit is geen algemeen virus. Het is speciaal voor het Crime Artificial Intelligence Network ontwikkeld omdat het erop is gericht iemand toegang te geven tot CAIN en tot de POGC-database. Dit virus is net een loper. Elke kamer in het huis kan ermee worden geopend.'
'En het zit in een bestaand programma.'
'Je zou kunnen zeggen dat het een gastheer heeft,' zei ze. 'Ja. Een programma dat vaak wordt gebruikt. Een virus kan geen schade veroorzaken tenzij een geïnfecteerd programma dat als gastheer fungeert, zoals autoexec.bat in DOS, wordt geactiveerd.'
'Ik snap het. En dit virus zit niet in de bestanden dic bijvoorbeeld worden ingelezen als de computer aan het booten is.'
Lucy schuddc haar hoofd.
'Hoeveel bestanden heeft CAIN?'
'O, god,' zei ze. 'Duizenden. En sommige daarvan zijn zo lang dat je er dit gebouw mee in zou kunnen pakken. Het virus kan overal zitten, en de situatie wordt er nog ingcwikkcldcr op doordat ik niet alles zelf heb geprogrammeerd. Ik ken de bestanden die door andere mensen zijn geschreven niet zo goed.'
Die *andere mensen*, dat was alleen maar Carrie Grethen, die Lucy's programmeerpartner en intieme vriendin was geweest. Carrie kende Gault ook en was verantwoordelijk voor de inbraak bij de TRA. Lucy wilde niet over haar praten en vermeed het zelfs haar naam uit te spreken.
'Is er een mogelijkheid dat dit virus alleen maar in programma's kan zitten die Carrie heeft geschreven?' vroeg ik.

Lucy's gezichtsuitdrukking veranderde niet. 'Het kan in een van de programma's zitten die ik niet heb geschreven. Het kan ook in een programma zitten dat ik wel heb geschreven. Ik weet het niet. Ik ben aan het zoeken. Het zou best eens lang kunnen duren.'
De telefoon ging.
'Dat zal Janet zijn.' Ze stond op en ging naar de keuken.
Ik wierp een blik op mijn horloge. Ik moest over een halfuur op de afdeling zijn. Lucy legde haar hand over de hoorn. 'Vind je het goed als Janet even langskomt? We gaan rennen.'
'Dat vind ik prima,' zei ik.
'Ze wil weten of je meegaat.'
Ik glimlachte en schudde mijn hoofd. Ik zou Lucy niet eens bij kunnen houden als ze twee pakjes sigaretten per dag rookte en Janet kon doorgaan voor een professioneel atleet. Ze gaven me het vage gevoel dat ik oud en afgedankt was.
'Wil je iets drinken?' Lucy had opgehangen en zocht in de ijskast.
'Wat heb je?' Ik keek naar haar slanke, voorovergebogen lichaam, hoe ze met een hand de deur openhield en met de andere blikjes op de planken verschoof.
'Diet Pepsi, Zima, Gatorade en Perrier.'
'Zima?'
'Ken je dat niet?'
'Ik drink geen bier.'
'Het lijkt helemaal niet op bier. Je vindt het vast lekker.'
'Ik wist niet dat ze hier room service hadden,' zei ik glimlachend.
'Ik heb spullen gehaald bij de winkel.'
'Geef maar Perrier.'
Ze kwam naar me toe met onze glazen.
'Zijn er geen anti-virusprogramma's?' vroeg ik.
'Anti-virusprogramma's kunnen alleen bekende virussen zoals ''Vrijdag de Dertiende'', de ''Maltezer Amoebe'', het ''Stoned-virus'' en ''Michelangelo'' vinden. Wat in CAIN zit is speciaal voor CAIN ontwikkeld. Daar is een insider voor verantwoorde-

lijk geweest. Er is geen anti-virusprogramma tenzij ik er een schrijf.'

'Wat je pas kunt doen als je het virus hebt gevonden.'

Ze nam een grote slok Gatorade.

'Lucy, moet CAIN niet worden stilgelegd?'

Ze stond op. 'Ik ga even kijken of Janet er al is. Ze kan niet door de buitenste deur en ik denk dat we haar niet kunnen horen kloppen.'

Ik stond ook op en bracht mijn bagage naar mijn slaapkamer, die onopvallend was gestoffeerd en waar een eenvoudige grenen kleerkast stond. In tegenstelling tot de andere kamers had de beveiligde suite een eigen badkamer. Het raam bood een ongerept uitzicht over met sneeuw bedekte velden die overgingen in oneindige bossen. De zon was zo fel dat het wel lente leek en ik wilde dat ik tijd had om een bad te nemen. Ik wilde New York van me afschrobben.

'Tante Kay? We zijn hier,' riep Lucy toen ik mijn tanden stond te poetsen.

Ik spoelde snel mijn mond en liep terug naar de woonkamer. Lucy had haar joggingschoenen aangetrokken en was bij de deur stretchoefeningen aan het doen. Haar vriendin stond met een voet op een stoel haar schoenveter vast te maken.

'Goedemiddag, dr. Scarpetta,' zei Janet en ging snel rechtop staan. ''U vindt het toch niet erg dat ik even langskom? Ik hoop dat ik u niet stoor.'

Ondanks mijn pogingen haar op haar gemak te stellen, leek ze altijd wel een korporaal die in de houding sprong omdat Patton plotseling binnenkwam. Ze was een nieuwe agent, en ik had haar voor het eerst gezien toen ik de vorige maand gastdocent op de Academie was geweest. Ik herinnerde me nog dat ik dia's had laten zien van gewelddadige sterfgevallen en van plaatsen waar misdaden waren gepleegd, terwijl ze van haar plek achter in de zaal me voortdurend aan had gestaard. Ik voelde hoe ze me in het donker bestudeerde en het maakte me nieuwsgierig dat ze tijdens de pauzes met niemand sprak. Ze verdween dan altijd naar beneden.

Later hoorde ik dat zij en Lucy bevriend waren en dat feit was, samen met haar verlegenheid, misschien wel de verklaring voor Janets gedrag tegenover mij. Haar lichaam was goed ontwikkeld door de uren die ze in de sportzaal had doorgebracht en ze had schouderlang blond haar en blauwe, bijna lavendelkleurige ogen. Als alles goed ging, zou ze in nog geen twee maanden aan de Academie afstuderen.

'Als u ooit zin heeft met ons te gaan lopen, dr. Scarpetta, bent u altijd welkom,' herhaalde Janet beleefd haar uitnodiging.

'Dat is erg vriendelijk van je.' Ik glimlachte. 'En ik voel me gevleid dat je denkt dat ik dat zou kunnen.'

'Natuurlijk kunt u dat.'

'Nee, dat kan ze niet.' Lucy dronk haar Gatorade op en zette het lege flesje op het aanrecht. 'Ze haat hardlopen. Als ze dat doet, denkt ze de hele tijd alleen maar negatieve dingen.'

Ik liep weer naar de badkamer toen ze naar buiten gingen, waste mijn gezicht en staarde in de spiegel. Mijn blonde haar zag er nu grijzer uit dan die ochtend en leek op de een of andere manier slechter te zitten. Ik had geen make-up op en mijn gezicht zag eruit of het net uit de wasdroger kwam en moest worden gestreken. Lucy en Janet waren nog onbezoedeld, mooi, en zaten strak in hun vel, alsof de natuur er alleen maar plezier in schepte jonge mensen te vormen en te polijsten. Ik poetste mijn tanden nog een keer, en dat deed me aan Jane denken.

Benton Wesley's afdeling was vaak van naam veranderd en vormde nu een onderdeel van de anti-terreureenheid, maar was nog steeds achttien meter onder de Academie gevestigd in een ruimte zonder ramen die ooit Hoovers schuilkelder was geweest. Wesley zat in zijn kantoor aan de telefoon. Hij keek me aan terwijl hij de documenten in een dik dossier doorbladerde.

Voor hem lagen de foto's voor een recent aangevraagd consult over een zaak die niets met Gault had te maken. Dit slachtoffer was een man die honderdtweeëntwintig messteken had. Hij was met een koord gewurgd en zijn lichaam was op de buik liggend op een bed in een motelkamer in Florida gevonden.

'De moordenaar heeft zijn visitekaartje afgegeven. Ja, de duidelijke overkill en de ongebruikelijke manier waarop hij is vastgebonden,' zei Wesley. 'Precies. Een lus om elke pols, alsof het handboeien waren.'
Ik ging zitten. Wesley had zijn leesbril op en ik zag dat hij zijn vingers door zijn haar had gehaald. Hij zag er moe uit. Mijn ogen bleven rusten op de mooie olieverfschilderijen aan zijn muren en de gesigneerde boeken achter glas. Mensen die boeken of filmscripts schreven vroegen hem vaak om advies, maar hij liep niet te koop met zijn beroemde kennissen. Ik geloof dat hij zich daarvoor geneerde en zoiets van slechte smaak vond getuigen. Het leek me dat hij eigenlijk liever helemaal met niemand zou praten als hij de enige was die daar iets over te zeggen had.
'Ja, het was een heel bloederige aanval, dat kun je wel zeggen. Die andere trouwens ook. Er is hier sprake van een terugkerend thema van dominantie, een door woede geïnspireerd ritueel.'
Ik zag dat hij een aantal lichtblauwe FBI-handboeken van de TRA op zijn bureau had liggen. Een daarvan was een handleiding voor CAIN die Lucy had helpen schrijven en er waren talloze bladzijden met paperclips gemarkeerd. Ik vroeg me af of zij of hij dat had gedaan. Mijn intuïtie beantwoordde die vraag voor me en ik kreeg een beklemd gevoel op mijn borst. Ik had pijn in mijn hart, zoals altijd als Lucy in de problemen zat.
'Dat bedreigde zijn dominerende positie.' Wesley keek me aan. 'Ja, dan is woede de logische reactie. Dat is altijd zo bij zo iemand.'
Zijn das was zwart met lichte, gouden strepen en zijn witte overhemd was zoals altijd gesteven. Hij droeg manchetknopen met het logo van het ministerie van justitie, zijn trouwring en een simpel gouden horloge met een zwart leren bandje dat Connie hem voor hun vijfentwintigjarige bruiloft had gegeven. Hij en zijn vrouw kwamen uit rijke families en de Wesleys hadden het goed.
Hij hing op en zette zijn bril af.
'Wat is het probleem?' vroeg ik en ik ergerde me eraan dat hij mijn hart sneller deed slaan.

Hij veegde de foto's bij elkaar en stopte ze in een bruine envelop. 'Weer een slachtoffer in Florida.'
'Weer in de buurt van Orlando?'
'Ja. Ik zal je de rapporten geven zodra ze binnenkomen.'
Ik knikte en ging over op het onderwerp Gault. 'Ik neem aan dat je weet wat er in New York is gebeurd,' zei ik.
'Die pieper.'
Ik knikte weer.
'Ik ben bang dat ik dat inderdaad weet.' Hij vertrok zijn gezicht. 'Hij daagt ons uit, toont ons zijn minachting. Hij speelt zijn spelletjes, maar die worden steeds erger.'
'Die worden veel erger. Maar we moeten ons niet alleen op hem concentreren,' zei ik.
Hij luisterde, mij aankijkend, zijn handen gevouwen op het dossier van de vermoorde man over wie hij net een telefoongesprek had gevoerd.
'Het is maar al te gemakkelijk om zo geobsedeerd te raken door Gault dat we de zaken niet echt onderzoeken. Het is bijvoorbeeld heel belangrijk de vrouw te identificeren die hij volgens ons in Central Park heeft vermoord.'
'Ik denk dat iedereen dat belangrijk vindt, Kay.'
'Iedereen zal zeggen dat ze dat belangrijk vinden,' antwoordde ik. De woede begon in me omhoog te kruipen. 'Maar in werkelijkheid wil de politie, wil het Bureau Gault te pakken krijgen en heeft het identificeren van deze dakloze vrouw geen prioriteit voor hen. Ze is gewoon een van de vele arme, naamloze personen die door gevangenen op Potter's Field zal worden begraven.'
'Blijkbaar is ze voor jou wel een prioriteit.'
'Absoluut.'
'Waarom?'
'Ik denk dat ze ons iets te zeggen heeft.'
'Over Gault?'
'Ja.'
'Waar baseer je dat op?'
'Instinct,' zei ik. 'En ze is een prioriteit omdat we moreel en

professioneel verplicht zijn om al het mogelijke voor haar te doen. Ze heeft het recht om te worden begraven met haar naam.'

'Natuurlijk heeft ze dat. NYPD, de Transit Police, het Bureau... We willen allemaal dat ze wordt geïdentificeerd.'

Maar ik geloofde hem niet. 'Het kan ons eigenlijk niets schelen,' zei ik op effen toon. 'De politie niet, de pathologen-anatomen niet, en deze afdeling niet. We weten al wie haar heeft gedood, dus het is niet meer belangrijk wie ze is. Dat is het zwart-wit beeld als je het hebt over een rechtsgebied dat zo gewelddadig is als New York.'

Wesley staarde in de verte terwijl zijn magere vingers met een Mont Blanc-pen speelden. 'Ik ben bang dat er wel iets waars zit in wat je zegt.' Hij keek me weer aan. 'Het is niet belangrijk voor ons omdat het niet kan. Niet omdat we niet willen. Ik wil Gault vangen voordat hij weer gaat moorden. Dat is mijn prioriteit.'

'En dat moet ook. En we weten niet of deze dode vrouw daar niet bij kan helpen. Misschien kan ze dat wel.'

Ik zag zijn moedeloosheid en hoorde die ook in zijn vermoeide stem. 'Het lijkt erop dat haar enige band met Gault was dat ze elkaar in het museum hebben ontmoet,' zei hij. 'We hebben haar persoonlijke bezittingen doorzocht, en er zit niets bij wat ons naar hem toe zou kunnen voeren. Dus mijn vraag is, wat zou je nog meer van haar te weten kunnen komen dat ons zou helpen hem te vangen?'

'Dat weet ik niet,' zei ik. 'Maar als ik in Virginia ongeïdentificeerde zaken heb, rust ik niet totdat ik al het mogelijke heb gedaan om ze op te lossen. Deze zaak is in New York, maar ik ben erbij betrokken omdat ik samenwerk met jouw afdeling en omdat jij bent gevraagd bij het onderzoek te helpen.'

Ik sprak vol overtuiging, alsof de rechtszaak over de afschuwelijke moord op Jane in deze kamer plaatsvond. 'Als ik niet kan vasthouden aan mijn eigen normen,' vervolgde ik, 'dan kan ik geen adviseur voor het Bureau meer zijn.'

Wesley luisterde verontrust en geduldig. Ik wist dat hij voor een groot deel net zo gefrustreerd was als ik, maar er was toch een verschil. Hij had geen arme jeugd gehad, en tijdens onze ergste ruzies nam ik hem dat kwalijk.

'Als ze een belangrijk iemand was,' zei ik, 'zou het iedereen wel iets kunnen schelen.'

Hij zweeg.

'Er is geen rechtvaardigheid als je arm bent,' zei ik, 'tenzij je rechtvaardigheid afdwingt.'

Hij staarde me aan.

'Benton, ik dwing rechtvaardigheid af.'

'Vertel dan maar wat je wilt doen,' zei hij.

'Ik wil alles doen wat nodig is om uit te vinden wie ze is. Ik wil dat je me daarin steunt.'

Hij nam me een ogenblik analyserend in zich op. 'Waarom dit slachtoffer?' vroeg hij.

'Ik dacht dat ik dat net had uitgelegd.'

'Pas op,' zei hij. 'Pas op dat je motivatie niet subjectief is.'

'Wat bedoel je?'

'Lucy.'

Ik voelde de irritatie in me opwellen.

'Lucy had net zo'n zware hoofdwond kunnen hebben als deze vrouw,' zei hij. 'Lucy is altijd een soort wees geweest, en nog niet zo lang geleden was ze vermist, liep ze in New England rond, en moest jij haar gaan zoeken.'

'Je beschuldigt me ervan dat ik projecteer.'

'Ik beschuldig je niet. Ik onderzoek samen met jou de mogelijkheid dat dat zo is.'

'Ik probeer gewoon mijn werk te doen,' zei ik. 'En ik heb geen behoefte aan een psychoanalyse.'

'Ik begrijp het.' Hij zweeg even. 'Doe maar wat je wilt doen. Ik zal je op elke mogelijke manier helpen. En ik weet zeker dat dat ook voor Pete geldt.'

Toen gingen we over op het gevaarlijker onderwerp van Lucy en CAIN, en daar wilde Wesley niet over praten. Toen hij opstond om koffie te halen ging de telefoon in het andere kantoor en zijn secretaresse nam de zoveelste boodschap aan. De telefoon had sinds ik binnen was nog niet stilgestaan, en ik wist dat

dat altijd zo was. Zijn kantoor was net zoals het mijne. De wereld was vol wanhopige mensen die onze telefoonnummers hadden en niemand anders konden bellen.

'Vertel me maar gewoon wat ze volgens jou heeft gedaan,' zei ik toen hij weer terugkwam.

Hij zette mijn koffie voor me neer. 'Je spreekt nu als haar tante,' zei hij.

'Nee. Ik spreek nu als haar moeder.'

'Ik heb liever dat jij en ik dit als professionals bespreken,' zei hij.

'Prima. Dan kun je beginnen met me de feiten te vertellen.'

'De spionage-activiteiten die vorig jaar oktober zijn begonnen toen er op de TRA werd ingebroken gaan nog steeds door,' zei hij. 'Er zit iemand in CAIN.'

'Dat wist ik al.'

'We weten niet wie het is,' zei hij.

'We nemen aan dat het Gault is, lijkt me,' zei ik.

Wesley pakte zijn beker koffie. Hij keek me aan. 'Ik ben helemaal geen computerexpert. Maar er is iets wat je moet zien.'

Hij sloeg een dun dossier open en haalde er een vel papier uit. Toen hij het me overhandigde, zag ik dat het een uitdraai van een computerscherm was.

'Dat is een pagina van CAIN's audit-log op het exacte tijdstip dat de meest recente boodschap naar de POGC-terminal van de Sectie Communicatie bij de Transit Police is gestuurd,' zei hij. 'Zie je iets ongewoons?'

Ik dacht aan de uitdraai van de kwaadaardige boodschap over 'dode agenten' die Lucy me had laten zien. Ik moest de inlog- en de aflog-meldingen, de gebruikersnamen, data en tijdstippen even op me in laten werken voordat ik me realiseerde wat het probleem was. Ik was bang.

Lucy had geen traditionele gebruikersnaam die bestond uit de eerste letter van haar voornaam en de eerste zeven letters van haar achternaam. In plaats daarvan noemde ze zichzelf LUCYTALK, en volgens dit overzicht stond zij geregistreerd als superuser op het tijdstip dat CAIN het bericht naar New York had verstuurd.

'Heb je haar hiernaar gevraagd?' vroeg ik aan Wesley.
'Ze is hierover ondervraagd en maakte zich geen zorgen omdat ze, zoals je op de uitdraai kunt zien, voortdurend in het systeem bezig is, soms ook na kantoortijd.'
'Ze maakt zich wel zorgen. Het kan me niet schelen wat ze tegen jou heeft gezegd, Benton. Ze heeft het idee dat ze naar de beveiligde afdeling is verplaatst zodat ze in de gaten kan worden gehouden.'
'Ze wordt ook in de gaten gehouden.'
'Het feit dat ze op hetzelfde tijdstip was ingelogd als waarop de boodschap naar New York is gestuurd betekent nog niet dat zij het heeft gedaan,' hield ik vol.
'Dat besef ik ook wel. Er is verder niets in de audit-log dat erop wijst dat ze het bericht heeft verstuurd. Er is trouwens helemaal niets dat erop wijst dat iemand het heeft verstuurd.'
'Wie heeft je hierop gewezen?' vroeg ik toen, want ik wist dat het niet Wesley's gewoonte was audit-logs te bekijken.
'Burgess.'
'Dan moet iemand van de TRA hem er eerst op hebben gewezen.'
'Blijkbaar wel.'
'Er zijn daar nog steeds mensen die Lucy niet vertrouwen vanwege wat er verleden jaar in de herfst is gebeurd.'
Hij keek me met vaste blik aan. 'Daar kan ik niets aan doen, Kay. Ze moet zichzelf bewijzen. Dat kunnen wij niet voor haar doen. Jij kunt dat niet voor haar doen.'
'Ik probeer helemaal niet iets voor haar te doen,' zei ik op verhitte toon. 'Ik vraag alleen maar om rechtvaardigheid. Lucy heeft geen schuld aan het virus in CAIN. Zij is niet degene die dat in het systeem heeft ingebracht. Ze probeert er juist iets aan te doen, en eerlijk gezegd denk ik dat als zij dat niet kan, niemand iets kan doen. Dan is het hele systeem aangetast.'
Hij pakte zijn beker op, maar veranderde van gedachten en zette hem weer neer.
'En ik geloof niet dat ze op de beveiligde afdeling is ondergebracht omdat er mensen zijn die denken dat zij bezig is CAIN te

saboteren. Als jullie dat echt dachten, zouden jullie haar wegsturen. Haar hier houden zou dan wel het laatste zijn wat jullie zouden doen.'

'Niet noodzakelijkerwijs,' zei hij, maar mij maakte hij niets wijs.

'Vertel me de waarheid.'

Hij dacht na, op zoek naar een uitweg.

'Jij hebt Lucy op de beveiligde afdeling geplaatst, nietwaar?' vervolgde ik. 'Niet Burgess. Niet vanwege dat log-in-tijdstip dat je me net hebt laten zien. Dat is iets onbenulligs.'

'Voor sommige mensen niet,' zei hij. 'Iemand heeft de rode vlag gehesen en heeft me gevraagd haar weg te sturen. Ik zei, nog niet. We moeten haar eerst in de gaten houden.'

'Bedoel je dat je denkt dat Lúcy het virus is?' vroeg ik ongelovig.

'Nee.' Hij leunde in zijn stoel naar voren. 'Ik denk dat Gault het virus is. En ik wil dat Lucy ons helpt hem op te sporen.'

Ik keek hem aan alsof hij zojuist een revolver te voorschijn had gehaald en ermee in de lucht had geschoten. 'Nee,' zei ik emotioneel.

'Kay, luister naar me…'

'Geen sprake van. Laat haar hierbuiten. Ze is godverdomme geen FBI-agent.'

'Je overdrijft…'

Maar ik liet hem niet uitpraten. 'Ze is verdomme een stúdent. Ze heeft niets te maken met…' Mijn stem brak. 'Ik ken haar. Ze zal proberen met hem in contact te komen. Snap dat dan!' Ik keek hem fel aan. 'Jij kent haar niet, Benton!'

'Ik denk dat ik haar wel ken.'

'Ik sta niet toe dat je haar gebruikt.'

'Laat me het dan uitleggen.'

'Je moet CAIN stilleggen,' zei ik.

'Dat kan ik niet doen. Het is misschien het enige spoor dat Gault achterlaat.' Hij zweeg en ik staarde hem woedend aan. 'Er staan levens op het spel. Gault is nog niet met moorden gestopt.'

Ik riep: 'En dat is precies waarom ik niet wil dat Lucy zelfs maar over hem dènkt!'

Wesley zei niets. Hij keek eerst naar de gesloten deur en toen weer naar mij. 'Hij weet al wie ze is,' zei hij.
'Hij weet niet veel over haar.'
'We weten niet hoeveel hij over haar weet. Maar hij weet in ieder geval hoe ze eruitziet.'
Ik kon niet denken. 'Hoe?'
'Toen je American Express-kaart is gestolen,' zei hij. 'Heeft Lucy je dat niet verteld?'
'Wat?'
'De dingen die ze in haar bureau had liggen.' Toen hij merkte dat ik niet wist waar hij het over had, aarzelde hij plotseling. Ik merkte dat hij zaken had aangeroerd die hij mij eigenlijk niet wilde vertellen.
'Welke dingen?' vroeg ik.
'Nou,' zei hij, 'ze had een brief in haar bureau op de TRA, een brief van jou. Waar ze die creditcard in bewaarde.'
'Dat weet ik.'
'Precies. En in die brief zat een foto van jou en Lucy in Miami. Blijkbaar een foto waarop jullie in de achtertuin van jouw moeder zitten.'
Ik deed mijn ogen even dicht en haalde diep adem terwijl hij verbeten doorsprak.
'Gault weet dat Lucy jouw zwakste punt is. Ik wil ook niet dat hij zich op haar gaat richten. Maar ik probeer je te vertellen dat hij dat waarschijnlijk al heeft gedaan. Hij heeft ingebroken in een wereld waar zij god is. Hij heeft de macht over CAIN overgenomen.'
'Dus daarom heb je haar op die afdeling gezet,' zei ik.
Wesley keek me aan, zoekend naar een manier om me te helpen. Ik zag de hel achter zijn koele gereserveerdheid, voelde zijn verschrikkelijke pijn. Hij had ook kinderen.
'Je hebt haar bij mij op de beveiligde afdeling gezet,' zei ik. 'Je bent bang dat Gault op haar af komt.'
Hij zei nog steeds niets.
'Ik wil dat ze weer teruggaat naar de universiteit, naar Charlottesville. Ik wil dat ze daar morgen weer terug is,' zei ik met een

heftigheid die ik niet voelde. Want in werkelijkheid wilde ik alleen maar dat Lucy helemaal geen weet had van mijn wereld, en dat zou nooit mogelijk zijn.

'Dat kan niet,' zei hij alleen maar. 'En ze kan ook niet bij jou in Richmond gaan wonen. Om je de waarheid te zeggen, kan ze nu alleen maar hier wonen. Hier is ze het veiligst.'

'Ze kan niet de rest van haar leven hier blijven,' zei ik.

'Tot we hem pakken...'

'Maar misschien wordt hij nooit gepakt, Benton!'

Hij keek me vermoeid aan. 'Dan komen jullie misschien allebei in ons Programma voor Beschermde Getuigen.'

'Ik geef mijn identiteit niet op. Mijn leven. Dat is toch niets beter dan dood te zijn?'

'Het is wel beter,' zei hij kalm, en ik wist dat hij lichamen zag die waren getrapt, onthoofd en die kogelwonden hadden.

Ik stond op. 'Wat moet ik met die gestolen creditcard doen?' vroeg ik als verdoofd.

'Laat hem blokkeren,' zei hij. 'Ik hoopte dat we geld zouden kunnen gebruiken van in beslag genomen goederen, van drugvangsten. Maar dat kan niet.' Hij zweeg even en ik schudde ongelovig mijn hoofd. 'Het is niet mijn keuze. Je bent op de hoogte van de budgetproblemen. Jij hebt ze zelf ook.'

'Jezus,' zei ik. 'Ik dacht dat je hem wilde opsporen.'

'Het is niet waarschijnlijk dat jouw creditcard ons wijst waar hij is, alleen maar waar hij is geweest.'

'Dit is ongelooflijk.'

'Geef de politiek maar de schuld.'

'Ik wil niets horen over *budgetproblemen*, of over *de politiek*,' riep ik.

'Kay, het Bureau kan het zich tegenwoordig zelfs nauwelijks veroorloven ammunitie voor de schietbanen te kopen. En je weet dat we te weinig personeel hebben. Ikzelf ben op het moment bezig met honderdnegenendertig zaken. Vorige maand zijn twee van mijn beste mensen met pensioen gegaan.

En nu heb ik nog maar negen mensen op mijn afdeling. Négen. In totaal zijn er dus tien mensen die proberen zich met alles in de Verenigde Staten bezig te houden plus met alle zaken die we vanuit het buitenland krijgen voorgelegd. Jezus, de enige reden waarom we jou hier hebben is dat we je niet betalen.'

'Ik doe dit niet voor het geld.'

'Je kunt je Amex-kaart laten blokkeren,' zei hij vermoeid. 'Ik zou het maar gelijk doen.'

Ik keek hem lang aan en ging toen weg.

10

Lucy had een stuk gejogd en had al gedoucht tegen de tijd dat ik in onze suite terugkwam. In de cafetaria werd het avondeten geserveerd, maar zij was op de TRA aan het werk.

'Ik ga vanavond terug naar Richmond,' vertelde ik haar over de telefoon.

'Ik dacht dat je zou blijven slapen,' zei ze, en ik hoorde de teleurstelling in haar stem.

'Marino komt me halen,' zei ik.

'Wanneer?'

'Hij is onderweg. We kunnen samen eten voor ik wegga.'

'Oké. Ik wil Janet er ook graag bij hebben.'

'Prima,' zei ik. 'Maar we moeten Marino ook uitnodigen. Hij zit nu al op de weg.'

Lucy zei niets.

'Waarom spreken we niet eerst alleen af?' stelde ik voor.

'Hier?'

'Ja. Ik mag daar naar binnen als jij me maar langs al die scanners, afgesloten deuren, röntgenapparatuur en op lichaamswarmte ingestelde projectielen leidt.'

'Nou, dat moet ik even navragen bij de procureur-generaal. Ze vindt het vervelend als ik haar thuis bel.'

'Ik kom er aan.'

De Technische Researchafdeling bestond uit drie door bomen omringde gebouwen van beton en glas en niemand kon op de parkeerplaats komen zonder eerst een wachthuisje te passeren dat zich op nog geen dertig meter afstand van de bewaking bij de ingang van de Academie bevond. De TRA was de strengst beveiligde afdeling van de FBI, en het personeel daar moest hun vingerafdruk in biometrische apparatuur invoeren voordat ze door de deuren van plexiglas naar binnen konden. Lucy stond in de hal op me te wachten. Het was bijna acht uur.

'Hallo,' zei ze.

'Er staan minstens twaalf auto's op de parkeerplaats,' zei ik. 'Werken de mensen hier altijd zo laat?'
'Ze komen op elk uur van de dag binnenvallen. Meestal zie ik ze niet eens.'
We liepen over beige tapijt door een enorme ruimte en kwamen langs gesloten deuren die toegang gaven tot laboratoria waar wetenschappers en technici aan projecten werkten waar ze niet over mochten spreken. Buiten Lucy's werk aan CAIN had ik maar een vaag idee van wat hier gebeurde. Maar ik wist dat het doel was elke opdracht van speciaal agenten technisch efficiënter te maken, of het nu om bewaking ging, om vuurwapens, om het *abseilen* vanuit een helikopter, of om het gebruik van een robot bij een inval. Het feit dat Gault hier was binnengedrongen, was hetzelfde als wanneer hij vrij door NASA of door een kerncentrale zou rondlopen. Het was ondenkbaar.
'Benton heeft me over de foto in je bureau verteld,' zei ik tegen Lucy toen we in een lift stapten.
Ze drukte het knopje voor de eerste verdieping in. 'Gault weet al hoe jij eruit ziet, als je je daar zorgen over maakt. Hij heeft je al eerder gezien, minstens twee keer.'
'Ik vind het niet prettig dat hij nu misschien weet hoe jij eruitziet,' zei ik op scherpe toon.
'Je neemt aan dat hij die foto heeft.'
We liepen een grijs doolhof in van cabines met terminals, printers en stapels papier. CAIN zelf stond achter glas in een ruimte met airconditioning vol monitors en kilometers, onder een verhoogde vloer weggestopte kabels.
'Ik moet even iets checken,' zei ze, haar vingerafdruk in het beveiligingssysteem inscannend om CAIN's deur te openen.
Ik volgde haar de gekoelde ruimte in, waar de sfeer geladen was met onzichtbare, zich op ongelooflijke snelheid voltrekkende communicatie. Rode en groene lichtjes flikkerden op modems, en op een 18-inch-videoscherm stond de naam CAIN in vette, fel oplichtende letters met lussen en spiralen die deden denken aan de vingerafdruk die Lucy net had ingescand.
'De foto zat in de envelop met de American Express-kaart die

hij nu blijkbaar heeft,' zei ik. 'Het lijkt logisch dat hij ze nu allebei heeft.'
'Misschien heeft iemand anders ze wel.' Ze keek geconcentreerd naar de modems, terwijl ze af en toe een blik wierp op de tijdsaanduiding op haar scherm en aantekeningen maakte. 'Dat hangt af van wie er nu eigenlijk mijn bureau heeft doorzocht.'
We hadden altijd aangenomen dat Carrie in haar eentje had ingebroken en had meegenomen wat ze wilde hebben. Nu was ik daar niet zo zeker meer van.
'Carrie was misschien niet alleen,' zei ik.
Lucy antwoordde niet.
'Ik geloof eigenlijk niet dat Gault de kans hier te komen voorbij heeft laten gaan. Ik denk dat hij bij haar was.'
'Dat is heel riskant als je wordt gezocht wegens moord.'
'Lucy, het is sowieso heel riskant om hier in te breken.'
Ze ging door met aantekeningen maken terwijl de kleuren van CAIN over het scherm flitsten en lampjes aan- en uitgingen. CAIN was een futuristische inktvis met tentakels die binnen- en buitenlandse rechtshandhavingsorganisaties met elkaar verbonden, en met een kop die uit een rechtopstaande, beige doos met een aantal knopjes en gleuven bestond. De koude lucht gonsde en ik vroeg me bijna af of hij wist wat we zeiden.
'Wat is er verder nog uit je kantoor verdwenen?' vroeg ik. 'Is er nog iets anders weg?'
Ze bestudeerde met een verbijsterd gezicht het aan- en uitflitsende lampje op een modem en keek me aan. 'Het moet via een van deze modems binnenkomen.'
'Wat?' vroeg ik verbaasd.
Ze ging voor een toetsenbord zitten, sloeg de spatiebalk aan en CAIN's screensaver verdween. Ze logde in en begon UNIX-commando's in te typen waar ik niets van snapte. Vervolgens riep ze het System Administrator-menu op en kwam in de audit-log.
'Ik kom hier regelmatig om het gebruik van de modems te controleren,' zei ze, op het scherm turend. 'Tenzij die persoon in dit gebouw zit en aansluiting heeft op het systeem, moet hij via een modem inbellen.'

'En er is geen andere manier,' zei ik.

'Nou' – ze haalde diep adem – 'theoretisch zou je een ontvanger kunnen gebruiken om toetsenbordaanslagen via elektromagnetische straling op te pikken. Dat deden sommige Sovjet-agenten nog niet zo lang geleden.'

'Maar daar zou je niet echt mee in het systeem kunnen komen,' zei ik.

'Als je het modemnummer weet, zou je de wachtwoorden en de andere informatie te weten kunnen komen waarmee je in het systeem kunt komen.'

'Zijn die na de inbraak veranderd?'

'Natuurlijk. Ik heb alles wat ik maar kon verzinnen veranderd, en de modemnummers zijn nadien zelfs nog een keer veranderd. Bovendien hebben we terugbel-modems. Je belt CAIN en dan belt hij je terug om na te gaan of je wel een legitiem gebruiker bent.' Ze zag er ontmoedigd en boos uit.

'Als je een virus aan een programma koppelt,' zei ik in een poging haar te helpen, 'zou de bestandsgrootte dan veranderen? Zou dat niet een manier zijn om uit te zoeken waar het virus zit?'

'Ja, dat zou de bestandsgrootte veranderen,' zei ze. 'Maar het probleem is dat het UNIX-programma dat bestanden op zoiets controleert, een *checksum* uitvoert, en die is niet cryptografisch beveiligd. Ik ben er zeker van dat degene die dit heeft gedaan een tegenovergestelde *checksum* heeft toegevoegd die de bytes van het virus weer laat verdwijnen.'

'Dus het virus is onzichtbaar.'

Ze knikte afwezig en ik wist dat ze aan Carrie dacht. Toen typte Lucy een commando in om te zien welke politie-afdelingen actief waren. Dat was het geval voor New York, voor Charlotte en voor Richmond, en Lucy wees mij hun modems aan. Lichtjes sprongen heen en weer terwijl er over telefoonlijnen gegevens werden verstuurd.

'We moeten gaan eten,' zei ik vriendelijk.

Ze typte nog meer commando's in. 'Ik heb nu geen honger.'

'Lucy, je kunt niet je hele leven hierdoor laten regeren.'

'Dat moet jij nodig zeggen.'
Ze had gelijk.
'De oorlog is uitgebroken,' vervolgde ze. 'Dit is oorlog.'
'Carrie zit hier niet achter,' zei ik. Carrie was de vrouw van wie ik vermoedde dat ze meer dan alleen Lucy's vriendin was geweest.
'Het maakt niet uit wie erachter zit.' Ze typte verder.
Maar dat maakte wel uit. Carrie Grethen vermoordde geen mensen en verminkte geen lichamen. Dat deed Temple Gault.
'Is er bij die inbraak nog iets anders van jou meegenomen?' probeerde ik nog eens.
Ze stopte en keek me met fonkelende ogen aan. 'Ja, als je het per se wilt weten,' zei ze. 'Ik had een grote bruine envelop die ik niet in het studentenhuis op de universiteitscampus of hier wilde bewaren omdat mijn kamergenotes en andere mensen steeds in- en uitliepen. Het ging om persoonlijke spullen. Ik dacht dat die veiliger zouden zijn in mijn bureau hier.'
'Wat zat er in die envelop?'
'Brieven, kattebelletjes, verschillende dingen. Een aantal daarvan waren van jou afkomstig, waaronder die brief met de foto en de creditcard. De meeste waren van haar.' Haar gezicht werd rood. 'Er zaten ook een paar briefjes van oma bij.'
'Brieven van Carrie?' Dat begreep ik niet. 'Waarom zou ze jou schrijven? Jullie waren toch allebei hier op Quantico en daarvóór kenden jullie elkaar niet.'
'Eigenlijk kenden we elkaar al wel,' zei ze, terwijl haar gezicht nog feller rood kleurde.
'Hoe dan?' vroeg ik verbijsterd.
'We hebben elkaar ontmoet via een bulletinboard, via Prodigy, in de zomer. Ik heb alle uitdraaien van de briefjes bewaard die we elkaar hebben gestuurd.'
'Hadden jullie het zo geregeld dat jullie samen op de TRA konden zijn?' vroeg ik, steeds ongeloviger.
'Ze zat al in een sollicitatieprocedure bij het Bureau,' antwoordde Lucy. 'Ze moedigde me aan te proberen hier een stageplaats te krijgen.'

Mijn stilzwijgen was veelzeggend.
'Luister,' zei ze op dwingende toon, 'ik kon het toch niet weten?'
'Je kon dat waarschijnlijk inderdaad niet weten,' zei ik. 'Maar zij heeft je gebruikt, Lucy. Ze wilde dat je hier kwam. Dit was al lang voordat ze met jou via Prodigy in contact kwam gepland. Ze had Gault toen waarschijnlijk al in die spionagewinkel in Noord-Virginia ontmoet, en ze hadden al besloten dat ze jou moest ontmoeten.'
Ze keek kwaad van me weg.
'God,' zei ik met een luide zucht. 'Ze hebben je gewoon hier naartoe gelokt.' Ik voelde me bijna misselijk en staarde in de verte. 'En dat niet alleen omdat je zo goed bent in je werk. Het was ook vanwege mij.'
'Probeer nou niet de schuld op je te nemen. Ik vind het vreselijk als je dat doet.'
'Jij bent mijn nichtje. Gault is daar waarschijnlijk al een tijd van op de hoogte.'
'Ik ben ook bekend in de computerwereld.' Ze keek me uitdagend aan. 'Andere mensen in de computerwereld hebben van me gehoord. Niet alles komt door jou.'
'Weet Benton hoe je Carrie hebt leren kennen?'
'Dat heb ik hem al een hele tijd geleden verteld.'
'Waarom heb je het mij niet verteld?'
'Dat wilde ik niet. Ik voel me zo al ellendig genoeg. Het is iets persoonlijks.' Ze keek me niet aan. 'Het was iets tussen meneer Wesley en mij. En wat belangrijker is, ik heb niets verkeerds gedaan.'
'Bedoel je dat die grote envelop bij de inbraak is verdwenen?'
'Ja.'
'Waarom zou iemand die willen hebben?'
'Zij zou hem wel willen hebben,' zei ze op bittere toon. 'Er zaten dingen in die ze aan mij had geschreven.'
'Heeft ze sindsdien ooit geprobeerd contact met je op te nemen?'
'Nee,' zei ze alsof ze Carrie Grethen haatte.

'Kom mee,' zei ik op de kordate toon van een moeder. 'We gaan Marino zoeken.'

Hij was in de kantine, waar ik een Zima probeerde en hij nog een biertje bestelde. Lucy was Janet gaan halen en daardoor hadden Marino en ik een paar minuten om elkaar te spreken.
'Ik weet niet hoe je dat spul kunt drinken,' zei hij met een minachtende blik op mijn drankje.
'Ik weet ook niet of ik dat spul kan drinken, aangezien ik het nog nooit eerder heb geprobeerd.' Ik nam een slokje. Het was best lekker, en dat zei ik ook.
'Misschien moet je de dingen uitproberen voordat je klaarstaat met je oordeel,' vervolgde ik.
'Ik drink geen namaak-bier. En ik hoef een heleboel dingen helemaal niet uit te proberen om te weten dat ze niets voor mij zijn.'
'Marino, ik denk dat het een van de grote verschillen tussen ons is dat ik me niet voortdurend zorgen maak of de mensen zullen denken dat ik homoseksueel ben.'
'Sommige mensen denken dat je homoseksueel bent,' zei hij.
Dat vond ik vermakelijk. 'Nou, wees er maar zeker van dat niemand dat van jou denkt,' zei ik. 'Het enige dat de meeste mensen van jou denken is dat je onverdraagzaam bent.'
Marino geeuwde zonder zijn hand voor zijn mond te houden. Hij rookte en dronk Budweiser zo uit het flesje. Hij had donkere kringen onder zijn ogen en hoewel hij me nog niet op de hoogte had gebracht van de intieme feiten over zijn relatie met Molly, herkende ik de symptomen van iemand die bezeten was van begeerte. Er waren periodes waarin hij eruitzag alsof hij wekenlang actief en bedrijvig was geweest.
'Gaat het goed met je?' vroeg ik.
Hij zette zijn flesje neer en keek om zich heen. De kantine zat vol nieuwe agenten en politiemensen die bier dronken en popcorn aten terwijl de tv luid stond te blèren.
'Ik ben kapot,' zei hij, en leek erg afwezig.
'Ik vind het aardig van je dat je hierheen bent gekomen om me op te halen.'

'Geef me maar een duw als ik achter het stuur in slaap val,' zei hij. 'Of jij kunt ook rijden. Er zit waarschijnlijk toch geen alcohol in dat spul dat je zit te drinken.'
'Er zit genoeg alcohol in. Ik rijd niet, en als je zo moe bent kunnen we misschien beter hier blijven.'
Hij stond op om nog een biertje te halen. Ik keek hem na. Marino zou zich vanavond lastig opstellen. Ik kon zijn naderende stormen beter voorspellen dan welke meteoroloog dan ook.
'We hebben een laboratoriumrapport uit New York gekregen waar je misschien in bent geïnteresseerd,' zei hij toen hij weer was gaan zitten. 'Het heeft met Gaults haar te maken.'
'De haar die in de fontein is gevonden?' vroeg ik vol belangstelling.
'Ja. En ik heb niet het soort wetenschappelijke feiten paraat die jij nodig hebt, oké? Dus daarvoor zul je ze zelf op moeten bellen. Maar het komt erop neer dat ze drugs in zijn haar hebben gevonden. Ze zeiden dat hij moest hebben gedronken en coke moest hebben gebruikt, want anders zou dat spul niet in zijn haar zichtbaar zijn geweest.'
'Ze hebben coca-ethyleen aangetroffen,' zei ik.
'Ik geloof dat het inderdaad zo heette. Het zat in zijn hele haar, van de wortel tot aan het uiteinde, wat betekent dat hij al een tijdje bezig was met drank en drugs.'
'We kunnen niet met zekerheid zeggen hoe lang hij daarmee bezig is,' zei ik.
'De kerel met wie ik heb gepraat zei dat het om haargroei over een periode van ongeveer vijf maanden ging,' zei Marino.
'Het testen van haar op de aanwezigheid van drugs is een omstreden methode,' legde ik uit. 'Het kan zijn dat sommige positieve resultaten voor de aanwezigheid van cocaïne in haar door externe omstandigheden zijn veroorzaakt. Het kan bijvoorbeeld zijn dat de rook in crack-huizen net als sigaretterook in het haar wordt opgenomen. Het is niet altijd gemakkelijk om onderscheid te maken tussen drugs die op die manier in het lichaam zijn opgenomen en die werkelijk door de persoon zijn gebruikt.'

'Je bedoelt dat hij er misschien alleen maar zijdelings mee in aanraking is geweest.' Marino dacht hier over na.
'Ja, dat is mogelijk. Maar dat hoeft niet te betekenen dat hij niet tegelijkertijd drank en drugs heeft gebruikt. Dat moet eigenlijk wel zo zijn geweest, want coca-ethyleen wordt door de lever geproduceerd.'
Marino stak nadenkend nog een sigaret op. 'En wat voor effect heeft het dat hij de hele tijd zijn haar verft?'
'Dan kan de testresultaten ook beïnvloeden,' zei ik. 'Sommige oxydanten kunnen een deel van de drug vernietigen.'
'Oxydanten?'
'Die bijvoorbeeld in peroxyde zitten.'
'Dan is het dus mogelijk dat een deel van die coca-ethyleen is verdwenen,' redeneerde Marino. 'Wat betekent dat het ook mogelijk is dat hij meer drugs heeft gebruikt dan de test aangeeft.'
'Dat is mogelijk.'
'Hij moet die drugs ergens vandaan hebben.' Marino staarde in de verte.
'In New York moet dat toch niet moeilijk zijn,' zei ik.
'Jezus, het is nergens moeilijk.' Hij kreeg een steeds meer gespannen uitdrukking op zijn gezicht.
'Wat denk je nu?' vroeg ik.
'Ik zal je zeggen wat ik denk,' begon hij. 'Die toestand met die drugs is niet zo mooi voor Jimmy Davila.'
'Waarom? Hebben we de resultaten van zijn toxicologische test dan al?' vroeg ik verbaasd.
'Die zijn negatief.' Hij zweeg even. 'Benny heeft zijn mondje opengedaan. Hij zegt dat Davila drugs dealde.'
'Het lijkt me dat je daarbij wel in ogenschouw moet nemen wie dat zegt,' reageerde ik. 'Benny komt nou niet bepaald over als een betrouwbare bron.'
'Dat ben ik met je eens,' zei Marino. 'Maar sommige mensen proberen Davila als een corrupte agent af te schilderen. Het gerucht gaat dat ze hem de moord op Jane in zijn schoenen willen schuiven.'
'Dat is belachelijk,' zei ik verbaasd. 'Dat slaat echt nergens op.'

'Herinner je je dat spul op Jane's hand nog dat onder de Luma-Lite oplichtte?'
'Ja.'
'Cocaïne,' zei hij.
'En haar toxicologische test?'
'Negatief. En dat is vreemd.' Marino had een gefrustreerde blik in zijn ogen. 'Maar Benny zegt nu ook dat het Davila was die hem die rugzak heeft gegeven.'
'Kom nou toch,' zei ik geïrriteerd.
'Ik vertel je alleen maar wat hij zegt.'
'Die haar die in de fontein is gevonden is niet van Davila.'
'We kunnen niet bewijzen hoe lang die daar al lag. En we weten niet of hij echt van Gault is,' zei hij.
'Dat zal een DNA-test wel uitwijzen,' zei ik vol overtuiging. 'En Davila had een .380 en een .38. Jane is met een Glock doodgeschoten.'
'Luister...' Marino leunde naar voren en legde zijn armen op de tafel. 'Ik ga hier geen ruzie met je zitten maken, Doc. Ik vertel je alleen maar dat het er niet goed uitziet. De politici in New York willen dat deze zaak wordt opgelost, en dat kun je gemakkelijk doen door een dode man de misdaad in de schoenen te schuiven. Wat doe je dus? Je doet net alsof Davila een stuk tuig is en dan is er niemand die medelijden met hem heeft. Het kan niemand een bal schelen.'
'En hoe zit het dan met wat er werkelijk met Davila is gebeurd?'
'Die stomme trut van een patholoog-anatoom die hem ter plaatse heeft onderzocht denkt nog steeds dat het mogelijk is dat hij zelfmoord heeft gepleegd.'
Ik keek Marino aan alsof hij gek was geworden. 'Hij heeft zichzelf tegen zijn hoofd getrapt?' vroeg ik. 'En zichzelf vervolgens tussen de ogen geschoten?'
'Hij stond toen hij zichzelf met zijn eigen revolver neerschoot, en toen hij viel, sloeg hij tegen beton of zo aan.'
'Zijn lichamelijke reacties op de verwondingen tonen aan dat hij eerst tegen zijn hoofd is getrapt,' zei ik, steeds bozer wordend.

‘En kun je me dan alsjeblieft uitleggen waarom zijn revolver zo netjes op zijn borst lag?’
‘Het is jouw zaak niet, Doc.’ Marino keek me aan. ‘Dat is wat telt. Jij en ik zijn maar gasten. We zijn gevraagd te helpen.’
‘Davila heeft geen zelfmoord gepleegd,’ zei ik. ‘En dr. Horowitz staat heus niet toe dat zijn dienst met zo’n uitslag komt.’
‘Misschien doet hij dat ook niet. Misschien zeggen ze gewoon dat Davila een klootzak was die door een andere drugdealer is koudgemaakt. En Jane komt in een goedkoop kistje op Potter’s Field terecht. Einde verhaal. Central Park en de metro zijn weer veilig.’
Ik dacht aan overste Penn en voelde me ongemakkelijk. Ik vroeg Marino naar haar.
‘Ik weet niet of zij hiermee te maken heeft,’ zei hij. ‘Ik heb alleen maar met een paar van de jongens gepraat. Maar zij staat met haar rug tegen de muur. Aan de ene kant wil ze natuurlijk niet dat iemand denkt dat ze een corrupte agent had. Aan de andere kant wil ze ook niet dat het publiek denkt dat er een op hol geslagen seriemoordenaar door de metro rondwaart.’
‘Ik snap het,’ zei ik terwijl ik aan de enorme druk dacht waar zij onder moest staan, want haar afdeling had opdracht gekregen om de metro weer vrij van criminelen te maken. De stad New York had daarvoor miljoenen dollars voor de Transit Police vrijgemaakt.
‘Bovendien,’ zei hij, ‘was het een verdomde journalist die Jane’s lichaam in Central Park heeft gevonden. En ik heb gehoord dat die vent zo vasthoudend is als een pitbull. Hij wil de Nobelprijs winnen.’
‘Dat is niet waarschijnlijk,’ zei ik driftig.
‘Je weet maar nooit,’ zei Marino, die vaak voorspellingen deed over wie de Nobelprijs zou winnen. Volgens hem had ik er zo langzamerhand al een paar binnen moeten hebben.
‘Ik wilde dat we wisten of Gault nog in New York was,’ zei ik.
Marino dronk zijn tweede biertje op en keek op zijn horloge.
‘Waar is Lucy?’ vroeg hij.
‘Voor zover ik weet is ze Janet aan het zoeken.’

‘Wat is dat voor type?’
Ik wist wat hij zich afvroeg. ‘Ze is een mooie, jonge vrouw,’ zei ik. ‘Slim, maar erg zwijgzaam.’
Hij zei niets.
‘Marino, ze hebben mijn nichtje op de beveiligde afdeling gezet.’
Hij draaide zich naar de bar, alsof hij erover dacht nog een biertje te nemen. ‘Wie heeft dat gedaan? Benton?’
‘Ja.’
‘Vanwege die computertoestand?’
‘Ja.’
‘Wil je nog een Zima?’
‘Nee, dank je. En jij mag ook niet nog een bier, aangezien jij rijdt. Je hebt waarschijnlijk een politieauto bij je en had dus niet eens dat eerste biertje mogen nemen.’
‘Ik heb vanavond mijn pick-up bij me.’
Daar was ik helemaal niet blij mee, en dat zag hij.
‘Nou ja, dan heeft-ie verdomme geen airbag. Het spijt me, oké? Maar een taxi of een gehuurde auto met chauffeur zou waarschijnlijk ook geen airbag hebben gehad.’
‘Marino...’
‘Ik ga gewoon een enorme airbag voor je kopen. En dan kun je die overal met je mee naartoe sjouwen als je eigen heteluchtballon.’
‘Toen er vorig jaar bij de TRA is ingebroken, is er een map uit Lucy’s bureau gestolen,’ zei ik.
‘Wat voor map?’ vroeg hij.
‘Een bruine envelop met persoonlijke correspondentie erin.’ Ik vertelde hem over Prodigy, en hoe Lucy en Carrie elkaar hadden ontmoet.
‘Ze kenden elkaar dus al vóór Quantico?’ vroeg hij.
‘Ja. En ik heb het idee dat Lucy denkt dat Carrie haar bureaula heeft doorzocht.’
Marino keek om zich heen terwijl hij zijn lege bierflesje rusteloos in kleine cirkels over de tafel draaide.
‘Ze lijkt helemaal door Carrie geobsedeerd en ziet niets anders meer,’ vervolgde ik. ‘Ik maak me zorgen.’

‘Waar houdt Carrie zich tegenwoordig op?’ vroeg hij.
‘Ik heb geen flauw idee,’ zei ik.
Omdat het niet kon worden bewezen dat zij bij de TRA had ingebroken of eigendommen van het Bureau had gestolen, was ze wel ontslagen maar niet voor de rechtbank gedaagd. Carrie had nooit vastgezeten, nog geen dag.
Marino dacht even na. ‘Nou, die trut is niet degene over wie Lucy zich zorgen moet maken. Ze moet zich eerder zorgen maken over hem.’
‘Inderdaad ben ik ook ongeruster over hem.’
‘Denk jij dat hij haar envelop heeft?’
‘Daar ben ik wel bang voor.’ Ik voelde een hand op mijn schouder en draaide me om.
‘Blijven we hier zitten of gaan we al?’ vroeg Lucy. Ze had zich omgekleed in een kaki broek met een stevige leren riem, een denim shirt met het FBI-logo erop en wandelschoenen. Een pet en een revolver waren het enige dat nog ontbrak.
Marino was meer geïnteresseerd in Janet, en in de fascinerende inhoud van haar poloshirt. ‘Laten we het eens hebben over wat er in die envelop zat,’ zei hij tegen mij, terwijl hij zijn ogen niet van Janets boezem af kon houden.
‘Laten we dat dan niet hier doen,’ zei ik.
Marino’s pick up was een grote, blauwe Ford, die hij veel schoner hield dan zijn politiewagen. Zijn auto had een kortegolfradio en een vuurwapenhouder, en behalve de sigarettepeuken in de asbak was er geen afval in de auto te bekennen. Ik ging voorin zitten, waar de luchtverfrissers die aan het achteruitkijkspiegeltje hingen de duisternis in de auto een sterke dennelucht gaven.
‘Vertel me eens wat er precies in die envelop zat,’ zei Marino tegen Lucy, die met haar vriendin achterin zat.
‘Dat weet ik niet precíes,’ zei Lucy, terwijl ze naar voren schoof en haar hand op mijn stoel legde.
Marino reed langzaam langs het wachthuisje en schakelde toen over naar een hogere versnelling, waarop de pick-up luidruchtig tot leven kwam.
‘Denk goed na,’ zei hij, nu harder sprekend.

Janet zei zachtjes iets tegen Lucy en ze fluisterden even met elkaar. De smalle weg was donker en de schietbanen waren ongewoon rustig. Ik had nog nooit in Marino's pick-up gereden, en vond de wagen een duidelijk symbool van zijn mannelijke trots.
Lucy zei: 'Ik had een paar brieven van oma, van tante Kay en E-mail van Prodigy.'
'Van Carrie, bedoel je,' zei Marino.
Ze aarzelde. 'Ja.'
'En wat nog meer?'
'Verjaardagskaarten.'
'Van wie?' vroeg Marino.
'Van dezelfde mensen.'
'Niets van je moeder?'
'Nee.'
'En van je vader?'
'Ik heb niets van hem.'
'Haar vader is gestorven toen ze nog heel klein was,' bracht ik Marino in herinnering.
'Toen je Lucy schreef, heb je er toen een verzendadres op gezet?' vroeg hij aan mij.
'Ja. Dat staat op mijn enveloppen en briefpapier.'
'Een postbusnummer?'
'Nee. Mijn privé-post komt bij mij thuis. De rest gaat allemaal naar kantoor.'
'Wat probeer je precies te weten te komen?' vroeg Lucy met een spoortje aversie in haar stem.
'Oké,' zei Marino terwijl hij over de donkere plattelandswegen reed, 'laat ik je vertellen wat je dief tot dusver weet. Hij weet waar je naar de universiteit gaat, waar je tante Kay in Richmond woont, waar je grootmoeder in Florida woont. Hij weet hoe jij eruitziet en wanneer je bent geboren.
Bovendien weet hij van jouw vriendschap met Carrie af vanwege die E-mail-dingen.' Hij keek in zijn achteruitkijkspiegeltje. 'En dat is nog maar het begin van wat die zak van jou weet. Ik heb die brieven en berichten niet gelezen, zodat ik niet weet wat hij nog meer heeft ontdekt.'

'Het meeste wist ze toch al,' zei Lucy kwaad.
'Zíj?' vroeg Marino nadrukkelijk.
Lucy zei niets.
Het was Janet die zachtaardig tegen haar zei: 'Lucy, je moet je eroverheen zetten. Je moet het loslaten.'
'En wat nog meer?' vroeg Marino aan mijn nichtje. 'Probeer je zelfs het kleinste dingetje te herinneren. Wat zat er nog meer in die envelop?'
'Een paar autogrammen en een paar oude munten. Gewoon dingen uit mijn jeugd. Dingen die alleen maar voor mij waarde hebben. Zoals een schelp die ik een keer met tante Kay op het strand heb gevonden toen ik nog klein was.'
Ze dacht even na. 'Mijn paspoort. En een paar werkstukken die ik op de middelbare school heb geschreven.'
Ik voelde de pijn in haar stem tot in mijn hart en ik wilde mijn armen om haar heen slaan. Maar als Lucy verdrietig was sloot ze zich van iedereen af. Dan vocht ze.
'Waarom bewaarde je die in die envelop?' vroeg Marino.
'Ik moest ze toch ergens bewaren?' beet ze hem toe. 'Het waren verdomme mijn eigen spullen, oké? En als ik ze in Miami had gehad, zou mijn moeder ze waarschijnlijk hebben weggegooid.'
'Die werkstukken die je op de middelbare school hebt geschreven,' zei ik, 'waar gingen die over, Lucy?'
Het werd stil in de pick-up, met alleen het geluid dat de auto zelf maakte. De motor klonk harder of juist zachter als Marino naar een hogere of een lagere versnelling schakelde. We reden het kleine stadje Triangle binnen. De cafetaria's langs de weg waren verlicht en ik vermoedde dat er in veel van de auto's op de weg mariniers zaten.
Lucy zei: 'Nou, het is eigenlijk wel ironisch. Eentje ging over de praktische kant van beveiliging in UNIX. Ik concentreerde me voornamelijk op wachtwoorden, je weet wel, wat er kan gebeuren als gebruikers slechte wachtwoorden kiezen. Dus ik had het over coderingen in C-bestanden die...'
'En dat andere werkstuk?' onderbrak Marino haar. 'Ging dat over hersenchirurgie?'

'Hoe wist je dat?' zei ze op even hooghartige toon.
'Waar ging dat over?' vroeg ik.
'Over Wordsworth,' zei ze.
We aten bij Globe and Laurel en terwijl ik rondkeek naar de Schotse ruiten, de politie-insignes en de biermokken die boven de bar hingen, dacht ik over mijn leven na. Mark en ik gingen hier vroeger vaak eten, en toen was er in Londen een bom ontploft terwijl hij net langskwam. Wesley en ik kwamen hier vroeger ook vaak. Toen werden we te intiem, en vertoonden we ons niet vaak meer samen in het openbaar.
Iedereen nam Franse uiensoep en varkenshaas. Janet was zwijgzaam, zoals altijd, en Marino kon zijn ogen maar niet van haar afhouden en maakte voortdurend provocerende opmerkingen. Lucy werd steeds kwader op hem en ik was verbaasd over zijn gedrag. Hij was niet gek. Hij wist wat hij deed.
'Tante Kay,' zei Lucy, 'ik wil het weekend bij je komen logeren.'
'In Richmond?' vroeg ik.
'Daar woon je toch nog steeds?' Ze glimlachte niet.
Ik aarzelde. 'Ik denk dat je misschien beter kunt blijven waar je nu bent.'
'Ik zit toch niet in de gevangenis. Ik kan doen wat ik wil.'
'Natuurlijk zit je niet in de gevangenis,' zei ik kalm. 'Ik zal het er met Benton over hebben, goed?'
Ze zei niets.
'Vertel me eens wat je van de Sig-nine vindt,' zei Marino tegen Janets boezem.
Ze keek hem vrijpostig in zijn ogen en zei: 'Ik prefereer een Colt Python met een zes-inch-loop, u niet?'
De sfeer tijdens het etentje werd steeds slechter, en afgezien van Marino's onophoudelijke pogingen om een gesprek te beginnen met Janet, heerste er een gespannen stilte tijdens de rit terug naar de Academie. Toen we haar en Lucy hadden afgezet, draaide ik me naar hem toe en barstte los.
'In godsnaam,' riep ik. 'Wat is er met jou aan de hand?'
'Ik weet niet waar je het over hebt.'

‘Je hebt je afschuwelijk gedragen. Echt afschuwelijk, en je weet precies waar ik het over heb.’

Hij reed plankgas door het donker over de J. Edgar Hoover Road in de richting van de snelweg, ondertussen naar een sigaret zoekend.

‘Janet wil waarschijnlijk nooit meer iets met je te maken hebben,’ vervolgde ik. ‘En ik zou het Lucy niet kwalijk nemen als ze je voortaan ook ontloopt. En dat is zo zonde. Jullie tweeën waren toch vrienden.’

‘Het feit dat ik haar schietlessen heb gegeven, betekent nog niet dat we vrienden zijn,’ zei hij. ‘Wat mij betreft is ze een verwend kreng, zoals ze altijd al was, en een wijsneus. Om nog maar te zwijgen over het feit dat ik een hekel heb aan haar soort en dat ik absoluut niet begrijp waarom jij haar die dingen laat doen.’

‘Welke dìngen?’ zei ik, steeds geïrriteerder rakend.

‘Heeft ze ooit iets met een vent gehad?’ Hij keek me aan. ‘Ik bedoel, ook maar één keertje?’

‘Haar privé-leven gaat jou niets aan,’ antwoordde ik. ‘Dat heeft niets te maken met hoe jij je vanavond hebt gedragen.’

‘Onzin. Als Carrie Lucy’s vriendin niet was geweest, zou er waarschijnlijk nooit in de TRA zijn ingebroken en zou Gault niet in die computer rondspoken.’

‘Dat is een belachelijke opmerking die nergens op slaat,’ zei ik. ‘Ik denk dat Carrie haar missie hoe dan ook had volbracht, of Lucy een onderdeel van het plan was of niet.’

‘Ik zeg je...’ Hij blies rook in de richting van zijn raampje, dat een stukje openstond, ‘deze planeet wordt door homo’s te gronde gericht.’

‘Alsjeblieft,’ zei ik vol afschuw. ‘Je klinkt precies als mijn zuster.’

‘Ik denk dat je Lucy ergens heen moet sturen. Zorg dat ze hulp krijgt.’

‘Marino, je moet hier gewoon mee ophouden. Jouw mening is gebaseerd op onwetendheid en is weerzinwekkend. Kun je me vertellen wat je eigenlijk zo bedreigend vindt aan het feit dat mijn nichtje vrouwen boven mannen verkiest?’

'Dat vind ik helemaal niet bedreigend. Het is gewoon onnatuurlijk.' Hij gooide zijn sigarettepeuk uit het raampje, een klein projectiel dat door de nacht werd uitgedoofd. 'Maar, jee, het is niet zo dat ik het niet begrijp. Het is een bekend feit dat veel vrouwen met elkaar gaan omdat ze niets beters kunnen krijgen.'
'Aha,' zei ik. 'Een bekend feit.' Ik zweeg even. 'Vertel me dan eens of dat ook het geval is met Lucy en Janet?'
'Daarom vind ik juist dat ze hulp moeten zoeken, omdat er nog hoop voor ze is. Ze zouden makkelijk een vent kunnen krijgen. Vooral Janet, met haar bouw. Als ik niet zo vastzat, zou ik haar misschien zelf wel mee uit vragen.'
Ik werd heel erg moe van hem. 'Marino,' zei ik, 'laat ze met rust. Je bereikt alleen maar dat ze een hekel aan je krijgen en je belachelijk vinden. Je staat voor gek met je gedrag. De Janets van deze wereld gaan heus niet met jou uit.'
'Jammer voor haar. Als ze de juiste ervaring had, zou ze misschien wel bijtrekken. Wat vrouwen met elkaar doen telt niet, vind ik. Ze hebben geen idee wat ze missen.'
De gedachte dat Marino zichzelf als een expert beschouwde op het gebied van wat vrouwen in bed wilden was zo absurd dat ik vergat geïrriteerd te zijn. Ik lachte.
'Ik voel me verantwoordelijk voor Lucy, goed?' vervolgde hij. 'Ik voel me een soort oom, en zie je, het probleem is dat ze nooit mannen in de buurt heeft gehad. Haar vader is gestorven. Jij bent gescheiden. Ze heeft geen broers en haar moeder springt steeds met een andere sul het bed in.'
'Dat is waar,' zei ik. 'Ik wilde dat Lucy een positieve mannelijke invloed in haar leven had gehad.'
'Ik garandeer je dat ze geen pot was geworden als dat het geval was geweest.'
'Dat is geen prettig woord,' zei ik. 'En we weten helemaal niet waarom mensen worden zoals ze zijn.'
'Zeg jij het dan maar.' Hij keek me aan. 'Leg jij me dan uit wat er mis is gegaan.'
'In de eerste plaats wil ik niet zeggen dat er iets mis is gegaan. Er zit misschien een genetisch aspect aan je seksuele voorkeur.

En misschien ook wel niet. Maar het belangrijkste is dat dat er niet toe doet.'
'Dus het kan je niets schelen.'
Daar dacht ik even over na. 'Het kan me wel iets schelen omdat het een moeilijker leven is,' zei ik.
'En dat is alles?' zei hij sceptisch. 'Je bedoelt dat je niet liever had gehad dat ze met een man samen was?'
Ik aarzelde weer. 'Ik denk dat ik op dit moment alleen maar wil dat ze met goede mensen samen is.'
Hij reed zwijgend door, en zei toen: 'Het spijt me van vanavond. Ik weet dat ik een zak was.'
'Fijn dat je je verontschuldigt,' zei ik.
'Nou, het is namelijk zo dat het met mij persoonlijk op het moment niet zo goed zit. Het ging prima tussen Molly en mij tot Doris me ongeveer een week geleden belde.'
Ik was niet echt verbaasd. Ex-echtgenoten en -minnaars komen vaak plotseling weer opdagen.
'Het schijnt dat ze van Molly wist omdat Rocky iets had gezegd. En nu wil ze plotseling weer naar huis komen. Ze wil weer bij mij terugkomen.'
Toen Doris hem had verlaten, was Marino daar kapot van geweest. Maar in dit stadium van mijn leven was ik enigszins cynisch geworden en ik geloofde niet meer dat verbroken relaties konden worden gezet en genezen alsof het gebroken botten waren. Hij stak nog een sigaret op terwijl een vrachtwagen ons van achteren naderde en ons passeerde. Een andere wagen haalde ons snel in en het grote licht scheen in onze ogen.
'Molly was er niet blij mee,' zei hij moeizaam. 'Het komt erop neer dat het sindsdien niet meer zo lekker gaat en het is eigenlijk maar goed dat we de kerst niet samen hebben gevierd. Ik geloof dat ze ook met iemand anders uitgaat. Een brigadier. Wat zeg je daarvan. Ik heb ze nog bij de politiebond aan elkaar voorgesteld.'
'Dat vind ik naar voor je.' Ik keek naar zijn gezicht en had het idee dat hij op het punt stond te gaan huilen. 'Hou je nog van Doris?' vroeg ik vriendelijk.
'Jezus, dat weet ik niet. Ik weet helemaal niks. Vrouwen zouden

net zo goed van een andere planeet kunnen komen. Snap je? Zoals vanavond. Ik doe alles verkeerd.'
'Dat is niet waar. Jij en ik zijn al jarenlang vrienden. Dan moet je toch iets goed doen.'
'Jij bent de enige vrouw die ik onder mijn vrienden heb,' zei hij. 'Maar jij bent eigenlijk meer een kerel.'
'Nou, dank je wel.'
'Ik kan met je praten alsof je een man bent. En je weet wat je doet. Je hebt wat je nu hebt niet bereikt omdat je een vrouw bent. Godverdomme...' Hij tuurde in de achteruitkijkspiegel en verstelde die toen om het schijnsel van de koplampen te verminderen. 'Je hebt bereikt wat je nu hebt ondanks het feit dat je een vrouw bent.'
Hij keek weer in de spiegel. Ik draaide me om. Een auto zat praktisch boven op onze bumper en verblindde ons met zijn koplampen. We reden honderdtien kilometer per uur.
'Dat is vreemd,' zei ik. 'Er is ruimte zat om ons te passeren.'
Er was niet veel verkeer op de I-95. Er was geen reden om bumper aan bumper te rijden, en ik dacht aan het ongeluk in de herfst van vorig jaar toen Lucy mijn Mercedes total loss had gereden. Er had toen ook iemand op haar achterbumper gezeten. Ik voelde de angst door me heen trekken.
'Kun je zien wat voor auto het is?' vroeg ik.
'Ziet eruit als een Z. Misschien een oude 280 Z, of zoiets.'
Hij stak zijn hand onder zijn jas en haalde een pistool uit zijn holster. Hij legde het wapen in zijn schoot en bleef de spiegels in de gaten houden. Ik draaide me weer om en zag de donkere contouren van een hoofd dat eruitzag alsof het van een man was. De chauffeur staarde ons recht aan.
'Goed,' gromde Marino. 'Dit ben ik dus zat.' Hij trapte hard op de rem.
De auto schoot langs ons heen, langdurig kwaad toeterend. Het was een Porsche en de bestuurder was zwart.
Ik zei tegen Marino: 'Je hebt toch nog steeds die sticker met die Geconfedereerde-Staten-vlag op de achterbumper van je auto? Die sticker die oplicht als er koplampen op schijnen?'

'Ja.' Hij stopte het pistool weer in zijn holster.
'Misschien zou je die er eens af moeten halen.'
De Porsche was nu niet meer dan een stel minuscule achterlichten ver voor ons. Ik dacht hoe commissaris Tucker had gedreigd Marino naar een cursus multiculturele samenleving te sturen. Ik twijfelde eraan of Marino zelfs als hij de rest van zijn leven zo'n cursus zou volgen, ooit zou veranderen.
'Morgen is het donderdag,' zei hij. 'Ik moet weer eens naar het eerste district om te kijken of iemand zich herinnert dat ik nog steeds voor de stad werk.'
'Wat gebeurt er met Sheriff Kerstman?'
'Hij moet volgende week voorkomen voor een inleidende rechtszitting.'
'Hij zit toch zeker wel vast,' zei ik.
'Niks ervan. Hij is op borgtocht vrij. Wanneer moet je opkomen voor die jury?'
'Maandag.'
'Misschien kun je eronderuit.'
'Dat kan ik niet vragen,' zei ik. 'Daar trapt iemand dan natuurlijk weer een rel over, en zelfs als dat niet gebeurt, zou het hypocriet zijn. Ik word verondersteld me voor het recht in te zetten.'
'Vind jij dat ik met Doris af moet spreken?' We waren in Richmond en de skyline van het centrum tekende zich voor ons af.
Ik keek naar zijn profiel, zijn dunnende haar, zijn grote oren en gezicht en naar zijn handen waaronder het stuur bijna verdween. Hij kon zich het leven dat hij had geleid voordat hij met zijn vrouw was, niet meer herinneren. De seksuele spanning en het vuur waren al lang geleden uit hun relatie verdwenen en ze waren terechtgekomen in een veilige, maar saaie stabiliteit. Ik had het idee dat ze uit elkaar waren gegaan omdat ze bang waren oud te worden.
'Ik denk dat je een afspraak met haar moet maken,' zei ik.
'Dus ik moet naar New Jersey gaan.'
'Nee,' zei ik, 'Doris is degene die is weggegaan. Zij moet hierheen komen.'

II

Windsor Farms was donker toen we vanuit Cary Street aan kwamen rijden, en Marino wilde niet dat ik alleen mijn huis binnen ging. Hij reed mijn oprit op en staarde naar de dichte garagedeur die door zijn koplampen werd verlicht.
'Heb je het apparaatje om de deur mee te openen?'
'Dat ligt in mijn auto.'
'Dat helpt verdorie niet veel als je auto in de garage staat en de deur dicht is.'
'Als je me er aan de voorkant uitlaat, zoals ik je had gevraagd, kan ik mijn voordeur openmaken,' zei ik.
'Niks daarvan. Jij loopt niet meer over die lange stoep, Doc.' Hij deed heel autoritair en ik wist dat het geen zin had om ertegen in te gaan als hij zo was.
Ik gaf hem mijn sleutels. 'Ga jij dan maar door de voordeur naar binnen en doe jij de garagedeur maar open. Ik wacht hier wel.'
Hij deed zijn portier open. 'Er ligt een geweer tussen de stoelen.'
Hij bukte om me een twaalf-kaliber zwarte Benelli met een magazijn voor acht patronen te laten zien. Ik bedacht dat Benelli, een fabrikant van goede Italiaanse geweren, ook de naam was die op Gaults valse rijbewijs had gestaan.
'Hier zit de beveiliging,' wees hij aan. 'Die hoef je alleen maar in te drukken, en daarna het geweer te laden en te vuren.'
'Staat er een oproer op uitbarsten waar ik niets van afweet?'
Hij stapte uit en deed de portieren op slot.
Ik draaide het raampje open. 'Misschien is het wel handig als je de code van mijn alarminstallatie weet,' zei ik.
'Die weet ik al.' Hij liep over het bevroren gras. 'Je geboortedatum.'
'Hoe weet je dat?' wilde ik weten.
'Je bent zo voorspelbaar,' hoorde ik hem zeggen voordat hij achter een heg verdween.

Een paar minuten later ging de garagedeur omhoog en sprong er binnen een lamp aan die het tuingereedschap dat netjes aan de muur hing, een fiets waar ik nooit op reed en mijn auto verlichtte. Ik kon nooit mijn nieuwe Mercedes zien zonder aan die andere te denken, waar Lucy een ongeluk mee had gehad.

Mijn vroegere 500E was gestroomlijnd en snel geweest, met een motor die gedeeltelijk voor Porsche was ontwikkeld. Maar nu had ik alleen maar iets groots gewild. Ik had een zwarte S500 die waarschijnlijk zelfs een botsing met een betonmolen of een tractor met aanhangwagen zou overleven. Marino stond naast de auto naar me te kijken alsof hij wenste dat ik nou eens opschoot. Ik drukte de claxon in om hem eraan te herinneren dat ik in zijn wagen vastzat.

'Waarom proberen mensen me toch in hun auto's op te sluiten?' zei ik toen hij me eruit liet. 'Vanochtend eerst een taxi en nu jij weer.'

'Omdat het niet veilig is als je vrij rondloopt. Ik wil je huis eerst even doorzoeken voor ik wegga,' zei hij.

'Dat is niet nodig.'

'Ik vraag je niks. Ik vertel je alleen maar dat ik even ga kijken,' zei hij.

'Oké. Ga je gang.'

Hij liep achter me aan naar binnen. Ik ging regelrecht naar de woonkamer en stak de gashaard aan. Vervolgens deed ik de voordeur open en haalde de post en de kranten binnen die een van mijn buren had vergeten op te halen. Iedereen die mijn elegante bakstenen huis had bekeken, had duidelijk kunnen zien dat ik niet thuis was met kerst.

Ik keek om me heen toen ik naar de woonkamer terugliep, op zoek naar dingen die ook maar het kleinste beetje anders dan anders waren. Ik vroeg me af of iemand had overwogen hier in te breken. Ik vroeg me af welke ogen deze kant op hadden gekeken, welke donkere gedachten mijn thuis hadden omgeven.

De buurt waar ik woonde was een van de rijkste wijken van Richmond en er waren natuurlijk wel eerder problemen geweest, voornamelijk met zigeuners die overdag waren binnengedrongen, als de mensen niet thuis waren. Ik maakte me daar niet

zo veel zorgen over, want ik deed mijn deuren altijd op slot en het alarm stond voortdurend aan. Ik was bang voor een heel ander soort misdadiger, en hij was niet zozeer geïnteresseerd in wat ik bezat, als wel in wie en wat ik was. Ik had veel vuurwapens in huis op plekken waar ik er gemakkelijk bij kon.
Ik ging op de bank zitten. De schaduwen van de vlammen dansten op de olieverfschilderijen aan de muren. Mijn meubels waren modern en Europees en overdag was het huis vol licht. Toen ik de post doorkeek, zag ik een roze envelop die leek op enveloppen die ik al eerder had gezien. Het was een envelop voor een correspondentiekaartje en het papier was niet de beste kwaliteit, het soort dat je bijvoorbeeld in een supermarkt kunt kopen. Op het poststempel stond deze keer Charlottesville, 23 december. Ik opende de envelop met een scalpel. Het vel papier was net als de andere met een zwarte vulpen beschreven.

Beste Dr. Scarpetta,
Ik hoop dat u een heel fijne kerst heeft!
Cain

Ik legde het papier voorzichtig op mijn salontafel.
'Marino?' riep ik.
Gault had het briefje geschreven voor hij Jane had vermoord. Maar de post was traag en ik had het nu pas ontvangen.
'Marino!' Ik stond op.
Ik hoorde zijn vlugge voetstappen luid op de trap naar beneden komen. Hij kwam met getrokken pistool de woonkamer in rennen.
'Wat is er?' vroeg hij hijgend terwijl hij om zich heen keek. 'Is er iets?'
Ik wees op het briefje. Zijn blik ging naar de roze envelop en het bijpassende briefpapier.
'Van wie is dat?'
'Kijk maar,' zei ik.
Hij ging naast me zitten en stond toen onmiddellijk weer op. 'Ik ga eerst de alarminstallatie aanzetten.'
'Goed idee.'

Hij kwam terug en ging weer zitten. 'Geef eens een paar pennen. Dank je.'
Hij gebruikte de pennen om het briefje plat te houden zodat hij het kon lezen zonder de vingerafdrukken in gevaar te brengen die ik niet al had weggeveegd. Daarna bestudeerde hij het handschrift en het poststempel op de envelop.
'Is dit de eerste keer dat je zoiets krijgt?' vroeg hij.
'Nee.'
Hij keek me beschuldigend aan. 'En je hebt mij niets verteld?'
'Het is niet het eerste briefje, maar wel het eerste dat met CAIN is ondertekend,' zei ik.
'En wat stond er dan onder die andere?'
'Ik heb maar twee andere briefjes op zulk roze papier ontvangen, en die waren niet ondertekend.'
'Heb je die nog?'
'Nee. Ik dacht niet dat ze belangrijk waren. De poststempels waren in Richmond en de tekst was raar, maar niet alarmerend. Ik krijg vaak rare brieven.'
'Thuis?'
'Meestal op kantoor. Mijn huisadres is geheim.'
'Shit, Doc!' Marino begon heen en weer te ijsberen. 'Was je niet bezorgd toen je brieven op je geheime huisadres kreeg?'
'Het is geen echt geheim waar ik woon. Je weet hoe vaak we de media hebben gevraagd mijn huis niet te filmen of te fotograferen, maar het gebeurt toch.'
'En wat stond er in die andere briefjes?'
'Ze waren kort, net zoals deze. Een informeerde hoe het met me was en of ik nog steeds te hard werkte. Ik geloof dat de ander erover ging dat de schrijver me miste.'
'Je miste?'
Ik zocht mijn geheugen af. 'Zoiets als: "Het is al te lang geleden. We moeten elkaar echt weer eens zien".'
'En je weet zeker dat het om dezelfde persoon gaat.' Hij keek naar het roze briefje op de tafel.
'Dat geloof ik wel. Gault heeft blijkbaar mijn adres, zoals jij al voorspeld had.'

'Hij is waarschijnlijk bij je huis geweest.' Hij bleef staan en keek me aan. 'Realiseer je je dat?'

Ik antwoordde niet.

'Ik zeg je dat Gault heeft gezien waar je woont.' Marino haalde zijn handen door zijn haar. 'Begrijp je dat?' zei hij op dringende toon.

'Dit moet morgenochtend gelijk naar het lab,' zei ik.

Ik dacht aan de eerste twee briefjes. Als die ook van Gault afkomstig waren, had hij ze in Richmond verstuurd. Hij was hier geweest.

'Je kunt hier niet blijven, Doc.'

'Ze kunnen de postzegel analyseren. Als hij eraan heeft gelikt, zit er speeksel op. We kunnen een DNA-test doen.'

'Je kunt hier niet blijven,' zei hij opnieuw.

'Natuurlijk kan dat.'

'Ik zeg je dat dat niet kan.'

'Ik moet wel, Marino,' zei ik koppig. 'Ik woon hier.'

Hij schudde zijn hoofd. 'Nee. Geen sprake van. Of anders trek ik hier bij je in.'

Ik was dol op Marino, maar kon de gedachte niet verdragen dat hij in mijn huis zou wonen. Ik zag hem zijn voeten al aan mijn Perzische tapijten afvegen en kringen maken op mijn taxus- en mahoniehout. Hij zou bij de open haard naar worstelwedstrijden op tv kijken en blikjes Budweiser drinken.

'Ik ga gelijk Benton bellen,' vervolgde hij. 'Hij zal je precies hetzelfde zeggen.' Hij liep naar de telefoon.

'Marino,' zei ik. 'Laat Benton hierbuiten.'

Hij ging op het muurtje van zandsteen naast de haard zitten. Hij verborg zijn hoofd in zijn handen en toen hij me weer aankeek, stond zijn gezicht uitgeput. 'Weet je hoe ik me zal voelen als er iets met jou gebeurt?'

'Niet goed,' zei ik ongemakkelijk.

'Dat wordt m'n dood. Echt waar, dat zweer ik.'

'Je wordt sentimenteel.'

'Dat weet ik niet. Maar ik weet wel dat Gault mij eerst aan zal moeten pakken, hoor je me?' Hij staarde me gespannen aan.

Ik keek van hem weg. Ik voelde mijn wangen rood worden.
'Weet je, je kunt er net als iedereen aan gaan. Net als Eddie, Susan, Jane, Jimmy Davila. Gault heeft zich nou helemaal op jou gericht, godverdomme. En hij is waarschijnlijk de gevaarlijkste moordenaar van deze hele eeuw.' Hij zweeg, zijn ogen op mij gericht houdend. '*Luister je*?'
Ik keek hem aan. 'Ja,' zei ik. 'Ik luister. Ik hoor elk woord.'
'Je moet hier ook weg voor Lucy. Ze mag je hier nooit op komen zoeken. En als er iets met jou gebeurt, wat denk je dan dat er met haar gebeurt?'
Ik deed mijn ogen dicht. Ik hield van mijn huis. Ik had er zo hard voor gewerkt. Ik was altijd zo consciëntieus geweest in alles wat ik deed en had geprobeerd een goede zakenvrouw te zijn. Er gebeurde nu wat Wesley had voorspeld. Mijn bescherming zou ten koste gaan van wie ik was en van alles wat ik had.
'Dus ik moet ergens anders naartoe verhuizen en al mijn spaargeld opmaken?' vroeg ik. 'Ik moet dit gewoon allemaal opgeven?' Ik wees de kamer rond. 'Moet ik dat monster zo veel macht geven?'
'En je kunt ook niet in je eigen wagen rijden,' vervolgde hij, hardop denkend. 'Je moet in iets rijden wat hij niet kent. Je mag mijn pick-up wel als je wilt.'
'Jezus, nee,' zei ik.
Marino keek gekwetst. 'Het is heel wat voor mij dat ik iemand anders in mijn pick-up laat rijden. Dat doe ik nooit.'
'Dat is het niet. Ik wil mijn eigen leven. Ik wil weten dat Lucy veilig is. Ik wil in mijn eigen huis wonen en in mijn eigen auto rijden.'
Hij stond op en gaf me zijn zakdoek.
'Ik huil niet,' zei ik.
'Je gaat wel huilen.'
'Niet waar.'
'Wil je iets drinken?' vroeg hij.
'Whisky.'
'Ik denk dat ik een slokje bourbon neem.'

'Dat kan niet. Je moet nog rijden.'

'Nee, dat moet ik niet,' zei hij terwijl hij naar de bar liep. 'Ik slaap op jouw bank.'

Rond middernacht haalde ik een kussen en een deken en hielp hem zijn bed op te maken. Hij had in een van de logeerkamers kunnen slapen, maar hij wilde blijven waar hij was, met het vuur in de haard op een laag pitje.

Ik ging naar boven en las tot ik de letters niet meer kon onderscheiden. Ik was dankbaar dat Marino in mijn huis was. Ik wist niet of ik ooit eerder zo bang was geweest. Tot dusver had Gault altijd gedaan gekregen wat hij wilde. Tot dusver had hij in geen enkele kwaadaardige taak die hij op zich had genomen gefaald. Als hij mijn dood wilde, had ik geen enkele hoop dat ik hem kon ontlopen. Als hij Lucy's dood wilde, geloofde ik dat die zich ook zou voltrekken.

Voor dat laatste was ik nog het meest bang. Ik had zijn werk gezien. Ik wist wat hij deed. Ik kon elk stuk bot en weggesneden stuk huid uittekenen. Ik keek naar mijn zwarte, metalen 9-mm-pistool op het tafeltje naast mijn bed en vroeg me af wat ik zou doen. Zou ik het op tijd pakken? Zou ik mijn eigen leven of dat van iemand anders redden? Terwijl ik mijn slaapkamer en aangrenzende studeerkamer rondkeek, wist ik dat Marino gelijk had. Ik kon hier niet alleen zijn.

Daarover nadenkend, viel ik in slaap. Ik had een nare droom. Een figuur in een lang, donker gewaad en een gezicht als een witte ballon glimlachte me flauwtjes toe in een antieke spiegel. Elke keer als ik langs de spiegel kwam, sloeg de gedaante met zijn kille glimlach me gade. Hij was zowel dood als levend en leek seksloos te zijn. Om één uur 's nachts werd ik plotseling wakker. Ik ging naar beneden en hoorde Marino snurken.

Zachtjes riep ik zijn naam.

Het ritme van zijn gesnurk veranderde niet.

'Marino?' fluisterde ik terwijl ik dichter naar hem toe liep.

Hij ging rechtop zitten, luidruchtig naar zijn pistool zoekend.

'In godsnaam, schiet niet op me.'

'Hè?' Hij keek om zich heen. Zijn gezicht was bleek in het vage

licht van de haard. Hij besefte waar hij was en legde zijn pistool weer op de tafel. 'Je moet niet zo aan komen sluipen.'
'Ik sloop niet.'
Ik ging naast hem op de bank zitten. Ik bedacht dat ik een nachtjapon aan had en dat hij me nog nooit zo had gezien, maar dat kon me niets schelen.
'Is er iets mis?' vroeg hij.
Ik lachte spottend. 'Ik geloof niet dat er nog veel is dat niet mis is.'
Zijn ogen dwaalden af en ik kon zijn innerlijke strijd zien. Ik had altijd geweten dat Marino een gevoel voor mij had dat ik niet kon beantwoorden. Vanavond was de situatie moeilijker, want ik kon me niet verbergen achter witte jassen, operatiepakken, mantelpakjes en titels. Ik droeg een laag uitgesneden, flanellen, zandkleurige nachtjapon. Het was na middernacht en hij logeerde in mijn huis.
'Ik kan niet slapen,' vervolgde ik.
'Ik lag anders lekker te pitten.' Hij ging weer liggen en keek me met zijn handen achter zijn hoofd aan.
'Volgende week moet ik in die jury meedoen.'
Hij reageerde niet.
'Ik heb ook een paar rechtszaken en ik moet mijn kantoor leiden. Ik kan niet zo maar mijn spullen pakken en vertrekken.'
'Die jury is geen probleem,' zei hij. 'We zorgen wel dat je daaronder uitkomt.'
'Dat wil ik niet.'
'Ze nemen je toch niet,' zei hij. 'Er is geen advocaat te vinden die jou in zijn jury wil.'
Ik zweeg.
'Je kunt net zo goed verlof nemen. Die rechtszaken kunnen worden aangehouden. Hé, je kunt best een paar weken gaan skiën. Ergens in het westen.'
Hoe meer hij zei, hoe meer ik overstuur raakte.
'Je zult een andere naam moeten gebruiken,' vervolgde hij. 'En je moet een lijfwacht hebben. Je kunt niet in je eentje naar het een of andere skigebied vertrekken.'

‘Nou,’ snauwde ik, ‘niemand gaat mij een agent van de FBI of van de geheime dienst toewijzen, als je dat soms dacht. Zulke hulp komt altijd pas als het te laat is. De meeste mensen krijgen pas bescherming van FBI-agenten of van de politie als ze al verkracht of dood zijn.’

‘Je kunt iemand huren. Dan kan hij je ook rijden, maar je moet niet je eigen auto nemen.’

‘Ik huur niemand en ik sta erop in mijn eigen auto te rijden.’

Hij dacht even na, naar het gewelfde plafond starend. ‘Hoe lang heb je hem al?’

‘Nog geen twee maanden.’

‘Je hebt hem toch van McGeorge?’ Dat was de Mercedes-dealer in de stad.

‘Ja.’

‘Ik praat wel met ze en dan kijken we of ze je iets willen lenen wat minder opvallend is dan die grote, zwarte nazi-kar van jou.’

Ik stond woedend van de bank op en liep dichter naar het vuur toe.

‘En wat moet ik nog meer opgeven?’ zei ik verbitterd, naar de vlammen starend die rond de imitatie-houtblokken flakkerden.

Marino antwoordde niet.

‘Ik sta niet toe dat hij mij in Jane verandert,’ begon ik een tirade. ‘Het is net alsof hij bezig is met mij hetzelfde te doen als met haar. Hij probeert me alles te ontnemen wat ik heb.

Zelfs mijn naam. Ik moet een andere naam gebruiken. Ik moet minder opvallend zijn. Of minder algemeen. Ik mag nergens wonen, in geen enkele auto rijden en ik mag mensen niet vertellen waar ze me kunnen vinden. Hotels en privé-bescherming zijn erg duur.

Dus uiteindelijk zal ik al mijn spaargeld opmaken. Ik ben de hoofd-patholoog-anatoom van Virginia, maar ik ben haast nooit meer op kantoor. Misschien ontslaat de gouverneur me wel. Ik zal langzamerhand alles verliezen wat ik heb en alles wat ik ben geweest. Door hem.’

Marino antwoordde nog steeds niet, en ik besefte dat hij sliep. Er rolde een traan over mijn wang toen ik zijn dekens beter over hem heen legde en weer naar boven ging.

12

Ik parkeerde om kwart over zeven achter mijn kantoor en zat een tijdje in mijn auto naar het gebarsten asfalt, het vervallen stucwerk en het in elkaar zakkende hek rond de parkeerplaats te kijken.

Achter me waren de pijlers van het spoor en het viaduct van de I-95 en daarachter begon een dichtgespijkerd en door misdaad geteisterd stadsdeel. Er waren geen bomen of struiken en maar heel weinig gras. Mijn benoeming hier had nooit een mooi uitzicht met zich meegebracht, maar op dit moment kon dat me niet schelen. Ik miste mijn kantoor en mijn personeel, en alles wat ik hier zag, troostte me.

In het mortuarium ging ik langs het kantoor om te zien wat er die dag voor zaken waren. Er was iemand die zelfmoord had gepleegd en die moest worden geïdentificeerd, net als een tachtigjarige vrouw die thuis aan een onbehandelde tumor in de borst was gestorven. Een heel gezin was gistermiddag omgekomen toen hun auto door een trein werd gegrepen en ik las treurig hun namen. Ik besloot de identificaties voor te bereiden terwijl ik op mijn assistenten wachtte en opende de koelcel en de deuren die naar de sectieruimte leidden.

De drie tafels waren glanzend gepoetst en de tegels op de vloer waren onberispelijk schoon. Ik controleerde de vakjes vol formulieren, de karretjes met nette rijen instrumenten en reageerbuisjes, de stalen planken met camera's en film. Terwijl ik in de kleedkamer een plastic schort en een operatiepak aantrok, keek ik of het linnengoed en de gesteven witte jassen allemaal in orde waren en liep toen naar een wagentje in de hal met maskers, hoezen voor schoenen en gezichtsbeschermers.

Ik trok handschoenen aan en vervolgde mijn inspectie terwijl ik de koelcel in ging om de eerste zaak eruit te halen. De lichamen lagen in zwarte lijkzakken boven op wagentjes, de lucht was zoals het hoorde tot tien graden gekoeld en in aanmerking geno-

men dat we een volle tent hadden, was er voldoende luchtverfrisser. Ik bekeek de kaartjes aan de tenen van de lichamen totdat ik degene vond die ik zocht en rolde het wagentje naar buiten.
De eerste mensen zouden pas over een uur binnenkomen en ik genoot van de stilte. Ik hoefde niet eens de deuren van de sectieruimte op slot te doen, omdat het nog zo vroeg was dat de lift aan de andere kant van de hal nog niet door forensisch wetenschappers werd gebruikt. Ik kon geen papieren voor het zelfmoordgeval vinden en ging even in het kantoor kijken. De overlijdensakte zat in het verkeerde vakje. De datum die erop stond was twee dagen te vroeg en een groot gedeelte van het formulier was niet ingevuld. De enige andere informatie die erop stond was de naam van de overledene en dat het lichaam om drie uur 's nachts door begrafenisonderneming Sauls was afgeleverd, wat eigenaardig was.
Mijn kantoor maakte gebruik van drie bedrijven die lichamen ophaalden en afleverden. Die drie plaatselijke begrafenisondernemingen waren vierentwintig uur per dag bereikbaar en elke zaak voor de pathologisch-anatomische dienst van Centraal-Virginia werd door een ervan behandeld. Ik begreep niet waarom dit zelfmoordgeval door een begrafenisonderneming was afgeleverd waarmee we geen contract hadden en waarom de chauffeur zijn naam niet had ingevuld. Ik voelde de irritatie in me opwellen. Ik was maar een paar dagen weggeweest en het hele systeem begon al in elkaar te storten. Ik ging naar de telefoon en belde de nachtwaker, wiens dienst pas over een halfuur afliep.
'Met dr. Scarpetta,' zei ik toen hij opnam.
'Ja, mevrouw.'
'Met wie spreek ik?'
'Met Evans.'
'Meneer Evans, er is hier vannacht om drie uur een vermeend zelfmoordgeval afgeleverd.'
'Ja, mevrouw, ik heb hem binnengelaten.'
'Wie heeft hem afgeleverd?'
Hij zweeg even. 'Eh, ik geloof dat dat Sauls was.'

'We maken geen gebruik van Sauls.'
Hij zei niets.
'Ik geloof dat u maar beter even hier kunt komen,' zei ik.
Hij aarzelde. 'Naar het mortuarium?'
'Ja, daar ben ik nu.'
Hij talmde weer. Ik kon zijn sterke weerzin voelen. Veel mensen die hier werkten konden niet tegen het mortuarium. Ze wilden er niet in de buurt komen, en ik had nog nooit een beveiligingsbeambte in dienst gehad die zelfs zijn hoofd maar om de hoek van de koelcel durfde te steken. Veel beveiligingsbeambtes en de meeste schoonmakers werkten niet lang voor me.
Terwijl ik op Evans, de onbevreesde beveiligingsbeambte wachtte, ritste ik de zwarte lijkzak open, die er nieuw uitzag. Om het hoofd van het slachtoffer zat een zwarte plastic vuilniszak die met een schoenveter om de nek was vastgemaakt. Hij droeg een met bloed bevlekte pyjama en had een brede gouden armband en een Rolex-horloge om. Uit het borstzakje van zijn pyjama stak iets wat op een roze envelop leek. Mijn knieën werden slap en ik deed een stap naar achteren.
Ik rende naar de deuren, sloeg ze dicht en schoof de sloten ervoor, ondertussen in mijn handtas naar mijn revolver graaiend. Een lippenstift en een haarborstel vielen op de grond. Terwijl ik met trillende handen een telefoonnummer draaide, dacht ik aan de kleedkamer, aan alle plekken waar hij zich zou kunnen verbergen. Afhankelijk van hoe warm hij was gekleed, zou hij zelfs in de koelcel kunnen zitten, dacht ik panisch terwijl ik de vele wagentjes met de zwarte lijkzakken erop voor me zag. Ik draafde naar de grote stalen deur en maakte het hangslot op de deurkruk dicht terwijl ik wachtte tot Marino me terugbelde.
De telefoon ging vijf minuten later over, net toen Evans voorzichtig op de gesloten deuren van de sectieruimte klopte.
'Wacht even,' riep ik naar hem. 'Blijf daar wachten.' Ik nam de telefoon op.
'Ja,' zei Marino aan de andere kant van de lijn.
'Kom onmiddellijk hiernaartoe,' zei ik, worstelend om mijn stem kalm te houden terwijl ik mijn revolver stevig vastklemde.

'Wat is er?' Hij klonk ongerust.
'Schiet op!' zei ik.
Ik hing op en draaide het alarmnummer. Toen zei ik door de deur tegen Evans: 'De politie komt er aan.'
'De politie?' Zijn stem ging omhoog.
'We hebben hier een vreselijk probleem.' Mijn hart wilde maar niet rustiger gaan kloppen. 'Ga naar boven en wacht in de vergaderzaal op me. Is dat duidelijk?'
'Ja, mevrouw. Ik ga er nu naartoe.'
Er stond een formica werkbank die zich tot halverwege de muur uitstrekte en daar klom ik bovenop. Ik ging zo zitten dat ik vlak bij de telefoon was en alle deuren kon zien. Ik klemde mijn Smith & Wesson .38 vast en wilde maar dat ik mijn Browning of Marino's Benelli-geweer had. Ik hield de zwarte lijkzak op het wagentje in de gaten alsof die zou kunnen gaan bewegen.
De telefoon ging en ik schrok me wild. Ik greep de hoorn van de haak.
'Mortuarium.' Mijn stem beefde.
Stilte.
'Hallo?' vroeg ik, nu met meer kracht.
Niemand zei iets.
Ik hing op en sprong van de werkbank af terwijl de woede door me heen trok en al snel in drift veranderde. Daardoor verdween mijn angst als sneeuw voor de zon. Ik maakte de dubbele deuren die naar de hal leidden open en ging weer naar het mortuariumkantoor. Boven de telefoon zaten vier stukjes plakband met hoekjes gescheurd papier eronder. Iemand had de lijst met alle telefoonnummers op kantoor van de muur gerukt. Op die lijst stonden ook het nummer van het mortuarium en van mijn directe telefoonlijn boven.
'Verdomme!' mompelde ik binnensmonds. 'Verdomme, verdomme, verdomme!'

De bel in de foyer klonk toen ik me stond af te vragen waar nog meer mee zou zijn geknoeid of wat nog meer zou zijn meegenomen. Ik dacht aan mijn kantoor boven terwijl ik naar de hal liep en een knopje op de muur indrukte. De grote deur ging piepend open. Buiten stond Marino, die in uniform was, met twee agenten en een rechercheur. Ze renden met hun holsters open langs me naar de sectieruimte. Ik liep achter ze aan en legde mijn revolver op de werkbank omdat ik dacht dat ik die nu niet meer nodig zou hebben.

'Wat is er in godsnaam aan de hand?' vroeg Marino terwijl hij wezenloos naar het lichaam in de opengeritste lijkzak keek.

De andere agenten keken toe. Zij zagen niets wat niet in orde leek. Toen richtten ze hun blik op mij en op de revolver die ik net had neergelegd.

'Dr. Scarpetta? Wat is het probleem?' vroeg de rechercheur, wiens naam ik niet kende.

Ik vertelde over de begrafenisonderneming terwijl ze uitdrukkingsloos luisterden.

'En hij is hier binnengebracht met dat briefje in zijn borstzak. Welke rechercheur zou dat toestaan? Welke politie-afdeling houdt zich trouwens met deze zaak bezig? Dat staat nergens aangegeven,' zei ik en wees erop dat het hoofd was bedekt met een vuilniszak die met een schoenveter was dichtgebonden.

'Wat staat er op het briefje?' vroeg de rechercheur, die een donkere jas met een ceintuur, cowboylaarzen en een gouden Rolex droeg waarvan ik zeker was dat die namaak was.

'Dat heb ik nog niet aangeraakt,' zei ik. 'Ik dacht dat het verstandiger was daarmee te wachten totdat jullie hier waren.'

'Laten we maar even kijken,' zei hij.

Met mijn handschoenen aan trok ik de envelop uit de borstzak, daarbij het papier zo weinig mogelijk aanrakend. Ik was verbijsterd mijn naam en privé-adres in nette, met zwarte vulpeninkt geschreven letters op de voorkant te zien. Er zat ook een postzegel op. Ik legde de envelop op de werkbank, sneed hem voorzichtig met een scalpel open en vouwde het vel briefpapier los dat ik nu angstig goed kende. Er stond:

Ho! Ho! Ho!
Cain

‘Wie is Cain?’ vroeg een van de agenten aan mij terwijl ik de schoenveter losmaakte en de vuilniszak van het hoofd van de dode man haalde.
‘O, shit,’ zei de rechercheur en deed een stap naar achteren.
‘Jezus Christus,’ riep Marino.
Sheriff Kerstman was tussen de ogen geschoten en er was een 9-mm-patroon in zijn linkeroor gestoken. De afdruk van de slagpin was duidelijk van een Glock afkomstig. Ik ging zitten en keek om me heen. Niemand leek te weten wat we moesten doen. Dit was nog nooit eerder gebeurd. Mensen pleegden geen moord om hun slachtoffer vervolgens bij het mortuarium af te leveren.
‘De nachtwaker is boven,’ zei ik, terwijl ik probeerde mijn ademhaling weer onder controle te krijgen.
‘Was hij hier toen dit werd afgeleverd?’ Marino stak een sigaret op, wild in het rond blikkend.
‘Het schijnt van wel.
‘Ik ga met hem praten,’ zei Marino, die de leiding had omdat we in zijn district waren. Hij keek naar zijn agenten. ‘Jullie gaan hier en in de hal rondneuzen. Kijk maar wat jullie kunnen vinden. En laat iets over de radio uitgaan zonder dat je de pers wakker maakt. Gault is hier geweest. Hij is misschien nog steeds in de buurt.’ Hij keek naar zijn horloge en toen naar mij. ‘Hoe heet die vent boven?’
‘Evans.’
‘Ken je hem?’
‘Vaag.’
‘Kom mee,’ zei hij.
‘Bewaakt iemand deze ruimte?’ Ik keek naar de rechercheur en de twee agenten in uniform.
‘Dat doe ik,’ zei een van hen. ‘Maar het is beter als u hier uw wapen niet laat liggen.’
Ik stopte mijn revolver weer in mijn tas, die ik mee naar boven nam. Marino drukte zijn sigaret uit in een asbak en we stapten in de lift aan de andere kant van de gang. Zodra de deuren dicht waren werd zijn gezicht rood. De kalmte die hij als hoofdinspecteur moest tonen was verdwenen.

'Ik geloof dit gewoon niet!' Hij keek me aan. Zijn ogen stonden woedend. 'Dit kan niet gebeuren, het kan gewoon niet gebeuren!'
De deuren gingen open en hij beende kwaad door de gang op de verdieping waar ik al zo'n groot deel van mijn leven had doorgebracht.
'Als het goed is, wacht hij in de vergaderzaal,' zei ik.
We kwamen langs mijn kantoor en ik wierp alleen maar een snelle blik naar binnen. Ik had nu geen tijd om te gaan controleren of Gault daar ook was geweest. Hij had daarvoor alleen maar in de lift hoeven stappen of de trap hoeven nemen en dan kon hij zo mijn kantoor zijn binnengelopen. Wie zou daarop letten om drie uur 's nachts?
In de vergaderzaal zat Evans stijfjes op een stoel die ongeveer halverwege het hoofd en het uiteinde van de tafel stond. Talloze foto's van vroegere hoofd-pathologen-anatomen keken me aan terwijl ik tegenover de beveiligingsbeambte ging zitten die zojuist had toegestaan dat mijn werkplek het toneel van een misdaad was geworden. Evans was een oudere, zwarte man die zijn baan hard nodig had. Hij droeg een kaki uniform met bruine kleppen op de zakjes en had een wapen bij zich waarvan ik me afvroeg of hij wist hoe hij dat moest gebruiken.
'Weet u wat er aan de hand is?' Marino schoof een stoel uit.
'Nee, meneer, dat weet ik niet.' Zijn ogen stonden bang.
'Iemand die hier niet had mogen komen heeft iets afgeleverd.' Marino haalde zijn sigaretten weer te voorschijn. 'Dat is gebeurd terwijl u dienst had.'
Evans fronste zijn voorhoofd. Hij leek echt geen idee te hebben wat het probleem was. 'Bedoelt u een lichaam?'
'Luister,' mengde ik me in de ondervraging. 'Ik weet wat de standaardprocedure is. Dat weten we allemaal. U weet van dat zelfmoordgeval af. We hadden het er net over, toen ik u aan de telefoon had...'
Evans onderbrak me. 'Zoals ik al zei, ik heb hem binnengelaten.'
'Hoe laat?' vroeg Marino.

Hij keek naar het plafond. 'Ik geloof dat dat rond drie uur 's nachts was. Ik zat zoals altijd hiernaast achter het bureau en toen kwam die lijkwagen aanrijden.'
'Waar kwam die aanrijden?' vroeg Marino.
'Achter het gebouw.'
'Als die wagen achter het gebouw was, hoe kon u hem dan zien? De foyer, waar u zit, is aan de voorkant van het gebouw,' zei Marino bars.
'Ik heb hem ook niet gezien,' vervolgde de bewaker. 'Maar die man kwam aanlopen en ik zag hem door het raam. Ik ging naar buiten om te vragen wat hij wilde en hij zei dat hij iets kwam afleveren.'
'En de papieren?' vroeg ik. 'Heeft hij u niets laten zien?'
'Hij zei dat de politie nog niet klaar was met het rapport en dat ze hem hadden gezegd alvast te gaan. Hij zei dat ze het later langs zouden komen brengen.'
'Aha,' zei ik.
'Hij zei dat de lijkwagen aan de achterkant stond,' vervolgde Evans. 'Hij zei dat een van de wielen van zijn brancard vast zat en vroeg of hij er een van ons mocht lenen.'
'Kende u hem?' vroeg ik, mijn woede inslikkend.
Hij schudde zijn hoofd.
'Kunt u hem beschrijven?' vroeg ik toen.
Evans dacht even na. 'Om u de waarheid te zeggen, ik heb niet goed gekeken. Maar ik geloof dat hij een lichte huid en wit haar had.'
'Zijn haar was wit?'
'Ja, mevrouw. Dat weet ik zeker.'
'Was hij oud?'
Evans fronste weer zijn voorhoofd. 'Nee, mevrouw.'
'Wat had hij aan?'
'Ik geloof dat hij een donker pak met een das droeg. U weet wel, zoals de meeste mensen van de begrafenisondernemingen gekleed zijn.'
'Dik, dun, lang, kort?'
'Dun. Van gemiddelde lengte.'

‘En wat gebeurde er toen?’ vroeg Marino.
‘Ik zei dat hij naar de laadruimte moest komen en dat ik hem daar binnen zou laten. Ik nam de korte weg door het gebouw, zoals ik altijd doe, en opende de achterdeur. Hij kwam binnen, en er stond een brancard in de hal. Die nam hij dus mee, haalde het lichaam en kwam terug. Hij heeft hem gewoon geregistreerd en alles.’ Evans keek van ons weg. ‘En hij legde het lichaam in de koelcel en ging weer weg.’ Hij keek ons niet aan.
Ik slaakte een diepe zucht en Marino blies een rookwolk uit.
‘Meneer Evans,’ zei ik. ‘Ik wil gewoon de waarheid weten.’
Hij keek me aan.
‘U moet ons vertellen wat er gebeurde toen u hem binnenliet,’ zei ik. ‘Dat is alles wat ik wil weten. Echt waar.’
Evans keek me met glanzende ogen aan. ‘Dr. Scarpetta, ik weet niet wat er aan de hand is, maar ik begrijp dat het iets ergs is. Word alstublieft niet kwaad op me. Ik vind het ’s nachts eng daar beneden. Ik zou liegen als ik zei dat dat niet zo was. Ik probeer mijn werk goed te doen.’
‘Vertel gewoon de waarheid.’ Ik sprak op afgemeten toon. ‘Dat is alles wat we willen.’
‘Ik zorg voor m’n ma.’ Hij stond op het punt in huilen uit te barsten. ‘Ik ben alles wat ze nog heeft en ze heeft vreselijk veel last van haar hart. Ik ga er elke dag heen en doe haar boodschappen voor haar sinds mijn vrouw is overleden. Ik heb een dochter die helemaal alleen drie kleintjes moet grootbrengen.’
‘Meneer Evans, u raakt uw baan niet kwijt,’ zei ik, hoewel hij dat niet verdiende.
Hij keek me even aan. ‘Dank u, mevrouw. Ik geloof u. Maar ik maak me zorgen over wat andere mensen zullen zeggen.’
‘Meneer Evans.’ Ik wachtte totdat hij me weer aankeek. ‘Ik ben de enige over wie u zich zorgen moet maken.’
Hij veegde een traan weg. ‘Het spijt me, wat ik ook verkeerd heb gedaan. Als er door mijn schuld iemand iets is overkomen, weet ik niet wat ik moet doen.’
‘Er is niets door uw schuld gebeurd,’ zei Marino. ‘Het was de schuld van die klootzak met dat witte haar.’

'Vertel eens wat meer over hem,' zei ik. 'Wat deed hij precies toen u hem binnenliet?'
'Hij rolde het lichaam naar binnen, zoals ik hem zei te doen, en liet het toen in de hal voor de koelcel staan. Die moest ik openmaken, snapt u, en ik zei dat hij het lichaam erin kon zetten. En dat deed hij. Toen nam ik hem mee naar het kantoor van het mortuarium en liet hem zien wat hij in moest vullen. Ik zei dat hij ook zijn kilometers moest noteren als hij daar een vergoeding voor wilde krijgen. Maar daar besteedde hij geen aandacht aan.'
'Heeft u hem weer naar buiten gebracht?' vroeg ik.
Evans zuchtte. 'Nee, mevrouw. Ik zal niet tegen u liegen.'
'Wat heeft u dan gedaan?' vroeg Marino.
'Ik liet hem daar achter terwijl hij de papieren in zat te vullen. Ik had de koelcel weer op slot gedaan en ik hoefde de laadruimte niet achter hem dicht te doen. Hij was de laadruimte namelijk niet ingereden omdat daar al een van uw busjes stond.'
Ik dacht even na. 'Wat voor busje?' vroeg ik.
'Dat blauwe.'
'Er staat geen busje in de laadruimte,' zei Marino.
Evans' mond viel open. 'Om drie uur vannacht stond er echt een. Ik heb het daar zien staan toen ik de deur openhield zodat hij het lichaam op het wagentje naar binnen kon duwen.'
'Wacht eens even,' zei ik. 'Waar reed de man met het witte haar in?'
'In een lijkwagen.'
Ik zag dat hij dat niet zeker wist. 'Dat heeft u gezien,' zei ik.
Hij zuchtte gefrustreerd. 'Nee, ik heb het niet gezien. Hij zei dat hij er een had en ik nam gewoon aan dat die op de parkeerplaats aan de achterkant van het gebouw stond, bij de laadruimte.'
'Dus toen u op het knopje drukte om de deuren van de laadruimte te openen, heeft u niet gewacht om te zien wat er naar binnen reed.'
Hij keek naar het tafelblad.
'Stond er een busje in de laadruimte toen u de eerste keer op het knopje op de muur drukte? Voor het lichaam naar binnen werd gebracht?' vroeg ik.

Evans dacht even na. Zijn gezichtsuitdrukking werd steeds ongelukkiger. 'Verdomme,' zei hij met neergeslagen ogen. 'Ik weet het niet meer. Ik heb niet gekeken. Ik trok de deur in de gang gewoon open, drukte op het knopje op de muur en ging weer naar binnen. Ik heb niet gekeken.' Hij zweeg even. 'Het zou kunnen dat er toen nog niets stond.'
'Dus het is mogelijk dat de laadruimte toen leeg was.'
'Ja, mevrouw. Dat denk ik wel.'
'En toen u een paar minuten later de deur openhield zodat hij het lichaam op de brancard naar binnen kon duwen, heeft u toen ook geen busje in de laadruimte zien staan?'
'Toen zag ik het wel,' zei hij. 'Ik dacht alleen dat het van uw dienst was. Het zag eruit als een van uw busjes. U weet wel, donkerblauw, met alleen voorin raampjes.'
'Laten we even teruggaan naar het moment dat die man het lichaam de koelcel in bracht en u de deur weer afsloot,' zei Marino. 'Wat gebeurde er toen?'
'Ik dacht dat hij weg zou gaan als hij klaar was met de papieren,' zei Evans. 'Ik ging terug naar de andere kant van het gebouw.'
'Voordat hij uit het mortuarium was weggegaan.'
Evans liet zijn hoofd weer hangen.
'Heeft u er enig idee van wanneer hij uiteindelijk is vertrokken?' vroeg Marino toen.
'Nee, meneer,' zei de beveiligingsbeambte stilletjes. 'Ik durf niet eens te zweren dat hij echt is weggegaan.'
Iedereen zweeg, alsof Gault op dat moment binnen zou kunnen lopen. Marino duwde zijn stoel naar achteren en keek naar de lege deuropening.
Evans zei toen: 'Als dat zijn busje was, denk ik dat hij de deur van de laadruimte zelf dicht heeft gedaan. Ik weet dat die om vijf uur dicht was, omdat ik toen om het gebouw heen ben gelopen.'
'Nou, je hoeft niet echt een kernfysicus te zijn om zoiets voor elkaar te krijgen,' zei Marino onvriendelijk. 'Je rijdt gewoon naar buiten, gaat weer naar binnen en drukt dat verdomde knop-

je in. En dan ga je door de zij-uitgang weer naar buiten.'
'Dat busje staat er nu in ieder geval niet meer,' zei ik. 'Iemand heeft het naar buiten gereden.'
'Staan allebei je busjes buiten?' vroeg Marino.
'Toen ik hier aankwam wel,' zei ik.
Marino vroeg aan Evans: 'Als u hem bij een politieconfrontatie zou zien, zou u hem er dan uit kunnen halen?'
Hij keek angstig op. 'Wat heeft hij gedaan?'
'Zou u hem eruit kunnen halen?' vroeg Marino weer.
'Ik denk van wel. Ja, meneer. Ik zou het zeker proberen.'
Ik stond op en liep snel de gang door. Ik bleef in de deuropening van mijn kantoor staan en keek op dezelfde manier om me heen als ik gisteravond in mijn huis had gedaan. Ik probeerde me bewust te worden van ook maar de geringste verandering in de ruimte – een verschoven kleed, een voorwerp dat was verplaatst, een lamp die aan was terwijl dat niet het geval zou moeten zijn.
Op mijn bureau lagen nette stapels papieren die ik nog door moest kijken, en ik zag op mijn computerscherm dat ik mail had. Het in-bakje was vol, het uit-bakje leeg en er zat een plastic hoes om mijn microscoop, want toen ik voor het laatst objectglaasjes had bekeken, had ik op het punt gestaan voor een week naar Miami te vertrekken.
Dat leek ongelooflijk lang geleden, en ik was geschokt toen ik me realiseerde dat Sheriff Kerstman op de avond voor kerst was gearresteerd, en dat de wereld er sindsdien anders uitzag. Gault had een vrouw genaamd Jane afgeslacht. Hij had een jonge politieman vermoord. Hij had Sheriff Kerstman gedood en had in mijn mortuarium ingebroken. En dat alles was in vier dagen gebeurd. Ik liep dichter naar mijn bureau toe, nog steeds alles in me opnemend, en toen ik bij mijn computer kwam, kon ik bijna een aanwezigheid ruiken of voelen, als een elektrisch veld.
Ik hoefde mijn toetsenbord niet aan te raken om te weten dat hij er aan had gezeten. Ik keek hoe het groene lampje waarmee werd gemeld dat er mail voor me was kalm aan- en uitflitste. Ik sloeg een paar toetsen aan om naar een menu te gaan dat me

mijn boodschappen zou laten zien. Maar dat menu verscheen niet en in plaats daarvan zag ik een screensaver. Het was een zwarte achtergrond met daarop CAIN in felrode, druipende letters, alsof ze bloedden. Ik liep gelijk weer de gang in.

'Marino,' zei ik. 'Wil je alsjeblieft hier komen.'

Hij liet Evans in de vergaderzaal achter en volgde me naar mijn kantoor. Ik wees naar mijn computer. Marino staarde er onaangedaan naar. Er zaten natte plekken onder de armen van zijn witte uniformoverhemd en ik rook zijn zweet. Als hij zich bewoog kraakte het stijve, zwarte leer. Hij verschoof voortdurend de volle riem onder zijn dikke buik alsof alles wat hij in zijn leven had bereikt hem in de weg zat.

'Hoe moeilijk zou zoiets zijn?' vroeg hij, zijn gezicht met een vieze zakdoek bettend.

'Niet erg moeilijk als je een programma klaar hebt dat je op de computer kunt zetten.'

'Waar heeft hij dat programma in vredesnaam vandaan?'

'Dat zit mij ook dwars,' zei ik, in gedachten een vraag stellend die we niet uitspraken.

We gingen naar de vergaderzaal terug. Evans stond als verdoofd naar de foto's aan de muur te kijken.

'Meneer Evans,' zei ik. 'Heeft de man van de begrafenisonderneming iets tegen u gezegd?'

Hij schrok en draaide zich om. 'Nee, mevrouw. Niet veel, tenminste.'

'Niet veel?' vroeg ik verbaasd.

'Nee, mevrouw.'

'Hoe liet hij u dan weten wat hij wilde?'

'Hij zei wat hij moest zeggen.' Hij zweeg even. 'Hij was nogal zwijgzaam. Hij had een heel zachte stem.' Evans wreef over zijn gezicht. 'Hoe meer ik erover nadenk, hoe vreemder ik het vind. Hij droeg een donkere bril. En om u de waarheid te zeggen...' Hij stopte. 'Nou, ik had wel een idee.'

'Wat voor idee?' vroeg ik.

Evans zei na een ogenblik stilte. 'Ik dacht dat hij misschien homoseksueel was.'

'Marino,' zei ik. 'Laten we een wandelingetje gaan maken.'

We liepen met Evans mee het gebouw uit en wachtten tot hij de hoek omging, omdat we niet wilden dat hij zag wat we gingen doen. Allebei de busjes stonden op de gewone plek, niet ver van mijn Mercedes vandaan. Zonder het portier of het glas aan te raken keek ik door het raampje bij de bestuurderszitplaats van het busje dat het dichtst bij de laadruimte stond. Ik kon duidelijk zien dat het plastic van de stuurkolom weg was en dat de bedrading bloot lag.

'Hij heeft hem zonder contactsleutel aan de praat gekregen,' zei ik.

Marino greep zijn mobilofoon en hield die dicht bij zijn mond.

'Eenheid achthonderd.'

'Achthonderd,' antwoordde de centralist.

'Tien-vijf zevenhonderdelf.'

De centrale riep de rechercheur in het gebouw op die nummer zevenhonderdelf had, en Marino zei: 'Tien-vijfentwintig naar buiten, daar sta ik nu ook.'

'Tien-vier.'

Vervolgens riep Marino een takelwagen op. De deurknoppen van het busje moesten op vingerafdrukken worden onderzocht. Het zou in beslag worden genomen en daarna zowel vanbinnen als vanbuiten zorgvuldig worden onderzocht. Eenheid zevenhonderdelf was vijftien minuten later nog steeds niet door de achterdeur naar buiten gekomen.

'Hij is zo stom als het achtereind van een varken,' klaagde Marino. 'Luie klootzak. Daarom hebben ze hem *rechercheur zeven-elf* genoemd. Omdat hij net spuit elf is. Shit.' Hij keek geïrriteerd op zijn horloge. 'Wat is hij aan het doen? Is hij soms verdwaald in de heren-wc?'

Ik stond op het asfalt te wachten en had het afschuwelijk koud, omdat ik mijn operatiepak niet voor mijn gewone kleren had verruild en ik geen jas bij me had. Ik liep een paar keer om het busje heen, en wilde dolgraag achterin kijken. Er gingen nog vijf minuten voorbij en Marino vroeg de centrale de andere agenten in het gebouw op te roepen. Zij reageerden onmiddellijk.

‘Waar is Jakes?’ gromde Marino zodra ze naar buiten kwamen.
‘Hij zei dat hij nog wat rond ging kijken,’ antwoordde een van de agenten.
‘Ik heb hem verdomme twintig minuten geleden opgeroepen en hem een tien-vijfentwintig doorgegeven. Ik dacht dat hij bij een van jullie was.’
‘Nee, meneer. Tenminste, het laatste halfuur niet.’
Marino probeerde zevenhonderdelf opnieuw via de mobilofoon op te roepen, maar kreeg geen antwoord. De angst blonk in zijn ogen door.
‘Misschien is hij in een deel van het gebouw waar hij niet kan reageren,’ opperde een van de agenten, met een blik op de ramen. Zijn partner hield zijn hand op zijn revolver en keek ook om zich heen.
Marino vroeg de centrale om versterking. Er kwamen steeds meer mensen de parkeerplaats op die vervolgens het gebouw binnen gingen. De meesten van de wetenschappers met hun overjassen en attachékoffertjes zetten zich schrap tegen de gure, koude dag en letten niet op ons. Tenslotte zagen ze vaak genoeg politieauto's en hun inzittenden. Marino probeerde rechercheur Jakes weer op te roepen. Hij antwoordde nog steeds niet.
‘Waar hebben jullie hem voor het laatst gezien?’ vroeg Marino aan de politiemannen.
‘Toen hij de lift in ging.’
‘Waar?’
‘Op de eerste verdieping.’
Marino draaide zich naar mij. ‘Hij kan niet naar boven zijn gegaan, hè?’
‘Nee,’ zei ik. ‘Je hebt een speciale sleutel voor de lift nodig als je hoger dan de eerste verdieping wilt.’
‘Is hij dan weer naar beneden, naar het mortuarium gegaan?’ Marino werd steeds ongeruster.
‘Ik ben een paar minuten later naar beneden gegaan en toen heb ik hem niet gezien,’ zei een van de agenten.
‘Het crematorium,’ zei ik. ‘Hij is misschien naar die verdieping gegaan.’

'Goed. Controleren jullie het mortuarium,' zei Marino tegen de agenten. 'En ik wil dat jullie bij elkaar blijven. Doc en ik gaan in het crematorium kijken.'

In de laadruimte was links van het laadplatform een oude lift die naar een lagere verdieping leidde, waar vroeger lichamen die aan de wetenschap waren geschonken werden gebalsemd en opgeslagen, en waar ze vervolgens, als de studenten ermee klaar waren, werden gecremeerd. Het was mogelijk dat Jakes daar was gaan kijken. Ik drukte op het knopje. De lift kwam langzaam met veel gekraak en gepiep naar boven. Ik haalde een hendel naar beneden en schoof de zware, afgebladderde deuren open. We stapten naar binnen.

'Verdomme, ik ben hier nu al niet blij mee,' zei Marino, zijn holster openmakend terwijl we naar beneden gingen.

Hij haalde zijn pistool te voorschijn toen de lift met een bons stilhield en we mijn minst favoriete deel van het gebouw in liepen. Ik had een hekel aan de slecht verlichte ruimte zonder ramen, hoewel ik wel onderkende hoe belangrijk ze was. Nadat ik de anatomische afdeling naar de medische faculteit had verplaatst, waren we begonnen de oven te gebruiken om gevaarlijk medisch afval te verbranden. Ik pakte mijn revolver.

'Blijf achter me,' zei Marino, gespannen om zich heen kijkend.

De grote ruimte was stil, afgezien van het bulderen van de oven die zich achter een dichte deur halverwege de muur bevond. We stonden zwijgend naar de wagentjes met lege lijkzakken erop te kijken, en naar de lege, blauwe vaten waar vroeger de formaline in zat voor de kuipen in de vloer waar de lichamen toen werden opgeslagen. Ik zag Marino naar de rails tegen het plafond kijken, naar de zware kettingen en haken waarmee vroeger de enorme deksels van de vaten werden omhooggehesen.

Hij ademde zwaar en zweette overvloedig toen hij dichter naar een balsemruimte liep en daar naar binnen ging. Ik bleef vlak bij hem terwijl hij de lege kantoren controleerde. Hij keek me aan en veegde met zijn mouw over zijn gezicht.

'Het is hier wel dertig graden,' mompelde hij, zijn mobilofoon van zijn riem losmakend.

Verbijsterd staarde ik hem aan.
'Wat?' vroeg hij.
'De oven zou helemaal niet aan mogen zijn,' zei ik, met een blik naar de dichte deur van het crematorium.
Ik liep ernaartoe.
'Ik weet niets van afval dat moet worden verbrand, en het is absoluut tegen de regels dat de oven brandt als er niemand bij is,' zei ik.
Toen we voor de deur stonden, hoorden we de inferno aan de andere kant. Ik legde mijn hand op de deurknop. Die was heel warm.
Marino ging voor me staan, draaide de knop om en schoof de deur met een voet open. Hij hield zijn pistool in beide handen, klaar om te schieten, alsof de oven een monster was dat hij moest aanvallen.
'Jezus,' zei hij.
De vlammen waren zichtbaar in de kieren rond de afzichtelijke, oude, ijzeren deur en de vloer was bezaaid met stukjes kalkachtig, verbrand bot. Vlak bij de oven stond een wagentje. Ik pakte een lange, ijzeren staaf met een haak eraan en schoof die door een ring aan de deur van de oven.
'Naar achteren,' zei ik.
Er kwam een vlaag enorme hitte over ons heen en het gebrul van het vuur klonk als een kwaadaardige storm. De vierkante muil bood zicht op de hel en het lichaam dat daar binnen op het plateau brandde, had er nog niet lang gelegen. De kleren waren verbrand, maar de leren cowboylaarzen nog niet. Die smeulden aan rechercheur Jakes' voeten terwijl de vlammen de huid van zijn botten afvraten en zijn haar opschrokten. Ik schoof de deur weer dicht.
Ik rende naar buiten en pakte een paar handdoeken uit de balsemruimte terwijl Marino naast een stapel metalen tonnen stond over te geven. Ik wikkelde de handdoeken om mijn handen, hield mijn adem in, ging naar de zijkant van de oven en draaide de knop om waarmee de gastoevoer werd afgesloten. De vlammen verdwenen onmiddellijk en ik rende de crematoriumruimte

weer uit. Ik greep de mobilofoon van Marino, die stond te kokhalzen.
'*May-day!*' schreeuwde ik naar de centralist. '*May-day!*'

13

De rest van de morgen was ik bezig met de twee onverwachte moordzaken, terwijl een speciale politie-eenheid door mijn gebouw uitzwermde. De politie keek uit naar een blauw busje waarmee zonder contactsleuteltje werd gereden. Dat was namelijk verdwenen terwijl iedereen naar rechercheur Jakes aan het zoeken was.

Röntgenfoto's lieten zien dat hij voor zijn dood een fatale trap tegen zijn borst had gehad. Zijn ribben en borstbeen waren gebroken, zijn aorta was opengescheurd en een koolmonoxydetest toonde aan dat hij niet meer had geademd toen zijn lichaam in brand was gestoken.

Het leek erop dat Gault hem een van zijn karatetrappen had verkocht, maar we wisten niet waar dat was gebeurd. En we konden ook geen aannemelijk scenario bedenken dat verklaarde hoe één persoon het lichaam op het karretje kon hebben getild. Jakes woog vierentachtig kilo en was een meter tachtig, terwijl Temple Brooks Gault geen grote man was.

'Ik snap niet hoe hij dat klaar heeft gespeeld,' zei Marino.

'Ik ook niet,' stemde ik in.

'Misschien heeft hij hem onder bedreiging van zijn wapen gedwongen om op het wagentje te gaan liggen.'

'Als hij lag, kon Gault hem niet zo'n schop geven.'

'Misschien heeft hij hem geslagen.'

'Het was een heel krachtige klap.'

Marino zweeg even. 'Nou, het is waarschijnlijker dat hij niet alleen was.'

'Daar ben ik ook bang voor,' zei ik.

Het was bijna twaalf uur 's middags en we waren op weg naar het huis van Lamont Brown – ook wel bekend als Sheriff Kerstman – in Hampton Hills, een rustige buurt. Zijn huis stond in Cary Street tegenover de Country Club of Virginia, die meneer Brown vast niet als lid zou hebben geaccepteerd.

‘Het lijkt erop dat sheriffs behoorlijk wat meer betaald krijgen dan ik,’ zei Marino cynisch terwijl hij zijn politie-auto parkeerde.

‘Is dit de eerste keer dat je het huis ziet?’ vroeg ik.

‘Ik ben er wel eens langs gereden als ik op patrouille was, maar ik ben er nog nooit in geweest.’

Hampton Hills bestond uit een aantal herenhuizen en eenvoudiger woningen met een bos eromheen. Het twee verdiepingen hoge bakstenen huis van sheriff Brown had een leistenen dak, een garage en een zwembad. Zijn Cadillac en Porsche 911 stonden nog op de oprit, samen met een aantal politiewagens. Ik staarde naar de Porsche. Die was donkergroen, oud, maar goed onderhouden.

‘Denk je dat dat een mogelijkheid is?’ vroeg ik aan Marino.

‘Dat is bizar,’ zei hij.

‘Herinner je je de nummerplaat?’

‘Nee. Verdomme.’

‘Het is mogelijk dat hij het was,’ vervolgde ik, denkend aan de zwarte man die de avond daarvoor vlak achter ons had gereden.

‘Jezus, ik weet het niet.’ Marino stapte uit.

‘Zou hij jouw pick-up herkennen?’

‘Hij had zeker kunnen weten dat die van mij was.’

‘Als hij je inderdaad herkende, heeft hij je misschien willen pesten,’ zei ik terwijl we over een betegeld pad liepen. ‘Misschien was dat alles.’

‘Ik heb geen idee.’

‘Of het was gewoon die racistische sticker op je achterbumper. Toeval. Wat weten we nog meer over hem?’

‘Gescheiden, volwassen kinderen.’

Een agent die er keurig netjes uitzag in zijn donkerblauwe uniform opende de voordeur en we stapten een met hout ingerichte hal in.

‘Is Neils Vander er al?’ vroeg ik.

‘Nog niet. De IA is boven,’ zei de agent. De IA was de identificatie-afdeling, die verantwoordelijk was voor het verzamelen van bewijsmateriaal.

'Ik heb de Luma-Lite nodig,' legde ik hem uit.
'Ja, mevrouw.'
Marino sprak op norse toon, want hij werkte al te lang bij Moordzaken om nog geduld te hebben met de normen van andere mensen. 'We hebben veel meer versterking nodig. Als de pers hier lucht van krijgt, heb je de poppen aan het dansen. Ik wil meer auto's voor het huis en er moet een groter gebied worden afgezet. Dat lint moet worden verplaatst naar het begin van de oprit. Ik wil niet dat iemand over de oprit loopt of rijdt. En het lint moet ook langs de achtertuin worden gespannen. Dit hele verdomde gebied moet als de plaats van een misdrijf worden behandeld.'
'Ja, meneer, hoofdinspecteur.' Hij pakte zijn mobilofoon.
De politie was al uren bezig. Ze hadden niet lang nodig gehad om vast te stellen dat Lamont Brown in het bed in de grote slaapkamer op de bovenverdieping was doodgeschoten. Ik liep achter Marino een smalle trap op die met een machinaal vervaardigd Chinees tapijt was bedekt. Het geluid van stemmen voerde ons naar het einde van de gang. Twee rechercheurs stonden in een slaapkamer met panelen van donker, knoestig grenen. De gordijnen en het beddegoed deden me aan een bordeel denken. De sheriff was dol geweest op bordeauxrood, goud, kwasten, fluweel en spiegels tegen het plafond.
Marino liet niet merken wat hij ervan vond terwijl hij om zich heen keek. Hij had zijn oordeel over die man al eerder gevormd. Ik liep naar het grote bed toe.
'Heeft iemand dit verlegd?' vroeg ik aan een van de rechercheurs. Marino en ik trokken handschoenen aan.
'Niet echt. We hebben alles gefotografeerd en we hebben onder de lakens gekeken. Maar dit is ongeveer zoals we het hebben aangetroffen.'
'Waren de deuren op slot toen jullie hier kwamen?' vroeg Marino.
'Ja. We hebben het glas van een deur aan de achterkant van het huis kapot moeten slaan.'
'Dus er was helemaal geen aanwijzing voor braak.'

'Niets. We hebben op een spiegel in de woonkamer beneden deeltjes coke gevonden. Maar het is mogelijk dat die daar al een tijdje lagen.'
'En wat hebben jullie nog meer gevonden?'
'Een witte, zijden zakdoek met wat bloed erop,' zei de rechercheur, die een tweedjasje aan had en kauwgom kauwde. 'Die lag op de grond, ongeveer een meter van het bed. En het lijkt erop dat de schoenveter waarmee de vuilniszak om Browns hoofd is vastgemaakt van een joggingschoen hier in de kast afkomstig is.' Hij zweeg even. 'Ik heb het gehoord van Jakes.'
'Het is heel erg,' zei Marino afwezig.
'Hij leefde niet meer toen…'
'Nee. Zijn borst was ingetrapt.'
De rechercheur hield op met kauwen.
'Hebben jullie een wapen gevonden?' vroeg ik terwijl ik het bed bekeek.
'Nee. Het gaat hier absoluut niet om een geval van zelfmoord.'
'Ja,' zei de andere rechercheur. 'Het is nogal moeilijk om zelfmoord te plegen en jezelf dan naar het mortuarium te rijden.'
Het kussen was doordrenkt met rood-bruin, gestold bloed, dat aan de randen was losgekomen van het serum. Langs de zijkant van de matras zaten ook druppels bloed, maar ik zag geen vlekken op de vloer. Ik dacht aan de schietwond op Browns voorhoofd. Die was zestig millimeter, met een verbrande, gerafelde en geschaafde rand. Ik had rook en roet aangetroffen in de wond, en verbrand en onverbrand kruit in het onderliggende weefsel, de botten en het harde hersenvlies. Het was een contactwond en het lichaam vertoonde geen andere verwondingen die op een verdedigend gebaar of een worsteling wezen.
'Ik denk dat hij op zijn rug in bed lag toen hij werd doodgeschoten,' zei ik tegen Marino. 'Het lijkt er zelfs bijna op dat hij sliep.'
Hij kwam dichter bij het bed staan. 'Nou, het is nogal moeilijk om iemand die wakker is een pistool tegen zijn kop te duwen zonder dat die persoon reageert.'
'Er is geen aanwijzing dat hij heeft gereageerd. De wond zit

precies in het midden. Het pistool is rustig tegen zijn huid gezet en het lijkt er niet op dat hij zich heeft bewogen.'

'Misschien was hij buiten westen,' zei Marino.

'Hij had een alcoholpromillage van 0,16. Hij kan buiten westen zijn geweest, maar dat hoeft niet. We moeten de kamer met de Luma-Lite afzoeken naar bloed dat we nu misschien over het hoofd zien,' zei ik.

'Maar het lijkt erop dat hij direct van het bed in de lijkzak is gestopt.' Ik liet Marino de druppels aan de zijkant van de matras zien. 'Als hij een stuk verder was gedragen, zou er meer bloed in het huis zijn.'

'Precies.'

We liepen zoekend door de slaapkamer heen. Marino trok lades open die al waren doorzocht. Sheriff Brown was gek geweest op porno. Hij had er vooral van gehouden als vrouwen in vernederende situaties verkeerden, waarbij bondage en geweld werden gebruikt. In een studeerkamer verderop in de gang vonden we twee rekken vol geweren, karabijnen en verschillende handvuurwapens.

Een kastje onder de rekken was opengebroken en het was moeilijk vast te stellen hoeveel wapens of dozen ammunitie ontbraken, aangezien we niet wisten wat de oorspronkelijke situatie was geweest. Er lagen nog negen-millimeter- en tien-millimeter-wapens en een aantal .44- en 357-Magnums. Sheriff Brown had ook een hele serie holsters, extra patronen, handboeien en een kogelvrij vest bezeten.

'Hij zat er goed bij,' zei Marino. 'Hij moet goeie connecties hebben gehad in D.C., New York, en misschien ook wel in Miami.'

'Misschien zaten er wel drugs in die kastjes,' zei ik. 'Misschien waren het niet de wapens die Gault wilde hebben.'

'Ik denk dat zíj die niet wilden hebben,' zei Marino. Er klonken voetstappen op de trap. 'Tenzij je denkt dat het mogelijk is dat Gault die lijkzak in zijn eentje heeft gedragen. Hoeveel woog Brown?'

'Bijna eenennegentig kilo,' antwoordde ik, terwijl Neils Vander met de Luma-Lite in zijn hand de hoek omkwam. Een assistent liep met camera's en andere apparatuur achter hem aan.

Vander droeg een te grote witte jas en witte katoenen handschoenen die helemaal uit de toon vielen bij zijn wollen broek en sneeuwlaarzen. Hij had de gewoonte me aan te kijken alsof we elkaar nog nooit eerder hadden gezien. Hij was het prototype van de verstrooide professor, was zo kaal als een biljartbal, had altijd haast en had altijd gelijk. Ik mocht hem heel graag.

'Waar zal ik dit ding opstellen?' vroeg hij aan niemand in het bijzonder.

'In de slaapkamer,' zei ik. 'En daarna in de studeerkamer.'

We gingen weer naar de slaapkamer van de sheriff om te kijken hoe Vander met zijn magische toorts bezig was. Het licht was uit en we hadden onze brillen op, en het bloed lichtte dof op, maar het duurde een paar minuten voor er iets belangrijks te zien was. De Luma-Lite was op de breedst mogelijke lichtbundel ingesteld en zag eruit als een zaklantaarn die in diep water scheen terwijl Vander er de kamer mee af ging. Een plek op een muur, hoog boven een ladenkast, lichtte op als een kleine, onregelmatige maan. Vander ging er vlakbij staan en keek.

'Kan iemand alsjeblieft het licht aandoen,' zei hij.

Het licht ging aan en we deden onze donkere bril af. Vander stond op zijn tenen naar een kwastgat in het hout te staren.

'Wat is dat in vredesnaam?' vroeg Marino.

'Dit is heel interessant,' zei Vander, die maar zelden ergens opgewonden over raakte. 'Er is iets aan de andere kant.'

'De andere kant waarvan?' Marino ging naast hem staan en staarde fronsend omhoog. 'Ik zie niets.'

'O, ja. Er zit daar iets,' zei Vander. 'En iemand heeft dit houtpaneel aangeraakt terwijl hij iets op zijn handen had.'

'Drugs?' wilde ik weten.

'Het zou zeker om drugs kunnen gaan.'

We staarden allemaal naar het houten paneel, dat er heel normaal uitzag nu de Luma-Lite er niet op scheen. Maar toen ik een stoel dichter bij de muur schoof, zag ik wat Vander bedoelde. Het gaatje in het kwastgat was volkomen rond. Het was erin geboord. Aan de andere kant was de studeerkamer van de sheriff, die we net hadden onderzocht.

'Dat is vreemd,' zei Marino terwijl ik samen met hem weer de slaapkamer uitliep.

Vander, die geen oog had voor avontuur, ging weer met zijn werk door terwijl Marino en ik in de studeerkamer regelrecht naar de muur liepen waar het gaatje moest zijn. Er stond een tv-meubel voor dat we al een keer hadden bekeken. Marino trok de deurtjes weer open en schoof de tv naar voren. Hij haalde de boeken van de planken boven het tv-meubel, maar zag niets.

'Hmmm,' zei hij, het tv-meubel bestuderend. 'Interessant dat dit zo'n vijftien centimeter van de muur af staat.'

'Ja,' zei ik, 'laten we het eens weghalen.'

We trokken het nog meer naar voren en recht achter het kwastgat bevond zich een heel kleine videocamera met een groothoeklens. De camera stond gewoon op een smal randje en het snoer liep naar de onderkant van het tv-meubel, waar de apparatuur ingeschakeld kon worden met behulp van een afstandsbediening die bij de tv leek te horen. Na een paar experimenten ontdekten we dat de camera volkomen onzichtbaar was vanuit Browns slaapkamer, tenzij je je oog vlak voor het kwastgat hield en de camera op dat moment aanstond, want dan kon je een rood lichtje zien.

'Misschien had hij een paar lijntjes coke gesnoven en stond hij op het punt met iemand naar bed te gaan,' zei Marino. 'En op een gegeven moment is hij toen opgestaan om door het gaatje te kijken of de camera wel liep.'

'Misschien,' zei ik. 'Hoe snel kunnen we die videoband zien?'

'Die wil ik niet hier bekijken.'

'Je hebt gelijk. En de camera is bovendien zo klein dat we toch niet veel zouden zien.'

'Zodra we hier klaar zijn, neem ik hem wel mee naar de afdeling inlichtingen.'

We konden verder niet veel op de plaats van het misdrijf doen. Zoals hij al had verwacht, vond Vander belangrijke sporen in de wapenkast, maar verder trof hij in het huis geen bloed aan. De buren aan weerskanten van sheriff Browns huis woonden achter een rijtje bomen en hadden gisteravond laat of vroeg in de ochtend niets gehoord of gezien.

'Zet me maar gewoon bij mijn auto af,' zei ik toen we wegreden.

Marino gaf me een argwanende blik. 'Waar ga je heen?'

'Naar Petersburg.'

'Waarom in godsnaam?' vroeg hij.

'Ik moet met een vriend over laarzen praten.'

Er reden veel vrachtwagens en er waren veel wegwerkzaamheden langs het stuk van de I-95 dat ik altijd erg saai vond. Ik raakte zelfs gestresst van de Philip Morris-fabriek met het gebouw in de vorm van een pakje Merits, want ik had last van de geur van verse tabak. Ik miste het roken verschrikkelijk, vooral als ik op een dag als vandaag alleen in mijn auto zat. Mijn geest sloeg op hol en ik hield mijn blik voortdurend op mijn spiegels gericht, speurend naar een donkerblauw busje.

De wind geselde de bomen en moerassen en de sneeuwvlokken dwarrelden neer. Toen ik in de buurt van Fort Lee kwam, zag ik kazernes en depots waar ooit, in de meest onbarmhartige periode die het land had gekend, borstweringen waren gebouwd op een fundering van dode lichamen. Die oorlog leek zo kort geleden als ik dacht aan de moerassen en bossen en de vermiste doden van Virginia. Er ging geen jaar voorbij waarin ik geen oude knopen en botten en kogels onderzocht die bij het lab waren ingeleverd. Ik had ook de structuur en het uiterlijk van 'oud geweld' bestudeerd, en dat voelde anders dan datgene wat ik nu onder handen kreeg. Ik geloofde dat het kwaad tot een nieuw, extreem niveau was gemuteerd.

Het US Army Quartermaster Museum bevond zich in Fort Lee, net voorbij het Kenner Army Hospital. Ik reed langzaam langs brigades van jonge mannen en vrouwen in camouflage- en sportkleding en langs kantoren en klassen die waren ondergebracht in rijen witte caravans. Het gebouw waar ik naartoe moest was opgetrokken uit baksteen en had een blauw dak en

blauwe zuilen. Links van de toegangsdeur hing een wapen met een adelaar, een gekruist zwaard en een sleutel. Ik parkeerde en ging binnen op zoek naar John Gruber.
Het museum was de opslagruimte van het intendance-korps, dat sinds de Amerikaanse revolutie de kwartiermeester van het leger was. Het korps was verantwoordelijk voor de kleding, het eten en de huisvesting van de soldaten, en had indertijd ook de soldaten die tegen de Indianen ten strijde trokken met speren en zadels uitgerust en had de claxons geleverd voor generaal Pattons jeep. Ik kende het museum goed, omdat het korps zich ook bezighield met het ophalen, identificeren en begraven van de doden in het leger. Fort Lee had de enige grafregistratie-afdeling in het land, en de officieren die daar werkten, deden ook regelmatig dienst op mijn kantoor.
Ik liep langs de vitrines met uniformen, eetgerei en een reconstructie van de loopgraven tijdens de Tweede Wereldoorlog, compleet met zandzakken en granaten. Ik stopte bij uniformen uit de Burgeroorlog, waarvan ik wist dat ze echt waren, en vroeg me af of de scheuren in de stof veroorzaakt waren door granaatscherven of door ouderdom. Ik dacht aan de mannen die ze hadden gedragen.
'Dr. Scarpetta?'
Ik draaide me om.
'Dr. Gruber,' zei ik op warme toon. 'Ik was net naar u op zoek. Wat is dat voor een fluitje?' Ik wees naar een vitrine vol muziekinstrumenten.
'Dat is een fluitje uit de Burgeroorlog,' zei hij. 'Muziek was toen heel belangrijk. Ze gebruikten het om de tijd aan te geven.'
Dr. Gruber was de curator van het museum. Hij was een oudere man met een bos grijs haar en een uit graniet gehouwen gezicht, en hij droeg graag wijde broeken en vlinderdasjes. Hij belde me altijd op als een van de tentoonstellingen van het museum iets met oorlogsdoden te maken had, en ik ging naar hem toe als er ongebruikelijke militaire voorwerpen bij een lichaam werden aangetroffen. Hij kon vrijwel elke gesp, knoop en bajonet in één oogopslag identificeren.

'Ik neem aan dat u me iets wilt laten zien?' vroeg hij, met een knikje naar mijn attachékoffertje.
'De foto's waar ik het over de telefoon over had.'
'Laten we naar mijn kantoor gaan. Tenzij u eerst nog een beetje rond wilt kijken.' Hij glimlachte als een verlegen grootvader die het over zijn kleinkinderen heeft. 'We hebben een mooie tentoonstelling over Desert Storm. En het uitgaanstenue van generaal Eisenhower. Ik geloof niet dat we dat al hadden toen u hier de vorige keer was.'
'Dr. Gruber, dat zou ik liever een andere keer bekijken.' Ik deed niet alsof. Aan mijn gezicht kon hij zien hoe ik me voelde.
Hij gaf me een klopje op mijn schouder en leidde me door een achterdeur het museum uit, naar een laadruimte waar een oude, legergroen geverfde caravan stond.
'Die was ook van Eisenhower,' zei dr. Gruber toen we erlangs liepen. 'Daar woonde hij soms, en dat ging best, behalve als Churchill op bezoek kwam. Die sigaren. Dat kunt u zich wel voorstellen.'
We staken een smalle straat over en er viel nog meer sneeuw. Mijn ogen begonnen te tranen terwijl ik weer het fluitje in de vitrine voor me zag en ik aan de vrouw dacht die we Jane hadden genoemd. Ik vroeg me af of Gault hier ooit was geweest. Hij leek van musea te houden, vooral als ze voorwerpen tentoonstelden die iets met geweld te maken hadden. We liepen over de stoep naar een klein, beige gebouw waar ik al eerder was geweest. Tijdens de Tweede Wereldoorlog had het dienst gedaan als pompstation voor het leger. Nu was het de opslagplaats van de archieven van het museum.
Dr. Gruber maakte een deur open en we liepen een kamer binnen die vol stond met tafels en poppen in oeroude uniformen. Op de tafels lagen de papieren die nodig waren om nieuwe aankopen te catalogiseren. Achterin was een grote opslagruimte waar de verwarming laag stond en rijen brede, metalen kasten stonden met kleding, parachutes, eetgerei, gasmaskers en brillen. Maar waar wij ons voor interesseerden, bevond zich in de grote, houten kasten die langs een van de muren stonden.

'Mag ik zien wat u heeft?' vroeg dr. Gruber. Hij maakte wat meer licht. 'Het spijt me van de temperatuur, maar we moeten het hier koel houden.'
Ik maakte mijn attachékoffertje open en pakte een envelop, waaruit ik een stel zwart-wit foto's van twintig bij vijfentwintig centimeter haalde, van de voetsporen die we in Central Park hadden gevonden. Ik was vooral geïnteresseerd in de sporen die volgens ons van Gault afkomstig waren. Ik liet de foto's aan dr. Gruber zien, en hij hield ze dichter bij de lamp.
'Ik besef dat het vrij moeilijk te zien is, omdat het afdrukken in de sneeuw zijn,' zei ik. 'Het is jammer dat er niet wat meer schaduw is, zodat het contrast iets duidelijker is.'
'Dit gaat best. Ik krijg in ieder geval een goed idee. Dit is vast en zeker een militaire laars, en ik ben vooral gefascineerd door het logo.'
Hij wees naar een rond deel op de hak met een aanhangsel eraan.
'Bovendien zit hier dit stuk met verhoogde ruiten en twee gaatjes, ziet u?' Hij liet het me zien. 'Dat kan bedoeld zijn om houvast te bieden bij boomklimmen.' Hij gaf me de foto's weer terug. 'Dit ziet er heel bekend uit.'
Hij ging naar een kast en opende de dubbele deuren, zodat planken met rijen legerlaarzen zichtbaar werden. Een voor een pakte hij de laarzen op en draaide ze om, om de zolen te bekijken. Vervolgens ging hij naar een andere kast, deed daar ook de deuren van open en begon opnieuw. Achter uit die kast trok hij een laars te voorschijn met een groene, canvas bovenkant, een voet van bruin leer en twee bruine leren riempjes met gespen aan de schacht. Hij draaide hem om.
'Mag ik de foto's alstublieft nog eens zien?'
Ik hield ze vlak bij de laars. De zool was van zwart rubber en het profiel had verschillende patronen. Er waren gaatjes van spijkers, stiksel, een golvend patroon en een kiezelpatroon. In de grote ovale ruimte op de bal van de voet zaten verhoogde ruiten met daarin de gaatjes die zo duidelijk op de foto's te zien waren. Op de hak zat een lauwerkrans met een lint erdoor die

overeen leek te komen met het aanhangsel dat heel vaag in de afdruk in de sneeuw zichtbaar was en dat ook aan de zijkant van Davila's hoofd te zien was geweest, waar Gault hem volgens ons met zijn hak had getrapt.
'Wat kunt u me over deze laars vertellen?' vroeg ik.
Hij bekeek de laars terwijl hij hem ronddraaide. 'Hij komt uit de Tweede Wereldoorlog en is hier op Fort Lee getest. Veel profielpatronen zijn hier ontwikkeld en getest.'
'De Tweede Wereldoorlog is lang geleden,' zei ik. 'Hoe kan iemand nu nog zo'n laars hebben? Zou iemand nu nog zo'n laars kunnen dragen?'
'O, ja. Deze dingen gaan eeuwig mee. Je kunt misschien ergens in een legerdump nog wel een paar op de kop tikken. Of iemand zou zulke laarzen in de familie kunnen hebben.'
Hij legde de laars weer in de volle kast en ik vermoedde dat hij daar weer lange tijd onopgemerkt zou blijven liggen. Toen we het gebouw uit gingen en hij de deur afsloot, stond ik in de sneeuw op de stoep te wachten. Ik keek naar de grijze lucht en naar het langzaam voortrijdende verkeer. De mensen hadden hun koplampen aangedaan en het was stil buiten. Ik wist wat voor soort laarzen Gault had, maar was er niet zeker van of het iets uitmaakte dat ik dat wist.
'Kan ik u op een kop koffie trakteren, mevrouw?' zei dr. Gruber, terwijl hij bijna uitgleed. Ik greep zijn arm. 'O, jee, het wordt weer heel slecht,' zei hij. 'Ze voorspellen twaalf centimeter.'
'Ik moet terug naar het mortuarium,' zei ik terwijl hij me een arm gaf. 'Ik kan u niet genoeg bedanken.'
Hij gaf me een klopje op mijn hand.
'Ik wil u een man beschrijven en u vragen of u hem hier ooit heeft gezien.'
Hij luisterde terwijl ik Gault en zijn verschillende kleuren haar beschreef. Ik beschreef zijn scherpe gelaatstrekken en zijn ogen die zo lichtblauw waren als die van een husky. Ik vertelde over zijn vreemde uitmonstering en zei dat het zo langzamerhand duidelijk werd dat hij van militaire en militair aandoende kle-

ding hield, zoals de laarzen en de lange, zwarte, leren jas die men hem in New York had zien dragen.
'Tja, we krijgen hier wel eens zulke types,' zei hij toen we bij de achteringang van het museum waren gekomen. 'Maar ik ben bang dat hij me niet bekend voorkomt.'
Er lag een laag sneeuw op het dak van Eisenhowers caravan. Mijn haar en handen werden nat en mijn voeten waren koud.
'Hoe moeilijk is het een naam voor me te checken?' vroeg ik. 'Ik zou graag willen weten of er ooit een Peyton Gault in het intendance-korps is geweest.'
Dr. Gruber aarzelde. 'U neemt aan dat hij in het leger heeft gezeten.'
'Ik neem helemaal niets aan,' zei ik, 'maar ik vermoed dat hij oud genoeg is om in de Tweede Wereldoorlog te hebben meegevochten. Het enige andere feit dat ik over hem kan vertellen is dat hij vroeger in Albany, in Georgia, op een pecanplantage woonde.'
'We kunnen geen gegevens verstrekken tenzij iemand familie is of een volmacht heeft. Daarvoor zou u naar St. Louis moeten bellen, en ik moet u helaas vertellen dat de gegevens van A tot en met J aan het begin van de jaren tachtig bij een brand verloren zijn gegaan.'
'Fantastisch,' zei ik somber.
Hij aarzelde weer. 'We hebben hier in het museum in de computer wel een eigen overzicht van veteranen.'
Ik kreeg weer hoop.
'Tegen betaling van twintig dollar kan een veteraan zijn eigen gegevens bekijken,' zei dr. Gruber.
'En wat als je de gegevens van iemand anders wilt inzien?'
'Dat is niet mogelijk.'
'Dr. Gruber' – ik duwde mijn natte haar uit mijn gezicht – 'alstublieft. We hebben het over een man die minstens negen mensen op gruwelijke wijze heeft vermoord. En hij zal er nog meer vermoorden als we hem niet tegenhouden.'
Hij keek omhoog, naar de neerdwarrelende sneeuw. 'Waarom staan we in hemelsnaam hier buiten te praten, mevrouw?' zei

hij. 'Zo krijgen we allebei nog longontsteking. Ik neem aan dat Peyton Gault de vader van deze vreselijke man is.'
Ik gaf hem een kus op zijn wang. 'U heeft het nummer van mijn pieper,' zei ik, en liep naar mijn auto.
Terwijl ik door een sneeuwstorm laveerde, zond de radio onafgebroken nieuws uit over de moorden in het mortuarium. Toen ik bij mijn kantoor kwam, zag ik dat het gebouw was omgeven door busjes van televisiestations en cameraploegen. Ik probeerde te bedenken wat ik het beste kon doen. Ik moest hoe dan ook naar binnen.
'Wat maakt 't ook uit,' mompelde ik en draaide de parkeerplaats op.
Zodra ik uit mijn zwarte Mercedes stapte, kwam er een hele zwerm journalisten op me af. Camera's flitsten terwijl ik doelbewust, recht voor me uitkijkend naar mijn kantoor liep. Vanuit alle richtingen werden me microfoons voorgehouden. Mensen schreeuwden mijn naam terwijl ik snel de deur openmaakte en hem vervolgens achter me dichtsloeg. Ik was alleen in de stille, lege laadruimte en besefte dat iedereen waarschijnlijk al naar huis was vanwege het slechte weer.
Zoals ik al had verwacht, was de sectieruimte afgesloten en toen ik met de lift naar boven ging, waren de kantoren van mijn assistenten leeg en waren de receptionisten en secretaressen ook weg. Ik was helemaal alleen op de eerste verdieping en begon bang te worden. Toen ik mijn eigen kantoor in ging en daar CAIN in druipende, rode letters op mijn computerscherm zag staan, voelde ik me nog ellendiger.
'Goed,' zei ik tegen mezelf. 'Er is hier nu niemand. Er is geen reden om bang te zijn.'
Ik ging achter mijn bureau zitten en legde mijn .38 binnen handbereik.
'Wat is gebeurd is nu verleden tijd,' vervolgde ik. 'Je moet jezelf weer onder controle krijgen. Je slaat op hol.' Ik ademde nog eens diep in.
Ik kon niet geloven dat ik tegen mezelf zat te praten. Dat was niets voor mij en bezorgd begon ik de resultaten van de secties

van die ochtend te dicteren. Het hart, de lever en de longen van de dode politiemensen waren normaal. Hun slagaders waren normaal. Hun botten en hersens en bouw waren normaal.
'Volgens normale normen,' sprak ik op de taperecorder in. 'Volgens normale normen,' zei ik steeds opnieuw.
Wat er was gebeurd was alleen níet normaal, want Gault was niet normaal. Hij had geen normen.
Om kwart over vijf belde ik het American Express-kantoor en ik had geluk dat Brent nog niet weg was.
'Je moet maar snel naar huis gaan,' zei ik. 'De wegen zijn erg slecht.'
'Ik heb een Range Rover.'
'De mensen in Richmond weten niet hoe ze in de sneeuw moeten rijden,' zei ik.
'Dr. Scarpetta, waar kan ik u mee van dienst zijn?' vroeg Brent, die jong en capabel was, en die me in het verleden al met veel problemen had geholpen.
'Ik wil een overzicht van mijn American Express-uitgaven,' zei ik. 'Kun je dat voor me doen?'
Hij aarzelde.
'Ik wil weten wat alle afzonderlijke uitgaven zijn. Zodra die binnenkomen, bedoel ik, zodat ik niet hoef te wachten tot ik de afrekening thuis krijg.'
'Zijn er problemen?'
'Ja,' zei ik. 'Maar daar kan ik niets over vertellen. Op dit moment heb ik van jou alleen maar de informatie nodig die ik net vroeg.'
'Een ogenblik.'
Ik hoorde hem op een toetsenbord typen.
'Oké. Ik heb uw rekeningnummer. Weet u dat uw kaart in februari afloopt?'
'Hopelijk hoef ik dit dan niet meer te doen.'
'Er zijn maar een paar uitgaven geweest sinds oktober,' zei hij. 'Eigenlijk maar heel weinig.'
'Het gaat mij om de meest recente uitgaven.'
'Dat zijn er vijf in de periode van de twaalfde tot de eenentwin-

tigste. Een bedrijf in New York dat Scaletta heet. Wilt u de bedragen weten?'
'Wat is het gemiddelde?'
'Eh, het gemiddelde is, even kijken, ongeveer tachtig dollar per keer. Wat is het, een restaurant?'
'Ga verder.'
'De meest recente uitgave.' Hij zweeg even. 'De meest recente was in Richmond.'
'Wanneer?' Mijn hart ging sneller slaan.
'Twee op vrijdag de tweeëntwintigste.'
Dat was twee dagen voordat Marino en ik dekens aan de armen hadden uitgedeeld en Sheriff Kerstman Anthony Jones had doodgeschoten. Ik was geschokt te bedenken dat Gault toen misschien ook in de stad was geweest.
'Wat waren dat voor uitgaven in Richmond?' vroeg ik.
'Tweehonderddrieënveertig dollar bij een galerie in Shockhoe Slip.'
'Een galerie?' vroeg ik verbaasd. 'Bedoel je een kunstgalerie?'
Shockhoe Slip was vlak bij mijn kantoor. Ik kon niet geloven dat Gault zo brutaal was geweest dat hij mijn creditcard daar had gebruikt. De meeste winkeliers daar wisten wie ik was.
'Ja, een kunstgalerie.' Hij gaf me de naam en het adres.
'Kun je me vertellen wat er toen is gekocht?'
Hij zweeg eerst en zei toen: 'Dr. Scarpetta, weet u zeker dat er geen probleem is waarbij ik u kan helpen?'
'Je helpt me al. Je helpt me heel goed.'
'Even kijken. Nee, er staat niet wat de aankoop was. Het spijt me.' Hij klonk teleurgestelder dan ik me voelde.
'En de andere uitgave?'
'Op naam van US AIR. Een vliegticket voor vijfhonderdveertien dollar. Een retourvlucht van La Guardia naar Richmond.'
'Staan er ook data bij?'
'Alleen van de transactie. De data van vertrek en terugkeer zou u bij de luchtvaartmaatschappij moeten opvragen. Ik zal u het ticketnummer geven.'
Ik vroeg hem onmiddellijk contact met me op te nemen als de

computer van de bank aangaf dat er nog meer uitgaven waren gedaan. Na een blik op de klok raadpleegde ik het telefoonboek. Ik draaide het nummer van de galerie en liet de telefoon lang overgaan voordat ik het opgaf.
Vervolgens belde ik US AIR en gaf hun het ticketnummer dat ik van Brent had gekregen. Gault had mijn American Express-kaart gebruikt voor een vlucht die vrijdagochtend tweeëntwintig december om zeven uur van La Guardia was vertrokken. Hij had diezelfde avond de vlucht van tien voor zeven terug genomen. Ik was verbijsterd. Hij was een hele dag in Richmond geweest. Wat had hij al die tijd gedaan, behalve naar een kunstgalerie gaan?
'Wel allemachtig,' mompelde ik toen ik aan de wet dacht die door de staat New York werd gehanteerd. Ik vroeg me af of Gault hierheen was gekomen om een wapen te kopen, en ik belde nog een keer met de luchtvaartmaatschappij.
'Pardon,' zei ik, opnieuw mijn naam gevend. 'Spreek ik met Rita?'
'Ja.'
'We hebben elkaar zojuist gesproken. Ik ben dr. Scarpetta.'
'Ja, mevrouw. Wat kan ik voor u doen?'
'Het ticket waar we het net over hadden. Kun je zien of er bagage is ingecheckt?'
'Een ogenblik alstublieft.' Ik hoorde een toetsenbord. 'Ja, mevrouw. Op de terugvlucht naar La Guardia is er een tas ingecheckt.'
'Maar niet op de vlucht die van La Guardia vertrok.'
'Nee. Op de vlucht van La Guardia naar Richmond is er geen bagage ingecheckt.'
Gault had in de gevangenis gezeten die vroeger in deze stad was. Het was onmogelijk te zeggen wie hij kende, maar ik was er zeker van dat als hij een Glock 9-mm-pistool in Richmond wilde kopen, hem dat ook zou lukken. Er kwamen hier vaak criminelen uit New York voor wapens. Gault kon de Glock in de tas hebben gehad die hij had ingecheckt, en de volgende avond had hij Jane doodgeschoten. Dit leek op een weloverwogen plan

te duiden, en dat was nooit iets geweest waar we rekening mee hadden gehouden. We hadden allemaal verondersteld dat Jane iemand was die Gault toevallig was tegengekomen en die hij had besloten te vermoorden, ongeveer net zoals bij zijn andere slachtoffers was gebeurd.

Ik had een kop thee voor mezelf gemaakt en probeerde mijn kalmte te hervinden. Het was in Seattle pas halverwege de middag en ik haalde mijn adressenlijst van de Nationale Academie van Pathologen-Anatomen van de plank. Daarin zocht ik de naam en het adres van de hoofd-patholoog-anatoom van Seattle op.

'Dr. Menendez? U spreekt met dr. Kay Scarpetta uit Richmond,' zei ik toen ik hem aan de lijn kreeg.

'O,' zei hij verbaasd. 'Hoe gaat het met u? Gelukkig kerstfeest.'

'Dank u. Het spijt me dat ik u lastig val, maar ik heb uw hulp nodig.'

Hij aarzelde. 'Bent u wel in orde? U klinkt erg gespannen.'

'Ik zit met een heel moeilijke situatie. Een op hol geslagen seriemoordenaar.' Ik ademde diep in. 'Bij een van de zaken gaat het om een ongeïdentificeerde jonge vrouw die veel goudcohesievullingen had.'

'Dat is eigenaardig,' zei hij bedachtzaam. 'U weet dat er hier in de buurt nog wel een paar tandartsen zijn die met zulke vullingen werken.'

'Daarom bel ik u ook. Ik wil met iemand praten. Het hoofd van hun vereniging misschien.'

'Zal ik een paar telefoontjes voor u plegen?'

'Ik zou graag willen dat u uitzoekt of hun organisatie soms op een computersysteem is aangesloten, wat een klein wonder zou zijn. Het lijkt me een kleine en niet erg algemene groep. Ze hebben misschien aansluiting op E-mail of op een bulletinboard. Misschien iets als Prodigy. Wie weet? Maar ik moet een manier vinden om hun direct informatie toe te sturen.'

'Ik zet onmiddellijk een paar mensen aan het werk,' zei hij. 'Hoe kan ik u het beste bereiken?'

Ik gaf hem mijn nummers en hing op. Ik dacht aan Gault en aan

het verdwenen donkerblauwe busje. Ik vroeg me af waar hij de lijkzak vandaan had waar hij sheriff Brown in had gestopt en toen snapte ik het plotseling. We hadden altijd voor alle zekerheid een nieuwe lijkzak in de busjes liggen. Dus hij was eerst hier geweest en had het busje gestolen. Toen was hij naar het huis van Brown gegaan. Ik keek weer in het telefoonboek en zocht op of het nummer en het adres van de sheriff erin stonden. Dat was niet het geval.
Ik pakte de telefoon en belde inlichtingen. Ik vroeg naar het nummer van Lamont Brown. De telefonist zocht het op en ik belde het nummer om te zien wat er zou gebeuren.
'Ik kan nu niet aan de telefoon komen omdat ik in mijn arreslee cadeautjes aan het bezorgen ben...' De stem van de dode sheriff klonk krachtig en gezond op zijn antwoordapparaat. 'Ho! Ho! Ho! Vroooolijk kerstfeest!'
Nerveus stond ik op om naar de wc te gaan. Mijn revolver nam ik mee. Ik liep gewapend op mijn eigen kantoor rond omdat Gault de plek had vergiftigd waar ik me altijd veilig had gevoeld. In de hal bleef ik staan en keek goed rond. Er zat een laagje was op de grijze vloeren en de muren waren mat-wit. Ik luisterde of ik iets hoorde. Hij was hier al een keer eerder binnengekomen. Hij zou dat nog een keer kunnen doen.
Ik was helemaal in de greep van mijn angst en toen ik mijn handen waste in de wasbak, trilden die helemaal. Ik zweette en hijgde. Ik liep snel naar de andere kant van de gang en keek uit het raam. Ik zag mijn auto staan, bedekt met sneeuw, en maar één busje. Het andere was nog steeds weg. Ik keerde naar mijn kantoor terug en vervolgde mijn dicteerwerk.
Er ging ergens een telefoon en ik schrok op. Ik kreeg een schok toen mijn stoel kraakte. Toen ik hoorde dat de deuren van de lift aan de andere kant van de gang opengingen, pakte ik mijn revolver en bleef heel stil zitten. Met bonkend hart hield ik de deuropening in de gaten. Ik hoorde snelle, vastberaden voetstappen, die luider klonken naarmate ze dichterbij kwamen. Ik hief de revolver omhoog en hield allebei mijn handen op de met rubber bedekte handgreep.

Lucy kwam binnen.
'Jezus,' riep ik, met mijn vinger nog op de trekker. 'Lucy, grote god.' Ik legde het wapen op mijn bureau. 'Wat doe je hier? Waarom heb je niet eerst gebeld? Hoe ben je binnengekomen?'
Ze keek met een vreemde blik naar mij en de .38. 'Janet heeft me hier gebracht en ik heb een sleutel. Je hebt me al lang geleden een sleutel van je kantoor gegeven. Ik heb wel gebeld, maar je was er niet.'
'Hoe laat heb je gebeld?' Ik voelde me licht in mijn hoofd.
'Een paar uur geleden. Je hebt me bijna doodgeschoten.'
'Nee.' Ik probeerde mijn longen met lucht te vullen. 'Ik heb je niet bijna doodgeschoten.'
'Je had je vinger niet op de trekkerbeugel, zoals dat zou moeten. Je had hem op de trekker. Ik ben blij dat je je Browning niet hier hebt. Ik ben blij dat je geen single-action wapen hebt.'
'Hou alsjeblieft op,' zei ik zachtjes. Mijn borst deed pijn.
'Er ligt meer dan vijf centimeter sneeuw, tante Kay.'
Lucy bleef bij de deur staan, alsof ze ergens over twijfelde. Ze was zoals zo vaak gekleed in een legerbroek, laarzen en een skijack.
Een ijzeren hand kneep mijn hart samen. Ik haalde moeizaam adem. Ik bleef doodstil naar mijn nichtje zitten kijken terwijl mijn gezicht steeds kouder werd.
'Janet is nog op de parkeerplaats,' zei ze.
'Er is pers buiten.'
'Ik heb geen journalisten gezien. Maar hoe dan ook, we staan op de betaalde parkeerplaats aan de overkant van de straat.'
'Er zijn daar een paar berovingen geweest,' zei ik. 'En er heeft ook een schietpartij plaatsgevonden. Ongeveer vier maanden geleden.'
Lucy keek naar mijn gezicht. Ze hield mijn handen in de gaten terwijl ik de revolver in mijn tas stopte.
'Je beeft helemaal,' zei ze ongerust. 'Tante Kay, je bent zo wit als een doek.' Ze liep naar mijn bureau. 'Ik breng je naar huis.'
Mijn borst werd verscheurd door de pijn en onwillekeurig drukte ik mijn hand ertegenaan.

'Ik kan niet.' Ik kon nauwelijks spreken.
De pijn was zo erg en ik kon niet genoeg adem krijgen.
Lucy probeerde me te helpen met opstaan, maar ik was te zwak.
Mijn handen werden gevoelloos, mijn vingers verkrampten en ik leunde voorover en sloot mijn ogen terwijl het koude zweet me overal uitbrak. Ik haalde snel en oppervlakkig adem.
Ze raakte in paniek.
Ik hoorde haar in de verte in de telefoon schreeuwen. Ik probeerde haar te zeggen dat ik in orde was, dat ik een papieren zak nodig had, maar ik kon niet praten. Ik wist wat er gebeurde, maar kon haar dat niet vertellen. Ze veegde mijn gezicht af met een koele, natte lap. Ze masseerde troostend mijn schouders terwijl ik met wazige blik naar mijn handen staarde, die als gekromde klauwen in mijn schoot lagen. Ik wist wat er zou gebeuren, maar ik was te uitgeput om me ertegen te verzetten.
'Bel dr. Zenner,' kon ik nog net zeggen terwijl de pijn weer door mijn borst trok. 'Zeg dat ze daar naar ons toe komt.'
'Waar is daar?' Lucy bette doodsbang opnieuw mijn gezicht.
'Het ziekenhuis.'
'Het komt heus wel goed,' zei ze.
Ik zei niets.
'Maak je maar geen zorgen.'
Ik kon mijn handen niet meer recht krijgen en ik was zo koud dat ik zat te trillen.
'Ik hou van je, tante Kay,' huilde Lucy.

14

Het Medical College van Virginia had het jaar daarvoor het leven van mijn nichtje geréd; er was geen ziekenhuis in de regio dat zwaargewonden beter door de kritieke periode heen kon helpen. Ze was er per helikopter heen gebracht nadat ze met mijn auto een ongeluk had gehad, en ik was ervan overtuigd dat de schade aan haar hersenen blijvend zou zijn geweest als het College niet zo'n uiterst capabele trauma-afdeling had gehad. Ik was al vaak op de Eerste Hulp van het MCV geweest, maar nog nooit eerder als patiënt.

Om halftien lag ik in een kleine privé-kamer op de derde verdieping van het ziekenhuis. Marino en Janet waren op de gang en Lucy zat aan mijn bed en hield mijn hand vast.

'Is er nog iets met CAIN gebeurd?' vroeg ik.

'Daar moet je nu niet over denken,' zei ze streng. 'Je moet uitrusten en je kalm houden.'

'Ze hebben me al iets gegeven om kalm te zijn. Ik ben kalm.'

'Je bent een wrak,' zei ze.

'Ik ben geen wrak.'

'Je had bijna een hartaanval.'

'Ik had spierkrampen en een aanval van hyperventilatie,' zei ik. 'Ik weet precies wat ik had. Ik heb mijn cardiogram bekeken. Ik had niets wat niet verholpen had kunnen worden met een papieren zak over mijn hoofd en een warm bad.'

'Nou, ze laten je hier niet gaan voordat ze er zeker van zijn dat je niet nog meer krampen krijgt. Je mag niet lichtzinnig omgaan met pijn in de borst.'

'Mijn hart is prima in orde. Ze laten me gaan als ik dat wil.'

'Je werkt niet mee.'

'Dat gaat meestal zo bij dokters,' zei ik.

Lucy staarde onaandoenlijk naar de muur. Ze was niet aardig geweest sinds ze in mijn kamer was komen zitten. Ik wist niet waarom ze boos was.

'Waar denk je aan?' vroeg ik.
'Ze gaan een commandopost opzetten,' zei ze. 'Daar waren ze in de gang over aan het praten.'
'Een commandopost?'
'Op het hoofdbureau van politie,' zei ze. 'Marino loopt steeds naar de telefoon om daar met meneer Wesley over te praten.'
'Waar is hij?' vroeg ik.
'Meneer Wesley of Marino?'
'Benton.'
'Hij komt ook hierheen.'
'Hij weet dus dat ik hier ben,' zei ik.
Lucy keek me aan. Ze was ook niet gek. 'Hij is onderweg hier naartoe,' zei ze, terwijl een lange vrouw met kort, grijs haar en doordringende ogen binnenkwam.
'O, o, Kay,' zei dr. Anna Zenner, zich vooroverbuigend om me te omhelzen. 'Dus nu moet ik mijn doktersvisites bij jou thuis doen.'
'Dit is niet echt bij mij thuis,' zei ik. 'Dit is een ziekenhuis. Ken je Lucy nog?'
'Natuurlijk.' Dr. Zenner glimlachte naar mijn nichtje.
'Ik wacht buiten wel,' zei Lucy.
'Je vergeet dat ik nooit naar het centrum van de stad kom tenzij ik echt moet,' vervolgde dr. Zenner. 'Vooral niet als het sneeuwt.'
'Dank je, Anna. Ik weet dat je geen doktersvisites doet, bij mensen thuis of in het ziekenhuis, of ergens anders,' zei ik dankbaar terwijl de deur dichtging. 'Ik ben zo blij dat je er bent.'
Dr. Zenner ging naast mijn bed zitten. Ik voelde onmiddellijk haar energie, want ze was het middelpunt van elke kamer zonder daar enige moeite voor te hoeven doen. Ze was opmerkelijk fit voor iemand van begin zeventig, en ze was een van de meest opmerkelijke mensen die ik kende.
'Wat heb je gedaan?' vroeg ze met een Duits accent dat niet veel minder was geworden met het verstrijken van de tijd.
'Ik ben bang dat ze me er eindelijk onder krijgen,' zei ik. 'Die moordzaken.'

Ze knikte. 'Ik lees en hoor niets anders. Elke keer als ik een krant oppak of de tv aanzet.'
'Ik heb Lucy vanavond bijna doodgeschoten.' Ik keek haar in haar ogen.
'Vertel me eens hoe dat is gebeurd.'
Dat deed ik.
'Maar je hebt de revolver niet afgevuurd?'
'Het scheelde maar weinig.'
'Er zijn geen kogels afgeschoten?'
'Nee,' zei ik.
'Dan scheelde het niet zo weinig.'
'Dat zou het einde van mijn leven hebben betekend.' Ik sloot mijn ogen toen de tranen kwamen.
'Kay, het zou ook het einde van je leven hebben betekend als er iemand anders door die gang aan was komen lopen. Iemand voor wie je wel terecht bang was. Begrijp je wat ik bedoel? Je handelde zo goed als je kon.'
Ik haalde diep en beverig adem.
'Het is niet zo slecht afgelopen. Er is niets met Lucy aan de hand. Ik heb haar net gezien en ze is gezond en mooi.'
Ik huilde zoals ik lang niet meer had gehuild, met mijn gezicht in mijn handen. Dr. Zenner wreef over mijn rug en gaf me tissues, maar ze probeerde me niet uit mijn depressie te praten. Ze zei niets en liet me huilen.
'Ik schaam me zo,' zei ik eindelijk snikkend.
'Je hoeft je niet te schamen,' zei ze. 'Soms moet je het gewoon laten komen. Dat doe je niet genoeg en ik weet wat jij meemaakt.'
'Mijn moeder is heel ziek en ik ben nog niet naar Miami geweest om haar op te zoeken. Nog helemaal niet.' Ik was ontroostbaar. 'Ik ben een vreemde in mijn eigen kantoor. Ik kan niet meer zonder extra bescherming in mijn huis wonen, of waar dan ook.'
'Ik zag heel wat politiemensen voor je deur hier,' merkte ze op.
Ik deed mijn ogen open en keek haar aan. 'Hij slaat op hol,' zei ik.

Ze keek me geconcentreerd aan.
'En dat is goed. Hij is roekelozer, wat betekent dat hij grotere risico's neemt. Bundy deed dat ook op het laatst.'
Dr. Zenner deed wat ze het beste kon. Ze luisterde.
Ik ging door. 'Hoe meer hij op hol slaat, hoe groter de kans dat hij een fout zal begaan en dat we hem te pakken krijgen.'
'Het lijkt mij ook dat hij nu op zijn gevaarlijkst is,' zei ze. 'Hij kent geen grenzen. Hij heeft zelfs de kerstman vermoord.'
'Hij heeft een sheriff vermoord die een keer per jaar voor kerstman speelt. En die sheriff zat tot over zijn oren in de drugs. Misschien zijn drugs ook wel de link tussen hen tweeën.'
'Vertel eens wat over jezelf.'
Ik keek van haar weg en haalde nog een keer diep adem. Eindelijk was ik wat kalmer. Anna was een van de weinige mensen die me het gevoel gaven dat ik niet alles onder controle hoefde te hebben. Ze was psychiater. Ik kende haar al sinds ik naar Richmond was verhuisd, en ze had me geholpen het einde van mijn relatie met Mark, en vervolgens zijn dood te verwerken. Ze had het hart en de handen van een musicus.
'Ik ben net als hij op hol aan het slaan,' bekende ik gefrustreerd. 'Ik moet meer weten.'
'Daarom ben ik hier.' Ik keek haar aan. 'Daarom lig ik hier in dit nachthemd, in dit bed. Daarom heb ik mijn nichtje bijna doodgeschoten. Daarom maken de mensen hier voor de deur zich zorgen om me. Mensen rijden over straat en houden mijn huis in de gaten, omdat ze zich zorgen over me maken. Overal maken mensen zich zorgen over me.'
'Soms moeten we versterking inroepen.'
'Ik wil geen versterking,' zei ik ongeduldig. 'Ik wil met rust worden gelaten.'
'Aha. Ik denk zelf dat je een heel leger nodig hebt. Niemand kan deze man in zijn eentje aan.'
'Jij bent psychiater,' zei ik. 'Waarom analyseer je hem niet?'
'Ik behandel geen persoonlijkheidsstoornissen,' zei ze. 'Hij is natuurlijk een psychopaat.'
Ze liep naar het raam, schoof de gordijnen opzij en keek naar

buiten. 'Het sneeuwt nog steeds. Is dat niet ongelooflijk? Misschien moet ik vannacht wel bij je blijven. Ik heb door de jaren heen wel patiënten gehad die bijna niet van deze wereld waren, en ik probeerde ze altijd weer snel kwijt te raken.
Dat is het probleem met zulke legendarische criminelen. Ze gaan naar de tandarts, naar de psychiater, naar de kapper. We moeten ze wel tegenkomen, net zoals we ook andere mensen tegenkomen. In Duitsland heb ik eens een jaar lang een man behandeld totdat ik besefte dat hij drie vrouwen had verdronken in de badkuip.
Daar kickte hij op. Hij schonk ze een glas wijn in en waste ze. Als hij bij hun voeten was, greep hij plotseling hun enkels beet en trok die omhoog. In zo'n grote badkuip kun je er niet meer uit als iemand je voeten omhooghoudt.' Ze zweeg even. 'Ik ben geen forensisch psychiater.'
'Dat weet ik.'
'Ik had er wel een kunnen zijn,' vervolgde dr. Zenner. 'Ik heb er vaak over gedacht. Wist je dat?'
'Nee, dat wist ik niet.'
'Dan zal ik je vertellen waarom ik dat specialisme uit de weg ben gegaan. Ik kan niet zoveel tijd met monsters doorbrengen. Het is al erg genoeg voor mensen zoals jij die met hun slachtoffers werken. Maar ik denk dat het mijn ziel zou vergiftigen als ik met de Gaults van deze wereld in één kamer moest zitten.' Ze zweeg weer. 'Zie je, ik moet iets vreselijks opbiechten.'
Ze draaide zich om en keek me aan.
'Het kan me geen donder schelen waarom ze het doen,' zei ze, met bliksemende ogen. 'Ik vind gewoon dat ze allemaal moeten worden opgehangen.'
'Daarmee kan ik het niet oneens zijn,' zei ik.
'Maar dat betekent niet dat ik geen intuïtief gevoel over hem heb. Ik zou het eigenlijk een vrouwelijk instinct noemen.'
'Over Gault?'
'Ja. Je kent mijn kat Chester,' zei ze.
'O, ja. Hij is de dikste kat die ik ooit heb gezien.'
Ze glimlachte niet. 'Hij gaat naar buiten en vangt daar een muis.

En dan speelt hij ermee totdat het beestje bijna dood is. Erg sadistisch eigenlijk. Vervolgens doodt hij het dier en wat doet hij dan? Hij brengt het naar binnen. Hij legt het op het bed, op mijn kussen. Dat is zijn cadeau voor mij.'
'Wat bedoel je, Anna?' Ik had het weer ijskoud.
'Ik geloof dat deze man een vreemde, belangrijke relatie met jou heeft. Alsof jij zijn moeder bent, en hij alles wat hij doodt naar jou toe brengt.'
'Dat is ondenkbaar,' zei ik.
'Hij vindt het opwindend jouw aandacht te krijgen, denk ik. Hij wil indruk op je maken. Als hij iemand vermoordt, is dat een cadeau voor jou. En hij weet dat jij dat cadeau heel zorgvuldig zult bestuderen en zult proberen elk detail te ontdekken, bijna als een moeder die naar de tekening kijkt die haar zoontje van school mee naar huis neemt. Zijn kwaadaardige daden zijn zijn kunstwerken, zie je.'
Ik dacht aan die uitgave in de galerie in Shockhoe Slip. Ik vroeg me af wat voor kunstwerk Gault had gekocht.
'Hij weet dat jij hem voortdurend analyseert en aan hem denkt, Kay.'
'Anna, je suggereert dat die moorden misschien mijn schuld zijn.'
'Onzin. Als je dat gaat geloven moet je maar naar mijn spreekkamer komen. Regelmatig.'
'Hoe groot is het gevaar waarin ik verkeer?'
'Daar moet ik voorzichtig mee zijn.' Ze zweeg even om na te denken. 'Ik weet wat anderen zeggen. Daarom is er hier zoveel politie.'
'En wat zeg jij?'
'Ikzelf heb niet het idee dat je in groot lichamelijk gevaar verkeert. Niet op dit moment. Maar ik denk dat de mensen om je heen wel in gevaar zijn. Hij maakt zijn wereld tot de jouwe, zie je.'
'Dat moet je uitleggen.'
'Hij heeft niemand. Hij zou willen dat jij ook niemand meer hebt.'

'Hij heeft niemand doordat hij doet wat hij doet,' zei ik kwaad.
'Ik kan alleen maar zeggen dat hij elke keer als hij moordt, meer geïsoleerd raakt. En dat gaat nu ook voor jou op. Er is een patroon. Zie je het?'
Ze was naast me komen staan. Ze legde haar hand op mijn voorhoofd.
'Ik weet het niet.'
'Je hebt geen koorts,' zei ze.
'Sheriff Brown haatte me.'
'Zie je wel, weer een cadeau. Gault dacht dat je blij zou zijn. Hij heeft de muis voor je gedood en naar je mortuarium gesleept.'
Dat vond ik een misselijkmakende gedachte.
Ze haalde een stethoscoop uit een zak van haar jasje en hing die om haar hals. Ze schoof mijn nachthemd opzij en luisterde met een serieus gezicht naar mijn hart en longen.
'Adem eens diep in, alsjeblieft.' Ze ging met de stethoscoop over mijn rug. 'En nog eens.'
Ze nam mijn bloeddruk en bevoelde mijn hals. Ze was een arts uit de oude wereld zoals je die nog maar zelden tegenkomt. Anna Zenner behandelde de hele mens, niet alleen de geest.
'Je bloeddruk is laag,' zei ze.
'Dat is niets nieuws.'
'Wat geven ze je hier?'
'Ativan.'
De band maakte een scheurend geluid toen ze hem van mijn arm haalde.
'Ativan is goed. Dat heeft geen waarneembaar effect op de ademhaling en het cardiovasculaire systeem. Dat is een prima middel voor je. Ik kan een recept voor je schrijven.'
'Nee,' zei ik.
'Het lijkt me een goed idee om nu een kalmeringsmiddel te nemen.'
'Anna,' zei ik. 'Ik heb nu geen medicijnen nodig.'
Ze gaf me een klopje op mijn hand. 'Je bent niet op hol aan het slaan.'
Ze stond op en trok haar jas aan.

'Anna,' zei ik. 'Ik wil je een gunst vragen. Hoe staat het met je huis in Hilton Head?'
Ze glimlachte. 'Dat is nog steeds het beste kalmeringsmiddel dat ik ken. Hoe vaak heb ik je dat al niet verteld?'
'Deze keer luister ik misschien naar je,' zei ik. 'Het is mogelijk dat ik daar in de buurt moet zijn en ik zou graag een zo rustig mogelijk logeeradres hebben.'
Dr. Zenner pakte een sleutelring uit haar tas en haalde er een sleutel af. Toen krabbelde ze iets op een blanco recept en legde dat samen met de sleutel op een tafeltje naast mijn bed.
'Je hoeft niets te doen,' zei ze alleen. 'Maar ik heb hier de sleutel en de instructies voor je. Als je midden in de nacht zin krijgt ernaartoe te gaan, hoef je me dat niet eens te laten weten.'
'Dat is heel aardig van je,' zei ik. 'Ik denk niet dat ik er lang zal blijven.'
'Maar je moet er juist wel lang blijven. Het staat bij de zee in Palmetto Dunes, een klein, eenvoudig huis bij het Hyatt. Ik heb het toch niet binnenkort nodig en ik denk dat je daar niet lastig zult worden gevallen. Je kunt je zelfs dr. Zenner noemen.' Ze lachte. 'Er is daar toch niemand die me kent.'
'Dr. Zenner,' zei ik bedachtzaam. 'Dus nu ben ik Duits.'
'O, je bent altijd al Duits geweest.' Ze deed de deur open. 'Wat je vroeger ook te horen hebt gekregen.'
Ze ging weg en ik zat meer rechtop en voelde me kwiek en vol energie. Ik ging uit bed en was in de kleedruimte toen ik mijn deur open hoorde gaan. Ik ging weer naar de kamer in de verwachting Lucy te zien. In plaats daarvan was Paul Tucker in mijn kamer. Ik was te verbaasd om me verlegen te voelen dat ik daar op blote voeten in een nachthemd stond dat nauwelijks iets bedekte.
Hij wendde zijn blik af toen ik naar bed terugging en de dekens over me heen trok.
'Sorry. Hoofdinspecteur Marino zei dat ik naar binnen kon gaan,' zei de hoofdcommissaris van de politie in Richmond. Het leek hem niet werkelijk te spijten, wat hij ook zei.
'Hij had het me eerst moeten zeggen,' zei ik, hem recht aankijkend.

'Nou, we zijn allemaal op de hoogte van de manieren van hoofdinspecteur Marino. Mag ik?' Hij knikte naar de stoel.
'Ga uw gang. Ik ben zoals u ziet aan mijn bed gekluisterd.'
'Dat komt omdat ik het halve politiekorps voor u op de been heb gebracht.' Zijn gezicht stond hard.
Ik keek hem oplettend aan.
'Ik ben volledig op de hoogte van wat er vanochtend in uw mortuarium is gebeurd.' Er flikkerde woede in zijn ogen. 'U verkeert in ernstig gevaar, dr. Scarpetta. Ik ben hier om een dringend verzoek aan u te doen. Ik wil dat u dit serieus neemt.'
'Hoe kunt u denken dat ik dit niet serieus neem?' zei ik verontwaardigd.
'Laten we met het volgende beginnen. U had vanmiddag niet naar uw kantoor terug moeten gaan. Er zijn net twee politiemensen vermoord, een van hen terwijl u in het gebouw was.'
'Ik moest wel naar kantoor gaan, commissaris Tucker. Wie heeft de sectie op die twee politiemensen verricht, denkt u?'
Hij zweeg even en vroeg toen: 'Denkt u dat Gault de stad uit is?'
'Nee.'
'Waarom niet?'
'Ik weet niet waarom, maar ik denk niet dat hij weg is.'
'Hoe voelt u zich?'
Ik merkte dat hij ergens naar zat te vissen, maar ik snapte niet wat hij wilde.
'Ik voel me prima. Zodra u weg bent, ga ik me aankleden en vertrek ik,' antwoordde ik.
Hij wilde iets zeggen, maar bleef toen toch maar zwijgen.
Ik nam hem een ogenblik lang in me op. Hij had een donkerblauw trainingspak met het logo van de Nationale Academie van de FBI aan en droeg hoge, leren sportschoenen. Ik vroeg me af of hij aan het sporten was geweest toen hij over mij bericht had ontvangen. Ik realiseerde me plotseling dat we buren waren. Hij en zijn vrouw woonden in Windsor Farms, een paar blokken bij mij vandaan.
'Marino zei dat ik uit mijn huis weg moest,' zei ik op bijna beschuldigende toon. 'Bent u daarvan op de hoogte?'

'Daar ben ik van op de hoogte.'
'En hoeveel invloed heeft u gehad op dat advies?'
'Waarom denkt u dat ik iets te maken heb met wat Marino u adviseert?' vroeg hij kalm.
'U en ik zijn buren. U rijdt waarschijnlijk elke dag langs mijn huis.'
'Dat doe ik niet. Maar ik weet waar je woont, Kay.'
'Noem me alstublieft geen Kay.'
'Als ik blank was, zou ik u dan Kay mogen noemen?' vroeg hij op laconieke toon.
'Nee, dan zou u dat ook niet mogen.'
Hij leek niet beledigd te zijn. Hij wist dat ik hem niet vertrouwde. Hij wist dat ik een beetje bang van hem was, en dat ik op dit moment waarschijnlijk bang was van de meeste mensen. Ik werd paranoïde.
'Dr. Scarpetta.' Hij stond op. 'Ik laat uw huis al weken in de gaten houden.' Hij zweeg en keek me aan.
'Waarom?' vroeg ik.
'Sheriff Brown.'
'Waar heeft u het over?' Mijn mond werd droog.
'Hij was betrokken bij een complex drug-netwerk dat zich van New York tot Miami uitstrekt. Sommige van uw "patiënten" waren er ook bij betrokken. Minstens acht, voor zover we op dit moment weten.'
'Schietpartijen die met drugs te maken hadden.'
Hij knikte en staarde naar het raam. 'Brown haatte u.'
'Dat was duidelijk. De reden daarvoor was echter niet duidelijk.'
'Laten we het er maar gewoon op houden dat u uw werk te goed deed. Een aantal van zijn kameraden is door uw toedoen voor een hele tijd achter de tralies gegaan.' Hij zweeg weer. 'We hadden reden aan te nemen dat hij u wilde laten opruimen.'
Ik staarde hem verbijsterd aan. 'Wat? Welke reden had u dan?'
'Verraders.'
'Meer dan een?'
Tucker zei: 'Brown had iemand al geld geboden die we heel serieus moesten nemen.'

Ik pakte mijn glas water.
'Dat was eerder deze maand. Zo'n drie weken geleden.' Zijn blik dwaalde door de kamer.
'Wie had hij dan gehuurd?' vroeg ik.
'Anthony Jones.' Tucker keek me aan.
Ik voelde me steeds verbijsterder en was geschokt over wat hij me vervolgens vertelde.
'Degene die op de avond voor kerst had moeten worden doodgeschoten was niet Anthony Jones, maar u.'
Ik was sprakeloos.
'Die hele voorstelling waarbij hij het verkeerde appartement in Whitcomb Court in ging had ten doel u uit te schakelen. Maar toen de sheriff door de keuken naar dat binnenplaatsje ging, kreeg hij ruzie met Jones. En u weet wat er toen is gebeurd.'
Hij stond op. 'Nu is de sheriff ook dood, en eerlijk gezegd, u heeft geluk gehad.'
'Commissaris Tucker,' zei ik.
Hij kwam naast mijn bed staan.
'Was u hier al van op de hoogte voordat het gebeurde?'
'Vraagt u mij of ik helderziende ben?' Zijn gezicht stond nors.
'Ik denk dat u wel weet wat ik bedoel.'
'We hielden u in de gaten. Maar nee, we wisten pas naderhand dat het de bedoeling was dat u op de avond voor kerst zou worden vermoord. Als we het hadden geweten, hadden we u natuurlijk niet op pad laten gaan om die dekens uit te delen.'
Hij keek nadenkend naar de grond en zei toen: 'Weet u zeker dat u al zover bent dat u hier weg kunt?'
'Ja.'
'Waar bent u van plan vanavond naartoe te gaan?'
'Naar huis.'
Hij schudde zijn hoofd. 'Geen sprake van. En ik zou u ook geen hotel hier in de stad aanraden.'
'Marino heeft beloofd bij me te blijven.'
'O, dan is het vast wel veilig,' zei hij op droge toon, de deur opentrekkend. 'Kleed u aan, dr. Scarpetta. We hebben een vergadering.'

Niet veel later, toen ik uit mijn ziekenhuiskamer kwam, werd ik begroet door starende blikken en weinig woorden. Lucy en Janet stonden bij Marino, en Paul Tucker, die een jack had aangetrokken, hield zich afzijdig.
'Dr. Scarpetta, u rijdt met mij mee.' Hij knikte naar Marino. 'U komt achter ons aan met de jongedames.'
We liepen door een glimmend geboende, witte gang naar de liften en gingen naar beneden. Overal stonden agenten in uniform en toen de glazen deuren van de Eerste Hulp openschoven, kwamen er drie aanlopen om ons naar onze auto's te begeleiden. Marino en de commissaris hadden hun auto's neergezet in de voor de politie bestemde parkeervakken, en toen ik Tuckers privé-auto zag, voelde ik weer een steek in mijn borst. Hij had een zwarte Porsche 911, die niet nieuw, maar wel uitstekend onderhouden was.
Marino zag de wagen ook. Hij zei niets en opende het portier van zijn Crown Victoria.
'Reed u gisteravond in zuidelijke richting op de I-95?' vroeg ik Tucker toen we in zijn auto zaten.
Hij trok zijn gordel over zijn borst en startte de motor. 'Waarom vraagt u dat?' Hij klonk niet verdedigend, alleen maar nieuwsgierig.
'Toen ik van Quantico naar huis ging, zat er een auto vlak achter ons die veel op deze leek.'
'Wie zijn "ons"?'
'Ik was met Marino.'
'Aha.' Toen we uit de parkeergarage waren, sloeg hij rechtsaf de hoek om, in de richting van het hoofdbureau. 'Dus u was bij de Ku Klux Klans "Grote Draak".'
'U was het dus toch,' zei ik. De ruitewissers duwden de sneeuw van de voorruit. De straten waren glad en ik voelde de auto slippen toen Tucker bij een verkeerslicht langzamer ging rijden.
'Ik heb inderdaad gisteravond een bumpersticker van de Geconfedereerde Staten-vlag gezien,' zei hij. 'En ik heb mijn gebrek aan waardering daarvoor geuit.'
'De pick-up waar die sticker op zat was van Marino.'

'Het kan me niet schelen van wie die pick-up was.'
Ik keek hem aan.
'De hoofdinspecteur kreeg zijn verdiende loon.' Hij lachte.
'Bent u altijd zo agressief?' vroeg ik. 'Want dat is een goede manier om te worden doodgeschoten.'
'Dat mogen ze altijd proberen.'
'Ik zou u niet aanraden conservatievelingen te pesten en in uw auto te achtervolgen.'
'U geeft tenminste toe dat hij een conservatieveling is.'
'Die opmerking was algemeen bedoeld,' zei ik.
'U bent een intelligente, beschaafde vrouw, dr. Scarpetta. Ik snap niet wat u in hem ziet.'
'Er is heel veel in hem te zien als je tenminste de moeite neemt om te kijken.'
'Hij is een racist. Hij is een homohater en een chauvinist. Hij is een van de stompzinnigste mensen die ik ooit heb ontmoet en ik wilde maar dat hij het probleem van iemand anders was.'
'Hij vertrouwt niets en niemand,' zei ik. 'Hij is cynisch, en ik ben er zeker van dat dat niet zonder reden is.'
Tucker zweeg.
'U kent hem niet,' vervolgde ik.
'Ik wil hem niet kennen. Ik zou willen dat hij ophoepelde.'
'Neemt u alstublieft geen verkeerde beslissing,' zei ik emotioneel. 'Dan zou u een grote fout maken.'
'Hij is een politieke nachtmerrie,' zei de commissaris. 'Hij had nooit de leiding mogen krijgen over het eerste district.'
'Plaats hem dan weer terug bij de recherche, bij de A-divisie. Daar hoort hij eigenlijk thuis.'
Tucker reed zwijgend door. Hij wilde het niet meer over Marino hebben.
'Waarom ben ik er nooit van op de hoogte gebracht dat iemand me wilde vermoorden?' vroeg ik. Die woorden klonken vreemd en ik kon eigenlijk niet accepteren wat ze inhielden. 'Ik wil weten waarom u me niet heeft verteld dat ik in de gaten werd gehouden.'
'Ik heb gedaan wat me het beste leek.'

'U had het me moeten vertellen.'
Hij keek in zijn achteruitkijkspiegel of Marino ons nog steeds volgde en reed naar de achterkant van het hoofdbureau van politie.
'Ik dacht dat als ik vertelde wat we van verklikkers hadden gehoord, het alleen maar nog gevaarlijker voor u zou worden. Ik was bang dat u...' Hij zweeg even. 'Nou ja, dat u agressief, angstig zou worden. Ik wilde niet dat uw gedrag opeens helemaal zou veranderen. Ik wilde niet dat u in het offensief zou gaan, waardoor de situatie misschien zou escaleren.'
'Ik vind niet dat u het recht had zo geheimzinnig te doen,' zei ik geëmotioneerd.
'Dr. Scarpetta.' Hij staarde voor zich uit. 'Het kon me werkelijk niets schelen wat u vond en het kan me nog steeds niets schelen. Het enige wat me iets kan schelen is dat we uw leven redden.'
Bij de ingang van de parkeerplaats stonden twee agenten met geweren op wacht. Hun uniformen staken zwart af tegen de sneeuw. Tucker stopte en rolde zijn raampje naar beneden.
'Hoe gaat het?' vroeg hij.
Een van de politiemensen, wiens geweer naar de hemel wees, antwoordde op barse toon: 'Het is rustig, commissaris.'
'Nou, wees voorzichtig.'
'Ja, commissaris.'
Tucker deed zijn raampje weer dicht en reed door. Hij parkeerde links van de dubbele glazen deuren naar de foyer en het cellenblok van het grote betonnen complex waarover hij de leiding had. Ik zag maar weinig politie- en personenauto's op de parkeerplaats. Er zouden met de gladheid wel ongelukken zijn waar iedereen naartoe moest en de rest was natuurlijk op zoek naar Gault. Voor de politie had hij een nieuwe rang verdiend. Hij was nu een politiemoordenaar.
'U heeft dezelfde auto als sheriff Brown,' zei ik terwijl ik mijn gordel losmaakte.
'En dat is dan ook het enige wat we gemeenschappelijk hadden,' zei Tucker en stapte uit de auto.
Zijn kantoor was in een sombere gang, een paar deuren van de

A-divisie vandaan waar de afdeling moordzaken zat. De burelen van de commissaris waren opvallend eenvoudig, met stevige, maar functionele meubelen. Hij had geen mooie lampen of tapijten, en in tegenstelling tot wat ik had verwacht hingen aan de muren geen foto's waarop hij met politici of beroemdheden poseerde. Ik zag geen certificaten of diploma's die aangaven aan welke universiteit hij had gestudeerd of welke prijzen hij had gewonnen.

Tucker keek op zijn horloge en leidde ons naar een kleine vergaderkamer naast zijn kantoor. Er waren geen ramen, er lag donkerblauw tapijt en er stond een ronde tafel met acht stoelen, een tv en een videospeler.

'Wat doen Lucy en Janet?' vroeg ik, in de verwachting dat de commissaris hen niet bij de vergadering aanwezig zou laten zijn.

'Ik weet wat ze zijn,' zei hij terwijl hij het zich gemakkelijk maakte in een stoel, alsof hij naar de Super Bowl ging kijken. 'Ze zijn agenten.'

'Ik ben geen agent,' corrigeerde Lucy hem op beleefde toon.

Hij keek haar aan. 'Jij hebt CAIN geschreven.'

'Niet helemaal.'

'Nou, aangezien CAIN hier een rol in speelt, kun je er net zo goed bij blijven.'

'Uw korps is op het systeem aangesloten.' Ze bleef hem aankijken. 'Uw korps was zelfs het eerste dat die aansluiting kreeg.'

We draaiden ons om toen de deur openging. Benton Wesley kwam binnen. Hij droeg een corduroy broek en een trui en zag er bekaf uit, alsof hij te uitgeput was om te kunnen slapen.

'Benton, je kent iedereen geloof ik al,' zei Tucker, alsof hij heel amicaal was met Wesley.

'Inderdaad,' zei Wesley zakelijk. Hij schoof een stoel bij. 'Ik ben laat omdat jij je werk zo goed doet.'

Tucker leek verbaasd.

'Ik werd bij twee controleposten aangehouden.'

'Ah.' De commissaris was blijkbaar verheugd. 'Iedereen is op straat. We hebben ontzettend veel geluk met het weer.'

Hij maakte geen grapje.

Marino legde het aan Lucy en Janet uit. 'De meeste mensen blijven thuis vanwege de sneeuw. Hoe minder mensen op pad zijn, hoe gemakkelijker het voor ons is.'
'Tenzij Gault ook niet op pad is,' zei Lucy.
'Hij moet toch ergens zijn,' zei Marino. 'Dat beest heeft hier nou niet bepaald een vakantiehuis.'
'We weten niet wat hij heeft,' zei Wesley. 'Het is mogelijk dat hij iemand hier in de buurt kent.'
'Waar is hij volgens jou heen gegaan toen hij vanochtend uit het mortuarium kwam?' vroeg Tucker aan Wesley.
'Ik denk dat hij hier nog in de buurt is.'
'Waarom?' vroeg Tucker.
Wesley keek me aan. 'Ik denk dat hij bij ons in de buurt wil blijven.'
'En zijn familie?' vroeg Tucker vervolgens.
'Die wonen hier in de buurt van Beaufort in South Carolina, waar ze onlangs een flinke pecannotenplantage hebben gekocht. Ik denk niet dat Gault daarnaartoe zal gaan.'
'Ik denk niet dat we ook maar iets als vaststaand aan moeten nemen,' zei Tucker.
'Hij is van zijn familie vervreemd.'
'Niet helemaal. Zijn geld moet toch ergens vandaan komen.'
'Ja,' zei Wesley. 'Misschien geven ze hem geld, zodat hij wegblijft. Het is een dilemma voor ze. Als ze hem niet helpen, komt hij misschien weer thuis. En als ze hem wel helpen, blijft hij mensen vermoorden.'
'Ze lijken me brave burgers,' zei Tucker sarcastisch.
'Ze helpen ons niet,' zei Wesley. 'Dat hebben we al zo vaak geprobeerd. Wat doen jullie hier in Richmond nog meer?'
Tucker antwoordde: 'Alles wat we kunnen doen. Die klootzak vermoordt politiemensen.'
'Ik geloof niet dat politiemensen zijn belangrijkste doelwit zijn,' zei Wesley nuchter. 'Ik geloof niet dat politiemensen hem iets kunnen schelen.'
'Nou,' zei Tucker op verhitte toon, 'hij heeft het eerste schot gelost en wij zullen het volgende lossen.'

Wesley keek hem zwijgend aan.
'We hebben patrouillewagens met elk twee mensen erin op de weg,' vervolgde Tucker. 'We laten de parkeerplaats bewaken, voornamelijk voor de momenten waarop de ene dienst afloopt en de volgende ingaat. Elke auto heeft een foto van Gault, die we trouwens ook aan de plaatselijke middenstand hebben gegeven, voor zover die bedrijven open waren.'
'En surveilleren jullie ook?'
'Ja. Op de plekken waar hij zou kunnen zijn. Die worden in de gaten gehouden.' Hij keek mij aan. 'Ook uw en mijn huis. En de pathologisch-anatomische dienst.' Hij wendde zich weer tot Wesley. 'Ik heb graag dat je mij ervan op de hoogte stelt als er nog andere plaatsen zijn waar hij zich zou kunnen ophouden.'
Wesley zei: 'Dat kunnen er niet veel zijn. Hij heeft de nare gewoonte zijn vrienden te vermoorden.' Hij staarde in de verte. 'En zetten jullie ook politiehelikopters en kleine vliegtuigen in?'
'Zodra de sneeuw stopt,' zei Tucker. 'Dan gaan we dat zeker doen.'
'Ik begrijp niet hoe hij zo gemakkelijk overal rond kan lopen,' zei Janet, die zich waarschijnlijk de rest van haar bestaan als werkende vrouw met dat soort vragen zou bezighouden. 'Hij ziet er ongewoon uit. Waarom valt hij de mensen niet op?'
'Hij is heel slim,' zei ik.
Tucker wendde zich tot Marino. 'U heeft de videoband.'
'Ja, commissaris, maar ik weet eigenlijk niet...' Hij stopte.
'Wat weet u eigenlijk niet, hoofdinspecteur?' Tucker stak zijn kin iets omhoog.
'Ik weet eigenlijk niet of zij die band wel moeten zien.' Hij keek naar Janet en Lucy.
'Doet u alstublieft wat ik vraag,' zei de commissaris kortaf.
Marino stopte de band in de videospeler en deed het licht uit.
'De opname duurt ongeveer een halfuur,' zei hij terwijl er cijfers en strepen op het tv-scherm voorbij trokken. 'Heeft iemand er bezwaar tegen als ik rook?'

'Daar heb ik zeker bezwaar tegen,' zei Tucker. 'Dit is dus de band die we in de videocamera in het huis van sheriff Brown hebben gevonden. Ik heb hem zelf nog niet gezien.'
De band begon.
'Oké, dit is de slaapkamer op de bovenverdieping van het huis van Lamont Brown,' sprak Marino.
Het bed dat ik al eerder die dag had gezien was netjes opgemaakt en we hoorden iemand op de achtergrond.
'Ik denk dat hij hier keek of de camera wel liep,' zei Marino. 'Misschien is dat witte spul toen op de muur terechtgekomen. Kijk. Nu loopt de band ineens door.'
Hij drukte op het pauze-knopje en we staarden naar een vage opname van de lege slaapkamer.
'Weten we of er cocaïne in het lichaam van Brown is aangetroffen?' vroeg de commissaris in het donker.
'Het is nog te vroeg om te weten of hij cocaïne had gebruikt of dat het een metaboliet, benzodiazepine, was,' antwoordde ik. 'We hebben nu alleen maar het alcoholpercentage dat hij in zijn bloed had.'
Marino ging verder. 'Het lijkt erop dat hij de camera eerst aan en uit en toen weer aan heeft gezet. Dat kun je zien omdat de tijd steeds anders is. Eerst was het gisteren om tien uur zes in de avond. En nu is het plotseling tien uur twintig.'
'Het is duidelijk dat hij iemand verwachtte,' zei Tucker.
'Of misschien was die persoon er al. Misschien was die beneden een paar lijntjes coke aan het snuiven. Daar gaan we weer.' Marino drukte het play-knopje in. 'Nu begint het feest.'
Afgezien van het gekraak van het bed en het gekreun dat meer als pijn dan als passie klonk, was het volkomen stil in Tuckers donkere vergaderruimte. Sheriff Brown was naakt en lag op zijn rug. We zagen de rug van Temple Gault die alleen maar chirurgische handschoenen droeg. Er lagen donkere kleren op het bed. Marino was stil. Ik zag de profielen van Lucy en Janet. Hun gezichten waren uitdrukkingsloos en Tucker leek heel kalm. Wesley zat naast me alles rustig te analyseren.
Gault was ongezond bleek en elke wervel en rib was duidelijk

zichtbaar. Blijkbaar was hij veel afgevallen en ik dacht aan de cocaïne in zijn haar, dat nu wit was. Toen hij bewoog, zag ik ronde borsten.

Ik keek onmiddellijk naar de andere kant van de tafel, waar Lucy helemaal verstijfde.

Ik merkte dat Marino naar me keek terwijl Carrie Grethen bezig was haar klant in extase te brengen. Het leek erop dat de drugs dat verhinderden, en wat ze ook deed, sheriff Brown was niet in staat datgene te ontvangen waar hij uiteindelijk de allerhoogste prijs voor zou betalen die hij ooit had betaald. Lucy hield haar blik moedig op het tv-scherm gericht. Ze keek geschokt toe hoe haar ex-geliefde de ene na de andere pornografische truc uitprobeerde op die dikke, onder invloed verkerende man.

Het einde leek voorspelbaar. Carrie zou een revolver te voorschijn halen en hem afmaken. Maar dat gebeurde niet. Na achttien minuten klonken er voetstappen in Browns slaapkamer en kwam haar handlanger binnen. Temple Gault droeg een zwart pak en had ook handschoenen aan. Hij leek er geen idee van te hebben dat al zijn handelingen op video werden vastgelegd. Hij bleef aan het voeteneinde van het bed staan en keek naar Brown, die zijn ogen dicht had. Ik kon niet zien of hij bij bewustzijn was.

'Het is tijd,' zei Gault ongeduldig.

Zijn indringende, blauwe ogen leken het scherm te doorboren. Ze keken regelrecht naar onze vergaderzaal. Hij had zijn haar niet geverfd. Het was nog steeds fel oranje en lang, en hij droeg het nog steeds achterover en achter zijn oren gekamd. Hij knoopte zijn jack los en haalde een Glock 9-mm–pistool te voorschijn. Achteloos liep hij naar het hoofdeinde van het bed.

Carrie keek toe terwijl Gault de sheriff de loop van het pistool tussen de ogen duwde. Ze legde haar handen over haar oren. Mijn maag trok samen en ik balde mijn vuisten toen Gault de trekker overhaalde en het wapen naar achteren schoot alsof het schrok van wat het zojuist had gedaan. We zaten geschokt te kijken tot de doodsstuipen en -trillingen stopten. Carrie liet zich van zijn lichaam af glijden.

'O, verdomme,' zei Gault terwijl hij naar zijn borst keek. 'Ik zit onder het bloed.'

Ze griste een zakdoek uit zijn borstzakje en veegde er zijn hals en revers mee schoon.

'Je ziet er niets van. Het is maar goed dat je iets zwarts aan hebt.'

'Trek iets aan,' zei hij alsof hij van haar naaktheid walgde. Zijn stem klonk jong en ongelijkmatig en hij sprak niet erg hard.

Hij ging naar het voeteneinde van het bed en pakte de donkere kleren.

'Wat doen we met zijn horloge?' Ze keek naar het bed. 'Het is een Rolex. Een echte, liefje, en nog van goud ook. Het bandje is ook echt.'

Gault beet haar toe: 'Kleed je nu aan.'

'Ik wil mijn kleren niet vuil maken,' zei ze.

Ze liet de bebloede zakdoek op de grond vallen, waar de politie hem later zou vinden.

'Ga dan de zakken maar halen,' droeg hij haar op.

Hij leek aan de kleren te friemelen toen hij ze op de ladenkast legde, maar door de hoek waarin de camera stond, konden we niet goed zien wat hij deed. Ze kwam terug met de zakken.

Samen waren ze op een blijkbaar zorgvuldig voorbereide manier met Browns lichaam bezig. Eerst trokken ze hem zijn pyjama aan, wat we niet begrepen. Er druppelde bloed op het pyjamajasje toen Gault de vuilniszak over het hoofd van de sheriff trok en die vastbond met een schoenveter die afkomstig was van een joggingschoen in de kast.

Ze tilden het lichaam van het bed en legden het op de zwarte lijkzak op de grond. Gault had Brown onder zijn armen vast terwijl Carrie hem bij zijn enkels beet hield. Ze stopten hem in de zak en ritsten die dicht. We zagen hoe ze Lamont Brown de kamer uit droegen en hoorden ze de trap af lopen. Een paar minuten later kwam Carrie weer terug, pakte de kleren en ging weg. De slaapkamer was leeg.

Tucker zei gespannen: 'We zouden ons geen beter bewijsmateriaal kunnen wensen. Kwamen die handschoenen uit het mortuarium?'

'Waarschijnlijk uit het busje dat ze hebben gestolen,' antwoordde ik. 'We hebben in allebei de busjes een doos handschoenen staan.'
'Het is nog niet helemaal afgelopen,' zei Marino.
Hij spoelde de film door, opname na opname van de lege slaapkamer versneld afdraaiend, totdat er plotseling een gedaante te zien was. Marino spoelde de video terug en de persoon liep snel achterstevoren de kamer uit.
Hij zei: 'Let nu eens op wat er precies een uur en elf minuten later gebeurt.' Hij drukte de play-knop weer in.
Carrie Grethen kwam de slaapkamer in. Ze was precies zoals Gault gekleed en als ze geen wit haar had gehad, had ik gedacht dat hij het was.
'Wat? Heeft ze zijn pak aan?' vroeg Tucker verbaasd.
'Niet zijn pak,' zei ik. 'Ze heeft een pak aan dat erop lijkt, maar het is niet het pak van Gault.'
'Hoe weet u dat?' vroeg Tucker.
'Er zit een zakdoek in het borstzakje. Ze heeft Gaults zakdoek gebruikt om het bloed weg te vegen. En als je de video terugdraait, zie je dat zijn jasje geen klepjes op de zakken heeft, terwijl dat bij haar wel het geval is.'
'Ja,' zei Marino. 'Dat klopt.'
Carrie zocht de kamer af, keek op de grond en op het bed, alsof ze iets kwijt was. Ze was geagiteerd en boos, en ik was er zeker van dat ze in een negatieve cocaïneroes verkeerde. Ze bleef nog even rondkijken en ging toen weer weg.
'Ik vraag me af wat er daar aan de hand was,' zei Tucker.
'Wacht even,' zei Marino.
Hij spoelde de film door en we zagen Carrie weer. Ze was opnieuw aan het zoeken en sloeg met een boos gezicht het dekbed op het bed terug en keek onder het bebloede kussen. Er kwam een stroom verwensingen over haar lippen en haar ogen schoten wild heen en weer.
'Schiet nou op,' klonk Gaults ongeduldige stem ergens buiten de kamer.
Ze keek in de spiegel boven de ladenkast en schikte haar haar.

Ze staarde een ogenblik van dichtbij recht in de camera en ik was verbijsterd te zien hoe ze was afgetakeld. Ik had haar vroeger mooi gevonden, met haar gladde huid, perfecte gelaatstrekken en haar lange, bruine haar. De vrouw die nu voor ons stond, was uitgemergeld, had een glazige blik in haar ogen en had dor wit haar. Ze knoopte haar jasje dicht en liep weg.

'Wat denkt u dat dat te betekenen heeft?' vroeg Tucker aan Marino.

'Ik weet het niet. Ik heb er wel tien keer naar gekeken en ik snap het nog steeds niet.'

'Ze is iets kwijt,' zei Wesley. 'Dat lijkt me duidelijk.'

'Misschien kwam ze de kamer nog even controleren,' zei Marino. 'Om te kijken of ze niets over het hoofd hadden gezien.'

'Zoals een videocamera,' zei Tucker droog.

'Het kon haar niets schelen of ze misschien iets over het hoofd hadden gezien,' zei Wesley. 'Ze liet Gaults bebloede zakdoek gewoon op de grond liggen.'

'Maar ze hadden allebei handschoenen aan,' zei Marino. 'Het lijkt mij dat ze behoorlijk voorzichtig waren.'

'Is er geld uit het huis weggenomen?' vroeg Wesley.

Marino zei: 'We weten niet hoeveel. Maar Browns portefeuille is leeggehaald. Er zijn waarschijnlijk wapens, drugs en geld weg.'

'Wacht eens even,' zei ik. 'De envelop.'

'Welke envelop?' vroeg Tucker.

'Die hebben ze niet in zijn zak gestopt. We hebben gezien hoe ze hem aankleedden en hem in de lijkzak stopten, maar er was geen envelop. Draai de band eens terug,' zei ik. 'En ga nog eens naar dat gedeelte, zodat we kunnen zien of ik gelijk heb.'

Marino spoelde de band terug en toonde nog een keer de opnames van Carrie en Gault die het lichaam klaarmaakten om weg te brengen. Het was duidelijk dat ze Brown zonder het roze briefje dat ik in het borstzakje van zijn pyjama had gevonden in de lijkzak stopten. Ik dacht aan de andere briefjes die ik had ontvangen en aan alle problemen die Lucy met CAIN had. De envelop was aan mij geadresseerd geweest en er had een postzegel op gezeten, alsof de schrijver van de brief van plan was geweest hem te verzenden.

'Misschien was Carrie daarnaar op zoek,' zei ik. 'Misschien is zij degene die me die brieven stuurde. Misschien was ze van plan de meest recente ook per post te versturen, wat zou verklaren waarom die brief was geadresseerd en van een postzegel voorzien. En toen stopte Gault zonder dat ze het wist de envelop in de zak van Browns pyjamajasje.'

Wesley vroeg: 'Waarom zou Gault dat doen?'

'Misschien omdat hij wist wat voor effect het zou hebben,' antwoordde ik. 'Als ik het briefje in het mortuarium zou zien, zou ik onmiddellijk weten dat Brown was vermoord en dat Gault daarbij betrokken was.'

'Maar dat houdt in dat Gault niet CAIN is. Het houdt in dat Carrie CAIN is.'

Lucy reageerde: 'Ze zijn geen van beiden CAIN. Ze zijn spionnen.'

We zwegen even.

'Het is duidelijk,' zei ik, 'dat Carrie Gault met de FBI-computer is blijven helpen. Ze vormen een team. Maar ik denk dat hij het briefje heeft gepakt dat zij aan mij had geschreven en dat hij haar dat niet heeft verteld. Ik denk dat ze daarnaar op zoek was.'

'Waarom zou ze er dan in Browns slaapkamer naar zoeken?' vroeg Tucker. 'Is daar een reden voor?'

'Jazeker,' zei ik. 'Ze heeft haar kleren daar uitgetrokken. Misschien zat het in een van haar zakken. Speel dat deel nog eens af, Marino. Waar Gault de donkere kleren van het bed haalt.'

Hij spoelde de band naar dat gedeelte terug, en hoewel we niet konden zien of Gault de brief uit een van de zakken haalde, frommelde hij wel aan Carries kleren. Het was in ieder geval goed mogelijk dat hij toen haar brief had gestolen. En hij kon hem later in Tuckers borstzak hebben gedaan, in het busje of misschien in het mortuarium.

'Dus jij denkt echt dat zij degene is die jou die brieven heeft gestuurd?' vroeg Marino sceptisch.

'Ik denk dat dat wel waarschijnlijk is.'

'Maar waarom?' vroeg Tucker verbaasd. 'Waarom zou zíj dit u aandoen, dr. Scarpetta? Kent u haar?'
'Ik ken haar niet echt,' zei ik. 'Ik heb haar wel een paar keer gezien, maar bij onze laatste ontmoeting zijn we nogal tekeergegaan. En die briefjes lijken me niet echt iets voor Gault. Dat heb ik altijd al gevonden.'
'Ze zou jou graag kapot willen maken,' zei Wesley kalm. 'Ze zou Lucy en jou kapot willen maken.'
'Waarom?' vroeg Janet.
'Omdat Carrie Grethen een psychopaat is,' zei Wesley. 'Zij en Gault zijn een tweeling. Het is interessant dat ze zich nu hetzelfde kleden. Ze zien er hetzelfde uit.'
'Ik begrijp niet wat hij met die brief deed,' zei Tucker. 'Waarom heeft hij Carrie er niet gewoon om gevraagd in plaats van de brief zonder het haar te vertellen weg te nemen?'
'Je vraagt me je uit te leggen hoe Gaults geest werkt,' zei Wesley.
'Ja, dat vraag ik inderdaad.'
'Ik weet niet waarom hij het heeft gedaan.'
'Maar het betekent natuurlijk wel iets.'
'Dat betekent het inderdaad,' zei Wesley.
'Wat dan?' vroeg Tucker.
'Het betekent dat ze denkt dat ze een relatie met hem heeft. Ze denkt dat ze hem kan vertrouwen, en dan heeft ze het bij het verkeerde eind. Het betekent dat hij haar uiteindelijk zal doden als hij kan,' zei Wesley terwijl Marino het licht weer aandeed.
We knepen allemaal onze ogen dicht tegen het licht. Ik keek naar Lucy, die niets te zeggen had, en er was een klein detail dat aangaf hoe verward ze was. Ze had haar bril opgezet, terwijl ze die alleen nodig had als ze achter de computer zat.
'Het is duidelijk dat ze in teamverband werken,' zei Marino.
Janet vroeg: 'Wie heeft de leiding?'
'Gault,' zei Marino. 'Daarom is hij degene met het wapen en is zij degene die Brown moest pijpen.'
Tucker duwde zijn stoel naar achteren. 'Ze moeten op de een of andere manier met Brown in contact zijn gekomen. Ze hebben niet zomaar bij hem aangebeld.'

'Zou hij Gault niet hebben herkend?' vroeg Lucy.
'Misschien niet,' zei Wesley.
'Ik denk dat ze hem hebben benaderd – of dat zij dat in ieder geval heeft gedaan – om drugs te kopen.'
'Zijn telefoonnummer staat niet in het telefoonboek, maar is niet geheim,' zei ik.
'Er stonden geen boodschappen van enig belang op zijn antwoordapparaat,' merkte Marino op.
'Nou, ik wil weten wat de connectie is,' zei Tucker. 'Hoe kenden die twee hem?'
'Ik denk via drugs,' zei Wesley. 'En misschien raakte Gault in de sheriff geïnteresseerd vanwege dr. Scarpetta. Op de avond voor kerst heeft Brown iemand doodgeschoten, en de pers heeft daar tot vervelens toe over bericht. Het was geen geheim dat dr. Scarpetta daar ook bij aanwezig was en dat ze voor de rechtbank moet getuigen. Het had zelfs kunnen gebeuren dat ze zich beschikbaar had moeten houden als jurylid omdat Brown haar voor een jury had opgeroepen.'
Ik dacht aan Anna Zenners opmerking dat Gault mij cadeaus bracht.
'En Gault moet hiervan op de hoogte zijn geweest,' zei Tucker.
Wesley antwoordde: 'Dat is mogelijk. Als we ooit uitvinden waar hij woont, ontdekken we misschien wel dat hij de krant uit Richmond per post krijgt toegestuurd.'
Tucker zat een tijdje na te denken en keek me toen aan. 'Wie heeft die agent in New York dan vermoord? Was dat de vrouw met het witte haar?'
'Nee,' zei ik. 'Zij kan hem niet zo'n schop hebben gegeven. Tenzij ze een zwarte band in karate heeft.'
'En werkten ze die avond in de tunnel samen?' vroeg Tucker.
'Ik ben er niet zeker van of ze daar toen ook was,' zei ik.
'Nou, u was er zelf.'
'Ja, ik was er,' zei ik. 'En ik heb één persoon gezien.'
'Iemand met wit of met rood haar?'
Ik dacht aan de gedaante onder de boog. Ik herinnerde me de

lange, zwarte jas en het bleke gezicht. Het haar had ik niet kunnen zien.

'Ik vermoed dat het Gault was, die avond,' zei ik. 'Hoewel ik dat niet kan bewijzen. Maar er is niets wat erop duidt dat hij een medeplichtige had toen Jane werd vermoord.'

'Jane?' vroeg Tucker.

Marino zei: 'Zo noemen we de vrouw die hij in Central Park heeft vermoord.'

'Dan lijkt het erop dat hij pas een gewelddadig team met die Carrie Grethen heeft gevormd toen hij in Virginia terugkwam, nadat hij in New York was geweest.' Tucker bleef proberen de stukjes van de puzzel in elkaar te schuiven.

'Dat weten we gewoon niet,' zei Wesley. 'Het wordt nooit een exacte wetenschap, Paul. Vooral als we te maken hebben met gewelddadige criminelen die hun hersenen aantasten met drugs. Hoe meer ze op hol slaan, hoe buitenissiger hun gedrag wordt.'

De hoofdcommissaris leunde naar voren en keek hem gespannen aan. 'Wat heeft dit dan volgens jou te betekenen?'

'Ze kenden elkaar al eerder. Ik vermoed dat ze elkaar via een spionagewinkel in Noord-Virginia hebben ontmoet,' zei Wesley. 'Zo werd – is CAIN ook besmet. Nu lijkt het erop dat de connectie zich op een ander niveau heeft voortgezet.'

'Ja,' zei Marino. 'Bonnie heeft haar Clyde gevonden.'

15

We reden naar mijn huis door straten waar nauwelijks sprake was van verkeer. De nacht was volkomen stil en de sneeuw bedekte de aarde als een laag katoen die al het geluid absorbeerde. De kale bomen staken donker af tegen het wit en de maan was een vaag, rond, in nevels gehuld gezicht. Ik wilde een stukje gaan wandelen, maar dat vond Wesley niet goed.

'Het is al laat en je hebt een traumatische dag achter de rug,' zei hij. We zaten in zijn BMW, die achter Marino's auto voor mijn huis stond geparkeerd. 'Je moet hier niet gaan rondlopen.'

'Je zou met me mee kunnen gaan.' Ik voelde me kwetsbaar en was heel erg moe, en ik wilde niet dat hij wegging.

'We moeten hier allebei niet gaan rondlopen,' zei hij, terwijl Marino, Janet en Lucy mijn huis in gingen. 'Je moet naar binnen gaan en proberen wat te slapen.'

'Waar ga jij heen?'

'Ik heb een kamer.'

'Waar?' vroeg ik, alsof ik het recht had dat te weten.

'Op Linden Row. In het centrum. Ga naar bed, Kay. Alsjeblieft.' Hij zweeg en staarde naar buiten. 'Ik zou willen dat ik meer voor je kon doen, maar dat kan ik niet.'

'Dat weet ik en dat vraag ik ook niet van je. Natuurlijk kun je niet meer doen dan ik zou kunnen als jij troost nodig had. Als jij iemand nodig had. Op zulke momenten vind ik het zo vreselijk dat ik van je hou. Ik vind het zo vreselijk. Ik vind het zo vreselijk als ik je nodig heb. Zoals nu.' Ik probeerde mijn tranen te verbijten. 'O, verdomme.'

Hij sloeg zijn armen om me heen en droogde mijn tranen. Hij streelde mijn haar en hield mijn hand vast alsof hij er verschrikkelijk veel van hield. 'Ik kan je vannacht wel meenemen als je dat echt wilt.'

Hij wist dat ik dat niet wilde, omdat het onmogelijk was. 'Nee,' zei ik met een diepe zucht. 'Nee, Benton.'

Ik stapte uit de auto en greep een handvol sneeuw van de grond. Daar wreef ik mijn gezicht mee in terwijl ik naar de voordeur liep. Ik wilde niet dat iemand kon zien dat ik in het donker bij Benton Wesley had zitten huilen.

Hij reed pas weg toen ik mezelf met Marino, Janet en Lucy in mijn huis had verschanst. Tucker liet mijn huis vierentwintig uur per dag in de gaten houden en Marino had de leiding. Hij wilde onze veiligheid niet overlaten aan een stel mannen in uniform die ergens in een politiewagen of -busje zaten te wachten. Hij instrueerde ons alsof we een speciale legereenheid of een groep guerrilla's waren.

'Goed,' zei hij terwijl we naar mijn keuken liepen. 'Ik weet dat Lucy kan schieten. Janet, ik neem aan dat jij dat ook kunt, als je tenminste ooit je diploma van de Academie wilt halen.'

'Ik kon al schieten voordat ik naar de Academie ging,' zei ze op haar kalme, onverstoorbare manier.

'Doc?'

Ik keek in de koelkast.

'Ik kan pasta maken met een beetje olijfolie, parmezaanse kaas en ui. Ik heb ook gewone kaas, als iemand liever een boterham heeft. Of als jullie me de tijd gunnen om dat eerst te laten ontdooien, heb ik ook *le piccagge col pesto di ricotta* of *tortellini verdi*. Ik denk dat er wel genoeg is voor vier mensen als ik allebei opwarm.'

Niemand was geïnteresseerd.

Ik wilde zo graag iets gewoons doen.

'Het spijt me,' zei ik wanhopig. 'Maar ik heb al een tijdje geen boodschappen meer gedaan.'

'Ik moet even in je kluis kijken, Doc,' zei Marino.

'Ik heb ook bagels.'

'Hé. Heeft iemand honger?' vroeg Marino.

Niemand had honger. Ik deed de vriezer weer dicht. Mijn kluis met wapens was in de garage.

'Kom maar mee,' zei ik tegen hem.

Hij liep met me mee naar buiten en ik maakte de kluis open.

'Zou je me willen vertellen wat je van plan bent?' vroeg ik.

'Ik ben ons aan het bewapenen,' zei hij terwijl hij het ene na het andere pistool oppakte en mijn voorraad ammunitie bekeek. 'Verdomme, het lijkt wel of je aandelen in Green Top hebt.'
Green Top was een wapenhandel in de buurt die niet aan criminelen verkocht, maar aan gewone burgers die aan schietsport deden of zich thuis veilig wilden voelen. Dat zei ik ook tegen Marino, hoewel ik niet kon ontkennen dat ik volgens de gebruikelijke maatstaven te veel vuurwapens en te veel ammunitie bezat.
'Ik wist niet dat je zo veel had,' vervolgde Marino, die half in mijn grote, stevige kluis stond. 'Wanneer heb je dit in vredesnaam allemaal gekocht? Daar was ik niet bij.'
'Af en toe ga ik nog wel eens alleen winkelen,' zei ik op scherpe toon. 'Geloof het of niet, maar ik kan heel goed alleen levensmiddelen, kleren en wapens kopen. En ik ben heel moe, Marino. Laten we hiermee opschieten.'
'Waar zijn je geweren?'
'Wat wil je?'
'Wat heb je?'
'Remingtons. Een Marine Magnum. Een 870-Express Security.'
'Dat is wel genoeg.'
'Wil je dat ik even ga kijken of ik ook nog ergens een paar kneedbommen kan vinden?' vroeg ik. 'En misschien heb ik ook nog wel ergens een granaatwerper.'
Hij pakte een 9-mm-Glock. 'Dus jij doet ook in gevechtsklare Tupperware.'
'Die heb ik gebruikt om op de overdekte schietbaan proeven mee te doen,' zei ik. 'Daar heb ik de meeste van deze wapens voor gebruikt. Ik moet voor verschillende bijeenkomsten een aantal lezingen houden. Ik word hier gek van. Ga je straks ook mijn kasten doorzoeken?'
Marino stak de Glock in zijn broeksband. 'Even kijken. En ik pik ook je roestvrijstalen 9-mm-Smith & Wesson en je Colt. Janet houdt van Colts.'
Ik deed de kluis weer dicht en draaide kwaad het cijferslot terug. Marino en ik liepen weer naar het huis en ik ging naar bo-

ven omdat ik niet wilde zien hoe hij ammunitie en wapens uit ging delen. Ik kon het idee niet aan dat Lucy met een geweer beneden zat, en ik vroeg me af of er ook maar iets was waarmee Gault kon worden tegengehouden of afgeschrikt. Ik was nu al bijna zover heen dat ik dacht dat hij een levende dode was en dat hij met geen enkel wapen dat wij kenden kon worden afgeweerd.

In mijn slaapkamer deed ik het licht uit en ging voor het raam staan. Mijn adem deed het glas beslaan terwijl ik naar de door de sneeuw oplichtende nacht staarde. Ik herinnerde me momenten toen ik nog niet lang in Richmond had gewoond en bij het wakker worden de wereld even rustig en wit als nu had aangetroffen. Een paar keer was de stad helemaal verlamd geweest en had ik niet naar mijn werk kunnen gaan. Ik herinnerde me dat ik door mijn buurt had gewandeld, sneeuw omhoog schoppend en sneeuwballen naar de bomen gooiend. Ik herinnerde me dat ik toe had gekeken hoe kinderen hun sleeën over straat hadden getrokken.

Ik veegde de condens van het glas en was te verdrietig om iemand te vertellen wat ik voelde. Overal in de straat brandden in elk huis kerstkaarsen, behalve in het mijne. De straat was fel verlicht maar volkomen stil. Er kwam geen enkele auto langs. Ik wist dat Marino de halve nacht op zou blijven met zijn vrouwelijke anti-terreureenheid. Ze zouden teleurgesteld worden. Gault zou hier niet komen. Ik had zo langzamerhand een intuïtief gevoel over hem. Wat Anna over hem had gezegd, klopte waarschijnlijk.

In bed bleef ik lezen totdat ik in slaap viel en ik werd om vijf uur weer wakker. Ik ging zachtjes naar beneden, denkend dat het net weer iets voor mij zou zijn om in mijn eigen huis door geweerschoten om te komen. Maar de deur van de logeerkamer was dicht en Marino lag op de bank te slapen. Ik sloop naar de garage en stuurde mijn Mercedes naar buiten. Die gleed heerlijk over de zachte, droge sneeuw. Ik voelde me alsof ik een vogel was en vloog.

Ik reed met flinke snelheid over Cary Street en vond het grappig toen ik slipte. Er was niemand anders op straat. Ik schakelde over naar een lagere versnelling en ploegde door de hoge sneeuwhopen op de parkeerplaats van International Safeway. De supermarkt was altijd open en ik kocht verse jus d'orange, cream cheese, ham en eieren. Ik had een muts op en niemand lette op me.

Toen ik weer naar mijn auto terugliep, was ik gelukkiger dan ik in weken was geweest. Ik zong de hele weg naar huis met de radio mee en slipte over de weg wanneer dat veilig kon. Ik reed de garage in en daar stond Marino met zijn zwarte, platte Benelligeweer.

'Waar ben jij in godsnaam mee bezig!' riep hij toen ik de deur van de garage dichtdeed.

'Ik heb boodschappen gedaan.' Mijn euforische stemming verdween.

'Jezus Christus. Ik kan gewoon niet geloven dat je dat zo maar hebt gedaan,' schreeuwde hij.

'Wat denk je eigenlijk dat dit is?' Ik werd kwaad. 'Patty Hearst? Ben ik nu gekidnapt? Misschien kan ik maar beter in een kast worden opgesloten.'

'Ga naar binnen.' Marino was erg overstuur.

Ik keek hem koel aan. 'Dit is mijn huis. Niet jouw huis. Niet Tuckers huis. Niet Bentons huis. Dit is godverdomme mijn huis. En ik ga naar binnen wanneer mij dat uitkomt.'

'Prima. En in dit huis kun je net zo goed sterven als ergens anders.'

Ik volgde hem naar de keuken. Ik griste de boodschappen uit de tas en gooide ze op de aanrecht. Ik brak de eieren in een schaal en gooide de eierschalen in de afvalbak. Ik deed het gas aan en klopte driftig de eieren met wat uien en kaas. Ik zette koffie en vloekte omdat ik had vergeten magere melkpoeder mee te nemen. Ik scheurde stukken keukenpapier af omdat ik ook geen servetten had.

'Je kunt de tafel dekken in de eetkamer en de haard aandoen,' zei ik, terwijl ik vers gemalen peper over de schuimende eieren strooide.

'De haard is al sinds gisteravond aan.'
'Zijn Lucy en Janet al wakker?' Ik begon me iets beter te voelen.
'Ik heb geen idee.'
Ik deed wat olijfolie in een koekepan. 'Klop dan even op hun deur.'
'Ze zijn in dezelfde slaapkamer,' zei hij.
'O, Marino, alsjeblieft.' Ik draaide me om en keek hem geërgerd aan.
We ontbeten om halfacht en lazen de krant, die nat was.
'Wat ga je vandaag doen?' vroeg Lucy aan mij alsof we op vakantie waren, in een prachtige wintersportplaats in de Alpen bijvoorbeeld.
Ze droeg weer hetzelfde militaire tenue en zat op een poef voor het vuur. De glimmende Remington lag vlak bij haar op de grond. Er zaten zeven patronen in.
'Ik moet wat klusjes doen en een paar telefoontjes plegen,' zei ik.
Marino had een spijkerbroek en een sweatshirt aangetrokken. Hij nam me argwanend op terwijl hij zijn koffie opslurpte.
Ik keek hem aan. 'Ik ga naar de stad.'
Hij reageerde eerst niet en zei toen: 'Benton is al weg.'
Ik voelde dat mijn wangen rood werden.
'Ik heb hem geprobeerd te bellen en hij had al uit het hotel uitgecheckt.' Marino wierp een blik op zijn horloge. 'Dat was zo'n twee uur geleden, rond zes uur.'
'Toen ik het over de stad had,' zei ik op effen toon, 'bedoelde ik mijn kantoor.'
'Wat jij moet doen, Doc, is naar het noorden rijden, naar Quantico, en daar een tijdje op hun beveiligde afdeling gaan zitten. Echt. In ieder geval dit weekeinde.'
'Dat ben ik met je eens,' zei ik. 'Maar pas als ik hier wat zaken heb geregeld.'
'Neem Lucy en Janet dan mee.'
Lucy stond nu voor de glazen schuifdeur naar buiten te kijken en Janet was nog steeds de krant aan het lezen.

‘Nee,’ zei ik. ‘Ze kunnen hier blijven totdat we naar Quantico gaan.’
‘Dat is geen goed idee.’
‘Marino, tenzij ik ergens voor ben gearresteerd waar ik niets van afweet, vertrek ik binnen een halfuur naar mijn kantoor. En daar ga ik alléén heen.’
Janet legde de krant neer en zei tegen Marino: ‘Er komt een punt waarop je gewoon door moet gaan met je leven.’
‘Dit is een kwestie van veiligheid,’ wuifde Marino haar opmerking weg.
Janets gezichtsuitdrukking veranderde niet. ‘Nee, dat is het niet. Dit is een kwestie waarbij jij je echt als een man opstelt.’
Marino leek verbaasd.
‘Je bent overdreven bezorgd,’ vervolgde ze op redelijke toon. ‘En je wilt alles onder controle houden.’
Marino leek niet boos omdat ze zo vriendelijk was. ‘Heb jij dan een beter idee?’ vroeg hij.
‘Dr. Scarpetta kan best op zichzelf passen,’ zei Janet. ‘Maar ze moet hier ’s avonds niet alleen zijn.’
‘Hij komt niet hier,’ zei ik.
Janet stond op en rekte zich uit. ‘Waarschijnlijk niet,’ zei ze. ‘Maar Carrie misschien wel.’
Lucy draaide zich om. Het licht buiten was oogverblindend en er droop water van de rand van het dak.
‘Waarom mag ik niet met je mee naar kantoor?’ wilde mijn nichtje weten.
‘Er is daar niets voor je te doen,’ zei ik. ‘Je zou je alleen maar vervelen.’
‘Ik kan op de computer werken.’
Later nam ik Lucy en Janet mee naar kantoor en liet ze daar bij Fielding, het plaatsvervangend hoofd van mijn dienst, achter. Om elf uur waren de wegen met modderige sneeuw bedekt en gingen de winkels te laat open. Ik stond in mijn waterdichte laarzen en lange jas op de stoep te wachten totdat ik Franklin Street kon oversteken. Er reden strooiwagens met zout en er was niet veel verkeer op deze vrijdag voor oudejaarsdag.

James Galleries was vlak bij Laura Ashley en een cd-winkel op de bovenste verdieping van een gebouw gevestigd dat vroeger als opslagplaats voor tabak dienst had gedaan. Ik ging door een zij-ingang naar binnen, liep door een schemerige gang en stapte in een lift die niet meer dan drie mensen van mijn formaat kon vervoeren. Ik drukte op het knopje voor de tweede verdieping en stapte vervolgens uit in een andere schemerige gang, aan het einde waarvan ik glazen deuren zag waarop in zwart schoonschrift de naam van de galerie stond geschreven.

James had zijn galerie geopend nadat hij uit New York naar Richmond was verhuisd. Ik had ooit een zeefdruk en een uit hout gesneden vogel van hem gekocht en de sierlijke glazen in mijn eetkamer waren ook van hem afkomstig. Maar ik was niet meer bij de galerie geweest nadat een plaatselijke kunstenaar ongeveer een jaar geleden ter ere van mij met totaal misplaatste, beschilderde laboratoriumjassen was gekomen. Er werden bloed en botten, cartoons en afbeeldingen van misdaden op afgebeeld en toen ik James had gevraagd die jassen niet te verkopen, had hij er juist meer van besteld.

Ik zag hem achter een vitrine staan, waar hij met een plateau bezig was waarop zo te zien een stel armbanden lagen. Hij keek op toen ik aanbelde. Hij schudde zijn hoofd om me te laten weten dat hij niet open was. Ik deed mijn muts en zonnebril af en klopte op het glas. Hij staarde me niet-begrijpend aan totdat ik mijn legitimatie te voorschijn haalde en hem mijn officiële schildje liet zien.

Hij was eerst verbaasd en vervolgens verward toen hij zich realiseerde dat ik het was. James, die erop stond dat iedereen hem James noemde, omdat zijn voornaam Henry was, kwam naar de deur. Hij keek me nog eens aan en er rinkelden belletjes tegen het glas toen hij de sleutel omdraaide.

'Wat is er in vredesnaam aan de hand?' zei hij toen hij me binnenliet.

'We moeten praten,' zei ik, mijn jas openritsend.

'Ik heb geen laboratoriumjassen meer.'

'Daar ben ik heel blij om.'

‘Ik ook,’ zei hij op zijn gebruikelijke zeurderige toon. ‘Ik heb ze allemaal voor kerst verkocht. Ik verkoop meer van die stomme laboratoriumjassen dan wat dan ook. We denken nu over beschilderde operatiepakken, in dezelfde stijl als jullie dragen als je de secties doet.’

‘Je beledigt mij niet,’ zei ik. ‘Je beledigt de doden. Jij zult nooit mij worden, maar ooit zul je wel dood zijn. Misschien moet je daar maar eens over nadenken.’

‘Het probleem met u is dat u geen gevoel voor humor heeft.’

‘Ik ben hier niet om dat wat jij mijn probleem noemt te bespreken,’ zei ik kalm.

Hij was een lange, pedante man met kort, grijs haar en een snor, en had zich gespecialiseerd in minimalistische schilderijen, bronzen voorwerpen en meubels, en ook in ongewone sieraden en caleidoscopen. Het was zo dat hij een voorkeur had voor respectloze en bizarre dingen, en zijn spullen waren nooit goedkoop. Hij behandelde zijn klanten alsof ze geluk hadden dat ze geld mochten uitgeven in zijn galerie. Ik wist eigenlijk niet of James eigenlijk ooit iemand beleefd behandelde.

‘Wat doet u hier?’ vroeg hij. ‘Ik weet wat er hier om de hoek, in uw kantoor is gebeurd.’

‘Dat zal best,’ zei ik. ‘Ik kan me niet voorstellen dat iemand dat niet weet.’

‘Is het waar dat een van de politiemensen in de...’

Ik gaf hem een ijzige blik.

Hij ging weer achter de toonbank staan. Ik kon nu zien dat hij bezig was geweest kleine prijskaartjes vast te maken aan gouden en zilveren armbanden in de vorm van slangen, de lipjes waarmee je blikjes limonade opentrekt, gevlochten haar en zelfs van handboeien.

‘Bijzonder, vindt u niet?’ zei hij glimlachend.

‘Ze zijn zeker speciaal.’

‘Dit is mijn favoriet.’ Hij hield er een omhoog. Het was een schakelarmband die van gouden handjes was gemaakt.

‘Een paar dagen geleden heeft iemand in uw galerie mijn creditcard gebruikt,’ zei ik.

‘Ja. Uw zoon.’ Hij legde de armband weer op het plateau.
‘Mijn wàt?’ vroeg ik.
Hij keek me aan. ‘Uw zoon. Even denken. Ik geloof dat hij Kirk heet.’
‘Ik heb geen zoon,’ zei ik. ‘Ik heb geen kinderen. En mijn American Express-kaart is een paar maanden geleden gestolen.’
James zei verwijtend: ‘Nou, waarom heeft u die verdorie dan niet laten blokkeren?’
‘Ik heb pas gemerkt dat hij is gestolen. Maar ik ben hier niet om dat met u te bespreken,’ zei ik. ‘Ik wil dat u me precies vertelt wat er is gebeurd.’
James schoof een hoge kruk bij en ging zitten. Mij bood hij geen stoel aan. ‘Hij kwam hier op de vrijdag voor kerst,’ zei hij. ‘Ik geloof dat het rond een uur of vier was.’
‘En het was een man?’
James keek me minachtend aan. ‘Ik weet heus het verschil wel. Ja. Het was een man.’
‘Beschrijf hem eens.’
‘Een meter achtenzeventig, dun, met scherpe gelaatstrekken. Zijn wangen waren een beetje ingevallen. Maar ik vond hem er bijzonder uitzien.’
‘En zijn haar?’
‘Hij droeg een honkbalpet, dus dat kon ik niet goed zien. Maar ik kreeg de indruk dat het ontzettend rood was. Knalrood. Ik weet niet wie hem te pakken heeft gehad, maar die persoon zou wegens mishandeling moeten worden vervolgd.’
‘En zijn ogen?’
‘Hij droeg een donkere bril. Zag eruit alsof die van Armani was.’ Hij kreeg er plezier in. ‘Ik was zo verbaasd dat u zo’n zoon had. Ik zou eerder hebben gedacht dat een zoon van u zich in kaki met smalle dassen zou kleden en dat hij naar een chique universiteit zou gaan…’
‘James, dit gesprek is echt niet amusant bedoeld,’ onderbrak ik hem.
Zijn gezicht klaarde op en zijn ogen werden groot toen de betekenis van mijn woorden tot hem doordrong. ‘O, god. De man

over wie ik heb gelezen? Degene die... Grote god. Is hij in mijn galerie geweest?'
Ik reageerde niet.
James was verrukt. 'Beseft u wat dat betekent?' zei hij. 'Als de mensen horen dat hij hier is geweest?'
Ik zei niets.
'Dat is fantastisch voor mijn zaak. De mensen zullen van overal vandaan hiernaartoe komen. Mijn galerie zal in de toeristische routes worden opgenomen.'
'Precies. Daar moet je vooral mee gaan adverteren,' zei ik. 'En dan komen de gestoorden uit het hele land hier in de rij staan. Ze zullen aan je dure schilderijen, bronzen voorwerpen en tapijten zitten, en zullen je van alles en nog wat vragen. En ze zullen helemaal niets kopen.'
Hij kalmeerde.
'Wat deed hij toen hij binnenkwam?' vroeg ik.
'Hij keek wat rond. Hij zei dat hij op het laatste moment nog even een cadeautje wilde kopen.'
'Wat voor stem had hij?'
'Zacht. Nogal hoog. Ik vroeg voor wie het cadeau was, en hij zei voor zijn moeder. Hij zei dat ze arts was. Toen liet ik hem de broche zien die hij inderdaad ook kocht. Een esculaap. Twee witgouden slangen die zich rond een geelgouden gevleugelde staf kronkelen. De ogen van de slangen zijn robijnen. Die broche is handgemaakt en echt spectaculair mooi.'
'En dat is wat hij voor tweehonderdvijftig dollar heeft gekocht?' vroeg ik.
'Ja.' Hij nam me met een gebogen vinger onder zijn kin in zich op. 'Eigenlijk is die broche gewoon voor u gemaakt. Echt waar. Zal ik de kunstenaar er nog een laten maken?'
'Wat gebeurde er nadat hij de broche had gekocht?'
'Ik vroeg of ik hem moest inpakken, maar dat hoefde niet. Hij haalde zijn creditcard te voorschijn. En ik zei: ''Wat is het toch een kleine wereld. Uw moeder werkt hier om de hoek.'' Hij zei niets. Dus ik vroeg hem of hij de feestdagen thuis zou vieren en hij glimlachte alleen maar.'

'Hij praatte niet veel,' zei ik.
'Helemaal niet. Ik moest de woorden eruit trekken. Ik zou hem niet bepaald vriendelijk willen noemen. Maar hij was wel beleefd.'
'Herinnert u zich nog wat hij aan had?'
'Een lange, zwarte leren jas. Die was dicht, dus ik weet niet wat hij eronder had. Maar ik vond dat hij er te gek uitzag.'
'En zijn schoenen?'
'Ik geloof dat hij laarzen droeg.'
'Is er nog iets anders wat u aan hem is opgevallen?'
Hij dacht even na, langs me heen naar de deur kijkend. Toen zei hij: 'Nu u dat vraagt, hij had iets aan zijn vingers wat eruit zag als brandwonden. Dat vond ik wel een beetje eng.'
'En zijn lichamelijke hygiëne?' vroeg ik toen, want hoe zwaarder een gebruiker van crack verslaafd raakte, hoe minder het hem kon schelen hoe zijn kleding eruitzag en of hij wel schoon was.
'Hij leek me wel schoon. Maar ik ben niet dicht bij hem in de buurt geweest.'
'En hij heeft hier niets anders gekocht?'
'Helaas niet.'
Henry James leunde met zijn elleboog op de vitrine en legde zijn wang op zijn hand. Hij zuchtte: 'Ik vraag me af hoe hij me heeft gevonden.'

Op de weg terug ontweek ik de modderige plassen op straat en de auto's die er zonder op de voetgangers te letten doorheen reden. Ik ging terug naar kantoor, waar Janet in de bibliotheek een instructievideo van een sectie zat te bekijken terwijl Lucy in de computerruimte bezig was. Ik liet ze met rust en ging naar het mortuarium om te zien wat mijn mensen deden.
Fielding was bij de eerste tafel bezig met een jonge vrouw die buiten in de sneeuw dood onder haar slaapkamerraam was aangetroffen. Ik zag dat haar lichaam roze was en rook de alcohol in haar bloed. Haar rechterarm zat in het gips, waarop allerlei boodschappen en handtekeningen waren geschreven.

‘Hoe gaat het?’ vroeg ik.
‘Haar alcoholpromillage is 0,23,’ antwoordde hij terwijl hij een gedeelte van de slagader bekeek. ‘Dus daar is ze niet aan bezweken. Ik denk dat ze door onderkoeling is overleden.’
‘Wat waren de omstandigheden?’ Ik moest aan Jane denken.
‘Blijkbaar had ze met haar vrienden zitten drinken en toen ze haar rond elf uur gisteravond naar huis brachten, sneeuwde het al behoorlijk. Ze lieten haar uitstappen en wachtten niet totdat ze binnen was. De politie denkt dat ze haar sleutels in de sneeuw heeft laten vallen en dat ze te dronken was om ze terug te vinden.’
Hij gooide het stukje slagader in een pot met formaline. ‘Dus probeerde ze door een raam naar binnen te komen nadat ze dat eerst met haar gips had ingeslagen.’
Hij nam de hersens uit de weegschaal. ‘Maar dat lukte haar niet. Het raam was te hoog en ze had toch niet met één arm naar binnen kunnen klimmen. Uiteindelijk is ze buiten bewustzijn geraakt.’
‘Aardige vrienden,’ zei ik terwijl ik verder liep.
Dr. Anderson, die pas was aangenomen, was bezig een eenennegentig jaar oude vrouw met een gebroken heup te fotograferen. Ik pakte de bijbehorende papieren van een bureau en nam snel de zaak door.
‘Is dit een sectie?’ vroeg ik.
‘Ja,’ zei ze.
‘Waarom?’
Ze stopte met haar werk en keek me door haar masker aan. Ik zag aan haar ogen dat ze geïntimideerd was. ‘Ze heeft twee weken geleden haar heup gebroken. De patholoog-anatoom in Albemarle dacht dat haar dood misschien door de complicaties van dat ongeluk is veroorzaakt.’
‘Onder welke omstandigheden is ze gestorven?’
‘Ze had een borstvliesontsteking en werd kortademig.’
‘Ik zie geen direct verband met een gebroken heup,’ zei ik.
Dr. Anderson legde haar gehandschoende handen op de rand van de stalen tafel.

'De hand van God kan op elk moment toeslaan,' zei ik. 'Geeft u haar zaak maar vrij. Zij is geen geval voor een patholoog-anatoom.'
'Dr. Scarpetta,' zei Fielding boven het zeurende geluid van de Stryker-zaag uit. 'Wist u dat er deze donderdag een vergadering van de Raad voor Orgaantransplantatie is?'
'Dan moet ik als jurylid optreden.' Ik wendde me tot dr. Anderson. 'Moet u donderdag naar de rechtbank?'
'Nou, die zaak loopt nog steeds door. Ze blijven me maar dagvaardingen sturen terwijl ze mijn getuigenverklaring al hebben aanvaard.'
'Vraag Rose maar of ze dat regelt. Als u vrij bent en het hier op donderdag niet al te druk is, kunt u met Fielding mee naar die vergadering.'
Ik controleerde de wagentjes en kasten, kijkend of er nog meer dozen met handschoenen waren verdwenen. Maar het leek erop dat Gault alleen maar de doos had meegenomen die in het busje had gestaan. Ik vroeg me af wat hij nog meer in mijn kantoor had gevonden en kreeg toen een donker voorgevoel.
Ik ging zonder met iemand te spreken regelrecht naar mijn kantoor en opende de deur van het kastje onder mijn microscoop. Daar achterin bewaarde ik een heel mooie set ontleedmessen die ik voor kerst van Lucy had gekregen. Ze kwamen uit Duitsland en waren van roestvrij staal, met gladde, lichte handgrepen. Ze waren duur en ongelooflijk scherp. Ik schoof kartonnen dozen met dia's, tijdschriften, lampjes voor de microscoop en stapels printerpapier opzij. De messen waren verdwenen.
Rose zat in haar kantoor, dat naast het mijne was, te telefoneren en ik ging naast haar bureau staan.
'Maar u heeft haar getuigenverklaring al aanvaard,' zei ze. 'En als u de getuigenverklaring heeft aanvaard, dan hoeft u haar uiteraard niet nog eens te dagvaarden voor een getuigenverklaring.'
Ze keek me aan en rolde met haar ogen. Rose werd al een dagje ouder, maar ze was altijd alert en streng. Wat er ook gebeurde, ze was er altijd, net als de hoofdonderwijzeres uit *Les Misérables*.

'Ja, ja. Nu komen we tenminste ergens.' Ze krabbelde iets op een notitieblok. 'Ik kan u vertellen dat dr. Anderson u daar heel dankbaar voor zal zijn. Natuurlijk. Goededag.'
Mijn secretaresse hing op en keek me aan. 'U bent veel te veel weg.'
'Vertel mij wat,' zei ik.
'U kunt maar beter uitkijken. Op een dag ga ik misschien nog eens naar iemand anders.'
Ik was te uitgeput om grapjes te maken. 'Dat zou ik je niet kwalijk nemen,' zei ik.
Ze nam me op als een slimme moeder die wist dat ik had gedronken of stiekem had gevreeën of sigaretten had gestolen. 'Wat is er, dr. Scarpetta?' vroeg ze.
'Heb je misschien mijn ontleedmessen gezien?'
Ze wist niet waar ik het over had.
'De messen die ik van Lucy heb gekregen. Het waren er drie, in een doos van hard plastic. Drie verschillende maten.'
Er kwam een blik van herkenning op haar gezicht. 'O, ja. Nu weet ik het weer. Ik dacht dat u ze in uw kast had.'
'Daar zijn ze niet.'
'Verdorie. Ik hoop niet dat het de schoonmakers waren. Wanneer heeft u ze voor het laatst gezien?'
'Ik denk vlak nadat ik ze van Lucy had gekregen, en dat was voor kerst, omdat ze ze niet naar Miami mee wilde nemen. Ik heb jou de set laten zien, weet je nog? En toen heb ik de messen in mijn kast gelegd, omdat ik ze niet beneden wilde bewaren.'
Rose had een verbeten trek op haar gezicht. 'Ik weet wat u nu denkt. Bah.' Ze huiverde. 'Wat een verschrikkelijke gedachte.'
Ik pakte een stoel en ging zitten. 'De gedachte dat hij zoiets heeft gedaan met mijn…'
'Daar moet u niet over denken,' onderbrak ze me. 'U kunt niets doen aan de dingen die hij doet.'
Ik staarde langs haar heen.
'Ik maak me zorgen over Jennifer,' zei mijn secretaresse.
Jennifer was een van de administratieve krachten in het kantoor.

Haar voornaamste taken waren het sorteren van foto's, de telefoon aannemen en gegevens in de database invoeren.
'Ze is enorm geschrokken.'
'Door wat er is gebeurd,' nam ik aan.
Rose knikte. 'Ze staat vandaag voortdurend in de wc te huilen. Het spreekt vanzelf dat het afschuwelijk is wat er is gebeurd en dat er allerlei geruchten de ronde doen, maar zij is veel meer overstuur dan de anderen. Ik heb geprobeerd met haar te praten. Ik ben bang dat ze ontslag wil nemen.' Ze ging met haar muis naar het Word Perfect-icoon en drukte op het knopje. 'Ik zal de sectierapporten uitprinten zodat u ernaar kunt kijken.'
'Heb je ze dan allebei al uitgetypt?'
'Ik was hier al vroeg vanochtend. Ik heb een auto met vierwielaandrijving.'
'Ik ga wel met Jennifer praten,' zei ik.
Ik liep de gang door en wierp een blik in de computerruimte. Lucy zat als gebiologeerd naar het computerscherm te staren en ik stoorde haar niet. In het kantoor beantwoordde Tamara een telefoontje terwijl er ook op twee andere lijnen gesprekken binnenkwamen en iemand anders onder de aan- en uitflitsende wachtknop zat. Cleta stond fotokopieën te maken terwijl Jo overlijdensaktes zat uit te typen.
Ik liep weer door de gang terug en duwde de deur van de dames-wc open. Jennifer stond bij een van de wastafels en spatte koud water in haar gezicht.
'O!' riep ze toen ze me in de spiegel zag. 'Dag, dr. Scarpetta,' zei ze nerveus en timide.
Ze was een lelijke, jonge vrouw, die altijd wel zou blijven worstelen met calorieën en met de kleren om die calorieën te verbergen. Haar ogen waren opgezet en ze had vooruitstekende tanden en een wilde bos haar. Ze had altijd te veel make-up op, zelfs op momenten als nu, wanneer het er toch niet toe deed hoe ze eruitzag.
'Ga zitten,' zei ik vriendelijk, met een gebaar naar een rode, plastic stoel naast de afsluitbare kastjes voor de spullen van het personeel.

'Het spijt me,' zei ze. 'Ik weet dat ik vandaag niet goed werk.'
Ik nam een andere stoel en ging zitten, zodat ik niet boven haar uit zou torenen.
'Je bent overstuur,' zei ik.
Ze beet op haar bevende onderlip en haar ogen schoten vol tranen.
'Wat kan ik doen om je te helpen?' vroeg ik.
Ze schudde haar hoofd en begon te snikken.
'Ik kan niet meer ophouden,' zei ze. 'Ik kan niet meer ophouden met huilen. En als iemand zelfs maar met zijn stoel over de grond schuurt, schrik ik me al dood.' Ze nam met trillende handen een papieren handdoekje en veegde haar tranen weg. 'Ik heb het gevoel dat ik gek word.'
'Wanneer is dat begonnen?'
Ze snoot haar neus. 'Gisteren. Nadat de sheriff en die agent zijn gevonden. Ik heb over die politieman beneden gehoord. Ze zeiden dat zelfs zijn laarzen brandden.'
'Jennifer, weet je nog dat ik die folders heb uitgedeeld over het post-traumatische stress-syndroom?'
'Ja, mevrouw.'
'Dat is iets waar iedereen die in een omgeving werkt als de onze zich van bewust moet zijn. Iedereen. Ik ook.'
'Echt waar?' Haar mond viel open.
'Absoluut. Ik moet me er meer bewust van zijn dan wie dan ook.'
'Ik dacht dat u eraan gewend was.'
'God verhoede dat we eraan gewend zouden raken.'
'Ik bedoel' – ze ging fluisteren, alsof we het over sex hadden – 'voelt u zich ook wel eens zoals ik nu?' Snel voegde ze daaraan toe: 'Ik bedoel, ik weet zeker dat u zich nooit zo voelt.'
'Natuurlijk voel ik me wel eens zo,' zei ik. 'Ik ben soms heel erg overstuur.'
De tranen sprongen weer in haar ogen en ze zuchtte diep. 'Het doet me goed dat te horen. Weet u, toen ik nog klein was, zei mijn pa altijd dat ik zo stom en dik was. Ik had nooit gedacht dat iemand als u zich soms net zo zou voelen als ik.'

'Niemand had ooit zoiets tegen je mogen zeggen,' antwoordde ik vol overtuiging. 'Je bent heel lief, Jennifer, en we mogen ons gelukkig prijzen dat jij hier werkt.'
'Dank u,' zei ze zachtjes, met neergeslagen ogen.
Ik stond op. 'Ik denk dat je nu maar gewoon naar huis moet gaan, zodat je een lekker lang weekend hebt. Wat vind je daarvan?'
Ze bleef naar de vloer kijken. 'Ik geloof dat ik hem heb gezien,' zei ze, op haar onderlip bijtend.
'Wie heb je gezien?'
'Ik heb die man gezien.' Ze keek me aan. 'Toen ik de foto's op tv zag, kon ik het gewoon niet geloven. Ik denk steeds maar, had ik het maar aan iemand verteld.'
'Waar heb je hem dan gezien, denk je?'
'In Rumors.'
'De bar?' vroeg ik.
Ze knikte.
'Wanneer was dat?'
'Dinsdag.'
Ik keek haar gespannen aan. 'Afgelopen dinsdag? De avond na kerst?'
Gault was die avond in New York geweest. Ik had hem in de metrotunnel gezien, of tenminste ik dacht dat ik hem had gezien.
'Ja, mevrouw,' zei Jennifer. 'Ik denk dat het rond tien uur was. Ik was met Tommy aan het dansen.'
Ik wist niet wie Tommy was.
'Ik had hem al eerder opgemerkt, hij hield zich afzijdig van de andere mensen. Hij viel me op vanwege zijn witte haar. Ik ben er niet aan gewend om iemand van zijn leeftijd met zulk wit haar te zien. Hij had een heel gaaf zwart pak aan met een zwart T-shirt eronder. Dat weet ik nog. Ik dacht dat hij van buiten de stad was. Dat hij uit een grote stad als Los Angeles of zo kwam.'
'Heeft hij met iemand gedanst?'
'Ja, mevrouw. Hij heeft met een of twee meisjes gedanst. U

weet wel, hij kocht een drankje voor ze. En voordat ik het wist was hij verdwenen.'

'Ging hij alleen weg?'

'Ik had het idee dat een van de meisjes met hem meeging.'

'Weet je met wie?' vroeg ik met een angstig voorgevoel. Ik hoopte dat die vrouw, wie ze ook was, nog leefde.

'Niet iemand die ik kende,' zei Jennifer. 'Ik weet alleen nog dat hij met dat ene meisje danste. Hij moet zo'n drie keer met haar hebben gedanst en toen liepen ze hand in hand van de dansvloer af.'

'Beschrijf haar eens.'

'Ze was zwart. Ze was heel knap en had een rood jurkje aan. Diep uitgesneden en nogal kort. Ik herinner me dat ze felrode lippenstift had en een heleboel kleine vlechtjes met knipperende lichtjes erin.' Ze zweeg.

'En je weet zeker dat ze samen uit die bar zijn weggegaan?' vroeg ik.

'Voor zover ik weet wel. Ik heb ze die avond geen van tweeën nog gezien en Tommy en ik zijn tot twee uur gebleven.'

Ik zei: 'Ik wil graag dat je hoofdinspecteur Marino belt en hem vertelt wat je mij zojuist hebt verteld.'

Jennifer stond op en voelde zich belangrijk. 'Dat ga ik gelijk doen.'

Ik ging weer naar mijn kantoor. Rose kwam binnen.

'U moet dr. Gruber bellen,' zei ze.

Ik draaide het nummer van het Quartermaster Museum en hoorde dat hij even weg was. Twee uur later belde hij terug.

'Is er veel sneeuw in Petersburg?' vroeg ik.

'O, het is hier gewoon nat en vies.'

'Hoe gaat het?'

'Ik heb iets voor u,' zei dr. Gruber. 'Ik heb er een heel vervelend gevoel over.'

Ik wachtte. Toen hij verder niets meer zei, vroeg ik: 'Waar heeft u dan een vervelend gevoel over?'

'Ik heb in de computer onder de naam gekeken die u me had opgegeven. Dat had ik niet moeten doen.' Hij zweeg weer.

‘Dr. Gruber, ik heb te maken met een seriemoordenaar.’
‘Hij is nooit bij het leger geweest.’
‘U bedoelt dat zijn vader niet bij het leger was,’ zei ik teleurgesteld.
‘Geen van beiden,’ zei dr. Gruber. ‘Temple en Peyton Gault allebei niet.’
‘O,’ zei ik. ‘Dan zijn die laarzen waarschijnlijk uit een dumpwinkel afkomstig.’
‘Misschien, maar misschien heeft hij ook een oom.’
‘Wie heeft een oom?’
‘Temple Gault. Ik denk dat dat wel het geval kan zijn. We hebben wel een Gault in de computer, alleen heet hij Luther. Luther Gault. Hij diende tijdens de Tweede Wereldoorlog in het intendance-korps.’ Hij zweeg even. ‘Hij heeft zelfs veel hier gezeten, in Fort Lee.’
Ik had nog nooit van Luther Gault gehoord.
‘Leeft hij nog?’ vroeg ik.
‘Hij is ongeveer vijf jaar geleden in Seattle gestorven.’
‘Waarom denkt u dat die man Temple Gaults oom zou kunnen zijn?’ vroeg ik. ‘Seattle is helemaal aan de andere kant van het land, ver van Georgia vandaan, waar de Gaults vandaan komen.’
‘De enige echte connectie die ik kan zien is de achternaam en Fort Lee.’
Toen vroeg ik: ‘Denkt u dat het mogelijk is dat de laarzen van hem zijn geweest?’
‘Nou, ze komen uit de periode van de Tweede Wereldoorlog en ze zijn hier op Fort Lee getest, en Luther Gault is hier het grootste deel van zijn militaire loopbaan gelegerd geweest. Het gebeurde vaak dat soldaten, en soms zelfs officieren werd gevraagd om laarzen en ander materiaal uit te proberen voordat die spullen naar de jongens in de loopgraven werden gestuurd.’
‘En wat is Luther Gault na het leger gaan doen?’
‘Ik heb geen informatie over zijn leven na het leger, behalve dat hij op achtenzeventigjarige leeftijd is gestorven.’ Hij zweeg even. ‘Maar misschien interesseert het u te weten dat hij een

echte carrièreman was. Toen hij met pensioen ging, had hij de rang van generaal-majoor.'
'En u had hiervoor nog nooit van hem gehoord?'
'Ik zei niet dat ik nog nooit van hem had gehoord.' Hij zweeg even. 'Ik weet zeker dat het leger een heel dossier over hem heeft als u daar aan kunt komen.'
'Zou het mogelijk zijn me een foto te sturen?'
'Ik heb er een in de computer staan, een heel gewone dossierfoto.'
'Kunt u me die toe faxen?'
Hij aarzelde weer even. 'Natuurlijk.'
Toen ik ophing, kwam Rose binnen met de sectierapporten van gisteren. Ik las ze door en bracht een paar correcties aan terwijl ik wachtte tot het faxapparaat over zou gaan. Dat gebeurde een ogenblik later en het zwart-witte portret van Luther Gault werd zichtbaar. Hij stond er trots op, in zijn donkere gala-uniform, met goudband langs de zijnaden van de broek en het jasje met goudkleurige knopen en satijnen revers. Er was een gelijkenis. Temple Gault had zijn ogen.
Ik belde Wesley.
'Temple Gault heeft misschien een oom in Seattle gehad,' zei ik. 'Hij was generaal-majoor in het leger.'
'Hoe heb je dat ontdekt?' vroeg hij.
Zijn koele toon beviel me niet. 'Dat doet er niet toe. Maar het doet er wel toe dat ik denk dat we hier zoveel mogelijk over uit moeten vinden.'
Wesley bleef gereserveerd. 'En wat is de relevantie?'
Ik werd kwaad. 'Wat is de relevantie van wat dan ook als je zo iemand probeert te stoppen? Als je niets hebt, kijk je overal naar.'
'Oké, oké,' zei hij. 'Het is geen probleem, maar we kunnen nu nog geen afspraak maken.' Hij hing op.
Ik was verbijsterd en mijn hart deed pijn. Er moest iemand bij hem in zijn kantoor zijn geweest. Wesley had nog nooit zomaar de haak erop gelegd. Onderweg naar Lucy nam mijn paranoia alleen nog maar toe.

'Hallo,' zei ze toen ik in de deuropening stond, nog voordat ik iets tegen haar gezegd.
Ze kon mijn spiegelbeeld op het scherm zien.
'We moeten weg,' zei ik.
'Waarom? Sneeuwt het weer?'
'Nee. De zon schijnt.'
'Ik ben hier bijna klaar,' zei ze terwijl ze gewoon doortypte.
'Ik moet jou en Janet naar Quantico terugbrengen.'
'Je moet oma bellen,' zei ze. 'Ze voelt zich verwaarloosd.'
'Ze wordt ook verwaarloosd en ik voel me schuldig,' zei ik.
Lucy draaide zich om en keek me aan toen mijn pieper afging.
'Waar is Janet?'
'Ik geloof dat ze naar beneden is gegaan.'
Ik drukte op het display-knopje en herkende Marino's privé-nummer. 'Nou, ga jij haar even halen, dan zie ik jullie zo meteen beneden.'
Ik ging weer naar mijn kantoor en deed deze keer de deur achter me dicht. Toen ik Marino belde, klonk hij alsof hij amfetaminen had geslikt.
'Ze zijn weg,' zei hij.
'Wie?'
'We hebben ontdekt waar ze de nacht hebben doorgebracht. Het Hacienda Motel op de US1, dat smerige hol dat niet zo ver bij de winkel vandaan is waar jij al je geweren en ammunitie koopt. Daar heeft dat wijf haar vriendinnetje mee naartoe genomen.'
'Welk vriendinnetje?' Ik wist nog steeds niet waar hij het over had. Maar toen herinnerde ik me Jennifer. 'O. De vrouw die Carrie in Rumors heeft opgepikt.'
'Juist.' Hij was zo opgewonden dat het leek alsof hij net een levensgevaarlijk incident achter de rug had. 'Ze heet Apollonia en...'
'Leeft ze nog?' onderbrak ik hem.
'O, ja. Carrie heeft haar naar het motel meegenomen en daar hebben ze een feestje gebouwd.'
'Wie reed er?'
'Apollonia.'

'Hebben jullie mijn busje op de parkeerplaats van het motel gevonden?'
'Dat stond er niet toen we eerder vandaag bij die tent kwamen. En de kamers waren helemaal leeg. Alsof ze er nooit waren geweest.'
'Carrie was afgelopen dinsdag dus niet in New York,' zei ik.
'Nee. Ze was hier aan het feesten terwijl Gault daar bezig was Jimmy Davila te mollen. En ik heb het idee dat ze ergens een schuilplaats voor hem heeft en dat ze hem heeft opgevangen, waar dat ook was.'
'Het lijkt me niet dat hij van New York naar Richmond is gevlogen,' zei ik. 'Dat zou te gevaarlijk zijn geweest.'
'Ik denk zelf dat hij op woensdag naar D.C. is gevlogen...'
'Marino,' zei ik. 'Ik ben ook op woensdag naar D.C. gevlogen.'
'Dat weet ik. Misschien zaten jullie wel in hetzelfde vliegtuig.'
'Ik heb hem niet gezien.'
'Dat weet je niet. Maar het punt is dat als jullie in hetzelfde vliegtuig zaten, je er iets onder kunt verwedden dat hij jou heeft gezien.'
Ik bedacht hoe ik de terminal was uitgegaan en in die oude, aftandse taxi was gestapt, met de raampjes en de sloten die niet werkten. Ik vroeg me af of Gault toen had staan toekijken.
'Heeft Carrie een auto?' vroeg ik.
'Er staat een Saab met schuifdak op haar naam. Maar het is wel zeker dat ze daar tegenwoordig niet meer in rijdt.'
'Ik weet niet waarom ze die Apollonia oppikte,' zei ik. 'En hoe heb je haar gevonden?'
'Dat was gemakkelijk. Ze werkt bij Rumors. Ik weet niet precies wat ze allemaal verkoopt, maar het gaat heus niet alleen om sigaretten.'
'Verdomme,' mompelde ik.
'Ik neem aan dat coke de connectie is,' zei Marino. 'En misschien vind je het interessant te weten dat Apollonia sheriff Brown kende. Ze hadden zelfs een relatie, zou je kunnen zeggen.'

'Denk je dat ze iets met die moord te maken heeft gehad?' vroeg ik.

'Ja, dat denk ik wel. Ze heeft Gault en Carrie waarschijnlijk met hem in contact gebracht. Ik begin te denken dat die toestand met de sheriff pas op het laatste moment is opgekomen. Ik denk dat Carrie Apollonia heeft gevraagd waar ze coke kon scoren en dat Browns naam toen is genoemd. Dat heeft Carrie vervolgens aan Gault verteld en toen heeft hij weer een van zijn impulsieve nachtmerries georganiseerd.'

'Dat is heel goed mogelijk,' zei ik. 'Wist Apollonia dat Carrie een vrouw was?'

'Ja. Dat maakte haar niets uit.'

'Verdomme,' zei ik weer. 'We zaten er zo dichtbij.'

'Inderdaad. Ik kan gewoon niet geloven dat ze zo door het net zijn geglipt. Op de nationale garde na is iedereen naar ze op zoek. We hebben helikopters in de lucht, de hele heisa. Maar ik voel gewoon dat ze hier niet meer in de buurt zijn.'

'Ik heb Benton net gebeld en hij brak het gesprek gewoon af,' zei ik.

'Wat? Hebben jullie ruzie?'

'Marino, er zit iets heel erg verkeerd. Ik had het idee dat er iemand bij hem in zijn kantoor was en dat hij niet wilde dat die persoon wist dat ik aan de telefoon was.'

'Misschien was het zijn vrouw.'

'Ik ga er nu met Lucy en Janet naartoe.'

'Blijf je daar ook slapen?'

'Dat hangt ervan af.'

'Nou, ik wilde maar dat je niet zomaar rondreed. En als iemand je om wat voor reden dan ook probeert te laten stoppen, doe je dat niet. Niet voor zwaailichten of sirenes, voor niks. Stop nergens voor, behalve voor een politie-auto,' gaf hij me een van zijn preken. 'En leg je Remington voorin op de grond tussen de stoelen.'

'Gault houdt niet op met moorden,' zei ik.

Marino was stil.

'Toen hij in mijn kantoor was, heeft hij mijn set ontleedmessen gestolen.'

‘Weet je zeker dat iemand van de schoonmaakploeg dat niet heeft gedaan? Die messen kun je goed gebruiken om vis mee te fileren.’

‘Ik weet dat het Gault was,’ zei ik.

16

Even na drieën waren we weer op Quantico, en toen ik Wesley probeerde te bellen, was hij er niet. Ik liet een boodschap voor hem achter dat hij me op de TRA kon vinden, waar ik van plan was de daaropvolgende paar uur met mijn nichtje door te brengen. Er waren geen analisten of wetenschappers op haar afdeling vanwege het lange, vrije weekend en we konden dus rustig in alle stilte aan de slag gaan.

'Ik kan best *global mail* versturen,' zei Lucy, die achter haar bureau zat. Ze wierp een blik op haar horloge. 'Luister, waarom gooien we gewoon niet een lijntje uit en kijken we wie er bijt?'

'Laat me eerst de patholoog-anatoom in Seattle nog een keer proberen.'

Ik belde zijn nummer, dat ik op een stukje papier had, en kreeg te horen dat hij de rest van de dag afwezig was.

'Ik moet hem dringend spreken,' legde ik aan de telefoniste uit. 'Misschien kan ik hem thuis bereiken?'

'Dat nummer mag ik u niet geven. Maar als u me uw telefoonnummer geeft, dan kan ik dat doorgeven als hij me belt of er nog boodschappen zijn...'

'Dat kan niet,' zei ik met groeiende frustratie. 'Hij kan me op dit nummer niet bereiken.' Ik vertelde haar wie ik was, terwijl ik eraan toevoegde: 'Ik kan u wel het nummer van mijn pieper geven. Zeg hem alstublieft dat hij mij belt en dan zal ik hem terugbellen.'

Dat werkte niet. Een uur later was mijn pieper nog steeds niet overgegaan.

'Ze snapte waarschijnlijk niet dat ze overal codes bij moest zetten,' zei Lucy terwijl ze in het CAIN-systeem bezig was.

'Zie je ergens nog vreemde boodschappen?' vroeg ik.

'Nee. Het is vrijdagmiddag en veel mensen hebben vrij. Ik denk dat we maar iets in Prodigy moeten zetten en dan kijken we gewoon wat daar voor reactie op komt.'

Ik ging naast haar zitten.

'Hoe heet die organisatie?'
'De Amerikaanse Academie voor Tandheelkundig Gebruik van Goud.'
'En de meesten van hen zitten in de staat Washington?'
'Ja. Maar het kan geen kwaad om te proberen de hele westkust te bereiken.'
'Nou, hiermee bereiken we de hele Verenigde Staten,' zei Lucy terwijl ze 'Prodigy' achter de prompt typte en haar legitimatienummer en wachtwoord invoerde. 'Ik denk dat we dit het beste via E-mail kunnen doen.' Ze riep een pop-up window op. 'Wat zal ik schrijven?' Ze keek me aan.
'Wat vind je hiervan? *Aan alle leden van de Amerikaanse Academie voor Tandheelkundig Gebruik van Goud. Forensisch patholoog heeft dringend uw hulp nodig*. En dan geef je hun de informatie die ze nodig hebben om ons te bereiken.'
'Goed. Ik zal ze een postbus hier opgeven, en ik laat alles ook naar je mailbox in Richmond overschrijven.' Ze typte verder. 'Je zult een tijdlang allerlei reacties ontvangen. Je maakt vast nog een heleboel penvrienden onder de tandartsen.'
Ze sloeg een toets aan alsof het een slotakkoord was en schoof haar stoel naar achteren. 'Goed. Het is weg.' zei ze. 'Op dit moment heeft iedereen die op Prodigy is aangesloten een boodschap dat er mail is. Laten we hopen dat iemand nu met z'n computer zit te spelen en ons kan helpen.'
Terwijl ze sprak, werd haar scherm plotseling zwart en rolden er felgroene letters overheen. Er ging een printer aan.
'Dat is snel,' zei ik.
Maar Lucy was al opgestaan. Ze rende naar de ruimte waar het CAIN-systeem stond en scande haar vingerafdruk zodat ze erin kon. De glazen deuren klikten open en ik liep achter haar aan naar binnen. Dezelfde tekst rolde ook hier over de monitor en Lucy greep een kleine, beige afstandsbediening van het bureau en drukte op een knop. Ze keek op haar horloge en zette de stopwatch aan.
'Toe nou, toe nou, toe nou,' zei ze.
Ze ging voor CAIN zitten en staarde naar het scherm, terwijl

daarop een boodschap verscheen. Het was een korte alinea die talloze keren werd herhaald. Er stond:

- - - BEGIN BERICHT PQ43 76301 001732 - - -
AAN: – ALLE AGENTEN
VAN: – CAIN
ALS CAIN ZIJN BROER DOODDE, WAT ZAL HIJ DAN WEL NIET MET JULLIE DOEN?
ALS JE PIEPER AFGAAT IN HET MORTUARIUM, IS DAT JEZUS AAN DE LIJN.
- - - EINDE BERICHT PQ43 76301 001732 - - -

Ik keek naar de planken met modems die een hele muur besloegen, en naar de knipperende lichtjes. Hoewel ik geen computerexpert ben, zag ik geen verband tussen de activiteiten daar en wat er op het scherm gebeurde. Ik keek om me heen en zag een telefooncontactdoosje onder het bureau. Het snoer van de stekker verdween onder de verhoogde vloer, en dat vond ik vreemd. Waarom zou een apparaat dat op een telefooncontactdoos was aangesloten onder de grond staan? Telefoons hoorden op tafels en op bureaus. Modems stonden op planken. Ik bukte me en tilde een plank op die een derde van de vloer in de ruimte bedekte.
'Wat doe je?' riep Lucy, die haar ogen echter niet van het scherm kon houden.
Het modem onder de vloer zag eruit als een kleine, kubusvormige puzzel met snel aan- en uitknipperende lichtjes.
'Shit!' riep Lucy.
Ik keek op. Ze checkte haar horloge en schreef iets op. Er was geen activiteit meer op het scherm. De lichtjes op het modem knipperden niet meer.
'Heb ik iets gedaan?' vroeg ik geschrokken.
'Klootzak!' Ze sloeg met haar vuist op het bureau en het toetsenbord sprong omhoog. 'Ik had je bijna. Nog een keer en ik had je te pakken gehad!'
Ik stond op. 'Ik hoop dat ik niets heb losgetrokken,' zei ik.
'Nee. Verdomme! Hij heeft afgelogd. Ik had hem,' zei ze, naar

haar monitor starend alsof daar zo meteen weer groene woorden op zouden verschijnen.

'Gault?'

'De persoon die zich uitgeeft voor CAIN.' Ze slaakte een diepe zucht en keek naar de blootliggende ingewanden van haar creatie, die ze naar de allereerste moordenaar had genoemd. 'Je hebt het gevonden,' zei ze toonloos. 'Dat is heel knap.'

'Zo kon hij dus in het systeem binnendringen,' zei ik.

'Ja. Het is zo voor de hand liggend dat niemand het opmerkte.'

'Jij hebt het opgemerkt.'

'Aanvankelijk niet.'

'Carrie heeft het hier verleden jaar neergezet voordat ze wegging,' zei ik.

Lucy knikte. 'Ik was net als de anderen op zoek naar iets dat technisch gecompliceerder in elkaar zat. Maar het is zo simpel dat het briljant is. Ze heeft hier haar eigen privé-modem verstopt en het inbelnummer is van een testlijn die haast nooit wordt gebruikt.'

'Hoe lang weet je het al?'

'Zodra die vreemde boodschappen op het systeem verschenen, wist ik het.'

'Dus je moest gewoon met hem meespelen,' zei ik ongerust. 'Weet je wel hoe gevaarlijk dit spel is?' vroeg ik.

Ze begon weer te typen. 'Hij heeft het vier keer geprobeerd. God, we zaten er zo dichtbij.'

'Je hebt een tijdje gedacht dat het Carrie was,' zei ik.

'Zij heeft het opgezet, maar ik denk niet dat zij degene is die inbelt.'

'Waarom niet?'

'Omdat ik deze indringer dag en nacht volg. Dit is iemand die er niet veel verstand van heeft.' Voor het eerst in maanden sprak ze de naam van haar vroegere vriendin uit. 'Ik weet hoe Carries geest werkt. En Gault is te narcistisch om toe te staan dat iemand anders CAIN is.'

'Ik heb toch dat briefje gekregen dat misschien van Carrie afkomstig is en dat met CAIN was ondertekend,' zei ik.

'Ik durf te wedden dat Gault niet wist dat ze dat had verstuurd. En ik durf ook te wedden dat als hij dat heeft ontdekt, hij haar dat pleziertje heeft ontnomen.'

Ik dacht aan het roze briefje dat Gault volgens ons in het huis van sheriff Brown aan Carrie had ontfutseld. Toen Gault het in de borstzak van het bebloede pyjamajasje stopte, diende dat vast om zijn autoriteit opnieuw te bevestigen. Gault gebruikte Carrie. Eigenlijk zat ze bij wijze van spreken altijd in de auto op hem te wachten, tenzij hij haar nodig had om een lijk weg te halen of een vernederend klusje op te knappen.

'Wat was er zonet aan de hand?' vroeg ik.

Lucy keek me niet aan toen ze antwoordde. 'Ik heb het virus gevonden en heb mijn eigen virus ingebracht. Elke keer als hij een bericht probeert te sturen naar een op CAIN aangesloten terminal, laat ik de boodschap zichzelf op het scherm herhalen – alsof die naar hem terugkomt in plaats van te worden verstuurd. En hij krijgt een prompt met TRY AGAIN. Dus probeert hij het nog een keer. De eerste keer dat dat gebeurde, kreeg hij na twee pogingen de melding dat het was gelukt, en hij dacht dus dat de boodschap was verstuurd.

Maar toen hij het de volgende keer probeerde, gebeurde hetzelfde, en ik liet het hem nog een keer extra proberen. Het punt was dat ik hem zo lang aan de lijn wilde houden dat we het telefoontje na konden trekken.'

'We?'

Lucy nam de kleine, beige afstandsbediening die ik haar al eerder had zien pakken. 'Mijn noodknop,' zei ze. 'Dit gaat via een radiosignaal regelrecht naar de anti-terreureenheid.'

'Ik neem aan dat Wesley al van dit verborgen modem weet sinds jij het hebt ontdekt.'

'Precies.'

'Wil je me iets uitleggen?' vroeg ik.

'Natuurlijk.' Ze keek we weer aan.

'Zelfs als Gault of Carrie dit geheime modem met dat geheime nummer hebben, hoe zit het dan met je wachtwoord? Hoe kunnen ze als super-user aanloggen? En zijn er geen UNIX-commando's die je kunt gebruiken om te zien of er een andere gebruiker of een ander apparaat is aangelogd?'

'Carrie heeft het virus zo geprogrammeerd dat die mijn username en wachtwoord oppakt zodra ik die verander. De gecodeerde versie wordt via E-mail naar Gault gestuurd. Die kan dan aanloggen alsof hij mij is, en het virus zorgt ervoor dat hij niet aan kan loggen tenzij ik ook ben aangelogd.'

'Dus hij verbergt zich achter jou.'

'Als een schaduw. Hij gebruikt mijn apparaatcode. En mijn username en wachtwoord. Ik ontdekte wat er aan de hand was toen ik een keer een WHO-commando typte en ik twee keer mijn username zag.'

'Als CAIN gebruikers terugbelt om te zien of ze wel legitiem zijn, waarom staat het telefoonnummer van Gault dan nooit op de maandelijkse telefoonrekening van de TRA?'

'Dat komt ook door het virus. Dat geeft het systeem namelijk opdracht om de kosten van het telefoontje naar een AT&T-creditcard over te schrijven. Dus de telefoontjes verschijnen nooit op de rekeningen van het Bureau. Ze verschijnen op de rekening van Gaults vader.'

'Verbazingwekkend,' zei ik.

'Blijkbaar heeft Gault het nummer van de telefoonkaart en het legitimatienummer van zijn vader.'

'Weet hij dat zijn zoon die gebruikt?'

De telefoon ging en ze nam op.

'Ja, meneer,' zei ze. 'Dat weet ik. We zaten er dichtbij. Natuurlijk, ik breng u onmiddellijk de uitdraaien.' Ze hing op.

'Ik denk niet dat iemand hem dat heeft verteld,' zei Lucy.

'Niemand hier heeft het aan Peyton Gault verteld.'

'Precies. Dat was meneer Wesley.'

'Ik moet hem spreken,' zei ik. 'Mag ik de uitdraaien naar hem toe brengen?'

Lucy staarde weer naar de monitor. Daar was de screensaver nu weer op te zien en felgekleurde driehoeken gleden langzaam door en om elkaar heen alsof ze met een geometrische vrijpartij bezig waren.

'Doe dat maar,' zei ze en typte 'Prodigy'. 'Maar voor je gaat… Jee, je hebt al mail.'
'Hoeveel?' Ik ging dichter bij haar staan.
'Oeps. Eentje nog maar.' Ze opende het bericht.
Er stond: Wat is *tandheelkundig gebruik van goud*?
Lucy zei: 'Je zult nog wel heel wat van zulke berichten krijgen.'

Sally zat weer bij de receptie toen ik de foyer van de Academie in ging en ze liet me langs zonder registratie en bezoekerspasje. Ik liep doelbewust door de lange, bruine gang, langs het postkantoor en door de ruimte waar wapens werden schoongemaakt. Ik vind de geur van het schoonmaakmiddel Hoppes 9 altijd lekker ruiken.
Een eenzame man in werktenue stond perslucht in de loop van een geweer te blazen. De lange rijen zwarte werkbanken waren leeg en helemaal schoon en ik dacht aan de lessen die ik door de jaren heen had gegeven, aan de mannen en vrouwen die ik had ontmoet en aan de keren dat ik daar zelf aan zo'n werkbank mijn wapen had staan schoonmaken. Ik had nieuwe agenten zien komen en gaan. Ik had toegekeken hoe ze renden, vochten, schoten en zweetten. Ik had ze les gegeven en had me zorgen om hen gemaakt.
Ik drukte op het knopje van de lift, stapte in en ging naar een lagergelegen verdieping. Een aantal mensen van het team dat zich bezighield met het opstellen van profielschetsen van misdadigers zat in hun kantoor en ze knikten naar me toen ik langs kwam. Wesley's secretaresse was op vakantie en ik liep langs haar bureau en klopte op de dichte deur. Ik hoorde Wesley's stem. Er werd een stoel verschoven, hij liep naar de deur en trok die open.
'Hallo,' zei hij verbaasd.
'Dit zijn de uitdraaien die je aan Lucy had gevraagd.' Ik gaf ze aan hem.
'Dank je. Kom binnen.' Hij zette zijn leesbril op en bekeek Gaults boodschap.
Hij had zijn jasje uitgetrokken en zijn witte overhemd was ge-

kreukt rond de gevlochten, leren bretels. Wesley had gezweet en hij moest zich nodig scheren.
'Ben je nog meer afgevallen?' vroeg ik.
'Ik weeg mezelf nooit.' Hij keek me over het randje van zijn bril aan en ging achter zijn bureau zitten.
'Je ziet er niet gezond uit.'
'Hij slaat steeds meer op hol,' zei hij. 'Dat kun je aan zijn boodschap aflezen. Hij wordt steeds roekelozer, brutaler. Ik voorspel dat we tegen het einde van het weekend weten waar hij zit.'
'En dan?' Ik was niet overtuigd.
'Dan zetten we de anti-terreureenheid in.'
'Aha,' zei ik op droge toon. 'En zij zullen hem vanuit helikopters oproepen zich over te geven en vervolgens het gebouw opblazen.'
Wesley keek me weer aan. Hij legde de uitdraaien op het bureau. 'Je bent boos,' zei hij.
'Nee, Benton. Ik ben boos op jou, ik ben niet zomaar boos.'
'Waarom?'
'Ik heb je gevraagd Lucy hier niet bij te betrekken.'
'We hebben geen keus,' zei hij.
'Er zijn altijd keuzes mogelijk. Wat mensen ook zeggen.'
'Als we willen uitvinden waar Gault zit, is zij op dit moment echt onze enige hoop.' Hij zweeg en keek me in mijn ogen. 'Ze heeft er zelf toch ook wel iets over te zeggen?'
'Ja, inderdaad. Dat is precies het punt. Lucy heeft geen uitknopje. Ze heeft niet altijd oog voor grenzen.'
'We laten haar niets doen waardoor ze gevaar loopt,' zei hij.
'Ze loopt al gevaar.'
'Je moet haar toestaan volwassen te worden, Kay.'
Ik staarde hem aan.
'In de lente studeert ze af aan de universiteit. Ze is een volwassen vrouw.'
'Ik wil niet dat ze hier dan terugkomt,' zei ik.
Hij glimlachte een beetje, maar zijn ogen waren uitgeput en droevig. 'Ik hoop dat ze terugkomt. We hebben agenten zoals zij en

Janet nodig. We hebben alles nodig wat we kunnen krijgen.'
'Ze heeft zoveel geheimen voor me. Het lijkt wel alsof jullie tweeën tegen mij samenzweren en dat ik overal buiten word gehouden. Het is al erg genoeg dat...' Ik hield mezelf in.
Wesley keek me aan. 'Kay, dit heeft niets te maken met mijn relatie met jou.'
'Dat hoop ik niet.'
'Jij wilt van alles wat Lucy doet op de hoogte zijn,' zei hij.
'Uiteraard.
'Vertel jij haar alles wat jij doet als jij met een zaak bezig bent?'
'Natuurlijk niet.'
'Aha.'
'Waarom hing je zomaar op?'
'Je belde op een slecht moment,' antwoordde hij.
'Je hebt nog nooit eerder zomaar opgehangen, hoe slecht het moment ook was.'
Hij zette zijn bril af en vouwde de poten voorzichtig in. Hij pakte zijn koffiebeker, keek erin en zag dat die leeg was. Hij hield hem met beide handen vast.
'Ik had iemand in mijn kantoor en ik wilde niet dat die persoon wist dat ik jou aan de lijn had,' zei hij.
'Wie was dat dan?' vroeg ik.
'Iemand van het Pentagon. Ik kan niet zeggen hoe hij heet.'
'Het Pentagon?' zei ik verbaasd.
Hij zweeg.
'Waarom zou jij het vervelend vinden dat iemand van het Pentagon wist dat ik jou belde?' vroeg ik toen.
'Het lijkt erop dat je een probleem hebt veroorzaakt,' zei Wesley alleen maar. Hij zette zijn koffiebeker weer neer. 'Ik wilde maar dat je niet in Fort Lee was gaan rondneuzen.'
Ik was verbijsterd.
'Je vriend dr. Gruber wordt misschien ontslagen. Ik raad je aan geen contact meer met hem te zoeken.'
'Gaat dit over Luther Gault?' vroeg ik.
'Ja, generaal Gault.'

'Maar dat kunnen ze toch niet met dr. Gruber doen,' protesteerde ik.
'Ik ben bang dat ze dat wel kunnen,' zei Wesley. 'Dr. Gruber heeft illegaal in een militaire database gezocht. Hij heeft jou vertrouwelijke informatie gegeven.'
'Vertrouwelijk?' zei ik. 'Dat is absurd. Het is een bladzijde met heel gewone informatie die je voor twintig dollar kunt opvragen als je in het Quartermaster Museum bent. Ik heb verdomme toch niet om een dossier van het Pentagon gevraagd.'
'Je kunt die twintig dollar niet betalen als je niet zelf die persoon bent of een volmacht hebt om het dossier van die persoon in te zien.'
'Benton, het gaat hier om een seriemoordenaar. Is iedereen dan gek geworden? Wie kan verdomme een algemeen computerbestand nou iets schelen?'
'Het leger.'
'Gaat het hier om de nationale veiligheid?'
Wesley gaf geen antwoord.
Toen hij verder bleef zwijgen, zei ik: 'Prima. Jullie mogen jullie geheimpje houden, als kerels onder elkaar. Ik ben doodziek van jullie geheimpjes. Mijn enige doel is nog meer moorden te voorkomen. En ik weet eigenlijk niet meer wat jouw doel is.' Ik gaf hem een onverbiddelijke en gekwetste blik.
'Alsjeblieft,' beet Wesley me toe. 'Weet je, soms wilde ik dat ik rookte, zoals Marino.' Hij ademde geërgerd uit. 'Generaal Gault is niet belangrijk in dit onderzoek. Hij hoeft er niet bij betrokken te worden.'
'Ik denk dat alles wat we over Temple Gaults familie weten, belangrijk kan zijn. En ik kan gewoon niet geloven dat jij dat niet ook vindt. Achtergrondinformatie is essentieel als je een karakterschets van de misdadiger wilt opstellen en zijn gedrag wilt voorspellen.'
'Ik zeg je, generaal Gault is verboden terrein.'
'Waarom?'
'Uit respect.'
'Grote god, Benton.' Ik leunde naar voren. 'Het is mogelijk dat

Gault twee mensen heeft gedood met behulp van die verdomde laarzen van zijn oom. En wat vindt het leger ervan als *Time* en *Newsweek* daar lucht van krijgen?'
'Ga nou niet dreigen.'
'Dat doe ik wel. En als er niet gebeurt wat er moet gebeuren, laat ik het heus niet bij dreigen. Vertel me eens over die generaal. Ik weet al dat zijn neef zijn ogen heeft geërfd. En de generaal was nogal een haantje, aangezien hij erop stond te worden gefotografeerd in een schitterend gala-uniform, zoals Eisenhower ook zou hebben gedragen.'
'Hij had dan misschien een groot ego, maar hij was volgens alle verhalen een fantastisch man,' zei Wesley.
'Hij was dus Gaults oom? Geef je dat toe?'
Wesley aarzelde. 'Luther Gault is Temple Gaults oom.'
'Vertel me eens wat meer.'
'Hij is in Albany geboren en studeerde in 1942 af aan de Citadel. Twee jaar later was hij kapitein en werd zijn onderdeel naar Frankrijk gestuurd, waar hij een held werd in het Ardennenoffensief. Hij won de Medal of Honor en kreeg opnieuw promotie. Na de oorlog werd hij naar Fort Lee gestuurd waar hij de leiding had over de uniform-researchafdeling van het intendancekorps.'
'Dan zijn die laarzen dus van hem geweest,' zei ik.
'Dat is heel goed mogelijk.'
'Was hij groot?'
'Ik heb gehoord dat hij toen hij jonger was ongeveer even groot was als zijn neef nu.'
Ik dacht aan de foto van de generaal in zijn gala-uniform. Hij was slank en niet bepaald lang. Hij had een sterk gezicht en een standvastige blik, maar hij zag er niet onvriendelijk uit.
'Luther Gault is ook in Korea geweest,' vervolgde Wesley. 'Hij heeft een tijdje in het Pentagon gewerkt als assistent-chef-staf en kwam toen als plaatsvervangend commandant terug op Fort Lee. Hij sloot zijn carrière af bij de MOA-V.'
'Ik weet niet wat dat is,' zei ik.
'Militaire Ondersteunende Afdeling Vietnam.'

'En daarna ging hij met pensioen in Seattle?' vroeg ik.
'Daar is hij met zijn vrouw naartoe verhuisd.'
'Kinderen?'
'Twee jongens.'
'Hoe was het contact tussen de generaal en zijn broer?'
'Dat weet ik niet. De generaal is overleden en zijn broer wil niet met ons praten.'
'Dus we weten niet hoe Gault aan de laarzen van zijn oom is gekomen.'
'Kay, er is een code voor de bezitters van de Medal of Honor. Ze staan op eenzame hoogte. Het leger kent ze een speciale status toe en ze worden bijzonder streng beschermd.'
'Heeft al dat geheimzinnige gedoe daar dan mee te maken?' vroeg ik.
'Het leger wil liever niet dat de hele wereld weet dat hun met een Medal of Honor geëerde tweesterrengeneraal de oom is van een van de meest beruchte psychopaten die dit land ooit heeft gekend. Het Pentagon wil niet graag dat bekend wordt dat de moordenaar – zoals jij ook al hebt gezegd – misschien een aantal mensen dood heeft getrapt met de laarzen van generaal Gault.'
Ik stond op. 'Ik heb genoeg van jongens en hun erecodes. Ik heb genoeg van mannen die elkaar de hand boven het hoofd houden en geheimpjes delen. We zijn geen kinderen die cowboytje spelen. We zijn geen buurtkinderen die spelen dat het oorlog is.' Ik was uitgeput. 'Ik dacht dat jij wel op een hoger niveau stond.'
Hij stond ook op. Mijn pieper ging. 'Je interpreteert dit verkeerd,' zei hij.
Ik keek op de display. Het netnummer was dat van Seattle en zonder Wesley te vragen of dat mocht, nam ik zijn telefoon.
'Hallo,' zei een stem die ik niet kende.
'Ik ben net door dit nummer opgepiept.' Ik begreep het niet.
'Ik heb niemand opgepiept. Waar belt u vandaan?'
'Uit Virginia.' Ik wilde al ophangen.
'Ik heb net Virginia gebeld. Wacht eens even. Belt u over Prodigy?'

‘O. Misschien heeft u met Lucy gesproken?’
‘LUCYTALK?’
‘Ja.’
‘We hebben elkaar net mail toegestuurd. Ik reageer op uw vraag over goudcohesievullingen. Ik ben tandarts in Seattle en ik ben lid van de Academie voor Tandheelkundig Gebruik van Goud. Bent u die forensisch patholoog?’
‘Ja,’ zei ik. ‘Fijn dat u zo snel reageert. Ik probeer een overleden jonge vrouw te identificeren die bijzonder veel goudcohesievullingen heeft.’
‘Kunt u die vullingen beschrijven?’
Ik vertelde hem over Jane’s gebit en de schade aan haar tanden.
‘Het is mogelijk dat ze musicus was,’ zei ik. ‘Misschien heeft ze saxofoon gespeeld.’
‘Er was hier een vrouw die veel op uw beschrijving lijkt.’
‘Woonde ze in Seattle?’
‘Ja. Iedereen in de Academie had over haar gehoord omdat ze zo’n bijzondere mond had. Er zijn op een aantal van onze bijeenkomsten diapresentaties over haar goudcohesievullingen en de afwijkingen in haar gebit gehouden.’
‘Weet u nog hoe ze heette?’
‘Sorry. Ze was geen patiënt van mij. Maar ik geloof dat ik heb gehoord dat ze een professioneel musicus was totdat ze een vreselijk ongeluk kreeg. Toen zijn ook de problemen met haar tanden begonnen.’
‘Bij de vrouw over wie ik het heb was er veel glazuur weg,’ zei ik. ‘Waarschijnlijk omdat ze haar tanden veel te veel poetste.’
‘O, absoluut. Dat was ook zo bij deze vrouw.’
‘Het lijkt me niet dat de vrouw bij u dakloos was,’ zei ik.
‘Nee, dat kan niet. Iemand heeft voor die mond betaald.’
‘De vrouw over wie het gaat, was dakloos op het moment dat ze in New York stierf,’ zei ik.
‘Jee, dat vind ik heel droevig. Ze kon waarschijnlijk niet voor zichzelf zorgen, wie ze ook was.’
‘Hoe heet u?’ vroeg ik.
‘Ik ben Jay Bennett.’

'Dr. Bennett, herinnert u zich nog iets anders dat er bij die diapresentaties is gezegd?'
Er volgde een lange stilte. 'Oké, ja. Dit herinner ik me nog maar heel vaag.' Hij aarzelde weer. 'O, ja, ik weet het weer,' zei hij. 'Die vrouw was familie van een belangrijk iemand. Misschien woonde ze daar wel in huis voordat ze verdween.'
Ik gaf hem meer informatie, zodat hij me eventueel nog een keer kon bellen. Ik hing op en keek Wesley aan.
'Ik denk dat Jane Gaults zuster is,' zei ik.
'Wat?' Hij was oprecht geschokt.
'Ik denk dat Temple Gault zijn zuster heeft vermoord,' herhaalde ik. 'Vertel me alsjeblieft dat je dat niet al wist.'
Hij was van streek.
'Ik moet haar identiteit verifiëren,' zei ik. Ik voelde op dat moment helemaal niets meer.
'Kun je dat niet met behulp van het dossier van haar tandarts doen?'
'Als we dat kunnen vinden. Als er nog röntgenfoto's zijn. Als het leger me niet dwars zit.'
'Het leger weet niets van haar af.' Hij zweeg en zijn ogen waren een ogenblik lang vochtig van de tranen. Hij keek van me weg. 'Hij heeft ons verteld wat hij heeft gedaan toen hij ons vandaag die boodschap van CAIN stuurde.'
'Ja,' zei ik. 'Hij zei dat CAIN zijn broer had gedood. De beschrijving van Gault en haar in New York klonk eerder alsof het om twee mannen dan om een vrouw en een man ging.' Ik zweeg even. 'Zijn er nog meer broers en zusters?'
'Hij heeft alleen maar een zuster. We weten dat ze aan de westkust woonde, maar we hebben haar nooit kunnen vinden omdat ze blijkbaar geen auto rijdt. Bij de dienst motorrijtuigenbelasting staat geen geldig rijbewijs geregistreerd. De waarheid is dat we zelfs nooit zeker hebben geweten of ze nog leefde.'
'Ze leeft niet meer,' zei ik.
Zijn gezicht vertrok en hij keek opzij.
'Ze had geen vast adres, tenminste, recentelijk niet,' zei ik, denkend aan haar armzalige bezittingen en haar ondervoede li-

chaam. 'Ze woonde al een tijdje op straat. En het lijkt me zelfs dat ze zich daar best kon redden, totdat haar broer naar de stad kwam.'
Zijn stem brak en hij zag er afgemat uit toen hij zei: 'Hoe kan iemand nou zoiets doen?'
Ik sloeg mijn armen om hem heen. Het kon me niet schelen wie er binnenkwam. Het was een vriendschappelijke omhelzing.
'Benton,' zei ik. 'Ga naar huis.'

17

Ik bleef het weekend en ook nieuwjaarsdag op Quantico, en hoewel er veel mail voor me was op Prodigy, leek het niet gemakkelijk te worden om Jane's identiteit te verifiëren.

Haar tandarts was het jaar daarvoor met pensioen gegaan en haar röntgenfoto's waren ingenomen om het zilver eruit te halen. Dat was natuurlijk de grootste teleurstelling, want op die foto's zouden oude breuken, de ligging van haar bijholtes en bijzonderheden van de botstructuur te zien zijn geweest, die tot een positieve identificatie hadden kunnen leiden. Toen ik het onderwerp van haar dossier aan de orde stelde bij haar tandarts, die nu in Los Angeles woonde, deed hij ontwijkend.

'U heeft het toch wel?' vroeg ik hem rechtstreeks toen ik hem dinsdagmiddag aan de telefoon had.

'Ik heb wel een miljoen dozen in mijn garage staan.'

'Ik betwijfel of dat er echt een miljoen zijn.'

'Ik heb er in ieder geval heel veel.'

'Alstublieft. Het gaat om een vrouw die we niet kunnen identificeren. Alle mensen hebben het recht te worden begraven onder hun eigen naam.'

'Ik zal voor u kijken, oké?'

Een paar minuten later, toen ik Marino aan de lijn had, zei ik tegen hem: 'We zullen DNA of een visuele identificatie moeten proberen.'

'Ja, hoor,' zei hij gemaakt grappig. 'En hoe wilde je dat dan doen? Gault een foto laten zien en hem vragen of de vrouw die hij dat heeft aangedaan op zijn zus lijkt?'

'Ik denk dat haar tandarts haar heeft gebruikt. Dat heb ik al eerder meegemaakt.'

'Wat bedoel je?'

'Soms maakt iemand gebruik van zijn patiënten. Dan registeren ze ingrepen die ze niet hebben gedaan, zodat ze het geld van de ziektekostenverzekering of het ziekenfonds kunnen claimen.'

'Maar er is heel veel aan haar tanden gebeurd.'
'Hij heeft misschien nog wel veel meer geclaimd. Geloof mij maar. Twee keer zoveel goudcohesievullingen, bijvoorbeeld. Dat zou duizenden dollars betekenen. Hij heeft bijvoorbeeld gezegd dat hij die heeft aangebracht, terwijl dat niet het geval was. Ze was geestelijk niet helemaal in orde, woonde bij een oude oom. Geen haan die ernaar kraait.'
'Ik haat klootzakken.'
'Als ik zijn dossiers in handen kon krijgen, zou ik hem aangeven. Maar die geeft hij heus niet aan mij. Waarschijnlijk bestaan ze niet eens meer.'
'Je moet morgenochtend om acht uur als jurylid komen opdraven,' zei Marino. 'Daar heeft Rose me over gebeld.'
'Dat betekent dus dat ik hier morgen heel vroeg weg moet.'
'Vertrek liever vanaf je huis, dan haal ik je daar wel op.'
'Ik ga gewoon meteen naar het gerechtsgebouw.'
'Nee, dat doe je niet. Je gaat nu niet helemaal alleen door de stad rijden.'
'We weten dat Gault niet in Richmond is,' zei ik. 'Hij is weer op de plek waar hij zich meestal verbergt, een appartement of een kamer waar hij een computer heeft staan.'
'Commissaris Tucker heeft zijn bevel dat jij moet worden bewaakt nog niet ingetrokken.'
'Hij kan mij helemaal niets bevelen. Zelfs niet wanneer ik mijn lunchpauze neem.'
'O ja, dat kan hij wel. Hij hoeft alleen maar een paar agenten achter je aan te sturen. Je accepteert de situatie of je probeert ze te slim af te zijn. En als hij wil dat jij verdomme je lunch eet, dan doe je dat ook.'
De volgende ochtend belde ik de pathologisch-anatomische dienst in New York en liet een boodschap achter voor dr. Horowitz, waarin ik hem voorstelde een DNA-analyse van Jane's bloed te doen. Daarna haalde Marino me thuis op, terwijl de buren uit het raam keken en hun chique voordeuren openden om hun kranten op te rapen. Er stonden drie politieauto's voor mijn huis en Marino's Ford personenauto was op de oprit geparkeerd.

Windsor Farms werd wakker, ging aan het werk en keek toe hoe ik onder politiebegeleiding vertrok. De perfecte gazons waren wit van de rijp en de lucht was bijna blauw.
Toen ik bij het John Marshall-gerechtsgebouw arriveerde, was het daar precies zoals ik al zo vaak had meegemaakt. Maar de beambte bij de scanner begreep niet waarom ik was gekomen.
'Goedemorgen, dr. Scarpetta,' zei hij met een brede glimlach. 'Wat vindt u van al die sneeuw? Heeft u niet het gevoel dat u midden in een kerstkaart zit? En u ook goedemorgen, hoofdinspecteur,' zei hij tegen Marino.
Het veiligheidspoortje ging af toen ik erdoorheen liep. Een vrouwelijke beambte fouilleerde me terwijl de beambte die zo van sneeuw hield mijn tas doorzocht. Marino en ik gingen naar beneden, naar een ruimte met oranje tapijt en rijen oranje stoelen, waar maar een paar mensen zaten. We zochten achterin een plaats en luisterden naar slaapgeluiden, het kraken van papier, gekuch en het snuiten van neuzen. Een man met een leren jasje, wiens overhemd over zijn broek hing, zocht naar een tijdschrift terwijl een man in een kasjmier jas een roman las. In de ruimte ernaast zeurde een stofzuiger, bonkte tegen de deur van het oranje zaaltje en hield er toen mee op.
Behalve Marino had ik nog twee agenten in uniform bij me in deze dodelijk saaie ruimte. Om tien voor negen kwam de beambte die verantwoordelijk was voor de jury eindelijk binnen. Ze ging naar het podium om ons over de gang van zaken te informeren.
'Er zijn twee veranderingen,' zei ze, mij recht aankijkend. 'De sheriff die u zo op de video zult zien is geen sheriff meer.'
Marino fluisterde in mijn oor: 'Dat komt omdat hij niet meer leeft.'
'En,' vervolgde ze, 'op de videoband wordt gezegd dat u dertig dollar krijgt als jurylid, maar dat is nog steeds twintig dollar.'
'Dat is niks,' fluisterde Marino weer in mijn oor. 'Wil je wat geld van mij lenen?'
We keken naar de video en ik leerde veel over mijn belangrijke taak als burger en over de bijbehorende privileges. Ik zag hoe

sheriff Brown mij nog eens bedankte dat ik de gemeenschap deze belangrijke dienst bewees. Hij vertelde me dat ik was opgeroepen om over het lot van een medemens te beslissen en liet toen de computer zien die hij had gebruikt om mij te selecteren. 'En vervolgens wordt er een aantal namen uit de geselecteerde groep getrokken,' vertelde hij met een glimlach. 'Ons rechtssysteem is gebaseerd op een zorgvuldige afweging van het bewijsmateriaal. Ons systeem is van ons afhankelijk.'

Hij gaf een telefoonnummer dat ik kon bellen en herinnerde ons eraan dat koffie vijfentwintig cent per kopje kostte en dat er geen wisselgeld was.

Na de video kwam de verantwoordelijke beambte, een knappe, zwarte vrouw, naar me toe.

'Bent u van de politie?' fluisterde ze.

'Nee,' zei ik en legde uit wie ik was. Ze keek naar Marino en de andere twee agenten.

'U moet nu gaan,' fluisterde ze. 'U had hier helemaal niet mogen zijn. U had ons moeten bellen. Ik weet niet waarom u hier überhaupt bent.'

De andere opgeroepen aspirant-juryleden staarden me aan. Ze hadden me al aan zitten staren sinds we waren binnengekomen en ik begon te begrijpen waarom. Ze wisten niet hoe het rechtssysteem in elkaar zat en ik werd door politie begeleid. En nu stond de jurybeambte ook nog bij me. Ik was vast de aangeklaagde. Ze wisten waarschijnlijk niet dat de aangeklaagde niet in dezelfde ruimte als de juryleden tijdschriften zit te lezen.

Rond lunchtijd was ik alweer vertrokken en vroeg ik me af of ik ooit zitting zou mogen nemen in een jury, al was het maar één keer in mijn leven. Marino zette me af bij de hoofdingang van mijn kantoor en ik ging naar mijn kamer. Ik belde New York weer en kreeg dr. Horowitz aan de telefoon.

'Ze is gisteren begraven,' zei hij toen ik naar Jane vroeg.

Ik voelde me plotseling ontzettend droevig. 'Ik dacht dat jullie meestal iets langer wachtten,' zei ik.

'Tien dagen. En zo lang is het wel geleden, Kay. Je weet dat we te weinig opslagruimte hebben.'

'We kunnen haar met behulp van een DNA-test identificeren,' zei ik.
'Waarom niet met behulp van haar gebitsgegevens?'
Ik legde uit wat daar het probleem mee was.
'Dat is ontzettend jammer.' Dr. Horowitz zweeg even en zei toen met merkbare tegenzin: 'Ik vind het heel erg je te moeten vertellen dat we hier een vreselijke toestand hebben gehad.' Hij zweeg weer. 'Eerlijk gezegd wilde ik dat we haar niet hadden begraven. Maar dat hebben we wel gedaan.'
'Wat is er dan gebeurd?'
'Het lijkt erop dat niemand dat weet. We hadden een bloedmonster genomen en dat op filterpapier bewaard om voor DNA-onderzoek te gebruiken, zoals we altijd doen. En natuurlijk hadden we ook een stopfles met delen van alle belangrijke organen, enzovoort. Het bloedmonster is kwijtgeraakt en de stopfles is per ongeluk weggegooid.'
'Dat is niet mogelijk,' zei ik.
Horowitz zweeg.
'En het in paraffine gegoten weefsel voor de histologische onderzoeken?' vroeg ik, want als er niets anders voorhanden was, kon geprepareerd weefsel ook voor een DNA-test worden gebruikt.
'We nemen geen weefselmonsters voor laboratoriumonderzoek als de doodsoorzaak duidelijk is,' zei hij.
Ik wist niet wat ik moest zeggen. Of dr. Horowitz' dienst was verschrikkelijk chaotisch, of deze vergissingen waren helemaal geen vergissingen. Ik had altijd gedacht dat hij een bijzonder scrupuleus persoon was. Misschien had ik me in hem vergist. Ik wist hoe het er in New York aan toeging. De politici konden het niet laten zich met het mortuarium te bemoeien.
'Ze moet weer worden opgegraven,' zei ik. 'Ik zie geen andere manier. Is ze gebalsemd?'
'We balsemen maar zelden lichamen die naar Hart Island gaan,' zei hij. Hart Island was het eiland in East River waar Potter's Field lag. 'We moeten haar legitimatienummer opzoeken en dan kan ze worden opgegraven en met de veerboot worden terugge-

bracht. Dat is wel mogelijk. Het is eigenlijk het enige wat we kunnen doen. Het kan een paar dagen duren.'
'Dr. Horowitz?' zei ik voorzichtig. 'Wat is er bij u aan de hand?'
Zijn stem klonk kalm maar teleurgesteld toen hij antwoordde: 'Ik heb geen flauw idee.'
Ik bleef een tijdje achter mijn bureau zitten nadenken over wat ik moest doen. En hoe meer ik nadacht, hoe minder logisch alles werd. Waarom zou het het leger iets kunnen schelen als Jane werd geïdentificeerd? Als zij generaal Gaults nichtje was en het leger wist dat ze dood was, zou je juist verwachten dat ze zouden willen dat ze werd geïdentificeerd en in een echt graf werd begraven.
'Dr. Scarpetta.' Rose stond in de deuropening tussen mijn en haar kantoor. 'Ik heb Brent van de bank aan de lijn.'
Ze verbond het telefoontje door.
'Ik heb weer een rekening,' zei Brent.
'Oké.' Ik verstrakte.
'Van gisteren. Een aankoop bij Fino in New York. Ik heb het nagetrokken. Dat restaurant is in East Thirty-sixth Street. Het bedrag is honderdvier dollar dertien.'
Fino had heerlijk Noorditaliaans eten. Mijn voorouders kwamen uit Noord-Italië en Gault had zich voorgedaan als een Italiaan uit het noorden die Benelli heette. Ik probeerde Wesley te bereiken, maar hij was niet op kantoor. Toen belde ik Lucy, maar zij was niet bij de TRA en ook niet op haar kamer. Marino was de enige die ik kon vertellen dat Gault weer in New York was.
'Hij speelt gewoon weer spelletjes,' zei Marino vol afschuw. 'Hij weet dat je zijn uitgaven in de gaten houdt, Doc. Hij doet heus niets waarvan hij niet wil dat jij ervan afweet.'
'Dat snap ik ook wel.'
'We krijgen hem echt niet via American Express te pakken. Je kunt je kaart beter laten blokkeren.'
Maar dat kon ik niet. Mijn kaart was net als het modem waarvan Lucy wist dat het onder de vloer was verborgen. Het waren allebei ragfijne draadjes die naar Gault leidden. Hij speelde een

spel, maar op een dag zou hij misschien te ver gaan. Misschien zou hij te roekeloos worden en zou de roes van de cocaïne te diep worden en zou hij een fout maken.
'Doc,' vervolgde Marino, 'je maakt je hier veel te druk over. Je moet een beetje meer afstand nemen.'
Gault wilde misschien wel dat ik hem vond, dacht ik. Elke keer dat hij mijn kaart gebruikte, stuurde hij me een boodschap. Hij vertelde me steeds meer over zichzelf. Ik wist wat hij graag at en dat hij geen rode wijn dronk. Ik wist welke sigaretten hij rookte, welke kleren hij droeg, en ik dacht aan zijn laarzen.
'Luister je wel naar me?' vroeg Marino.
We hadden altijd aangenomen dat de laarzen het eigendom van Gault waren.
'Die laarzen waren van zijn zuster,' dacht ik hardop.
'Waar heb je het nou over?' zei Marino ongeduldig.
'Zij moet ze jaren geleden van haar oom hebben gekregen en vervolgens heeft Gault ze van haar afgepakt.'
'Wanneer? Niet in Cherry Hill, in de sneeuw.'
'Ik weet niet wanneer. Misschien kort voor ze stierf. Misschien in het Museum of Natural History. Ze hadden vrijwel dezelfde schoenmaat. Ze hebben hun laarzen misschien geruild. Er kan van alles zijn gebeurd. Maar ik twijfel eraan dat ze die laarzen vrijwillig heeft afgegeven. Om te beginnen moeten ze heel goed van pas zijn gekomen in de sneeuw. Ze was daar vast beter mee af dan met de laarzen die we in Benny's hol hebben gevonden.'
Marino zweeg eerst nog even en zei toen: 'Waarom zou hij haar haar laarzen hebben afgepakt?'
'Dat is gemakkelijk,' zei ik. 'Omdat hij ze wilde hebben.'

Die middag reed ik naar het vliegveld van Richmond met een propvol attachékoffertje en een weekendtas. Ik had mijn reisbureau niet gebeld omdat ik niet wilde dat iemand wist waar ik heen ging. Bij de balie van US AIR kocht ik een ticket naar Hilton Head in South Carolina.
'Ik heb gehoord dat het daar heel mooi is,' zei de spraakzame

vrouw die mij hielp. 'Veel mensen gaan erheen om golf en tennis te spelen.' Ze checkte mijn kleine tas in.
'Er moet een label aan.' Ik ging zachter spreken. 'Er zit een vuurwapen in.'
Ze knikte en gaf me een fel-oranje label waarop stond dat ik een niet-geladen vuurwapen bij me had.
'U mag het label er wel in doen,' zei de vrouw. 'Kan uw tas op slot?'
Ik sloot de tas af en keek toe hoe ze hem op de lopende band zette. Ze gaf me mijn ticket en ik ging naar boven, naar de uitgang van waar mijn vliegtuig zou vertrekken. Het was daar druk, en de mensen leken niet al te gelukkig dat ze na de feestdagen weer naar huis of aan het werk moesten.
De vlucht naar Charlotte leek wel langer dan een uur te duren, omdat mijn pieper twee keer afging en ik mijn draagbare telefoon niet kon gebruiken. Ik nam de *Wall Street Journal* en de *Washington Post* door terwijl mijn gedachten over een verraderlijk parcours slalomden. Ik bedacht wat ik zou zeggen tegen de ouders van Temple Gault en van de vermoorde vrouw die we Jane noemden.
Ik wist niet eens of de Gaults me wel wilden ontvangen, want ik had niet van tevoren gebeld. Hun telefoonnummer en adres stonden niet in het telefoonboek. Maar het leek me dat het vast niet erg moeilijk kon zijn om het huis te vinden dat ze in de buurt van Beaufort hadden gekocht. Live Oaks Plantation was een van de oudste plantages in South Carolina en de plaatselijke bevolking kende vast wel het echtpaar wiens huis in Albany onlangs in een overstroming was weggespoeld.
Op het vliegveld van Charlotte had ik genoeg tijd om op mijn pieper-oproepen te reageren. Allebei de telefoontjes waren afkomstig van Rose, die me wilde vragen of ik nog vrij was op een aantal data, omdat er een paar dagvaardingen waren binnengekomen.
'En Lucy heeft voor u gebeld,' zei ze.
'Ze heeft toch het nummer van mijn pieper,' zei ik verbaasd.
'Ik heb haar gevraagd of ze dat had,' zei mijn secretaresse. 'Ze zei dat ze het nog wel een keer zou proberen.'

'Heeft ze gezegd waar ze vandaan belde?'

'Nee. Ik neem aan dat ze van Quantico belde.'

Ik had geen tijd om haar verder uit te horen omdat het een flink eind lopen was naar terminal D, en het vliegtuig naar Hilton Head over vijftien minuten zou vertrekken. Ik rende de hele afstand en had nog net tijd om een zachte, zoutloze pretzel te kopen. Ik griste een paar zakjes mosterd mee en nam mijn enige maaltijd tot dusver die dag mee het vliegtuig in. De zakenman die naast me zat staarde naar mijn snack alsof hij eruit afleidde dat ik een ongemanierde huisvrouw was die niets van reizen per vliegtuig afwist.

Toen we eenmaal vlogen, maakte ik de zakjes mosterd open en bestelde een scotch on the rocks.

'Kunt u misschien twintig dollar wisselen?' vroeg ik aan de man naast me, omdat ik de stewardess had horen klagen dat ze niet genoeg wisselgeld had.

Hij trok zijn portefeuille en ik sloeg de *New York Times* open. Hij gaf me een biljet van tien dollar en twee van vijf, en ik betaalde zijn drankje. 'Quid pro quo,' zei ik.

'Dat is heel aardig van u,' zei hij met een trage, zuidelijke tongval. 'U komt zeker uit New York.'

'Ja,' loog ik.

'Gaat u toevallig ook naar het congres voor supermarkten in Carolina? Dat wordt in het Hyatt gehouden.'

'Nee. Ik ga naar het congres voor begrafenisondernemers,' loog ik weer. 'Dat is in het Holiday Inn.'

'O.' Hij deed er verder het zwijgen toe.

Het vliegveld van Hilton Head stond vol privé-vliegtuigen, van de welgestelde mensen die een huis op het eiland bezaten. De terminal was niet meer dan een schuur en de bagage lag buiten op een houten platform. Het was koel en er joegen donkere wolken langs de hemel. Toen de passagiers zich naar wachtende auto's en shuttlebusjes haastten, hoorde ik hen klagen.

'O, shit,' riep de man die naast me had gezeten. Hij had net een stel golfclubs opgepakt toen het begon te donderen en de bliksem hele stukken van de hemel deed oplichten, alsof er een oorlog was uitgebroken.

Ik huurde een zilverkleurige Lincoln en verschanste me daar een tijdje in op de parkeerplaats van het vliegveld. De regen roffelde op het dak en ik kon niets door de voorruit zien terwijl ik de kaart zat te bestuderen die ik van Hertz had gekregen. Anna Zenners huis was in Palmetto Dunes, niet ver van het Hyatt, waar de man uit het vliegtuig heen ging. Ik keek om me heen of zijn auto soms nog op de parkeerplaats stond, maar voor zover ik kon zien, waren hij en zijn golfclubs al verdwenen.
Het ging minder hard regenen en ik reed via de afrit bij het vliegveld naar de William Hilton Parkway, vanwaar ik op Queens Folly Road kwam. Daarna dwaalde ik een tijdje rond totdat ik het huis vond. Ik had iets kleiners verwacht. Anna's toevluchtsoord was geen bungalow. Het was een prachtig, landelijk, uit verweerd hout en glas opgetrokken landhuis. De achtertuin, waar ik parkeerde, stond vol met hoge palmen en met mos begroeide zwarte eiken. Er schoot een eekhoorn uit een boom toen ik het trapje naar de veranda op liep. Hij kwam dichterbij en ging op zijn achterpootjes zitten, driftig zijn wangetjes bewegend alsof hij me heel veel had te vertellen.
'Ze voert je zeker, hè?' zei ik tegen hem terwijl ik de sleutel te voorschijn haalde.
Hij stond daar met opgeheven voorpoten, alsof hij ergens tegen protesteerde.
'Nou, ik heb niets voor je, behalve de herinnering aan een pretzel,' zei ik. 'Het spijt me heel erg.' Ik zweeg even toen hij wat dichter naar me toe hupte. 'En als je hondsdol bent, zal ik je moeten doodschieten.'
Ik ging naar binnen, teleurgesteld dat er geen alarminstallatie was.
'Jammer,' zei ik, maar ik was niet van plan te verhuizen.
Ik deed de deur op slot en schoof de grendel ervoor. Niemand wist dat ik hier was. Ik was hier vast veilig. Anna kwam al jaren in Hilton Head en zag geen reden een beveiligingsinstallatie aan te brengen. Gault was in New York en het leek me dat hij me echt onmogelijk had kunnen volgen. Ik ging de met rustiek hout ingerichte woonkamer in, die ramen had die van de grond tot

aan de lucht reikten. Er lag een felgekleurd Indiaas tapijt op de hardhouten vloer en de meubelen van gebleekt mahoniehout waren bekleed met praktische stoffen in prachtige, vrolijke tinten.

Ik dwaalde van kamer naar kamer en kreeg steeds meer honger terwijl de oceaan de kleur van gesmolten lood aannam en een vastberaden leger donkere wolken vanuit het noorden aan kwam marcheren. Er liep een lang plankier vanaf het huis door de duinen. Ik nam een kop koffie mee en liep naar het einde daarvan. Ik zag mensen wandelen en fietsen en er waren ook een paar joggers. Het zand was hard en grijs en eskaders bruine pelikanen vlogen in formatie langs alsof ze een luchtaanval op een land of een vijandige vis, of misschien op het weer gingen ondernemen.

Er dook een bruinvis boven de golven uit terwijl mannen bezig waren golfballen in de zee te slaan. En toen blies de wind de styrofoam surfplank van een klein jongetje uit zijn handen. Het ding danste over het strand terwijl hij er wild achteraan rende. Nadat hij de surfplank ongeveer vijfhonderd meter had achtervolgd, buitelde zijn schat dwars door de wilde haver heen mijn duin op en vloog over mijn hek. Ik rende het trapje af en greep de plank voordat de wind die weer mee kon nemen. Het jongetje hield aarzelend zijn pas in toen hij zag dat ik naar hem keek.

Hij kon niet ouder zijn dan acht of negen, en hij had een spijkerbroek en een sweatshirt aan. Beneden op het strand kwam zijn moeder aanrennen.

'Mag ik mijn surfplank alstublieft terug,' zei hij terwijl hij naar het zand staarde.

'Zal ik je helpen je plank naar je moeder terug te brengen?' vroeg ik vriendelijk. 'Met die wind is het moeilijk om zo'n ding alleen te dragen.'

'Nee, dank u,' mompelde hij verlegen, zijn handen naar me uitstrekkend.

Ik voelde me afgewezen terwijl ik op Anna's plankier stond toe te kijken hoe hij met de wind worstelde. Uiteindelijk hield hij het ding plat tegen zijn lichaam, alsof het een strijkplank was en

stapte zo door het natte zand. Ik keek hem en zijn moeder na totdat ze niet meer waren dan twee vlekjes tegen een horizon die ik niet kon onderscheiden. Ik probeerde me voor te stellen waar ze heen zouden gaan. Naar een hotel of een huis? Waar bleven kleine jongetjes en moeders op een stormachtige avond?
Ik was nooit met vakantie geweest toen ik nog klein was omdat we daar geen geld voor hadden, en nu had ik geen kinderen. Ik dacht aan Wesley en voelde de behoefte hem op te bellen. Ik luisterde naar de branding die steeds luid tegen het zand aan sloeg. De sterren waren zichtbaar achter slierten bewolking en de wind voerde stemmen mee, maar ik kon geen woord verstaan. Ik kon net zo goed kikkers horen kwaken of vogels horen schreeuwen. Ik nam mijn lege koffiebeker weer mee naar binnen en was voor een keer eens niet bang.
Ik bedacht dat er waarschijnlijk niets te eten was in dit huis en dat ik vandaag alleen nog maar een pretzel had gehad.
'Dank je, Anna,' zei ik, toen ik een stapel diepvriesmaaltijden vond.
Ik warmde een schotel met kalkoen en gemengde groenten op, deed de gashaard aan en viel op de witte bank in slaap met mijn Browning dicht bij me. Ik was te moe om te dromen.
De zon en ik waren tegelijk op en mijn missie leek onwerkelijk totdat ik mijn attachékoffertje zag en weer wist wat erin zat. Het was nog te vroeg om te vertrekken. Ik trok dus een trui en een spijkerbroek aan en ging een eind wandelen.
Het zand was stevig en glad toen ik naar Sea Pines liep, en de zon schitterde witgoud op het water. De vogels vrolijkten de luidruchtige branding op met hun liedjes. Willets waren op zoek naar kleine krabbetjes en wormen, zeemeeuwen zweefden op de wind en kraaien hingen nonchalant rond als struikrovers met zwarte kappen over hun hoofd.
Nu de zon nog niet zo sterk was, waren er veel oudere mensen buiten en terwijl ik daar zo liep, concentreerde ik me op de zeewind die langs me heen waaide. Ik had het gevoel dat ik vrij kon ademen. Ik werd vrolijk van de glimlach van vreemden die me hand in hand passeerden, en als ze naar me zwaaiden, wuifde ik

terug. Geliefden hadden hun armen om elkaar heen geslagen en andere mensen zaten in hun eentje koffie te drinken op hun plankier en over het water uit te kijken.
Toen ik weer in Anna's huis terugkwam, toostte ik een bagel die ik in de diepvries vond en ging ik langdurig onder de douche staan. Vervolgens trok ik weer dezelfde zwarte blazer en broek aan. Ik pakte mijn spullen in en sloot het huis af alsof ik er niet meer terug zou komen. Ik had niet het gevoel dat ik in de gaten werd gehouden, totdat de eekhoorn weer opdook.
'O, nee,' zei ik terwijl ik de auto openmaakte. 'Ben je daar alweer?'
Hij stond op zijn achterpootjes tegen me te preken.
'Luister eens, Anna heeft gezegd dat ik hier mocht logeren. Ik ben een heel goede vriendin van haar.'
Zijn snorharen trilden en hij toonde me zijn kleine, witte buikje.
'Als je me je problemen staat te vertellen, doe dan maar geen moeite.' Ik gooide mijn tas op de achterbank. 'Anna is de psychiater. Niet ik.'
Ik opende het portier. Hij hupte wat dichterbij. Ik kon het niet meer aan en zocht in mijn attachékoffer, waar ik een zakje pinda's uit het vliegtuig vond. De eekhoorn stond verwoed te kauwen toen ik achteruit de door bomen overschaduwde oprit af ging. Hij bleef kijken hoe ik wegreed.
Ik nam de 278 in westelijke richting en reed door een weelderig landschap vol lisdodden, moeraskruid, slijkgras en biezen. Er waren vijvers die bedekt waren met lotus- en leliebloemen en bij vrijwel elke bocht in de weg zag ik haviken in de lucht. Het leek erop dat zodra je van de eilanden weg was, de meeste mensen arm waren, behalve degenen die meer in het binnenland woonden. Langs smalle wegen stonden kleine, witgeschilderde kerkjes en caravans die nog steeds met kerstverlichting waren versierd. Toen ik dichter in de buurt van Beaufort kwam, zag ik garagebedrijven, kleine motels op kale stukken land en een kapper waar de vlag van de Geconfedereerde Staten uithing. Ik stopte twee keer om de kaart te raadplegen.
Op St. Helena Island reed ik omzichtig om een tractor heen die

langs de kant van de weg stof deed opwaaien en begon uit te kijken naar een plek waar ik iemand kon vragen welke richting ik uit moest. Ik zag lege, stenen gebouwtjes waarin vroeger winkels hadden gezeten. Langs straten met grote eiken en door vogelverschrikkers bewaakte tuinen erlangs, bevonden zich tomatenkwekerijen, boerderijen en begrafenisondernemingen. Ik stopte pas toen ik op Tripp Island was en een restaurant had gevonden waar ik kon lunchen.

Het restaurant heette Gullah House, en de vrouw die me naar mijn tafeltje bracht was groot en heel zwart. Ze zag er vrolijk uit in haar wijde jurk met een patroon in tropische kleuren en toen ze iets tegen een ober zei, was hun taal muzikaal en vol vreemde woorden. Het Gullah-dialect is waarschijnlijk een mengsel van Westindisch en elizabethaans Engels. Het was vroeger de spreektaal van de slaven.

Ik zat aan mijn houten tafel op mijn ijsthee te wachten en maakte me zorgen dat niemand van de mensen die hier werkten me op een begrijpelijke manier zou kunnen vertellen waar de familie Gault woonde.

'Wat wil je verder nog bestellen, liefje?' De serveerster kwam terug met een glazen karaf met thee, ijs en citroenen.

Ik wees de *Biddy een de Fiel* aan omdat ik niet wist hoe ik dat uit moest spreken. De vertaling eronder beloofde gegrilleerde kip op krulsla.

'Wil je soms gebakken zoete aardappel of gefrituurde krabbetjes als voorafje?' Haar ogen dwaalden door het restaurant terwijl ze tegen me sprak.

'Nee, dank u.'

Ze was vastbesloten haar klant meer te laten eten dan alleen maar een magere lunch en liet me de gefrituurde zeekreeft zien die op de achterkant van het menu stond. 'We hebben vandaag ook gefrituurde garnalen. Die zijn zo lekker dat je je tong erbij inslikt.'

Ik keek haar aan. 'Tja, dan moest ik misschien maar een klein bijgerechtje proberen.'

'Dus je neemt ze allebei.'

'Alstublieft.'
Alles ging in hetzelfde trage tempo in het restaurant en het was bijna een uur later toen ik mijn rekening betaalde. De vrouw in de felgekleurde jurk, die volgens mij de manager was, stond buiten op de parkeerplaats met een andere donkere vrouw in een busje te praten. Op de zijkant stond GULLAH TOURS.
'Pardon,' zei ik tegen de manager.
Haar ogen waren zo donker als vulkanisch glas en hadden een argwanende, maar niet onvriendelijke blik. 'Wil je het eiland bezichtigen?' vroeg ze.
'Ik wilde eigenlijk de weg vragen,' zei ik. 'Kent u Live Oaks Plantation?'
'Die zit niet in onze rondrit. Niet meer.'
'Dus ik kan er niet komen?' vroeg ik.
De manager hield haar hoofd schuin en keek me van opzij aan. 'Er zijn nieuwe mensen komen wonen. Ze zijn niet zo dol op rondritten, als je begrijpt wat ik bedoel.'
'Ik begrijp wat u bedoelt,' zei ik. 'Maar ik moet er toch heen. Ik wil geen rondrit. Ik wil alleen maar dat u me vertelt hoe ik er moet komen.'
Ik besefte plotseling dat de manager – die ongetwijfeld ook de baas was van Gullah Tours – vast niet gecharmeerd was van het dialect dat ik sprak.
'En als ik nou eens voor een rondrit betaal?' zei ik. 'En uw chauffeur mij naar Live Oaks leidt?'
Dat leek een goed plan. Ik gaf haar twintig dollar en vertrok. Het was niet ver en al snel ging het busje langzamer rijden en wees een arm in een felgekleurde mouw uit het raampje naar een terrein met pecanbomen achter een keurig, wit hek. De toegangspoort, aan het einde van een lange, ongeplaveide oprit stond open en ik zag zo'n vijfhonderd meter verder een glimp van wit hout en een oud, koperen dak. Er was geen bord met de naam van de eigenaar en niets gaf aan dat dit Live Oaks Plantation was.
Ik sloeg linksaf de oprit in en keek ingespannen naar de open plekken tussen de oude pecanbomen, waarvan de noten al waren

geoogst. Ik kwam langs een vijver vol eendekroos waar een blauwe reiger langs de rand van het water liep. Ik zag niemand, maar toen ik dichter bij het prachtige vooroorlogse huis kwam, stonden daar een personenwagen en een pick-up. Achter het huis was een oude schuur met een tinnen dak, naast een donkerkleurige silo. Het weer was somber geworden en ik voelde dat mijn jack niet warm genoeg was toen ik de steile trap naar de veranda op ging en aanbelde.

Aan de uitdrukking op het gezicht van de man zag ik onmiddellijk dat de toegangspoort aan het einde van de oprit niet open had mogen staan.

'Dit is privé-terrein,' zei hij op effen toon.

Als Temple Gault zijn zoon was, zag ik geen gelijkenis. Deze man was pezig en had grijzend haar. Hij had een lang, verweerd gezicht. Hij droeg basketbalschoenen, een kaki broek en een simpel, grijs sweatshirt met een capuchon.

'Ik ben op zoek naar Peyton Gault,' zei ik, zijn blik beantwoordend terwijl ik mijn attachékoffer steviger vastpakte.

'De poort had dicht moeten zijn. Heeft u de borden met VERBODEN TOEGANG niet gezien? Ik heb ze toch om de paar meter tegen het hek gespijkerd. Waar wilt u Peyton Gault voor spreken?'

'Dat kan ik alleen aan Peyton Gault zelf vertellen,' zei ik.

Met een besluiteloze blik in zijn ogen nam hij me zorgvuldig in zich op. 'U bent toch niet een soort journalist?'

'Nee, meneer, dat ben ik zeker niet. Ik ben de hoofd patholooganatoom van Virginia.' Ik overhandigde hem mijn kaartje.

Hij leunde tegen de deurpost alsof hij zich niet goed voelde. 'Lieve god,' mompelde hij. 'Waarom kunnen jullie ons toch niet met rust laten?'

Ik zou nooit weten wat voor persoonlijke straf hij moest ondergaan voor datgene wat hij in het leven had geroepen, want als vader hield hij ergens in zijn hart vast nog steeds van zijn zoon.

'Meneer Gault,' zei ik. 'Mag ik alstublieft met u praten?'

Hij duwde zijn duimen en wijsvingers tegen zijn ooghoeken om de tranen tegen te houden. De rimpels op zijn gebruinde voor-

hoofd werden dieper en toen de zon even door de wolken brak, waren de stoppeltjes op zijn kin zandkleurig.
'Ik ben hier niet uit nieuwsgierigheid,' zei ik. 'Ik ben hier niet om onderzoek te doen. Alstublieft.'
'Vanaf de dag dat hij werd geboren was er al iets niet goed met hem,' zei Peyton Gault, zijn ogen afvegend.
'Ik weet dat dit vreselijk voor u is. Het is een onvoorstelbare beproeving. Maar ik begrijp het.'
'Niemand kan het begrijpen,' zei hij.
'Ik wil dat toch graag proberen.'
'Er kan niets goeds uit voortkomen.'
'Er kan alleen maar iets goeds uit voortkomen,' zei ik. 'Ik ben hier om mijn taak te doen.'
Hij keek me onzeker aan. 'Wie heeft u gestuurd?'
'Niemand. Ik ben hier alleen naartoe gekomen.'
'Hoe heeft u ons dan gevonden?'
'Ik heb de weg gevraagd,' zei ik, en ik vertelde hem waar ik dat had gedaan.
'Dat jack ziet er niet erg warm uit.'
'Ik heb het warm genoeg.'
'Goed,' zei hij. 'Laten we naar de pier gaan.'
Zijn aanlegsteiger liep door moerasland dat zich zo ver ik kon zien uitstrekte. De Barrier Islands leken net een onregelmatig gevormde watertoren tegen de horizon. We leunden tegen het hek en keken hoe wenkkrabben over de donkere modder schoten. Af en toe spuugde er een oester.
'In de tijd van de Burgeroorlog waren hier wel tweehonderdvijftig slaven,' zei hij, alsof we gewoon gezellig met elkaar stonden te praten. 'Voor u weggaat, moet u beslist even bij de Chapel of Ease gaan kijken. Het is nu niet veel meer dan een donker geraamte met een roestend smeedijzeren hek rond een kleine begraafplaats.'
Ik liet hem praten.
'Natuurlijk zijn de graven al lang leeggeroofd, al zo lang als iemand zich kan herinneren. Ik geloof dat de kapel rond 1740 is gebouwd.'

Ik zweeg.
Hij zuchtte en keek naar de zee.
'Ik heb een paar foto's die ik u wil laten zien,' zei ik zachtjes.
'Weet u,' zijn stem werd weer emotioneel, 'het is bijna alsof die overstroming een straf was voor iets wat ik had gedaan. Ik ben op die plantage in Albany geboren.' Hij keek me aan. 'Die heeft bijna twee eeuwen lang oorlog en slecht weer doorstaan. En toen kwam die storm en de Flint River steeg meer dan zes meter.
De regionale politie, de militaire politie, ze barricadeerden alles. Het water kwam verdomme tot aan het plafond van wat mijn geboortehuis was geweest, en de bomen konden we wel vergeten. Niet dat we ooit voor ons dagelijks brood van de pecannoten afhankelijk zijn geweest. Maar mijn vrouw en ik hebben een tijdje samen met zo'n driehonderd andere mensen als daklozen in een centrum gewoond.'
'Uw zoon heeft die overstroming niet veroorzaakt,' zei ik vriendelijk. 'Zelfs hij kan geen natuurrampen aanrichten.'
'Nou, het is waarschijnlijk maar beter dat we zijn verhuisd. Er kwamen voortdurend mensen langs om te zien waar hij was opgegroeid. Dat was slecht voor Rachaels zenuwen.'
'Rachael is uw vrouw?'
Hij knikte.
'En uw dochter?'
'Dat is een ander droevig verhaal. We hebben Jayne op haar elfde naar het westen moeten sturen.'
'Heet ze echt zo?' vroeg ik verbijsterd.
'Eigenlijk heet ze Rachael. Maar haar tweede naam is Jayne, met een y. Ik weet niet of u dat al wist, maar Temple en Jayne zijn een tweeling.'
'Daar had ik geen idee van,' zei ik.
'En hij is altijd jaloers op haar geweest. Dat was vreselijk om te zien, omdat zij juist gek op hem was. Ze waren de schattigste blonde kindertjes die je ooit had gezien, maar Temple heeft haar van het begin af aan willen vermorzelen alsof ze een insekt was. Hij was wreed.' Peyton Gault zweeg even.
Een zilvermeeuw vloog krijsend langs en een peloton wenk-

krabben deed een uitval naar een stel lisdodden.
Peyton Gault streek zijn haar naar achteren en zette zijn voet op de onderste rand van het hek. Hij zei: 'Ik geloof dat ik al wist hoe erg het was toen hij vijf was en Jayne een jong hondje had. Een lief beestje, een asbakkenras.' Hij zweeg weer. 'Nou' – zijn stem stokte – 'dat hondje verdween en die nacht werd Jayne wakker en vond het dood naast haar in bed. Temple had het waarschijnlijk gewurgd.'
'U zei dat Jayne aan de westkust is gaan wonen?' vroeg ik.
'Rachael en ik zagen geen andere oplossing. We wisten dat het slechts een kwestie van tijd was voordat hij haar zou vermoorden – waar hij volgens mij later bijna in is geslaagd. Ik had een broer in Seattle, ziet u. Luther.'
'De generaal,' zei ik.
Hij bleef recht voor zich uit staren. 'Jullie weten vast heel veel van ons. Daar heeft Temple wel voor gezorgd. En voor ik het weet, lees ik er straks over in boeken en zie ik er films over.' Hij sloeg zachtjes met zijn vuist op de rand van het hek.
'Jayne ging bij uw broer en zijn vrouw wonen?'
'En we hielden Temple in Albany. Geloof me, als ik hem weg had kunnen sturen en haar bij ons had kunnen houden, had ik dat gedaan. Ze was een lief, gevoelig kind. Heel dromerig en zachtaardig.' De tranen rolden over zijn wangen. 'Ze speelde piano en saxofoon, en Luther hield van haar alsof ze een van zijn eigen kinderen was. Hij had zoons.
Alles ging zo goed als we konden hopen, gezien de problemen die we thuis hadden. Rachael en ik gingen een paar keer per jaar naar Seattle. Ik zeg u, het was moeilijk voor mij, maar zij hield er bijna een gebroken hart aan over. En toen begingen we een grote fout.'
Hij zweeg totdat hij weer kon spreken en schraapte eerst een paar keer zijn keel. 'Een zomer stond Jayne erop naar huis te komen. Ik geloof dat ze toen bijna vijfentwintig was en ze wilde haar verjaardag vieren met iedereen erbij. Dus ze vloog samen met Luther en zijn vrouw Sara uit Seattle naar Albany. Temple gedroeg zich alsof er niets aan de hand was en ik herinner me nog...'

Hij schraapte zijn keel. 'Ik herinner me nog goed dat ik dacht dat alles misschien toch nog in orde zou komen. Dat hij misschien datgene wat er met hem aan de hand was geweest, te boven was gekomen. Jayne had ontzettend veel plezier op haar feest en ze besloot om een stuk met onze oude jachthond Snaggletooth te gaan lopen. Ze wilde dat we een foto van haar maakten, dus dat deden we. Tussen de pecanbomen. En toen gingen we allemaal weer naar binnen, behalve zij en Temple.

Hij kwam rond etenstijd terug en ik zei tegen hem: ''Waar is je zus?''

Hij antwoordde: ''Ze zei dat ze ging paardrijden.''

Tja, we wachtten en wachtten en ze kwam niet terug. Dus gingen Luther en ik haar zoeken. We vonden haar paard helemaal opgezadeld door de stal lopen, en zij lag daar op de grond met overal bloed.'

Hij ging met zijn handen over zijn gezicht en ik kon het gevoel van medelijden dat ik met deze man en zijn dochter Jayne had niet in woorden vatten. Ik vond het vreselijk hem te moeten vertellen dat het verhaal een einde had.

'De dokter,' ging hij met moeite verder, 'dacht dat ze gewoon een trap van het paard had gekregen, maar ik vertrouwde het niet. Ik dacht dat Luther de jongen zou doodslaan. Hij heeft tenslotte geen Medal of Honor gekregen voor zijn werk in de kantine. Dus toen Jayne voldoende was hersteld om uit het ziekenhuis te worden ontslagen, nam Luther haar mee naar huis. Maar ze is nooit meer helemaal in orde geweest.'

'Meneer Gault,' zei ik. 'Heeft u er enig idee van waar uw dochter nu is?'

'Tja, toen Luther vier of vijf jaar geleden overleed, is ze er in haar eentje op uitgetrokken. Ze laat ons meestal iets horen op verjaardagen, met kerst, net wanneer het haar uitkomt.'

'Heeft u deze kerst iets van haar gehoord?' vroeg ik.

'Niet met kerst zelf, maar wel een week of twee daarvoor.' Hij dacht ingespannen na, met een vreemde uitdrukking op zijn gezicht.

'Waar was ze toen?'

'Ze belde vanuit New York.'
'Weet u wat ze daar deed, meneer Gault?'
'Ik weet nooit wat ze doet. Ik denk eerlijk gezegd dat ze gewoon wat ronddwaalt en dat ze ons belt als ze geld nodig heeft.' Hij staarde naar een kleine zilverreiger op een boomstronk.
'Toen ze u vanuit New York belde,' vroeg ik door, 'heeft ze u toen om geld gevraagd?'
'Heeft u er bezwaar tegen als ik rook?'
'Natuurlijk niet.'
Hij haalde een pakje Merits uit zijn borstzak en probeerde moeizaam er een aan te steken in de wind. Hij draaide zich om, en draaide zich nog eens, en uiteindelijk legde ik mijn hand op de zijne en beschermde de lucifer tegen de wind. Hij beefde.
'Het is heel belangrijk dat u me over het geld vertelt,' zei ik. 'Hoeveel was het en hoe kreeg ze het?'
Hij zweeg even. 'Rachael doet dat allemaal, ziet u.'
'Maakte uw vrouw het geld telegrafisch over? Stuurde ze een cheque?'
'U kent mijn dochter zeker niet. Niemand zou een cheque voor haar verzilveren. Rachael maakt regelmatig telegrafisch geld aan haar over. Jayne moet medicijnen slikken tegen epileptische aanvallen, ziet u. Vanwege wat er met haar hoofd is gebeurd.'
'Waar wordt het geld naar overgemaakt?' vroeg ik.
'Naar een kantoor van de Western Union. Rachael kan u vertellen welk kantoor dat is.'
'En uw zoon? Heeft u nog contact met hem?'
Zijn gezicht kreeg een harde uitdrukking. 'Totaal niet.'
'Heeft hij ooit geprobeerd naar huis te komen?'
'Nee.'
'En dit huis? Weet hij dat u hier woont?'
'De enige manier waarop ik nog met Temple contact wens te hebben is via een dubbelloops jachtgeweer.' Hij spande zijn kaakspieren. 'Het kan me geen donder schelen dat hij mijn zoon is.'
'Weet u dat hij uw AT&T-telefoonkaart gebruikt?'
Meneer Gault ging rechtop staan en tikte de as van zijn sigaret

af, die vervolgens door de wind werd meegevoerd. 'Dat is niet mogelijk.'
'Uw vrouw betaalt de rekeningen?'
'Nou, dat soort rekeningen wel.'
'Ik snap het,' zei ik.
Hij gooide zijn sigaret in de modder en een krab schoot erop af.
Hij zei: 'Jayne is dood, hè? U bent een lijkschouwer en daarom bent u hier.'
'Ja, meneer Gault. Ik vind het heel erg.'
'Ik kreeg een voorgevoel toen u me vertelde wie u was. Mijn meisje is die vrouw van wie ze denken dat ze door Temple in Central Park is vermoord.'
'Daarom ben ik hier,' zei ik. 'Maar ik heb uw hulp nodig om te bewijzen dat ze uw dochter is.'
Hij keek me aan, en ik zag zijn doodvermoeide opluchting. Hij rechtte zichzelf. Ik voelde zijn trots. 'Mevrouw, ik wil niet dat ze in een ellendig armeluis graf ligt. Ik wil haar hier, bij Rachael en mij. Dan kan ze eindelijk bij ons wonen, omdat hij haar nu geen kwaad meer kan doen.'
We liepen over de aanlegsteiger.
'Ik kan ervoor zorgen dat dat gebeurt,' zei ik. De wind deed het gras plat buigen en trok aan ons haar. 'Daar heb ik alleen maar uw bloed voor nodig.'

18

Voordat we naar binnen gingen, waarschuwde meneer Gault me dat zijn vrouw het allemaal niet goed aankon. Hij legde zo voorzichtig mogelijk uit dat Rachael Gault nooit de waarheid onder ogen had gezien over het verdoemde lot van haar kinderen.

'Ze zal heus geen scène maken,' zei hij zachtjes terwijl we de trap naar de veranda op liepen. 'Ze zal het gewoon niet accepteren, als u begrijpt wat ik bedoel.'

'Misschien wilt u de foto's liever hier buiten bekijken,' zei ik.

'Van Jayne.' Hij klonk weer heel moe.

'Van haar en van voetsporen.'

'Voetsporen?' Hij haalde zijn eeltige vingers door zijn haar.

'Herinnert u zich nog of ze legerlaarzen had?' vroeg ik toen.

'Nee.' Hij schudde langzaam zijn hoofd. 'Maar Luther had wel zulke dingen.'

'Weet u wat zijn schoenmaat was?'

'Zijn voet was kleiner dan de mijne. Ik denk dat hij een veertig of een eenenveertig had.'

'Heeft hij ooit laarzen die van hemzelf waren aan Temple gegeven?'

'O nee,' zei hij kortaf. 'De enige manier waarop Luther die jongen zijn laarzen zou hebben gegeven, zou zijn als hij ze nog aan had en Temple een trap onder zijn kont verkocht.'

'Die laarzen kunnen dus van Jayne zijn geweest.'

'Ja. Zij en Luther hadden waarschijnlijk ongeveer dezelfde maat. Ze was een lang meisje. Ze was ongeveer net zo lang als Temple. Volgens mij was dat een deel van zijn probleem.'

Meneer Gault kon de hele dag wel in de wind blijven staan praten. Hij wilde niet dat ik mijn attachékoffertje zou openmaken, omdat hij wist wat erin zat.

'We hoeven dit niet te doen. U hoeft nergens naar te kijken,' zei ik. 'We kunnen een DNA-onderzoek doen.'

'Als het u niets uitmaakt,' zei hij met betraande ogen en deed de deur open. 'Ik zal het Rachael maar gaan vertellen.'

De voordeur van het huis van de Gaults was wit met een lichtgrijs randje. Binnen hing een oude, bronzen kroonluchter aan het hoge plafond en een elegante wenteltrap leidde naar de eerste verdieping. De woonkamer was ingericht met Engelse antieke meubelen, perzische tapijten en prachtige olieverfportretten van mensen uit het verleden. Rachael Gault zat op een simpele bank met een borduurwerkje op haar schoot. Ik zag dat de stoelen van de eetkamer, die aan de andere kant van een ruime, boogvormige doorgang was, met geborduurde stof waren bekleed.

'Rachael?' Meneer Gault stond voor haar als een verlegen vrijgezel met zijn hoed in zijn hand. 'We hebben bezoek.'

Haar naald ging op en neer. 'O, wat leuk.' Ze glimlachte en legde haar borduurwerk neer.

Rachael Gault was ooit een schoonheid geweest met een lichte huid, lichte ogen en lichtblond haar. Ik was gefascineerd te zien dat Temple en Jayne hun uiterlijk van hun moeder en hun oom hadden, en ik besloot daar niet over te speculeren, maar dit feit toe te schrijven aan Mendels wet van de dominantie of aan zijn genetische kansberekeningen.

Meneer Gault ging op de bank zitten en bood mij een stoel met een hoge rug aan.

'Wat voor weer is het?' vroeg mevrouw Gault met de flauwe glimlach die haar zoon ook had en met de hypnotiserende intonatie van het Diepe Zuiden. 'Ik vraag me af of er nog garnalen zijn.' Ze keek me aan. 'Weet u, ik heb uw naam niet gehoord. Laten we niet onbeleefd zijn, Peyton. Stel me eens aan je nieuwe vriendin voor.'

'Rachael,' probeerde meneer Gault opnieuw. Hij had zijn handen op zijn knieën gelegd en liet zijn hoofd hangen. 'Ze is een dokter uit Virginia.'

'O?' Haar elegante handen plukten aan het borduurgaas op haar schoot.

'Je zou haar geloof ik een lijkschouwer kunnen noemen.' Hij keek zijn vrouw aan. 'Liefje, Jayne is dood.'

Mevrouw Gault ging met handige vingers met haar borduurwerk door. 'Weet u, we hadden daar een magnolia die er al bijna honderd jaar stond toen hij in de lente door de bliksem werd getroffen. Kunt u zich dat voorstellen?' Ze borduurde verder. 'We krijgen hier behoorlijk zware stormen. Hoe is het weer waar u vandaan komt?'

'Ik woon in Richmond,' antwoordde ik.

'O, ja,' zei ze, haar naald sneller op- en neerhalend. 'Luister, we hadden geluk dat we niet helemaal zijn platgebrand in de oorlog. U heeft vast een betovergrootvader die ook heeft meegevochten?'

'Ik ben Italiaans,' zei ik. 'En ik kom oorspronkelijk uit Miami.'

'Nou, daar wordt het pas warm.'

Meneer Gault zat hulpeloos op de bank. Hij keek ons nu helemaal niet meer aan.

'Mevrouw Gault,' zei ik. 'Ik heb Jayne gezien, in New York.'

'Echt waar?' Dat leek haar oprecht te verheugen. 'Vertelt u me er alles over.' Haar handen waren net kolibries.

'Toen ik haar zag, was ze vreselijk mager en ze had haar haar af laten knippen.'

'Ze is nooit tevreden met haar haar. Toen ze het nog kort droeg, leek ze erg op Temple. Ze zijn een tweeling en de mensen haalden ze vroeger altijd door elkaar en dachten dat ze een jongen was. Dus droeg ze het later altijd lang, en daarom ben ik verbaasd dat u me vertelt dat het nu kort is.'

'Spreekt u uw zoon nog?' vroeg ik.

'Hij belt niet zo vaak als hij zou moeten doen, die stoute jongen. Maar hij weet dat hij me altijd kan bellen.'

'Jayne heeft u een paar weken voor kerst gebeld,' zei ik.

Ze zei niets en borduurde verder.

'Heeft ze niet tegen u gezegd dat ze haar broer had gezien?'

Ze zweeg.

'Dat vraag ik me af omdat hij ook in New York was.'

'Inderdaad, ik had hem gezegd dat hij zijn zus op moest gaan zoeken en haar een gelukkig kerstfeest moest wensen,' zei mevrouw Gault. Haar man kromp ineen.

'Heeft u haar geld gestuurd?' vervolgde ik.
Ze keek me aan. 'Dat is een nogal persoonlijke vraag.'
'Inderdaad, mevrouw. Ik ben bang dat ik wel persoonlijk moet worden.'
Ze trok een felblauwe draad door haar naald.
'Dokters moeten nu eenmaal persoonlijk zijn,' probeerde ik een andere tactiek. 'Dat hoort bij hun vak.'
Ze lachte een beetje. 'Ja, dat is waar. Daarom vind ik het vast zo vervelend om naar de dokter te gaan. Ze denken dat ze alles kunnen genezen met magnesiumoxyde. Net alsof je witte verf drinkt. Peyton? Wil je alsjeblieft een glas water met wat ijs erin voor me halen? En vraag onze gast wat zij wil drinken.'
'Niets voor mij,' zei ik zachtjes tegen hem toen hij met tegenzin opstond en de kamer uit ging.
'Het was heel attent van u om uw dochter geld te sturen,' zei ik. 'Vertelt u me eens hoe u dat heeft gedaan in een stad die zo groot en zo druk is als New York.'
'Ik liet het door Western Union overmaken, zoals altijd.'
'Waar heeft u het precies naar laten overmaken?'
'Naar New York, waar Jayne is.'
'Waar in New York, mevrouw Gault? En heeft u dat wel vaker gedaan?'
'Naar een apotheek daar. Omdat ze haar medicijnen moet halen.'
'Voor haar aanvallen. Haar difenylhydantoïne.'
'Jayne zei dat het niet zo'n beste buurt was.' Ze deed nog een paar steken. 'Het heet daar Houston. Alleen wordt het niet zo uitgesproken als die stad in Texas.'
'Houston en verder?' vroeg ik.
'Ik weet niet wat u bedoelt.' Ze raakte geagiteerd.
'Een straat er vlakbij. Ik heb een adres nodig.'
'Waarom in hemelsnaam?'
'Omdat uw dochter daar misschien vlak voor ze stierf naartoe is gegaan.'
Ze borduurde nu sneller en haar lippen vormden een dunne lijn.
'Helpt u me alstublieft, mevrouw Gault.'

‘Ze gaat veel met de bus. Ze zegt dat ze Amerika als in een film langs zich heen ziet rollen als ze in de bus zit.’
‘Ik weet dat u niet wilt dat er nog iemand doodgaat.’
Ze kneep haar ogen dicht.
‘Alstublieft.’
‘Ik ga slapen, ik ben moe.’
‘Pardon?’ vroeg ik.
‘Rachael.’ Meneer Gault kwam de kamer weer in. ‘Er is geen ijs. Ik weet niet wat er is gebeurd.’
‘Doe mijn beide oogjes toe,’ zei ze.
Verbijsterd keek ik haar man aan.
‘Ik ga slapen, ik ben moe. Doe mijn beide oogjes toe,’ zei hij, haar aankijkend. ‘Dat gebed deden we elke avond met de kinderen toen ze nog klein waren. Is dat waar je aan denkt, liefje?’
‘De testvraag voor Western Union,’ zei ze.
‘Omdat Jayne geen legitimatie had,’ zei ik. ‘Natuurlijk. Ze moest dus een testvraag beantwoorden voor ze haar geld en haar medicijnen mee kon nemen.’
‘O, ja. Dat hebben we altijd gebruikt. Al jaren.’
‘En voor Temple?’
‘Voor hem ook.’
Meneer Gault wreef over zijn gezicht. ‘Rachael, je hebt hem toch niet ook geld gegeven. Vertel dat me alsjeblieft niet…’
‘Het is mijn geld. Ik heb mijn eigen geld, van mijn familie, net zoals jij.’ Ze ging weer door met borduren, het borduurgaas heen en weer draaiend.
‘Mevrouw Gault,’ zei ik, ‘wist Temple dat Jayne weer geld van u zou krijgen via Western Union?’
‘Natuurlijk wist hij dat. Hij is haar broer. Hij zei dat hij het voor haar op zou halen omdat zij zich niet goed voelde. Doordat dat paard haar toen heeft afgeworpen. Ze is nooit zo schrander geweest als Temple. En ik heb hem ook wat geld gestuurd.’
‘Hoe vaak heeft u geld gestuurd?’ vroeg ik haar opnieuw.
Ze hechtte een draad af en keek om zich heen alsof ze iets kwijt was.

'Mevrouw Gault, ik ga hier niet weg voordat u mijn vraag heeft beantwoord, of u moet me uw huis uitzetten.'
'Nadat Luther was gestorven, was er niemand meer om voor Jayne te zorgen en ze wilde niet hierheen komen,' zei ze. 'Jayne wilde niet naar zo'n tehuis. Dus ze liet me steeds weten waar ze was en als ik kon, hielp ik haar.'
'Dat heb je me nooit verteld.' Haar man was er stuk van.
'Hoe lang was ze al in New York?' vroeg ik.
'Sinds 1 december. Ik stuurde haar regelmatig geld, steeds een klein beetje. De ene keer vijftig dollar en de volgende keer honderd. Ik heb afgelopen zaterdag weer wat overgemaakt, zoals altijd. Daarom weet ik dat ze in orde is. Ze is door de test gekomen. Dus ze heeft daar in de rij gestaan.'
Ik vroeg me af hoe lang Gault al het geld van zijn arme zuster onderschepte. Ik verachtte hem met een vuur dat gewoon angstwekkend was.
'Ze hield niet van Philadelphia,' vervolgde mevrouw Gault, die nu sneller begon te praten. 'Daar was ze voor ze naar New York ging. Over een stad vol broederliefde gesproken. Iemand heeft daar haar fluit gestolen. Heeft die gewoon uit haar hand gerukt.'
'Haar fluitje?' vroeg ik.
'Haar saxofoon. Weet u, mijn vader speelde viool.'
Meneer Gault en ik staarden haar aan.
'Misschien was het haar saxofoon die daar is gestolen. Lieve heer, ik weet niet meer waar ze allemaal is geweest. Liefje? Weet je nog dat ze hier kwam voor haar verjaardag en dat ze met de hond tussen de pecanbomen ging wandelen?' Ze hield haar handen stil.
'Dat was in Albany. Daar zijn we nu niet.'
Ze sloot haar ogen. 'Toen was ze vijfentwintig en nog nooit gekust.' Ze lachte. 'Ik weet nog dat ze dol enthousiast achter de piano zat en oorverdovend hard "Happy Birthday" zong. En toen nam Temple haar mee naar de schuur. Ze zou overal met hem naartoe gaan. Dat heb ik nooit begrepen. Maar Temple kan heel charmant zijn.'
Er druppelde een traan tussen haar wimpers door.

‘Ze ging op dat ellendige paard Priss rijden en kwam nooit meer terug.’ Er gleden nog meer tranen over haar wangen. ‘O, Peyton, ik heb mijn meisje nooit meer gezien.’
Hij zei met trillende stem: ‘Temple heeft haar vermoord, Rachael. Dit kan zo niet doorgaan.’

Ik reed terug naar Hilton Head en nam vroeg in de avond het vliegtuig naar Charlotte. Daar vandaan vloog ik naar Richmond, waar ik mijn auto ophaalde. Ik ging niet naar huis. Ik werd voortgedreven door een gevoel van gejaagdheid. Ik kon Wesley niet bereiken op Quantico en Lucy had me niet teruggebeld.
Het was bijna negen uur toen ik langs de duistere schietbanen en kazernes reed. De bomen waren dreigende schaduwen aan weerskanten van de weg. Ik was afgedraaid en uitgeput en keek uit naar verkeersborden en overstekende herten. Toen flitsten er plotseling blauwe zwaailichten in mijn achteruitkijkspiegeltje. Ik probeerde te bepalen wat voor auto er achter me zat. Ik kon het niet goed zien, maar ik wist dat het geen politieauto was, omdat die naast de zwaailichten ook nog langwerpige lampen zou hebben.
Ik reed door. Ik dacht aan de zaken die ik had behandeld waarin een vrouw alleen was gestopt voor iemand die ze voor een agent had aangezien. Ik had Lucy in de loop der jaren vaak gewaarschuwd dat ze nooit voor een auto zonder politie-embleem moest stoppen, vooral niet ’s avonds. De auto bleef me hardnekkig achtervolgen, maar ik stopte pas toen ik bij het wachthokje voor de Academie was.
De auto zonder embleem kwam achter me tot stilstand en een geüniformeerde agent van de militaire politie stelde zich vrijwel ogenblikkelijk met getrokken pistool naast mijn portier op. Mijn hart bleef bijna stilstaan.
‘Kom eruit en steek je handen in de lucht!’ gelastte hij.
Ik bleef doodstil zitten.
Hij deed een stap naar achteren en ik besefte dat de wacht iets tegen hem zei. Vervolgens kwam de wacht uit zijn hokje en de

agent tikte tegen mijn raampje. Ik deed het open toen de agent zijn wapen liet zakken. Maar hij hield zijn ogen op mij gericht. Hij zag eruit alsof hij geen dag ouder was dan negentien.
'U moet toch echt uitstappen, mevrouw.' De agent werd cynisch omdat hij zich geneerde over de situatie.
'Dat doe ik als u uw wapen opbergt en uit de weg gaat,' zei ik terwijl de wacht van de Academie een stap naar achteren deed. 'En ik heb een pistool op de verhoging tussen de twee stoelen hier liggen. Dat zeg ik maar even, zodat u niet schrikt.'
'Bent u van de DEA?' wilde hij weten terwijl hij mijn Mercedes bekeek.
Zijn snor zag eruit alsof die uit grijze vlokken lijm bestond. Mijn bloed kookte. Ik wist dat hij een stoere show zou opvoeren omdat de wacht van de Academie stond toe te kijken.
Ik stapte uit. Het blauwe zwaailicht flitste over onze gezichten.
'Of ik van de DEA ben?'
'Ja.'
'Nee.'
'Bent u van de FBI?'
'Nee.'
Hij werd steeds ongeruster. 'Wat bent u dan, mevrouw?'
'Ik ben forensisch patholoog,' zei ik.
'Wie is uw supervisor?'
'Ik heb geen supervisor.'
'Mevrouw, u moet toch een supervisor hebben.'
'De gouverneur van Virginia is mijn supervisor.'
'Ik moet uw rijbewijs zien,' zei hij.
'Niet voordat u me vertelt waar ik van word beschuldigd.'
'U reed zeventig kilometer in een gebied waar zestig kilometer de maximumsnelheid is. En u probeerde te ontvluchten.'
'Rijden alle mensen die aan de militaire politie proberen te ontkomen regelrecht naar een wachthokje?'
'Ik moet uw rijbewijs zien.'
'En dan wil ik u eens vragen, agent,' zei ik, 'waarom u denkt dat ik niet ben gestopt in het donker, op deze godverlaten weg?'
'Dat weet ik echt niet, mevrouw.'

'Auto's zonder politie-embleem houden maar zelden verkeer aan, maar psychopaten doen dat wel vaak.'
Het felle, blauwe zwaailicht flitste over zijn meelijwekkend jonge gezicht. Hij wist waarschijnlijk niet eens wat een psychopaat was.
'Ik zal nooit voor uw Chevrolet zonder embleem stoppen, ook al blijven u en ik deze ongelukkige episode voor de rest van ons leven herhalen. Begrijpt u dat?' zei ik.
Er kwam een auto met grote snelheid uit de richting van de Academie aanrijden en stopte aan de andere kant van het wachthokje.
'U bedreigde me,' zei ik woedend. Een autoportier sloeg dicht. 'U heeft godverdomme een 9-mm-pistool op me gericht. Heeft bij het Korps Mariniers niemand u de betekenis van *onnodig geweld* geleerd?'
'Kay?' Benton Wesley verscheen in het pulserende licht.
Ik realiseerde me dat de wacht hem moest hebben gewaarschuwd, maar ik snapte niet waarom Wesley op dit uur nog hier was. Hij kon niet van zijn huis zijn gekomen. Hij woonde zowat in Fredericksburg.
'Goedenavond,' zei hij op strenge toon tegen de agent.
Hij nam hem apart en ik kon niet horen wat ze zeiden. Maar de agent liep terug naar zijn kleine, onopvallende auto. De blauwe lichten gingen uit en hij reed weg.
'Dank je,' zei Wesley tegen de wacht. 'Kom mee,' zei hij tegen mij. 'Rijd maar achter me aan.'
Hij ging niet naar de parkeerplaats die ik meestal gebruikte, maar naar de gereserveerde parkeerruimte achter Jefferson. Er stond verder alleen maar een grote pick-up, die ik herkende als de wagen van Marino. Ik stapte uit.
'Wat is er aan de hand?' vroeg ik. Door de kou kwam mijn adem in rookwolkjes naar buiten.
'Marino is al op de afdeling.' Wesley had een donkere trui en een donkere broek aan, en ik had het idee dat er iets was gebeurd.
'Waar is Lucy?' vroeg ik snel.

Hij antwoordde niet en stak zijn pasje in de daarvoor bestemde opening, zodat de achterdeur openging.
'We moeten praten,' zei hij.
'Nee.' Ik wist wat hij bedoelde. 'Ik maak me te veel zorgen.'
'Kay, ik ben niet je vijand.'
'Dat lijk je soms wel.'
We liepen snel door en namen niet de moeite om op de lift te wachten.
'Het spijt me,' zei hij. 'Ik hou van je en ik weet niet wat ik moet doen.'
'Ik weet het.' Ik was van streek. 'Ik weet ook niet wat ik moet doen. Ik hoop steeds maar dat iemand me dat vertelt. Maar ik wil dit niet, Benton. Ik wil wat we hadden en tegelijkertijd wil ik het nooit meer.'
Hij zweeg een lang ogenblik.
'Lucy had beet op CAIN,' zei hij tenslotte. 'We hebben de antiterreureenheid al opgesteld.'
'Dan is ze dus hier,' zei ik opgelucht.
'Ze is in New York. We gaan er nu naartoe.' Hij wierp een blik op zijn horloge.
'Dat begrijp ik niet,' zei ik terwijl onze voetstappen op de trap klonken.
We liepen haastig door een lange gang waar de gijzelingsonderhandelaars de dag doorbrachten als ze niet op pad waren om terroristen uit gebouwen en kapers uit vliegtuigen te praten.
'Ik begrijp niet waarom ze in New York is,' zei ik ongerust. 'Wat moet ze daar?'
We liepen zijn kantoor in, waar Marino bij een weekendtas gehurkt zat. De tas was open en er lagen een scheerset en drie volle magazijnen voor zijn Sig Sauer naast. Hij was ergens naar aan het zoeken en wierp een blik naar mij toen ik binnenkwam.
Hij zei tegen Wesley: 'Het is niet te geloven. Ik heb mijn scheermes vergeten.'
'Dat hebben ze in New York ook wel,' zei Wesley. Zijn mond stond grimmig.

‘Ik ben in South Carolina geweest,’ zei ik. ‘Ik heb met de Gaults gesproken.’

Marino hield op met zoeken en staarde me aan. Wesley ging achter zijn bureau zitten.

‘Ik hoop dat ze niet weten wat de verblijfplaats van hun zoon is,’ zei hij op vreemde toon.

‘Ik heb er geen aanwijzing voor dat dat het geval is.’ Ik keek hem nieuwsgierig aan.

‘Nou, misschien doet het er ook niet toe.’ Hij wreef in zijn ogen. ‘Ik wil gewoon niet dat iemand hem waarschuwt.’

‘Lucy heeft hem zo lang op CAIN kunnen houden dat het telefoontje kon worden nagetrokken,’ veronderstelde ik.

Marino stond op en ging op een stoel zitten. Hij zei: ‘Die gozer heeft een huis vlak bij het Central Park.’

‘Waar?’ vroeg ik.

‘In het Dakota-gebouw.’

Ik dacht aan de avond voor kerst toen we bij de fontein in Cherry Hill hadden gestaan. Gault had ons toen gade kunnen slaan. Hij had vanuit zijn kamer onze lampen kunnen zien.

‘Herinner je je zijn valse legitimatie nog?’ vroeg Marino. ‘Van die Italiaanse vent, die Benelli?’

‘Is het appartement van hem?’

‘Ja,’ antwoordde Wesley. ‘Meneer Benelli is blijkbaar de flamboyante erfgenaam van een aanzienlijk familiefortuin. De beheerder nam aan dat de huidige bewoner – Gault – een Italiaans familielid was. Ze stellen daar sowieso niet veel vragen, en hij had een accent. Het is ook heel handig dat meneer Benelli niet degene is die de huur betaalt. Dat doet zijn vader in Verona.’

‘Waarom kunnen jullie het Dakota-gebouw niet binnenvallen en Gault oppakken?’ vroeg ik. ‘Waarom kan de anti-terreureenheid dat niet?’

‘We kunnen dat wel, maar ik heb het liever niet. Het is te riskant,’ zei Wesley. ‘Dit is geen oorlog, Kay. We willen niet dat er doden vallen en we moeten ons aan de wet houden. Er wonen mensen in het gebouw die gewond zouden kunnen raken. We weten niet waar Benelli is. Het is mogelijk dat hij in de kamer is.’

'Ja, in een plastic zak in een opberghok,' zei Marino.

'We weten waar Gault is en we houden het gebouw in de gaten. Maar Manhattan is niet de plek die ik zou hebben gekozen om die vent te pakken. Het is er te druk, verdomme. Het kan gebeuren dat er een vuurgevecht ontstaat – en dan maakt het niet uit hoe goed je bent – en dat er iemand wordt geraakt. Dat er iemand anders sterft. Een vrouw, een man, een kind dat net op het verkeerde moment naar buiten komt.'

'Dat begrijp ik,' zei ik. 'Daar kan ik niets tegen inbrengen. Is Gault nu in het appartement? En Carrie?'

Wesley zei: 'We hebben ze nog geen van beiden gezien en we hebben geen reden te denken dat Carrie bij hem in de buurt is.'

'Hij heeft mijn creditcard niet gebruikt om ook tickets voor haar te kopen,' zei ik bedachtzaam. 'Dat weten we in ieder geval.'

'We weten ook dat Gault er om acht uur vanavond nog was,' zei Wesley. 'Toen maakte hij verbinding en kreeg Lucy hem te pakken.'

'Ze kreeg hem te pakken?' Ik keek de twee mannen aan. 'Ze kreeg hem hier te pakken en nu is ze weg? Is ze soms bij de anti-terreureenheid gedetacheerd?'

Ik kreeg een bizar beeld voor ogen van Lucy die in zwarte laarzen en in een zwart gevechtstenue gestoken op de Andrews-luchtmachtbasis op een vliegtuig werd gezet. Ik zag haar voor me met een groep uiterst atletische helikopterpiloten, scherpschutters en explosievenexperts, en mijn ongeloof groeide.

Wesley keek me aan. 'Ze is al een tijdje in New York. Daar werkt ze op de computer van de Transit Police. En ze was ook in New York toen ze beet kreeg.'

'Waarom werkt ze niet hier, waar CAIN is?' vroeg ik, want ik wilde niet dat Lucy in New York was. Ik wilde niet dat ze in dezelfde staat was als Temple Gault.

'Transit heeft een bijzonder geavanceerd systeem,' zei hij.

'Zij hebben dingen die wij niet hebben, Doc,' voegde Marino daaraan toe.

'Zoals wat?'

'Zoals een gecomputeriseerde plattegrond van het hele metrostelsel.' Marino legde zijn onderarmen op zijn knieën en leunde dichter naar me toe. Hij begreep mijn gevoelens. Dat zag ik in zijn ogen. 'We denken dat Gault op die manier zijn weg heeft gevonden.'

Wesley legde uit: 'We denken dat Carrie Grethen er op de een of andere manier voor heeft gezorgd dat Gault in de computer van de Transit Police kon komen, via CAIN. Hij kon toen zelf een route bepalen om zich via de tunnels door de stad te verplaatsen, zodat hij zijn drugs kon halen en zijn misdaden kon plegen. Hij had toegang tot gedetailleerde tekeningen van stations, platforms, tunnels en ontsnappingsluiken.'

'Wat voor ontsnappingsluiken?' vroeg ik.

'Het metrostelsel heeft nooduitgangen uit de tunnels, voor het geval een trein daar beneden om de een of andere reden moet stoppen. De passagiers kunnen dan naar een nooduitgang worden geleid waardoor ze weer boven de grond kunnen komen. Central Park heeft een aantal van die uitgangen.'

Wesley stond op en ging naar zijn attachékoffertje. Hij opende het en trok er een dikke rol wit papier uit. Nadat hij het elastiekje eraf had gehaald, vouwde hij een aantal heel lange tekeningen van het metrostelsel van New York uit, waarop alle sporen en structuren stonden, met elk mangat, elke vuilnisbak, elke plek waarop de stopplaats van de treinstellen werd aangegeven en elke perronrand. De tekeningen bedekten het grootste deel van de vloer in Wesley's kantoor en sommige waren meer dan twee meter lang. Ik bekeek ze gefascineerd.

'Die komen bij overste Penn vandaan,' zei ik.

'Inderdaad,' antwoordde Wesley. 'En wat er op haar computer staat is nog gedetailleerder. Kijk bijvoorbeeld hier eens naar.' Hij hurkte bij de papieren en hield zijn das opzij. 'In maart 1979 zijn de draaihekken bij CB, nummer 300, weggehaald. Hier.' Hij wees een tekening aan van het metrostation Hundred-tenth Street bij Lennox Avenue en Hundred-twelfth Street.

'En zo'n verandering wordt nu onmiddellijk in het computersysteem van de Transit Police gezet.'

'Dat houdt in dat elke verandering direct op de gecomputeriseerde plattegronden te zien is,' zei ik.

'Precies.' Hij schoof een andere tekening dichterbij, van het station aan Eighty-first Street, bij het Museum of Natural History. 'Hier is de reden waarom we denken dat Gault deze plattegronden heeft gebruikt.' Hij tikte op een deel van de kaart waarop een nooduitgang vlak in de buurt van Cherry Hill stond aangegeven.

'Als Gault deze tekening heeft bekeken,' vervolgde Wesley, 'heeft hij waarschijnlijk deze nooduitgang gekozen om naar buiten en weer naar binnen te gaan toen hij de moord in Central Park pleegde. Op die manier konden hij en zijn slachtoffer zich ongezien door de tunnels verplaatsen nadat ze uit het museum kwamen, en toen ze in het park weer boven de grond kwamen, waren ze heel dicht bij de fontein waar hij van plan was het lichaam tegenaan te zetten.

Maar wat je niet kunt zien op deze drie maanden oude uitdraai, is dat de Afdeling Onderhoud de dag voor de moord die nooduitgang voor reparatiewerkzaamheden heeft afgesloten. We denken dat Gault en zijn slachtoffer daarom van een locatie dichter bij de Ramble zijn vertrokken,' zei hij. 'Een aantal van de voetafdrukken die we in dat gebied hebben gevonden blijkt overeen te komen met die van hen. En de sporen zijn vlak bij een nooduitgang aangetroffen.'

'Dus we moeten vragen hoe hij wist dat die uitgang in Cherry Hill was afgesloten,' zei Marino.

'Ik neem aan dat hij dat van tevoren kan hebben gecontroleerd,' zei ik.

'Dat kan niet boven de grond, omdat de deuren alleen vanuit de tunnels opengaan,' zei Marino.

'Misschien was hij in de tunnel en zag hij daar dat de deur dicht zat,' wierp ik tegen, want ik voelde al aan waar dit heen leidde, en daar was ik niet blij mee.

'Dat is natuurlijk mogelijk,' zei Wesley op redelijke toon. 'Maar de agenten van de Transit Police komen vaak in die tunnels. Ze staan overal op de perrons en de stations, en geen van hen herinnert zich Gault te hebben gezien. Ik heb het idee dat hij daar via de computer rondloopt totdat het hem uitkomt er in het echt naartoe te gaan.'

'En wat is de rol van Lucy?' vroeg ik.

'Om hem te manipuleren,' zei Marino.

'Ik ben geen computerexpert,' zei Wesley, 'maar voor zover ik het begrijp, heeft ze het zo opgezet dat als hij op deze computerplattegrond aanlogt, hij in werkelijkheid een plattegrond ziet die zij steeds verandert.'

'Waarom verandert ze die?'

'We hopen dat we zo een manier vinden om hem als een rat in een doolhof in de val te laten lopen.'

'Ik dacht dat de anti-terreureenheid was ingeschakeld.'

'We proberen het op alle mogelijke manieren.'

'Nou, laat ik jullie dan nog een plan aan de hand doen,' zei ik. 'Gault gaat naar de Houston Professional Pharmacy als hij geld nodig heeft.'

Ze keken me aan alsof ik gek was.

'Zijn moeder maakte daar altijd geld naartoe over voor Temple's zus, Jayne...'

'Wacht eens even,' onderbrak Marino me.

Maar ik vervolgde: 'Ik heb geprobeerd jullie te bellen om dat te vertellen. Ik weet dat Temple dat geld heeft onderschept, omdat mevrouw Gault een bedrag heeft overgemaakt toen Jayne al dood was. En iemand heeft voor ontvangst getekend. Die persoon kende het antwoord op de testvraag.'

'Wacht,' zei Marino. 'Wacht verdomme eens even. Vertel je me nu dat die klootzak zijn eigen zuster heeft vermoord?'

'Ja,' antwoordde ik. 'Ze was zijn tweelingzus.'

'Jezus. Dat heeft niemand me nog verteld.' Hij keek Wesley beschuldigend aan.

'Je kwam hier twee minuten voordat Kay werd gearresteerd,' zei Wesley.

'Ik ben niet gearresteerd,' zei ik. 'Haar tweede naam is echt Jayne, met een y,' vervolgde ik en vertelde hun de rest.

'Dat verandert alles,' zei Wesley en belde New York.

Het was bijna elf uur toen hij de hoorn op de haak legde. Hij

stond op en pakte zijn attachékoffer en zijn tas, en ook een mobilofoon die op zijn bureau lag. Marino stond ook op.
'Eenheid drie aan eenheid zeventien,' zei Wesley in de mobilofoon.
'Zeventien.'
'We komen jullie kant op.'
'Ja, meneer.'
'Ik ga met jullie mee,' zei ik tegen Wesley.
Hij keek me aan. Ik stond niet op de passagierslijst.
'Goed,' zei hij. 'Laten we gaan.'

19

We bespraken het plan in de lucht, terwijl onze piloot ons naar Manhattan bracht. Het veldbureau dat de FBI in New York had, zou een undercover-agent in de apotheek bij Houston Street en Second Avenue stationeren, terwijl twee agenten uit Atlanta naar de Live Oaks Plantation zouden worden gestuurd. Dat werd allemaal al geregeld terwijl we in onze stem-gestuurde microfoons spraken.

Als mevrouw Gault het gebruikelijke tijdschema aanhield, moest er morgen weer geld worden overgemaakt. Aangezien Gault niet kon weten dat zijn ouders hadden gehoord dat hun dochter dood was, zou hij aannemen dat het geld er zoals altijd gewoon zou zijn.

'Hij neemt natuurlijk niet simpelweg een taxi naar de apotheek,' kwam Wesley's stem over mijn koptelefoon terwijl ik over de donkere vlaktes uitkeek.

'Nee,' zei Marino. 'Dat lijkt mij ook niet. Hij weet dat behalve de koningin van Engeland iedereen naar hem op zoek is.'

'We moeten zorgen dat hij de route onder de grond neemt.'

'Dat lijkt me riskanter,' zei ik, denkend aan Davila. 'Er is geen licht. En dan de derde rail en de treinen nog.'

'Dat weet ik,' zei Wesley. 'Maar hij heeft de instelling van een terrorist. Het kan hem niets schelen wie hij doodt. We kunnen midden op de dag geen schietpartij in Manhattan gebruiken.'

Dat begreep ik.

'Dus hoe zorg je ervoor dat hij door de tunnels naar de apotheek gaat?' vroeg ik.

'We voeren de druk een beetje op, zonder hem af te schrikken.'

'Hoe?'

'Het blijkt dat er morgen een protestoptocht tegen de misdaad wordt gehouden.'

'Wat toepasselijk,' zei ik cynisch. 'Gaat die door de Bowery?'

'Ja. De route kan gemakkelijk zo worden veranderd dat de optocht over Houston Street en Second Avenue loopt.'
'Je hoeft alleen maar de afzetting te verplaatsen,' merkte Marino op.
'De Transit Police kan een memo over de computer sturen om alle agenten in de Bowery te waarschuwen dat er zo en zo laat een demonstratie is. Gault ziet dan op de computer dat die optocht precies rond de tijd dat hij zijn geld op moet halen door die wijk gaat. Hij ziet ook dat het metrostation op Second Avenue tijdelijk is afgesloten.'
Een kerncentrale in Delaware lichtte op als een roodgloeiend verwarmingselement en er trok een koude tochtstroom door de helikopter.
Ik zei: 'Dus hij weet dat het geen goed moment is om zich boven de grond te verplaatsen.'
'Precies. Als er een demonstratie is, zijn er ook agenten.'
'Ik ben bang dat hij misschien besluit het geld niet te gaan ophalen,' zei Marino
'Dat doet hij wel,' zei Wesley, alsof hij dat zeker wist
'Ja,' zei ik. 'Hij is aan crack verslaafd. Dat is een krachtiger aansporing dan angst, als hij die al zou voelen.'
'Denk je dat hij zijn zus om het geld heeft vermoord?' vroeg Marino.
'Nee,' zei Wesley. 'Maar de kleine geldbedragen die haar moeder haar toestuurde waren gewoon een van de dingen die hij zich heeft toegeëigend. Uiteindelijk heeft hij zijn zus alles afgenomen wat ze had.'
'Nee, dat heeft hij niet gedaan,' zei ik. 'Ze is nooit slecht geweest, zoals hij. Dat is het beste wat ze bezat en dat kon Gault haar niet afnemen.'
'We komen met vuurwapens naar de Big Apple,' klonk Marino's stem.
'Mijn tas,' zei ik. 'Die ben ik vergeten.'
'Ik zal morgenochtend gelijk met de commissaris praten.'
'Het is al morgenochtend,' zei Marino.
We landden op het helikopterplatform op de Hudson, vlak bij

vliegdek van de met kerstlichtjes versierde *Intrepid.* Er stond een patrouillewagen van de Transit Police op ons te wachten en ik herinnerde me hoe ik hier nog niet zo lang geleden was gearriveerd en toen had kennisgemaakt met overste Penn. Ik herinnerde me dat ik Jayne's bloed in de sneeuw had gezien en dat ik toen nog niet de ondraaglijke waarheid over haar had geweten.

We gingen weer naar de New York City Athletic Club.

'Welke kamer heeft Lucy?' vroeg ik Wesley toen we incheckten bij een oude man die eruitzag alsof hij altijd op de meest onmogelijke tijden moest werken.

'Ze is niet hier.' De man gaf ons onze sleutels.

We liepen bij de receptie vandaan.

'Oké,' zei ik. 'Vertel het me nu maar.'

Marino geeuwde. 'We hebben haar aan een naai-atelier verkocht.'

'Je zou kunnen zeggen dat ze in verzekerde bewaring zit.' Wesley glimlachte een beetje. De bronzen deuren van de lift gingen open. 'Ze logeert bij overste Penn.'

Toen ik in mijn kamer was, trok ik mijn broekpak uit en hing het in de douche, waar ik het net zoals de twee voorgaande avonden stoomde. Ik dacht erover het weg te gooien als ik ooit weer de kans kreeg me te verkleden. Ik sliep onder een paar dekens en met de ramen wijdopen. Ik was om zes uur, nog voor de wekker afging, wakker. Ik nam een douche en bestelde een bagel met koffie.

Om zeven uur belde Wesley me en hij en Marino kwamen me ophalen. We gingen door de foyer naar buiten, waar een politieauto stond te wachten. Ik had mijn Browning in mijn attachékoffertje, en hoopte dat Wesley een speciale vergunning voor ons kon krijgen en dat hij dat snel zou doen, omdat ik de vuurwapenwet van de staat New York niet wilde overtreden.

'We gaan het volgende doen,' zei Wesley terwijl we naar Manhattan reden. 'Ik ga de hele ochtend bellen. Marino, ik wil dat jij met de Transit Police de straat op gaat. Zorg ervoor dat die wegafzetting precies is waar die moet staan.'

'Komt in orde.'
'Kay, ik wil dat jij bij overste Penn en Lucy blijft. Zij zullen direct in contact staan met de agenten in South Carolina en ook met de agent in de apotheek.' Wesley keek op zijn horloge. 'Als het goed is, komen de agenten in South Carolina trouwens over nog geen uur op de plantage aan.'
'Laten we hopen dat de Gaults dit niet gaan verpesten,' zei Marino, die voorin zat.
Wesley keek naar mij.
'Toen ik bij de Gaults wegging, leken ze bereid ons te helpen,' zei ik. 'Maar kunnen we het geld niet gewoon uit haar naam overmaken en haar erbuiten laten?'
Wesley zei: 'Dat zou kunnen. Maar hoe minder aandacht we trekken, hoe beter. Mevrouw Gault woont in een kleine stad. Als de agenten het geld overmaken, zou er iemand kunnen gaan praten.'
'En Gault zou lucht kunnen krijgen van wat die persoon zou kunnen zeggen?' vroeg ik sceptisch.
'Als de vertegenwoordiger van Western Union in Beaufort op de een of andere manier iets doorspeelt aan zijn collega hier in New York, weet je nooit wat er kan gebeuren waardoor Gault wordt afgeschrikt. We willen gewoon dat risico niet nemen, en hoe minder mensen erbij betrokken zijn, hoe beter.'
'Ik begrijp het,' zei ik.
'Dat is ook een reden waarom ik wil dat jij bij de overste blijft,' vervolgde Wesley. 'Als mevrouw Gault zich op de een of andere manier in de situatie mengt, heb ik jou nodig om met haar te praten en haar weer op het rechte pad te brengen.'
'Gault komt misschien toch wel naar de apotheek,' zei Marino. 'Misschien weet hij pas op het moment dat hij bij de toonbank staat dat er geen geld is, als zijn moeder ons in de steek mocht laten.'
'We weten niet wat hij zal doen,' zei Wesley. 'Maar ik denk dat hij eerst zal bellen.'
'Zij moet het geld overmaken,' stemde ik in. 'Dat moet ze echt doen. En dat is moeilijk.'

'Precies, het gaat om haar zoon,' zei Wesley.
'En wat gebeurt er dan?' vroeg ik.
'We hebben het zo geregeld dat de optocht om twee uur begint, wat ongeveer het tijdstip is waarop het geld vroeger steeds is overgemaakt. We stellen de anti-terreureenheid op – een aantal van hen doet mee aan de optocht. En er zijn ook nog andere agenten. En politie in burger. Zij worden voornamelijk in de metro en in de buurt van de nooduitgangen geplaatst.'
'En in de apotheek?' vroeg ik.
Wesley zweeg even. 'Natuurlijk hebben we daar ook een paar agenten. Maar we willen Gault niet in de winkel of in de buurt van de winkel oppakken. Het kan dat hij dan in het rond gaat schieten. Als er doden vallen, dan mag dat er maar één zijn.'
'Het enige wat ik vraag, is dat ik de geluksvogel ben die hem neerlegt,' zei Marino. 'En dan kan ik met pensioen.'
'We moeten hem hoe dan ook onder de grond zien te krijgen,' zei Wesley met nadruk. 'We weten niet wat voor wapens hij nu heeft. We weten niet hoeveel mensen hij met zijn karate uit kan schakelen. Er is zo veel dat we niet weten. Maar ik denk dat hij opgefokt is door de coke en dat hij steeds meer op hol slaat. En hij is niet bang. Daarom is hij zo gevaarlijk.'
'Waar gaan we nu heen?' vroeg ik terwijl ik naar de sombere gebouwen in de motregen keek. Het was geen goede dag voor een optocht.
'Penn heeft een commandopost ingericht in Bleecker Street, in de buurt van de Houston Pharmacy, maar toch op een veilige afstand,' zei Wesley. 'Haar team is daar de hele nacht mee bezig geweest. Ze hebben daar computerapparatuur en dergelijke heen gebracht. Lucy is bij hen.'
'En dat is in het metrostation zelf?'
De agent achter het stuur antwoordde: 'Ja, mevrouw. Het is een halte die alleen door de week wordt gebruikt. In het weekend stoppen de treinen hier niet, dus het is er nu rustig. De Transit Police heeft hier een mini-district dat de hele Bowery beslaat.'
Hij parkeerde voor een trap die naar beneden, het station in voerde. Overal op de trottoirs en de straten liepen mensen die

paraplu's of kranten boven hun hoofd hielden.
'Als u hier naar beneden gaat, ziet u links van de draaihekjes een houten deur. Naast het informatieloket,' zei de agent.
Hij nam zijn microfoon. 'Eenheid een-elf.'
'Eenheid een-elf,' klonk de stem van de centralist.
'Tien-vijf eenheid drie.'
De centralist zocht contact met eenheid drie en ik herkende de stem van overste Penn. Ze wist dat we waren gearriveerd. Wesley, Marino en ik liepen voorzichtig de gladde trap af. Het was harder gaan regenen. Binnen was de betegelde vloer nat en vies, maar er was niemand te zien. Ik werd steeds ongeruster.
We liepen langs het informatieloket en Wesley klopte op een houten deur. Die ging open en rechercheur Maier, die ik in Cherry Hill al had ontmoet, liet ons binnen in een ruimte die in feite tot een controlekamer was omgebouwd. Op een lange tafel stonden monitors van een gesloten tv-circuit en mijn nichtje zat bij een schakelpaneel met telefoons, radio-apparatuur en computers.
Frances Penn, die was gekleed in de donkere legertrui en broek van het uniform van de manschappen over wie ze de leiding had, kwam gelijk op me af en nam met een hartelijk gebaar mijn hand.
'Kay, ik ben zo blij dat je er bent,' zei ze. Ze was vol nerveuze energie.
Lucy werd in beslag genomen door vier monitors. Ze lieten allemaal een plattegrond van een ander deel van het metrostelsel zien.
Wesley zei tegen overste Penn: 'Ik moet door naar het veldbureau. Marino gaat met uw mannen mee, zoals we al hebben besproken.'
Ze knikte.
'Ik laat dr. Scarpetta dus hier bij u.'
'Prima.'
'Wat is het plan precies?' wilde ik weten.
'Nou, we sluiten het station op Second Avenue, dat vlak bij de apotheek is,' antwoordde overste Penn. 'We zetten de ingang af

met wegmarkeringskegels en -planken. We kunnen geen confrontatie riskeren met burgers erbij. We verwachten dat hij door de tunnel met het noordelijke spoor komt of dat hij via die tunnel weer vertrekt, en het is waarschijnlijker dat hij naar Second Avenue toe wordt gelokt als dat station niet open is.' Ze zweeg even en keek naar Lucy. 'Het is gemakkelijker te begrijpen als je nichtje het je even op het scherm laat zien.'

'En dan hoop je hem ergens in dat station te pakken,' zei ik.

'Dat hopen we,' zei Wesley. 'We stellen daar in het donker een aantal mannen op. De anti-terreureenheid is daar aanwezig, en ook in het gebied eromheen. Het doel is hem ergens te pakken waar geen publiek is.'

'Uiteraard,' zei ik.

Maier sloeg ons nauwlettend gade. 'Hoe wist u dat de vrouw uit het park zijn zus was?' vroeg hij, mij recht aankijkend.

Ik gaf hem een korte samenvatting en zei toen: 'We kunnen dat met DNA verifiëren.'

'Ik heb gehoord dat dat niet kan,' zei hij. 'Ik heb gehoord dat ze in het mortuarium haar bloed en poep zijn kwijtgeraakt.'

'Waar heeft u dat gehoord?' vroeg ik.

'Ik ken een stel kerels die daar werken. U weet wel, rechercheurs bij de afdeling Vermiste Personen van de NYPD.'

'We zorgen er wel voor dat ze wordt geïdentificeerd,' zei ik, hem oplettend aankijkend.

'Nou, als u het mij vraagt, is het jammer als dat ze lukt.'

Overste Penn stond geconcentreerd te luisteren. Ik had het idee dat zij en ik allebei dezelfde conclusie trokken.

'Waarom zegt u dat?' vroeg ze hem.

Maier werd boos. 'Omdat het klote-systeem in deze klote-stad zo werkt dat we de klootzak hier voor de rechtbank slepen, niet? Dus hij wordt ervan beschuldigd dat hij die vrouw heeft vermoord, omdat er niet genoeg bewijs is om hem voor de moord op Jimmy Davila te veroordelen. En we hebben geen doodstraf in New York. En het bewijs wordt alleen maar zwakker als die vrouw geen naam heeft – als niemand weet wie ze is.'

'Het lijkt erop dat u bedoelt dat u graag wilt dat het bewijs zwak is,' zei Wesley.

'Ja. Dat lijkt zo omdat ik dat inderdaad wil.'

Marino staarde hem uitdrukkingsloos aan. Hij zei: 'Die hufter heeft Davila met zijn eigen dienstrevolver koud gemaakt. Gault zou daarvoor naar de stoel moeten gaan.'

'Verdomme, ja, dat zou hij zeker moeten.' Maier spande zijn kaakspieren. 'Hij heeft een agent vermoord. Een verdomd goeie agent die van een hoop onzin wordt beschuldigd, omdat dat nou eenmaal zo gaat als je bij het uitoefenen van je werk wordt gedood. De mensen, de politici, interne zaken – ze speculeren allemaal. Iedereen heeft zijn eigen verborgen doelstelling. Iedereen. Het zou voor ons allemaal beter zijn als Gault in Virginia en niet hier werd berecht.'

Hij keek me weer aan. Ik wist wat er was gebeurd met Jayne's sectiemonsters. Rechercheur Maier had zijn vrienden in het mortuarium gevraagd hem een dienst te bewijzen om hun gevallen kameraad te helpen. Hoewel het heel verkeerd was wat ze hadden gedaan, kon ik het wel begrijpen.

'Jullie hebben de elektrische stoel in Virginia, waar Gault ook moorden heeft gepleegd,' zei hij. 'En ik heb gehoord dat de Doc hier zoveel van die beesten voor moord veroordeeld krijgt, dat ze alle records breekt. Maar als die smeerlap in New York wordt berecht, legt u zeker geen getuigenverklaring af, hè?'

'Dat weet ik niet,' zei ik.

'Zie je wel. Ze weet het niet. Dat betekent dat we het wel kunnen vergeten.' Hij keek iedereen aan alsof hij zijn punt had bewezen en we er niets tegen in konden brengen. 'Die klootzak moet naar Virginia worden gebracht en daar worden gestoofd, als hij tenminste hier niet eerst door een van ons wordt neergeknald.'

'Rechercheur Maier,' zei overste Penn kalm. 'Ik wil u even alleen spreken. Laten we naar mijn kantoor gaan.'

Ze gingen naar een deur achter in de ruimte. Ze zou hem van de zaak afhalen omdat ze hem niet onder controle kon houden. Ze zou een rapport over hem uitbrengen en hij zou waarschijnlijk worden geschorst.

'We gaan weg,' zei Wesley.
'Ja,' zei Marino. 'De eerstvolgende keer dat je ons ziet zijn we op tv.' Hij wees naar de monitors die overal in de controlekamer stonden.
Ik trok mijn jas en handschoenen uit en wilde net met Lucy gaan praten toen de deur achter in de kamer weer openging en Maier terugkwam. Hij liep met snelle, boze passen naar me toe.
'Doe het voor Jimbo,' zei hij emotioneel. 'Zorg dat die klootzak niet vrijuit gaat.'
De aderen in zijn hals waren opgezwollen en hij keek naar het plafond. 'Het spijt me.' Hij vocht tegen de tranen en kon bijna niet spreken. Vervolgens gooide hij de deur open en liep weg.
'Lucy?' zei ik. We waren alleen.
Ze was uiterst geconcentreerd aan het typen. 'Hallo,' zei ze.
Ik ging naar haar toe en kuste haar boven op haar hoofd.
'Ga zitten,' zei ze zonder op te kijken.
Ik keek naar de monitors. Ik zag pijlen voor treinen richting Manhattan, Brooklyn, de Bronx en Queens, en een complexe plattegrond waarop straten, scholen en medische instellingen waren aangegeven. Overal stonden nummers bij. Ik ging naast haar zitten en haalde net mijn bril uit mijn attachékoffertje toen overste Penn weer terugkwam. Ze had een gespannen uitdrukking op haar gezicht.
'Dat was niet prettig,' zei ze terwijl ze achter ons kwam staan. Het pistool aan haar riem kwam bijna tegen mijn oor.
'Wat zijn die oplichtende tekens, die eruitzien als kronkelende ladders?' vroeg ik, er een paar op het scherm aanwijzend.
'Dat zijn nooduitgangen,' zei overste Penn.
'Kun je me uitleggen wat jullie hier doen?' vroeg ik.
'Lucy, doe jij dat maar,' zei de overste.
'Het is eigenlijk heel simpel,' zei Lucy. Ik geloofde haar nooit als ze daarmee kwam. 'Ik neem aan dat Gault ook naar deze kaarten kijkt. Dus laat ik hem zien wat ik wil dat hij ziet.'
Ze sloeg een aantal toetsen aan en er verscheen een ander deel van het metrostelsel op het scherm, compleet met symbolen en de lange lijnen die de sporen aangaven. Ze typte een commando

en er verscheen een rode arcering.

'Dit is de route die hij volgens ons gaat nemen,' zei ze. 'Het lijkt logisch dat hij hier de metro in gaat.'

Lucy wees op de monitor links van degene die vlak voor haar stond. 'Dit is het station bij het Museum of Natural History. En zoals je kunt zien, zijn er drie nooduitgangen bij het Hayden Planetarium en een bij het Beresford-appartementencomplex. Hij kan ook het spoor volgen dat in zuidelijke richting loopt, dichter bij het Kenilworth-appartementencomplex en daar de tunnels in gaan, en vervolgens een perron kiezen als het tijd is om in een metrotrein te stappen.

Ik heb niets veranderd op deze plattegronden,' vervolgde Lucy. 'Het is belangrijker om hem aan de andere kant, als hij bij de Bowery komt, in de war te brengen.'

Ze sloeg snel een aantal toetsen aan en er verschenen steeds andere kaarten op de monitors. Ze kon ze draaien, verplaatsen en veranderen alsof het schaalmodellen waren die ze in haar handen hield. Op het middelste scherm lichtte het symbool voor een nooduitgang met een vierkant eromheen op.

'We denken dat de slang hier zijn hol in gaat,' ging Lucy verder. 'Het is een nooduitgang op de plek waar Fourth en Third samenkomen en overgaan in de Bowery.' Ze wees de uitgang aan. 'Hier achter dit grote gebouw. Het gebouw van de Cooper Union Foundation.'

Overste Penn zei: 'De reden waarom we denken dat hij deze uitgang gebruikt, is dat we hebben ontdekt dat ermee is geknoeid. Er zit een opgevouwen stuk aluminiumfolie tussen de deur en de deurpost, zodat je de uitgang ook van boven de grond in kunt.

En het is ook de uitgang die het dichtst bij de apotheek is,' vervolgde ze. 'Het is een afgelegen plek, daar achter dat gebouw, in een steegje tussen een stel vuilniscontainers. Gault kan komen en gaan wanneer hij maar wil, en het is onwaarschijnlijk dat iemand hem ziet, zelfs niet overdag.'

'En er is nog iets,' zei Lucy. 'Er is een beroemde muziekzaak op Cooper Square. De Carl Fischer Music Store.'

'Ja,' zei overste Penn. 'Iemand die daar werkt herinnert zich dat hij Jayne wel eens heeft gezien. Ze liep daar af en toe naar binnen om wat rond te kijken. Dat was in december.'
'Heeft iemand met haar gesproken?' vroeg ik. Het opgeroepen beeld maakte me droevig.
'Ze wisten alleen nog maar dat ze in bladmuziek voor jazz was geïnteresseerd. Het punt is dat we niet weten wat voor band Gault met deze buurt heeft. Maar het is mogelijk dat die band veel complexer is dan we denken.'
'We hebben deze nooduitgang onbruikbaar gemaakt,' zei Lucy. 'De politie heeft hem afgegrendeld.'
Ze sloeg nog een paar toetsen aan. Het symbool lichtte nu niet meer op en er stond de boodschap BUITEN GEBRUIK naast.
'Het lijkt me dat dat toch een goede plek is om hem op te pakken,' zei ik. 'Waarom willen we hem niet daar achter het Cooper Union-gebouw hebben?'
'Ook hier geldt weer,' zei de overste, 'dat het te dicht bij een druk gebied is, en als Gault weer in de tunnel terugduikt, zou hij heel diep in het metrostelsel zitten. Hij zou letterlijk in de ingewanden van de Bowery zijn. Een achtervolging zou vreselijk gevaarlijk zijn en we zouden hem misschien niet te pakken krijgen. Ik denk dat hij daar beneden beter de weg weet dan wij.'
'Goed,' zei ik. 'En wat gebeurt er dan?'
'Aangezien hij zijn favoriete nooduitgang niet kan gebruiken, heeft hij twee keuzemogelijkheden. Hij kan een andere uitgang gebruiken die verder naar het noorden ligt. Of hij kan verder door de tunnels lopen en het perron van het station bij Second Avenue op gaan.'
'We denken niet dat hij een andere nooduitgang zal nemen,' zei overste Penn. 'Dan zou hij te lang boven de grond zijn. En hij weet dat er veel politie op de been is vanwege de optocht die dan aan de gang is. Het is dus onze theorie dat hij zo lang mogelijk in de tunnels blijft.'
'Precies,' zei Lucy. 'Het is perfect. Hij weet dat het station tijdelijk gesloten is. Er is niemand die hem ziet als hij daar van het spoor het station in loopt. En hij is dan vlak bij de apotheek –

die is zowat om de hoek. Hij haalt zijn geld en gaat op dezelfde manier terug.'
'Misschien,' zei ik. 'En misschien niet.'
'Hij weet van de optocht af,' zei Lucy op onverzettelijke toon. 'Hij weet dat het station bij Second Avenue gesloten is. Hij weet dat de nooduitgang waarmee hij heeft geknoeid niet in gebruik is. Hij weet alles wat we willen dat hij weet.'
Ik keek haar sceptisch aan. 'Vertel me eens waarom je dat zo zeker weet.'
'Ik heb het zo opgezet dat ik een boodschap krijg zodra hij in die bestanden gaat. Ik weet dat hij alle bestanden heeft bekeken en ik weet ook wanneer.' Ze had een woedende blik in haar ogen.
'Kan iemand anders er niet in zijn gegaan?'
'Niet zoals ik het heb georganiseerd.'
'Kay,' zei overste Penn. 'Er is nog iets belangrijks. Kijk hier eens.' Ze wees naar de monitors van het gesloten tv-circuit die op een lange, hoge tafel waren geplaatst. 'Lucy, laat het haar eens zien.'
Lucy typte weer een commando en de televisies gingen aan. Ze lieten allemaal een ander metrostation zien. Ik zag mensen langslopen. Ze droegen hun paraplu's onder hun arm en ik herkende tasjes van Bloomingdale's, van de Dean & DeLuca-delicatessenwinkel en van de Second Avenue Deli.
'Het regent niet meer,' zei ik.
'Kijk dit eens,' zei Lucy.
Ze typte nog een aantal commando's, zodat de televisietoestellen met de gecomputeriseerde plattegronden samenvielen. Als de een op het scherm was, gold dat ook voor de ander.
'Hiermee kan ik eigenlijk voor luchtverkeersleider spelen,' legde ze uit. 'Als Gault iets onverwachts doet, houd ik via de radio voortdurend contact met de politie en de FBI.'
'Als hij bijvoorbeeld ontvlucht, wat god verhoede, en ver het metrostelsel in gaat, langs deze sporen hier' – overste Penn wees naar een plattegrond op een van de schermen – 'dan kan Lucy de politie er over de radio voor waarschuwen dat er rechts

een houten wegversperring is. Of de rand van een perron, een spoor voor een sneltrein, een nooduitgang, een zijgang, een seinhuisje.'

'Dat is voor het geval hij ontsnapt en we hem door de hel waar hij Davila heeft vermoord moeten achtervolgen,' zei ik. 'Dat is in het ergste geval.'

Frances Penn keek me aan. 'Wat is het ergste wat er bij hem kan gebeuren?'

'Ik hoop dat we dat al hebben meegemaakt,' zei ik.

'Je weet dat Transit een touch screen-telefoonsysteem heeft.' Lucy liet het me zien. 'Als de nummers in de computer zitten, kun je over de hele wereld bellen. En wat echt heel gaaf is, is het 9-11-alarmnummer. Als dat nummer boven de grond wordt gebeld, gaat het telefoontje naar de NYPD. En als het in de metro wordt gebeld, gaat het naar de Transit Police.'

Ik stond op. 'Wanneer sluit je het station op Second Avenue?' vroeg ik aan overste Penn.

Ze keek op haar horloge. 'Over nog geen uur.'

'Gaan de treinen dan nog wel?'

'Natuurlijk,' zei ze, 'ze stoppen daar alleen niet.'

20

De Protestmars tegen de Misdaad begon op tijd, met vertegenwoordigers van vijftien kerken en een bonte verzameling mannen, vrouwen en kinderen, die allemaal weer gewoon rustig in hun eigen buurt wilden kunnen lopen. Het weer was slechter geworden en de sneeuw viel neer in ijskoude windvlagen, die steeds meer mensen de taxi's en de metro in joegen, omdat het te koud was om te lopen.

Om kwart over twee zaten Lucy, overste Penn en ik in de controlekamer, waar elke monitor, televisie en radio aanstond. Wesley zat in een van de auto's van de FBI die de TRA geel had geschilderd, zodat ze op taxi's leken, en die met radio's, scanners en andere surveillance-apparatuur waren uitgerust. Marino was op straat met mensen van de Transit Police en FBI-agenten in burger. De leden van de anti-terreureenheid waren verspreid over het Dakota-gebouw, de apotheek en Bleecker Street. We wisten niet precies waar iedereen was, omdat buiten niemand stilstond, en wij hier binnen waren en daar ook bleven.

'Waarom heeft er nog niemand gebeld?' klaagde Lucy.

'Ze hebben hem nog niet gezien,' zei overste Penn. Ze was rustig maar tegelijk ook gespannen.

'Ik neem aan dat de optocht al is begonnen,' zei ik.

Overste Penn antwoordde: 'Ze zijn nu op Lafayette en komen onze kant op.'

Zij en Lucy hadden koptelefoons op die waren aangesloten op de radiocommunicatieontvanger op het schakelpaneel. Ze hadden op verschillende kanalen afgestemd.

'Oké, oké,' zei overste Penn terwijl ze wat meer rechtop ging zitten. 'We hebben hem gezien. Op perron nummer zeven,' riep ze naar Lucy, wier vingers over het toetsenbord ratelden. 'Hij is daar net via een smal looppad op gekomen. Hij is het metrostelsel in gegaan via een tunnel die onder het park doorloopt.'

Toen verscheen perron nummer zeven in zwart-wit op een van

de tv's. We zagen iemand in een lange, donkere jas. Hij droeg laarzen en een hoed, had een zonnebril op en stond wat ter zijde van de andere passagiers, bij de rand van het perron. Lucy riep een andere plattegrond op terwijl overste Penn aan de radio bleef. Ik zag de andere reizigers rondlopen, zitten, kaarten lezen en staan. Er kwam een trein aanrazen die eerst langzamer ging rijden en vervolgens stopte. De deuren gingen open en hij stapte in.

'Welke richting gaat hij op?' vroeg ik.

'Naar het zuiden. Hij komt deze kant op,' zei overste Penn opgewonden.

'Hij zit op de A-lijn,' zei Lucy, haar monitors bestuderend.

'Precies.' Overste Penn maakte radiocontact. 'Hij kan niet verder dan Washington Square,' zei ze tegen iemand. 'En dan kan hij daar overstappen en de F-lijn naar Second Avenue nemen.'

Lucy zei: 'We controleren de stations allemaal na elkaar. We weten niet waar hij uit gaat stappen. Maar hij moet ergens uitstappen, zodat hij de tunnels weer in kan.'

'Dat moet hij zeker doen als hij via Second Avenue gaat,' zei overste Penn over de radio. 'Hij kan er niet de metro naartoe nemen, omdat die daar niet stopt.'

Lucy zette de monitors van het gesloten tv-circuit aan. Ze toonden, in elkaar snel opvolgende beelden, steeds een ander station, terwijl de trein die we niet konden zien onze richting uit kwam.

'Hij is niet op Forty-second,' zei ze. 'En we zien hem ook niet op het Penn-station, of op het station bij Twenty-third.'

De monitors flitsten aan en uit, perrons en mensen tonend die niet wisten dat ze in de gaten werden gehouden.

'Als hij in die trein is blijven zitten, moet hij nu bij Fourteenth Street zijn,' zei overste Penn.

Maar als dat inderdaad het geval was, dan stapte hij daar niet uit, of in ieder geval, wij zagen hem niet. Toen hadden we onverwachts weer geluk.

'Goeie god,' zei Lucy. 'Hij is op het Grand Central-station. Hoe is hij daar in vredesnaam gekomen?'

'Hij moet naar het oosten zijn gegaan voordat wij verwachtten dat hij dat zou doen en via Times Square zijn gereisd,' zei overste Penn.

'Maar waarom?' zei Lucy. 'Dat is helemaal niet logisch.'

Overste Penn riep eenheid twee, oftewel Benton Wesley op. Ze vroeg of Gault de apotheek al had gebeld en deed toen haar koptelefoon af, de microfoon zo instellend dat wij het gesprek ook konden volgen.

'Nee, er is nog niet gebeld,' antwoordde Wesley.

'Onze monitors hebben hem net op het Grand Central gevonden,' vertelde ze.

'Wat?'

'Ik weet niet waarom hij zo is gegaan. Maar er zijn zoveel alternatieve routes die hij kan nemen. Hij kan eigenlijk overal uitstappen, om wat voor reden dan ook.'

'Helaas wel,' zei Wesley.

'En hoe is het in South Carolina?' vroeg overste Penn vervolgens.

'Alles is daar onder controle. De vogel is weggevlogen en is weer geland,' zei Wesley.

Mevrouw Gault had het geld overgemaakt, of het Bureau had dat gedaan. Wij keken toe hoe haar enige zoon zomaar met andere mensen, die niet wisten dat hij een monster was, in de metro reisde.

'Wacht even.' Overste Penn wilde nog meer informatie doorgeven. 'Hij is nu bij Fourteenth Street en Union Square, hij komt naar het zuiden, recht op jullie af.'

Ik vond het vreselijk dat we hem niet konden oppakken. We konden hem zien, maar hadden daar niets aan.

'Het lijkt erop dat hij vaak overstapt,' zei Wesley.

Overste Penn zei: 'Hij is nu weer weg. De trein is vertrokken. We hebben Astor Place op het scherm. Dat is de laatste halte, tenzij hij hierlangs gaat en in de Bowery uitstapt.'

'De trein stopt,' kondigde Lucy aan.

We keken naar de mensen op de monitors en zagen Gault niet.

'Goed, hij blijft dus zitten,' zei overste Penn in de microfoon.

'We zijn hem kwijt,' zei Lucy.

Ze schakelde van beeld naar beeld alsof ze verveeld met de afstandsbediening van de tv zat te zappen.
'Shit,' mompelde ze.
'Waar kan hij zijn?' De overste was verbijsterd. 'Hij moet toch ergens zijn. Tenminste, als hij inderdaad naar de apotheek gaat. Hij kan de uitgang bij Cooper Union niet gebruiken.' Ze keek Lucy aan. 'Dat is het. Misschien gaat hij het toch proberen. Maar hij kan er daar niet uit. Die deur zit op slot. Maar misschien weet hij dat niet.'
Lucy zei: 'Maar hij moet het weten. Hij heeft de elektronische boodschappen gelezen die we hebben gestuurd.'
Ze bleef met de monitors de stations afzoeken. Maar we zagen hem nog steeds niet en de radio bleef akelig stil.
'Verdomme,' zei Lucy. 'Hij moet op lijn nummer zes zijn. Laten we nog een keer Astor Place en Lafayette bekijken.'
Dat leverde niets op.
We zwegen een tijdje, kijkend naar de gesloten houten deur die op ons lege station uitkwam. Boven ons marcheerden honderden mensen over de natte straten om duidelijk te maken dat ze genoeg hadden van alle misdaad. Ik keek naar een plattegrond van de ondergrondse.
Overste Penn zei: 'Hij moet nu op Second Avenue zijn. Hij is vast bij de halte daarvoor of daarna uitgestapt en loopt verder door de tunnel.'
Er kwam een vreselijke gedachte bij me op. 'Dat kan hij ook hier doen. We zijn wel niet echt in de buurt van de apotheek, maar wij liggen ook aan lijn nummer zes.'
'Ja,' zei Lucy, zich omdraaiend om me aan te kijken. 'Je bent van hiervandaan zo op Houston.'
'Maar wij zijn gesloten,' zei ik.
Lucy begon weer te typen.
Ik stond op en keek naar overste Penn. 'We zijn hier alleen. Alleen wij drieën. De metrotreinen stoppen hier niet in het weekend. Er is hier niemand. Iedereen is op Second Avenue en bij de apotheek.'
'Basisstation aan eenheid twee,' sprak Lucy in de radio.

'Eenheid twee,' antwoordde Wesley.
'Alles tien-vier? We zijn hem namelijk kwijt.'
'Blijf stand-by.'
Ik maakte mijn attachékoffertje open en haalde er mijn pistool uit. Ik spande de haan en drukte op de beveiligingspal.
'Wat is uw tien-twintig?' vroeg overste Penn naar hun positie.
'Nog steeds bij de apotheek.'
Beelden flitsten wild over de schermen terwijl Lucy hem probeerde te traceren.
'Wacht, wacht,' klonk Wesley's stem over de radio.
Toen hoorden we Marino. 'Het ziet ernaar uit dat we hem hebben.'
'Jullie hebben hem?' vroeg overste Penn ongelovig. 'Op welke locatie?'
'Hij loopt de apotheek in,' zei Wesley weer. 'Wacht even. Wacht even.'
Het was stil. Toen zei Wesley: 'Hij staat bij de toonbank en krijgt het geld. Blijf stand-by.'
We wachtten in gespannen stilte.
Er gingen drie minuten voorbij. Wesley sprak weer over de radio. 'Hij gaat weg. We sluiten hem in zodra hij in het station is. Blijf stand-by.'
'Wat heeft hij aan?' vroeg ik. 'Weten we zeker dat dit de persoon is die bij het museum is ingestapt?'
Niemand lette op me.
'O, jezus,' riep Lucy plotseling. We keken naar de monitors.
We zagen de perrons van het station bij Second Avenue en de leden van de anti-terreureenheid die vanuit de duisternis van de metrosporen naar voren stormden. Ze waren gekleed in zwart gevechtstenue met zwarte laarzen en renden over het perron, de trap op naar de straat.
'Er is iets misgegaan,' zei overste Penn. 'Ze pakken hem boven de grond!'
Er klonk een spervuur van stemmen over de radio.
'We hebben hem.'
'Hij probeert te ontkomen.'
'Oké, oké, we hebben zijn wapen. Hij ligt op de grond.'

'Hebben jullie hem geboeid?'
Er ging een sirene af in de controlekamer. Langs het plafond begonnen rode lampen aan en uit te flitsen en op een computerscherm lichtte in rood de code vier-twee-negen op.
'May-day!' riep overste Penn. 'Er is een agent in nood! Hij heeft op de noodknop van zijn mobilofoon gedrukt!' Ze staarde vol verbijsterd ongeloof naar het computerscherm.
'Wat is er aan de hand?' vroeg Lucy over de radio.
'Ik weet het niet,' klonk krakend Wesley's stem. 'Er loopt iets mis. Blijf stand-by.'
'Het is niet daar. Dat May-day-signaal is niet op het station bij Second Avenue,' zei overste Penn verontrust. 'Die rode code op het scherm is van Davila.'
'Davila?' zei ik als verdoofd. 'Jimmy Davila?'
'Hij was eenheid vier-twee-negen. Dat is zijn code. Die is nog niet aan iemand anders gegeven. Het is hier.'
We staarden naar het scherm. De oplichtende rode code verplaatste zich over een gecomputeriseerde plattegrond. Ik was geschokt dat niemand daaraan had gedacht.
'Toen Davila's lichaam werd gevonden, was zijn radio er toen ook?' vroeg ik.
Overste Penn reageerde niet.
'Gault heeft hem,' zei ik. 'Hij heeft Davila's radio.'
Wesley meldde zich weer. Hij kon niets van ons probleem af weten. Hij kon niets van het May-day-signaal af weten.
'We weten niet zeker of we hem wel hebben,' zei Wesley. 'We weten niet zeker wie we te pakken hebben.'
Lucy keek me gespannen aan. 'Carrie,' zei ze. 'Ze weten niet of ze haar of Gault hebben. Zij en Gault zijn waarschijnlijk weer hetzelfde gekleed.'
In onze kleine controlekamer zonder ramen en zonder mensen in de buurt keken we toe hoe het flitsende rode May-day-lichtje over het computerscherm bewoog, steeds dichter naar ons toe komend.
'Het komt via de zuidelijke tunnel recht op ons af,' zei overste Penn met toenemende ongerustheid.

'Ze heeft de boodschappen die we hebben gestuurd niet gelezen.' Lucy was erachter hoe het zat.
'Zij?' vroeg overste Penn, haar met een vreemde blik aankijkend.
'Ze weet niet dat er een optocht is en dat het station op Second Avenue afgesloten is,' vervolgde Lucy. 'Misschien heeft ze de nooduitgang in het steegje geprobeerd en kon ze er niet uit omdat die op slot zit. Dus is ze onder de grond gebleven en heeft daar rondgelopen totdat we haar op het Grand Central-station in het oog kregen.'
'We hebben Gault of Carrie niet gezien op de perrons van de stations die hier in de buurt zijn,' zei ik. 'En je weet niet of zij het echt is.'
'Er zijn zoveel stations,' zei overste Penn. 'Een van de twee moet toch zijn uitgestapt, maar we hebben hem of haar gewoon niet gezien.'
'Gault heeft haar naar de apotheek gestuurd,' zei ik met groeiende ontsteltenis. 'Hij is verdomme op de een of andere manier op de hoogte van alles wat we doen.'
'CAIN,' mompelde Lucy.
'Ja. En hij heeft ons waarschijnlijk ook in de gaten gehouden.'
Lucy had nu onze eigen locatie, het station bij Bleecker Street, op de monitors van het gesloten tv-circuit. Op drie van de schermen waren vanuit verschillende hoeken het perron en de draaihekjes te zien, maar één monitor bleef donker.
'Er staat iets voor een van de camera's,' zei ze.
'Was dat eerder ook al zo?' vroeg ik.
'Niet toen we hier net waren,' zei ze. 'Maar we hebben dit station niet in de gaten gehouden. Er leek geen reden te zijn om de boel hier ook te controleren.'
We zagen de rode code langzaam over de plattegrond schuiven.
'We moeten uit de lucht blijven,' zei ik tegen overste Penn. 'Hij heeft een radio,' vervolgde ik, want ik wist dat Gault de rode code op ons scherm was. Daar twijfelde ik niet aan. 'Je weet dat die aanstaat en dat hij elk woord hoort dat we zeggen.'
'Waarom is het May-day-lichtje nog steeds aan?' vroeg Lucy. 'Wil ze dat we weten waar we zijn?'

Ik staarde haar aan. Het was alsof Lucy in trance was.
'Misschien is het knopje per ongeluk ingedrukt,' zei overste Penn. 'Als je dat knopje niet kent, weet je niet dat het een Mayday-signaal geeft. En aangezien het een stil alarm is, kun je het aan hebben staan zonder dat je dat weet.'
Maar ik geloofde niet dat ook maar iets wat er hier gebeurde een toevalligheid was. Gault kwam naar ons toe omdat dit de plek was waar hij wilde zijn. Hij was een haai die door een duistere tunnel zwom, en ik dacht aan wat Anna had gezegd over zijn gruwelijke cadeaus aan mij.
'Het lichtje is bijna bij het seinhuisje.' Lucy wees naar het scherm. 'Godverdomme, dat is dichtbij.'
We wisten niet wat we moesten doen. Als we Wesley per radio op de hoogte stelden, zou Gault dat horen en weer in de tunnels verdwijnen. En als we contact met hem maakten, zouden de manschappen niet weten wat er hier aan de hand was. Lucy stond bij de deur en trok die een stukje open.
'Wat doe je?' schreeuwde ik bijna tegen haar.
Ze deed snel de deur weer dicht. 'Het is de dames-wc. Ik denk dat een conciërge de deur heeft opengezet toen hij aan het schoonmaken was en die toen zo open heeft gelaten. Die deur blokkeert de camera.'
'Heb je iemand gezien?' vroeg ik.
'Nee,' zei ze. Er blonk haat in haar ogen. 'Ze denken misschien dat ze haar hebben. Hoe weten ze dat het Gault niet is? Misschien is zij wel degene die Davila's radio heeft. Ik ken haar. Ze weet waarschijnlijk dat ik hier ben.'
Overste Penn zei op gespannen toon tegen mij: 'Er liggen wel wat spullen in het kantoor.'
'Ja,' zei ik.
We liepen snel naar een propvolle ruimte met een aftands houten bureau en een stoel. Ze maakte een kast open en we grepen geweren, dozen patronen en kogelvrije vesten. We waren maar een paar minuten weg, maar toen we weer in de controlekamer kwamen, was Lucy verdwenen.
Ik keek naar de monitors van het gesloten tv-circuit en zag dat

er op het vierde scherm weer beeld verscheen toen iemand de deur van de dames-wc dichtdeed. Het aan- en uitflitsende rode licht op de plattegrond bevond zich nu verderop in het station. Het was op een smal looppad en kon nu elk moment het perron op komen. Ik zocht mijn Browning, maar die lag niet meer op het schakelbord waar ik hem had neergelegd.
'Ze heeft mijn pistool meegenomen,' zei ik verbaasd. 'Ze is naar buiten. Ze is achter Carrie aan gegaan!'
We laadden onze geweren zo snel we konden, maar namen niet de tijd een kogelvrij vest aan te trekken. Mijn handen waren onhandig en koud.
'Je moet Wesley oproepen,' zei ik in paniek. 'Je moet iets doen om ze hier te krijgen.'
'Je kunt er niet alleen op afgaan,' zei overste Penn.
'Ik kan Lucy daar toch niet alleen laten.'
'We gaan samen. Hier. Neem een zaklantaarn.'
'Nee. Zorg jij dat we hulp krijgen. Zorg dat er iemand hierheen komt.'
Ik rende naar buiten zonder te weten wat ik zou vinden. Maar het station was verlaten. Ik bleef doodstil staan, mijn geweer gereed houdend. Ik zag de camera die tegen de groene, betegelde muur bij de wc's was bevestigd. Het perron was leeg en ik hoorde in de verte een trein aankomen. Die schoot zonder vaart te minderen voorbij, omdat hij op zaterdag niet op dit station stopte. Door de raampjes zag ik slapende en lezende forenzen. Er waren er maar weinig die de vrouw met het vuurwapen op leken te merken, of dat eigenaardig leken te vinden.
Ik vroeg me af of Lucy misschien naar de wc was, maar dat leek niet logisch. Er was een toilet vlak bij de controlekamer, in de schuilplaats waar we de hele dag waren geweest. Ik liep met bonkend hart dichter naar het platform toe. Het was ijskoud en ik had geen jas aan. Mijn vingers verstijfden om de handgreep van het geweer.
Ik kwam met enige opluchting op het idee dat Lucy wellicht hulp was gaan halen. Misschien had ze de deur van de wc dichtgedaan en was ze naar Second Avenue gerend. Maar wat als ze

dat niet had gedaan? Ik staarde naar de dichte deur en wilde er eigenlijk niet heen gaan.
Ik liep er dichter naartoe, stap voor stap, en wilde dat ik een pistool had. Een geweer was onhandig in kleine ruimtes en bij hoeken. Toen ik bij de deur was, bonsde mijn hart in mijn keel. Ik greep de deurknop, trok er hard aan en wierp mezelf met het geweer in de aanslag naar binnen. Het gedeelte rond de wastafel was leeg. Ik hoorde niets. Ik keek onder de deuren van de wc's en mijn adem stokte toen ik een blauwe broek en een paar bruine, leren werklaarzen zag die te groot waren om van een vrouw te kunnen zijn. Er klonk een geluid van kletterend metaal.
Ik schouderde het geweer en beefde helemaal toen ik riep: 'Kom eruit en steek je handen in de lucht!'
Er kletterde een grote moersleutel op de tegels. De onderhoudsman, die een overall met een jas erover aan had, zag eruit alsof hij een hartaanval zou krijgen toen hij uit de wc kwam. Zijn ogen puilden haast uit zijn hoofd terwijl hij naar mij en het geweer staarde.
'Ik ben alleen maar bezig het toilet hier te maken. Ik heb geen geld bij me,' zei hij doodsbenauwd, zijn handen zo hoog geheven alsof hij vierde dat er net iemand een doelpunt had gemaakt.
'Je zit midden in een politie-operatie,' riep ik, het geweer naar het plafond richtend en de veiligheidspal indrukkend. 'Zorg dat je hier onmiddellijk wegkomt!'
Dat hoefde ik hem geen twee keer te vertellen. Hij nam zijn gereedschap niet mee en deed ook de deur van de wc niet dicht. Hij rende de trap naar de straat op terwijl ik weer over het perron liep. Ik lokaliseerde alle camera's, me afvragend of overste Penn me op de monitors in de gaten hield. Ik wilde net weer naar de controlekamer teruggaan toen ik naar de donkere sporen keek en dacht dat ik daar stemmen hoorde. Plotseling was er een schurend geluid en iets wat als gekreun klonk. Lucy begon te schreeuwen.
'Nee! Nee! Niet doen!'
Een luide plof klonk alsof er een ontploffing in een metalen vat

plaatsvond. Het regende vonken op de plek waar in de duisternis het geluid vandaan kwam en het licht in het Bleecker Streetstation flikkerde.

Er was geen licht bij de sporen en ik kon niets zien omdat ik mijn zaklantaarn niet aan durfde te doen. Ik zocht tastend mijn weg naar een metalen looppad en ging voorzichtig het smalle trapje af dat de tunnel in voerde.
Terwijl ik voetje voor voetje voortliep, snel en oppervlakkig ademhalend, begonnen mijn ogen aan het donker te wennen. Ik kon vaag de omtrek van bogen, rails en de betonnen plekken waar de daklozen sliepen onderscheiden. Mijn voeten raakten allerlei vuilnis, wat een hard geluid maakte als ik tegen voorwerpen van metaal of glas stootte. Ik hield het geweer hoog voor me uit om mijn hoofd tegen uitsteeksels die ik niet zag te beschermen. Ik rook vuil en menselijke uitwerpselen en verbrand vlees. Hoe verder ik kwam, hoe sterker de stank werd en toen scheen er plotseling een sterk licht, als een volle maan. Er kwam een trein aan op het noordelijke spoor. Temple Gault stond niet meer dan viereneenhalve meter bij me vandaan.
Hij had Lucy in een wurggreep en hield een mes tegen haar keel gedrukt. Niet ver van hen vandaan lag rechercheur Maier tegen de derde rail van het zuidelijke spoor geplakt. Zijn handen waren gekromd en zijn tanden ontbloot terwijl de elektriciteit nog door zijn dode lichaam stroomde. De trein raasde langs en het werd weer donker.
'Laat haar gaan.' Mijn stem trilde toen ik de zaklantaarn aanknipte.
Gault knipperde tegen het licht en schermde zijn gezicht af. Hij was zo bleek dat hij wel een albino leek en ik zag de kleine spieren en pezen in zijn onbedekte hand, waarmee hij het ontleedmes vasthield dat hij van me had gestolen. Hij kon met één snelle beweging Lucy's keel tot aan haar ruggegraat doorsnijden. Ze staarde me in verstomde doodsangst aan.
'Zij is niet degene die je moet hebben.' Ik liep dichter naar hen toe.

'Schijn niet met die lamp in mijn gezicht,' zei hij. 'Zet hem neer.'
Ik deed de zaklantaarn niet uit, maar zette hem langzaam op een betonnen richel, waar hij een onregelmatig licht verspreidde en recht op rechercheur Maiers verbrande, bebloede hoofd scheen. Ik vroeg me af waarom Gault me geen opdracht gaf het geweer neer te leggen. Misschien kon hij het wapen niet zien. Ik hield het omhoog gericht. Ik was nu niet meer dan twee meter bij hen vandaan.
Gaults lippen waren kapot en hij snoof luidruchtig. Hij zag er uitgemergeld en verslonsd uit en ik vroeg me af of hij in een door crack opgewekte high zat of dat de roes juist uitgewerkt begon te raken. Hij had een spijkerbroek en laarzen aan, en een zwart, opengehaald en gescheurd leren jack. Op een van zijn revers zat de esculaap-broche die hij naar ik aannam een paar dagen voor kerst in Richmond had gekocht.
'Aan haar heb je niets.' Ik kon het trillen van mijn stem niet onder bedwang houden.
De pupillen van zijn vreselijke ogen leken groter te worden. Er liep een straaltje bloed langs Lucy's hals. Ik greep mijn geweer steviger vast.
'Laat haar gaan. Dan gaat het alleen nog tussen jou en mij. Ik ben degene die je zoekt.'
Er blonk iets in zijn ogen, en ik kon in het halfduister bijna hun vreemde blauwe kleur zien. Zijn handen maakten een plotselinge beweging, Lucy woest naar de derde rail duwend. Ik sprong op haar af. Ik greep haar trui, haar boven op me trekkend en we vielen samen op de grond terwijl het geweer neerkletterde. Vuur sprong op en vonken vlogen in het rond terwijl de gulzige rail het wapen greep.
Gault glimlachte. Hij had mijn Browning in zijn hand en schoof het mes voorlopig even uit de weg. Hij spande het pistool, greep het met twee handen vast en richtte de loop op Lucy's hoofd. Hij was gewend aan zijn Glock en scheen niet te weten dat mijn Browning een veiligheidspal had. Hij haalde de trekker over en er gebeurde niets. Hij begreep het niet.

'Rennen!' gilde ik naar Lucy, haar wegduwend. 'RENNEN!'
Gault spande opnieuw de haan, maar die was al gespannen en er werd geen patroon uitgeworpen, zodat er nu twee in zaten. Woedend haalde hij de trekker over, maar het pistool was geblokkeerd.
'RENNEN!' schreeuwde ik.
Ik lag op de grond en probeerde niet weg te komen omdat ik dacht dat hij niet achter Lucy aan zou gaan als ik hier bleef. Hij forceerde de slede, het wapen heen en weer schuddend terwijl Lucy huilend door het duister stommelde. Ik graaide naar het mes, dat dicht bij de derde rail lag. Er schoot een rat over mijn benen en ik sneed mezelf aan een stuk glas. Mijn hoofd was gevaarlijk dicht bij Gaults laarzen.
Hij leek het pistool niet te kunnen repareren en toen zag ik hem naar mij kijken en verstijven. Ik kon zijn gedachten voelen terwijl ik het koude stalen heft steviger vastpakte. Ik wist wat hij met zijn voeten kon doen, en ik kon niet bij zijn borst of een slagader in zijn hals komen, want daar was geen tijd voor. Ik ging op mijn knieën zitten. Ik hief het mes terwijl hij zich klaar maakte om te trappen en stootte het chirurgisch staal in zijn bovenbeen. Met het mes in twee handen maakte ik de wond zo groot mogelijk. Hij krijste.
Het bloed spoot op mijn gezicht toen ik het mes eruit trok. Zijn doorgesneden dij-slagader bloedde op het ritme van zijn gruwelijke hart. Ik dook weg omdat ik wist dat de mensen van de antiterreureenheid hem in het vizier hadden en stonden te wachtten.
'Je hebt me gestoken,' zei Gault met kinderlijk ongeloof. Voorovergebogen staarde hij zowel geschokt als gefascineerd naar het bloed dat tussen zijn vingers, die hij tegen zijn been gedrukt hield, door spoot. 'Het houdt niet op. Jij bent arts. Zorg dat het ophoudt.'
Ik keek naar hem. Zijn hoofd was kaalgeschoren onder zijn pet. Ik dacht aan zijn dode tweelingzuster, aan Lucy's hals. Er knalden twee schoten uit het geweer van een scherpschutter die in de buurt van het station in de tunnel stond. De kogels suisden en Gault viel neer, vlak bij de rail waar hij Lucy bijna tegenaan had

gegooid. Er kwam een trein aan, maar ik trok hem niet bij het spoor vandaan. Ik liep weg en keek niet om.

Lucy, Wesley en ik gingen maandag weer uit New York weg, en de helikopter vloog eerst een stuk naar het oosten. We kwamen over kliffen en over de landhuizen van Westchester en bereikten uiteindelijk dat ruige, ellendige eiland dat op geen enkele toeristenplattegrond stond. Daar rees een in elkaar zakkende schoorsteen uit de ruïnes van een oude, bakstenen gevangenis omhoog. We vlogen over Potter's Field terwijl de gevangenen en hun bewakers naar de bewolkte lucht omhoog keken.

De Belljet Ranger vloog zo laag mogelijk en ik hoopte dat we niet gedwongen zouden zijn te landen. Ik wilde niet in de buurt komen van de mannen van Rikers Island. De grafzerken zagen eruit als witte tanden die uit het bobbelige gras omhoog staken en iemand had van een stel stenen een kruis gemaakt. Een vrachtauto met een oplegger stond naast het open graf en een aantal mannen tilden de nieuwe, vurehouten kist eruit.

Ze stopten en keken naar ons toen we een krachtiger luchtstroom deden opwaaien dan de schrale wind waaraan zij gewoon waren. Lucy en ik zaten op de achterbank van de helikopter, elkaars hand vasthoudend. De gevangenen, die dik waren aangekleed tegen de winterkou, zwaaiden niet. Een roestende veerboot lag op het water te dobberen, klaar om straks de kist voor een laatste onderzoek naar Manhattan te brengen. Gaults tweelingzuster zou vandaag de rivier oversteken. Jayne zou eindelijk naar huis gaan.

Patricia Cornwell was een vooraanstaand misdaadverslaggever voor zij ging werken als systeemanalist op het kantoor van de patholoog-anatomische dienst in Virginia.

In 1990 verscheen het thrillerdebuut van Patricia Cornwell – *Fataal weekend*, waarmee Cornwell meteen de prestigieuze Edgar Award won – en maakte de lezer kennis met Kay Scarpetta, de patholoog-anatoom uit Richmond, Virginia. Kay Scarpetta, die op onorthodoxe wijze haar beroep uitoefent. Voor haar is het niet genoeg om alleen een doodsoorzaak vast te stellen. Bij Kay Scarpetta worden de slachtoffers weer mensen met een gezicht…

Inmiddels is Patricia Cornwell met haar Kay Scarpetta's niet meer weg te denken van het internationale thrillerfront. Tip voor de lezer: lees de Scarpetta's op volgorde! Kijk hiervoor op pagina 2.